触不到的
相思子

○冰冰龙 /著

图书在版编目（CIP）数据

触不到的相思子/冰冰龙著. — 北京：知识产权出版社，2016.1
ISBN 978-7-5130-4047-1

Ⅰ.①触… Ⅱ.①冰… Ⅲ.①长篇小说—中国—当代 Ⅳ.①I247.5

中国版本图书馆CIP数据核字（2016）第021751号

责任编辑：聂伟伟

触不到的相思子
CHU BU DAO DE XIANGSIZI

冰冰龙　著

出版发行：知识产权出版社有限责任公司	网　址：http://www.ipph.cn
电　话：010-82004826	http://www.Laichushu.com
社　址：北京市海淀区马甸南村1号	邮　编：100088
责编电话：010-82000860转8598	责编邮箱：362730031@qq.com
发行电话：010-82000860转8101/8029	发行传真：010-82000893/82003279
印　刷：北京中献拓方科技发展有限公司	经　销：各大网上书店、新华书店及相关专业书店
开　本：720mm×1000mm　1/16	印　张：24
版　次：2016年3月第1版	印　次：2016年3月第1次印刷
字　数：380千字	定　价：36.00元

ISBN 978-7-5130-4047-1

出版权专有　侵权必究
如有印装质量问题，本社负责调换。

换一种方式拥抱彼此

Love

Is

Fire

◎ 序

很久以来，我心中珍藏着一个梦想：写一部书。未曾奢望成为一名专业作家，只是想将曾经的流金岁月，以及那些日子里的我们，放进一个个字符里，故而虔诚地字斟句酌。

这部书的取材贴近生活。主人翁平凡如你我，他们身上的故事是千千万万普通人的故事。

"一个越文明的国家，越尊重教师和医生。教师和医生，临界于上帝、佛和普通职业之间的特殊行业，维系着人一生最重要的两个领域：精神健康和身体健康。"

当我偶然看到这句话，小宇宙爆发，也一度让我充满使命感，我觉得我有义务还原教师和医生更真实的生活，特别是那些不为外行所了解的心酸和苦楚。于是我毫不犹豫将女主角的职业定位为教师，男主角的职业定位为医生。

同理，书中还涉及了家暴、公务员、生态农业等一些社会现象。

别紧张！也不要着急将书放下。

其实，这一部寄托了太多"宏愿和大志"的作品是一部凄婉缠绵的言情小说。理所当然，人之常情——教师和医生首先是有血有肉的普通人。他们只有最真实地活着，爱着，存在着，才能为我们讲述他们的故事。

传播爱的人们，更需要得到爱！

借此感谢出现在我生命中的"亲人和朋友"，不管我们最终是否在一起，你的善良和责任感，你所给予我的灵魂厚度，都将伴我终生。感谢那些同行的日子。

唯愿文字不朽，真情不变。

目　录
CONTENTS

上篇　大学

- 003　第一章　起点，憧憬未来
- 009　第二章　朋友，一剂良药
- 014　第三章　秋聚，快乐的"小黄瓜"
- 024　第四章　问命，锦城山抽签
- 033　第五章　歌声，爱的语言
- 038　第六章　捉心，你的秘密
- 046　第七章　遗憾，盛开在烟花里
- 054　第八章　错过，在散场的青春里

中篇　围城

- 063　第 九 章　结婚，新郎不是你
- 072　第 十 章　甘愿，把感激变成爱
- 075　第十一章　叹息，逆转的剧情
- 081　第十二章　赠玉，蕴藏爱你的情谊
- 085　第十三章　耳光，迷茫的前路
- 091　第十四章　重聚，你我已不在原处

097	第 十 五 章	拳头，无力的抵抗
108	第 十 六 章	尝试，山坡上的英语课
116	第 十 七 章	变故，昙花一现的幸福
122	第 十 八 章	魔鬼，三个人的痛苦
134	第 十 九 章	玉碎，灵魂的自由
144	第 二 十 章	默默，可怕的家暴
153	第二十一章	分飞，从此萧郎是路人
164	第二十二章	复燃，祈祷命运的眷顾
169	第二十三章	新生，难得的相守
174	第二十四章	缠绵，重回人间的情缘
180	第二十五章	不安，缘起流言
188	第二十六章	对峙，痛苦地放手
198	第二十七章	反思，理想与现实
209	第二十八章	悲戚，奶奶走了
216	第二十九章	他乡，不告而别

下篇　重生

223	第 三 十 章	重逢，回到最初的起点

230	第三十一章	岁月，一别七年
239	第三十二章	回乡，隔空的张望
248	第三十三章	医生，爱恨交织的职业
261	第三十四章	坚定，化蝶的勇气
274	第三十五章	梦，如此的真实
287	第三十六章	回归，面对现实
297	第三十七章	农场，新的视野
308	第三十八章	小别，心底的恐惧
313	第三十九章	爽约，一时还是一世？
324	第 四 十 章	缘分，天定的图圈
329	第四十一章	忏悔，成全你也成全自己
343	尾　　声	祝福，换一种方式拥抱彼此

番外篇　拾锦

353	外一篇	回归家庭
356	外二篇	特别的经历
362	外三篇	辞职
374	结	《玉》

上篇
大学

在最美的年华遇见你

温柔了岁月

潮湿了记忆

年轻的我们却错过了彼此

第一章　起点，憧憬未来

相聚美丽星月湖畔，开启精彩人生起点！

1995年9月6日凌晨，东方刚刚泛白，罗玉提着大包小包，朝廊川长途汽车客运站赶去。她必须在6点50分前赶到车站，从廊川开往永舟的客车，一天只有早上这一趟，错过了就无法在今天赶到渝北师专。想到这，罗玉加快了脚步，无奈行李实在太重，尤其是那个大大的编织袋，压在她单薄的肩膀上，那么笨重和不协调，使她走得摇摇晃晃，看起来狼狈又滑稽。

前面就是客运站了，罗玉忍不住埋头小跑了两步，一不留神被迎面而来的一位"棒棒军"挂住了行李，差点让她摔个跟头。幸好，旁边一双有力的手及时扶住了她，并麻利地接过她的行李。

"客车早到了，快跟我来。"说话的是她的高中同学李俊豪，罗玉紧跟着他朝站台方向匆匆赶去。

找好座位坐定后，看看表，离发车时间还有五分钟，罗玉如释重负地舒了口气，这才腾出时间对李俊豪说了声"谢谢"。李俊豪高高瘦瘦，笔挺的鼻子，坚毅的嘴角，配上一张轮廓分明的国字型脸庞，使他看起来比同龄的孩子略显成熟。他腼腆地对一旁的父亲介绍：罗玉是他的高中同学，现在又是他在渝北师专的校友。

李爸爸随着李俊豪的介绍一边朝罗玉客气地点点头，一边用探究的、犀利的、意味深长的眼光打量着她。

罗玉被对方看得有些忐忑不安，好在这时从前排传来一声惊喜的欢呼："你俩也是渝北师专的啊，是不是也是大一的新生呢？我也是渝北师专的学生，我叫罗文。"

这欢呼声缓解了罗玉的局促和尴尬，她抬起头，看见一张圆圆的友爱的脸，在得到李俊豪和罗玉的回应后，那个自称罗文的同学进一步问："我是外语系的，你们俩是什么系的呢？"

罗玉正想回答，后排的一个男孩子兴奋地喊道："我也是渝北师专的，我叫杨泽。"

喊完他激动地跑过来，跟那个长着一张娃娃脸的罗文和李俊豪套近乎："嗨，我说两位老乡，我有个大胆的想法。这两天是大一新生开学的日子，车上有很多渝北师专的校友。要不我们将车上的同学统计下，过几天我们抽个时间依次拜访渝北师专的大一老乡，成立95级新生廊川老乡会，你俩意下如何？"

"好极了，我举双手拥护。"罗文迫不及待地回答，又拍拍李俊豪的肩，好像他们已经认识许久了，得到对方鼓励的眼神后继续："以后我和李俊豪就是你的左膀右臂，协助你早日完成建会大业。"

说干就干，他们立即在车上行动起来，从前往后统计车里所有学生模样的人员。罗文是位具有表演天赋的男孩，他一边统计人数，一边搞怪不断。他走到一位叫杨瑜的学生旁边，故意用手顶住对方的脖子，哑着嗓子问："兄弟，要钱还是要命？"

"要票！"

对方的回答显然不在他的预料中，罗文挠挠头回答："算你娃狠。"

然后他走到另一位叫宋一波的男孩子面前，故技重演："要钱还是要命？"

宋一波好像是跟他有默契似的，立即配合着表演："大爷，我没钱，你行行好，放过我吧。"

"没钱你害怕什么，有病吗？"

"我以为你是售票员，我忘了买票。"

听了他俩的对话，售票员也忍不住笑起来，车上的乘客也笑了起来。本来沉闷无聊的车厢热闹了起来。渝北师专虽说是一所普通的大专，但在1995年，大学包分配工作，对于这些农村孩子，也算是鲤鱼跃龙门，端上了铁饭碗。因此陪同的父母心情大多不错，这一车人也相处得非常融洽。学生和学生之间，家长和家长之间拉起家常，交流心得。

只一会儿工夫，杨泽他们就完成了统计工作。通过杨泽的总结发言，大家了解到在这辆总共四五十人的客车上，共有八名渝北师专的大一新生，另外还有十位是送学生的家长。杨泽还介绍了大家的系别：李俊豪中文系，杨泽数学系，黄莺生物系，杨瑜化学系，宋一波物理系……最让罗玉开心的是坐在她前面的罗文以及后排一位叫文秋燕的女孩跟她同在外语系。罗文在三班，文秋燕和她都被分在四班。文秋燕看起来斯斯文文，一双细细的会说话的眼睛，小巧玲珑的鼻子，是那种典型的南方姑娘。黄莺则人如其名，声音莺啼燕转，十分娇媚。这群人里面最有特色的当数杨泽，他长得浓眉大眼，皮肤黝黑，身板壮而结实，但他灿烂的笑容和明媚的眼神，使他粗犷大条的外表下竟也有几分细腻和柔情。

罗文转过头对她和后排的文秋燕打招呼："Hi，两位本家，你们说我们是不是太有缘分了，同校同系还同姓。"

见大家脑筋没转过弯，罗文煞有见识地解释："我的名字刚好是罗玉和文秋燕的姓，顺着念和罗玉是本家，倒着念和文秋燕是本家，所以我一下子有了两位本家。"

罗玉抬起头打量她的"本家"：圆圆胖胖，婴儿肥，看起来特别喜庆。加上他身上具有的那股天然呆和自然熟的气质，让人会不自觉地认为跟他老熟人一般。他的热情配上杨泽的果敢，李俊豪的文雅，让他们这个临时组织起来的新生会领导班子极具个性和特点。

* * *

客车只到达永舟市，而渝北师专却坐落在离永舟市三十公里的一个偏僻小镇。在征得各位家长的同意后，罗文的哥哥跟司机商量，由亲友团再出一份钱，请司机放下别的乘客后，直接把他们拉到渝北师专。这真是一个明智的决定，省去了他们转来转去的麻烦。他们这八个学生中，只有罗玉没有亲人陪送。罗文的哥哥因此免了她的那份车费。客车在永舟放下别的乘客后，继续拉着他们这群目标一致的家长学生向前奔驰，不久驶入一段坑洼不平、坎坷狭窄的山路。车子在弯道上拐来拐去，不断颠簸，不一会儿，罗玉就感觉胃里翻江倒海，头也昏昏沉沉，她闭上眼睛，用手揉搓太阳穴来缓解难受。旁边有人关切地问她："不舒服吗？你把这个橘子放在鼻下闻闻，就会舒服点。"

罗玉接过递过来的青橘子，放在鼻下，果真感觉舒服很多。这只青橘小小的、滑滑的，捏在手里像一枚小小的鸡蛋。她心头一暖，想起了那些伴随她高中三年的"神秘鸡蛋"。

大概从高一第二学期开始，每个月放假返校后，她的桌洞里就会神奇地出现一枚鸡蛋，有时，上面裹着一张小纸条，用仿宋体写着一行字："小玉，愿你身体好好的，学习棒棒的。"

他们那个班里大多是来自农村的孩子，鸡蛋也是大部分家庭能给孩子准备的最有营养的食物。是谁将鸡蛋送给她了呢？她满腹疑惑，打量周围的同学，每个人都一脸坦然，看不出谁和鸡蛋有关。她也试图通过晚归早到缉拿那位送鸡蛋的神秘人物，但一次也没有成功。时间一长，罗玉对"神秘鸡蛋"习以为常，好像那枚鸡蛋就是假期的一部分。

此刻，罗玉握着这个桔子，暗自揣测："李俊豪会不会是送给我鸡蛋的人呢？"或许她心里也期待他就是送她鸡蛋的人。她忍不住抬眼打量对方，立即接触到一对清澈而坦荡的眼眸，李俊豪关心地问她："怎么了，罗玉？有事吗？"

她红着脸小声回答："没事！"

这时，前排的罗文突然大叫一声："朋友们，快看！前面有一片黑云，是不是快下大暴雨啦！"

大家顺着罗文所指的方向看去，诧异地发现万里晴空的边际有一大团黑色的云。通常，暴风雨将至的话，应该是风起云涌，风云突变的。但这团黑云却没有"山雨欲来风满楼"的咄咄逼人，更似峰峦叠嶂，安静、浓重而神秘。

* * *

在大家的惊诧和议论中，客车载着他们一路向前，终于到达了目的地——渝北师范高等专科学校。此刻大家颇具戏剧性地发现：那团黑云，其实是靠近学校的一片大山，山高陡峭、壁立千仞，如果站在山脚望山顶，必须把头仰成90度才行。

下车后首先映入眼帘的是几副大大的标语："热烈欢迎新同学到来""新同学和家长们，你们辛苦了""相聚美丽星月湖畔，开启精彩人生起点"。

李俊豪把自己和罗玉的行李提下车后，就去跟父亲商量先送罗玉去寝室，因为渝北师专的寝室都在半山腰。罗玉注意到李爸爸的表情明显不悦，眼光扫过罗玉又迅速躲闪开。"难道自己有什么地方做错了吗？"敏感的罗玉忍不住质疑自己，同时又隐隐有几分受伤和委屈，鼻子酸酸的。

正在她手足无措时，一群学生朝他们涌过来，热心地询问他们是否需要帮助。一位高个子的大眼睛女生主动提出帮罗玉提行李，带她去宿舍。罗玉感激地朝她点头同意，解救了正左右为难的李俊豪。

一路上学姐很细心地介绍了学校的建筑分布：食堂、澡堂、图书馆、教室和商店等。学姐将罗玉送进寝室并找好床位后，又叮嘱了几句才离开，赶去迎接其他的新同学。寝室的人员名单是事先确定好了的，都写在各个寝室的门上。文秋燕分在了罗玉隔壁的寝室，这让罗玉心里有点小小的遗憾。

罗玉打量她的新宿舍：这间大约二十平方米的宿舍有三张上下铺，六个床位，还有独立的洗手间。加上罗玉，已经到了四个女孩。初次见面，大家都有些害羞，彼此礼貌性地打个招呼，便各自忙碌去了。

傍晚时分那几位女孩都随父母出去了，剩下罗玉独自在寝室整理行李，铺床，买晚饭，打开水，冲凉，洗衣服。等一切搞好，已经九点多了，她无聊地爬上床准备睡觉。

寝室里空空荡荡，罗玉躺在床上，思想却信马由缰：新的学校，新的环境，这就是她向往的大学生活，一切和想像中一样，却又不一样。接下的新生活会是怎样的呢……

突然有人在门外喊："罗玉在吗？请问罗玉是不是在这间寝室？"

她吃了一惊，应声下床，打开门看见李俊豪、杨泽和罗文三人立在门口。还没等罗玉反应过来，娇小玲珑的文秋燕从他们三人的背后忽的闪出来，跳到罗玉面前做鬼脸。

罗文故意拉长了声音问："你就是罗玉吗？现在是廊川老乡会新任乡长杨泽微服私访，探望民情的时间。这位是副乡长李俊豪，我是秘书罗文，请配合接受组织的考察。"惹得秋燕哈哈大笑。

李俊豪关心地问她："都安顿好了吗？我们刚探望了秋燕，现在过来看看你有没有什么需要帮助的？"

看着李俊豪关切的眼神，罗玉的心里涌起一股暖流，暂时忘记了李爸爸令人费解的表情。在陌生的异乡，这双眼睛显得格外熟悉，让人忍不住依恋。

高中三年，每当她感到迷茫和困惑的时候，一回头，总会看见这双温暖的眼睛，但当她想要牢牢地捉住这眼光的时候，它却又飞快地不经意地飞走了。

此刻，这双眼睛在她脸上关注地停留了几秒，她突然就红了脸。

杨泽看着她拘谨羞涩的表情，安慰她不要有心理负担，有啥困难随时告诉大家。

罗文也热情地说："罗玉，有我这个本家在，你什么都不要怕，我随保证随叫随到！"罗玉笑着点点头。

罗文来了兴致，要给大家讲笑话。说是今天一个高年级的师兄迎接新同学，自告奋勇帮一名女生提箱子。谁知那箱子太沉，师兄提得哼哧哼哧，又不好意思放下，只好勉力支撑。才走了几步，那女生便说，提不动就滚吧。师兄一听此言，登时怒从心头起，放下箱子，怒视着女孩。那女生愣了几秒钟，才满脸通红地指着箱子底部说，我指的是轮子。

大家被罗文搞笑的表情，浓浓的地方口音和他带来的笑话逗得笑起来。笑声不知不觉带走了罗玉的乡愁，也带给了她深深的感动。她觉得自己还没能从这陌生的环境里喘过气来，而他们几位已经适应了新环境，并且开始帮助别人。

罗文和杨泽，就像一个池塘的两条鲇鱼，带动起沉稳敦厚的李俊豪、落落大方的秋燕以及多愁善感的她。笑声也消除了他们之间的陌生感，好像他们彼此都是相识了许久的老朋友。

第二章 朋友，一剂良药

> 她们这对组合是校园里一道别致的风景线：一高一矮，一胖一瘦，一动一静，一文一武。

初秋时分，天气开始转凉，白天还碧空如洗，日暖泥融，到了夜晚就寒风萧瑟，秋雨绵绵。这种冷冷的天让人不自觉地想起李清照的词："乍暖还寒时候，最难将息。三杯两盏淡酒，怎敌他晚来风急！"罗玉向来体弱多病，天气一变她就不可避免地病倒了。重感冒、发烧、咳嗽、头晕，由于神经衰弱，晚上入睡前，她甚至会出现幻觉，听见类似和尚敲钟的声音。

10月1号这天，她躺在学校的医务室打点滴。秋燕和罗文陪着她，李俊豪不知跑到那里去了。这大半个月来，她几乎每隔一天都要到学校的医务室报到，输液是家常便饭，好在大学每天只上半天课。而每次输液，秋燕和罗文都齐当她的免费护工，李俊豪也常来嘘寒问暖，几人的友谊在医务室得以加深巩固。

这时候，秋燕看着罗文来来去去忙碌的身影，跟罗玉开玩笑："小玉，都说久病床前无孝子，我看李俊豪和罗文比孝子还孝子，你尽管生病，他们两人定会始终如一地孝顺你。现在不是流行什么'新二十四孝'和'十二孝'吗？我看啊，李俊豪就是'新二十四孝'，罗文也不逊色，做'新十二孝'没有问题。"

罗文在那边嚷嚷："秋燕，你净瞎说，我和李俊豪不过是发扬下团结友爱的精神，你却把我们高尚的革命友谊贬低成封建思想，我要向何霄揭发你，让他警惕你被封建残余思想腐蚀大脑。"

何霄是秋燕的男朋友，就读于川北三峡学院，看起来文质彬彬，两人从高中时候开始谈恋爱，只是当时这段恋情处于地下，考上大学后这段地下情才慢慢地浮出水面。听到罗文的调侃，秋燕满不在乎地说："好啊，我正希望你去告我的状呢，考验下何霄，看他是听信你的逸言还是忠于我们之间的感情。如果对我不忠不孝，我要他何用？不如趁早拉倒。"

罗玉笑起来，说："我赌何霄一定会把罗文的话当作耳边风，他对秋燕的感情可远超普通的孝子。其他不说，光是每天一个电话就不是常人所能办到的。想想看，女生楼的公用电话，没有大禹治水和夸父追日的决心，能那么轻易打进来吗？别看秋燕封了你和李俊豪做'新二十四孝'和'十二孝'，我敢肯定你和李俊豪谁都做不到一天打进女生楼一个电话。"

"你怎么知我做不到？秋燕是何霄的女朋友，爱情的力量是伟大的，如果你肯给我动力，我保证……"

罗文的话音未落，医务室外传来李俊豪的声音："小玉，你说谁是'二十四孝'和'十二孝'呢？不过哪路孝子都比不上我今天带来见你的人重要。"

话毕，李俊豪应声出现在门口。罗玉被他的话吊足胃口，忍不住朝他的身后张望，正好有两个提着开水壶的女生有说有笑地经过；紧跟着，三个体育系的男生满头大汗炫着球技而过。罗玉失望地问李俊豪："你能不能别卖关子，痛快地告诉我带谁来了？"

"你先猜猜嘛。"

罗玉偏头一想："是我妹妹罗云吗？"

"错，罗云跑到这里来干吗？提示一下，是我们俩都熟悉的人。"

"我们俩都很熟悉的人，难道是王莲？"

李俊豪一听她说出这个名字，立即涨红着脸解释："你别老提王莲，我跟她只是普通朋友，你怎么不相信我？"

"不相信你什么？再说了，你和王莲什么关系有我啥事？"为了掩饰心中微微的醋意，罗玉赶紧申明。但随即她"哎哟"叫起来，原来她一晃动，将打吊针的手碰到，鲜血立即朝输液管倒灌了一小节，手也立即肿了起来。李俊豪赶紧跑过去，为她处理那只受伤的手。他父亲在乡村做"赤脚医生"，并开了一家小诊所，李俊豪从小耳濡目染，因此也会一些简单的护理。他一边重新将罗玉的另一只手扎上吊针，一边叮嘱："小玉，你要小心些啊。"

话音未落，只听罗玉兴奋地大叫起来："肖燕，真的是你吗？太好了，你怎么会来呢？李俊豪这个坏人，不早点告诉我，早知道我就去接你了嘛！"

肖燕随着罗玉的惊呼出现在门口，她们激动地朝彼此奔过去，随即罗玉再次"哎哟"一声叫起来，李俊豪叹道："看样子今天不把你的脚扎上一针，你是不会注意到自己还有手。"

"李俊豪，你想怎么扎就怎么扎吧，我实在太兴奋了，哪怕你在我头上扎一针，我也会原谅你，因为你真的带来了我最想见的人。今天你犯下任何罪行本姑娘一概不追究。哦，肖燕，你知道我多么想念你吗？"

* * *

肖燕是罗玉高中最好的朋友，没有之一。高中三年，她们一起上学、放学，一起吃饭，逛街，在一个宿舍就寝。她们这对组合是校园里一道别致的风景线：一高一矮，一胖一瘦，一动一静，一文一武。

有一次，班里的一名男生取笑她俩："肖燕，我怎么看你和罗玉走在一起那么长短不齐呢？你们就不能取长补短吗？"

话音刚落，肖燕就潇洒地赏了对方一记飞脚，骂道："你娃狗嘴里吐不出象牙，绿叶上结不出香瓜，别以为你是廊川×中第一苗我就不敢动你。今天我就让你这根苗停止发育，放弃生长！"

男生见状不妙，大叫一声"土匪"逃跑了。愁云惨雾，死气沉沉的高中，幸好有肖燕这只活泼的燕子，罗玉的生活才有了一点亮色。高中三年她们就这样不协调的混搭在一起，但是却度过了最美好的日子。

李俊豪看着这激动的两人，笑着摇摇头。罗文实在看不下去了，找罗玉理论："我说罗玉同学，做人要有点良心，虽说你并没有喜新厌旧，但是你喜旧厌新也是不厚道的，这么快就把我和秋燕给忘记了，不想想这段时间是谁在照顾你啊？"

一句话说得罗玉不好意思起来，赶紧介绍："肖燕，我太激动了，忘了向你介绍。这位是罗文，这位是秋燕，他俩是我在这新结识的老乡，也是我在这里最好的朋友，我们都在外语系。"

罗玉有意把"最好"两字说得特别重，罗文这才将故意板起的脸恢复笑意。肖燕本来性格跟罗文相似，都属于活泼好动且自来熟的人。经罗玉介绍后，俩人的话匣子就打开了，然后基本就没罗玉什么事情了。

原来，渝北师专今年新开了一个体育特长生预科班，虽然预科班学费比正常录取的学生一年多一万元，但肖燕的父母和几位哥哥姐姐还是决定全力支持她。另外，虽然体育专业只读两年，但加上预科这一年，肖燕也将与他们一起毕业。这个消息真是太令人振奋了，罗玉比自己接到大学录取通知书的时候还激动！

晚饭，罗文叫上杨泽等人一起为肖燕接风洗尘，一通张罗，好像肖燕是他的老同学，而罗玉和李俊豪反倒不是。适逢国庆放假，大家的心情分外放松，桌上的气氛也是说不出来的暖融融。偏偏杨泽、罗文和肖燕三位都很幽默搞笑，活跃气氛的能力旗鼓相当。一顿饭罗文讲了好多个笑话，杨泽表演了好几个小品段子，肖燕也施展了数次拳脚。大家笑了又笑，笑得桌椅打战，肚子发疼。

坦诚而浓郁的青春，酒精是最好的助燃剂。几轮酒喝下来，大家的情绪都很高涨，高谈阔论，好不热闹。饭局进行到尾声时，男士们几乎都喝醉了。

李俊豪本来不爱喝酒，但也在大家的起哄中喝高了。借着酒劲，他端起一杯酒走向罗玉，眼中的血丝遮掩不住他的认真，他努力地将每个字都说清楚："小玉，你的身体太让我担心了，我坚定了转行学医的念头，一边在师专读书一边自考医学本科。这样你以后生病，我就能更好地照顾你。"

肖燕刚好摇摇晃晃从厕所回来，听此"呸"了一声，回应李俊豪："我说你是书呆子，你还不承认，你就不能说点好听的，祝福小玉没病没灾吗？真是狗嘴里吐不出象牙！"

罗文接着肖燕的话："对对对，以后我们将小玉养得白白胖胖，身体锻炼得强壮健康，要医生来干吗？医生才别想赚小玉的钱。"

转过头又对罗玉说："小玉，等我有空了，策划些赚钱的项目，搞点小锅小灶给你调养身体，好不好？"

肖燕一拍桌子，大喊一声："这才像话！就这么说定了！"

都说酒后吐真言，这是一群多么热心和真诚的朋友啊！罗玉感到温暖无比，眼睛湿湿的。她何德何能可以拥有一群如此友爱的朋友，她又是多么幸运才可以与他们朝夕与共！挚友的关怀如同是一剂良药，让罗玉觉得轻松舒畅了许多。

事实证明，国庆确实是罗玉的一个转折点，肖燕仿佛带来了家乡的和风润土，让她的身体逐渐好起来。年轻坦诚的他们，将手挽着手，肩并着肩，在渝北师专这片美丽而宁静的热土上，快乐地书写曼妙的青春风采，畅想精彩的未来！

第三章　秋聚，快乐的"小黄瓜"

多年之后，罗玉依然记得那轮明月，依然感受得到那清凉月色中的秋意绵绵。

晚自习，罗玉的班上热闹非凡，班长孙杨正在讲台上组织庆中秋的各种趣味活动。他们是师范生，每天晚自习同学们都会自发组织起来，轮番到讲台上表演节目，以此锻炼胆量和培养讲台经验。

三班和四班相邻，罗文经常晚自习上到一半就溜进四班，选个靠近罗玉和秋燕的位置坐下来。外语系的男生本来就少，所以罗文的到来很引人注目，偏偏他又性格活泼，能说爱笑，没过多久就和四班的人混熟了，嘻嘻哈哈打成一片，俨然成为四班的编外人员。

这天晚上，罗文又在第二节晚自习溜进四班，哧溜一下钻到罗玉旁边坐下。罗玉和秋燕坐在后排，班里正在进行击鼓传花的游戏。这当儿花正好传到了罗玉手上，罗玉拿着这个烫手的山芋，条件反射朝罗文扔过去，而鼓声恰到好处地停了。

大家见是罗文，一起大声起哄："下面有请罗文同学上台为我们表演节目。"

罗文耍赖："我又不是四班的，凭什么要表演节目？这次不算，孙杨，你故意整我，重新来！"

孙杨笑嘻嘻地说:"不是四班的,跑到我们班上来干吗?不知道肥水不流外人田吗?你天天跑来挖我们四班的墙脚,不整你整谁?"

"孙班长,你这就不对了,谁不知道外语系的男生像熊猫一样珍贵,我来只是为了调剂一下男女比例,你就这么小肚鸡肠?若不是我有两位本家在这里,你请我来,我还不爱来呢!"

"你来可以,但得入乡随俗,遵从四班的班规,大家说罗文该不该到台上来为大家表演节目?"

"该!"

最终,罗文被四班的男生合力抬到讲台上。他站在那里一番抓耳挠腮,无奈地说:"好吧,我既然是为我的本家而来,那我就给大家讲一个关于本家的笑话吧。"

他清清喉咙,开始讲述:

"话说我们渝北师专,又名黄瓜山学校。所有生活在这里的师生呢,都以黄瓜人自称,老师们叫做老黄瓜,学长学姐们号称中黄瓜,我们当然只能算作小黄瓜。可是大家知道吗?黄瓜其实是有本家的,你们知道是什么吗?"

"是什么?"大家齐声问道。

"是黄豆。有一天,黄瓜寂寞难耐,跑去黄豆家串门。黄瓜说:'黄豆,我们在五百年前同一家,都姓黄。'黄豆说:'你不是我黄姓同胞,论皮肤,你是青色的,我是黄皮肤;论籍贯,我是当地的,你是外地来的,叫你胡瓜才恰当。'黄瓜说:'我青皮是因为我年轻,青年瓜本是如此;说我外来的,其实是出口转内销,恰当地说我是归国侨瓜。'"

罗文声情并茂,手舞足蹈的表演让班里爆发了好几次笑声,与其说是讲笑话,倒不如说是他一个人在演小品。

孙杨捂着肚子说:"罗文,我也给你讲一个关于本家同姓的笑话吧。"

"有一个剩男,名叫来福,他呢,一直发愁找不到对象。一天,终于有人为他介绍了一个相亲对象,可是左等右等,那个对象就是不出现。正在他如坐针毡之际,有人在他身后喊:'来福!过来!'

"剩男转头一看是个大美女,两眼放光,激动地说:'哎!我来了,我已经等你很久了!'

"美女：'你来干吗？'

"剩男：'相亲呀！'

"美女：'谁叫你呀？'

"剩男：'你刚才不是叫我吗？'

"美女：'我不是叫你！'

"剩男：'谁和我同名同姓？'

"美女指着路对面的那条小狗说：'你神经病呀！我是叫它！'"

孙杨讲完，全班同学都笑得直不起腰。罗文在讲台上恼羞成怒，正要发火，下晚自习的铃声响了。孙杨趁机跑出教室，边跑边说："看你下次还敢不敢到我们班上来招惹美眉？"

罗文追出教室，跑得太急，差点将刚跨出座位的秋燕绊个趔趄。两人还未缓过神来，罗文又旋风似的卷进教室，塞给罗玉和秋燕一人一张纸条，留下一句："差点被孙杨这厮误了今晚的大事。秋燕，不好意思撞了你，你和罗玉自己看纸条，待我收拾完孙杨再回来找你们。"

他的话和人同时消失在茫茫夜色中。罗玉和秋燕展开手中的纸条，见上面写着：

廊川老乡会迎新生贺中秋的第一次隆重聚会
八月十五日樱花岛望月

昔年八月十五夜，嘉陵江畔南湖边。

今年八月十五夜，黄瓜山下星湖旁。

廊川学子聚永舟，东南望月几时圆。

劝君更尽一杯酒，今夜清光似往年。

又及：

开始时间：明天，即中秋节下午三点

相聚地点：樱花岛外语角

活动内容：登黄瓜山，游星月湖，探情人谷

活动精神：一个都不能少

秋燕笑着说："这个罗文，真是一个开心果和大活宝！"可不是吗？看着这些妙趣横生又诙谐幽默的文字，她俩都忍俊不禁。

* * *

第二天，没顾上睡午觉，秋燕和罗玉就结伴赶往樱花岛。离活动约定的时间还有十分钟，大部队就已经到齐：生物系的黄莺，化学系的杨瑜，物理系的宋一波，历史系的李娟，还有罗玉最熟悉的那几个人。

肖燕一见到罗玉，就蹦跳着扑过来给了她一个热情有力的拥抱。杨泽满意地说："我们廊川老乡就是不一般，时间观念非常强。"然后，杨泽轻松一跃，跳上一块大石头，罗文和李俊豪相当自觉地分站在他的左右两旁，手里各拿一个饭盆和一把勺子。动作一气呵成，简直像排练过的。

罗文率先拿起一根黄瓜当话筒致辞："老乡们，朋友们，请安静，请安静。今天是我们95级新生廊川老乡会的第一次盛大聚会，我是秘书罗文，我旁边的旁边的这位是副乡长李俊豪。最后，向大家隆重介绍面前这位高高在上、英俊得一塌糊涂的帅哥！没错，他就是我们的乡长杨泽同学！请大家鼓掌欢迎。"

大家很配合地奉献出自己最热烈的掌声，几个男生还打出响亮的口哨，惹得大伙儿一阵哄笑。

罗文继续一本正经地讲："今后三年，我们都将紧密团结在杨乡长的身边，在杨乡长的关怀和领导下度过愉快的大学时光。下面，掌声有请杨泽乡长为我们致辞。"

话毕，他殷勤地将手里的大黄瓜和一篇讲话稿递给杨泽。杨泽接过"话筒"，像模像样地感谢大家对他的支持和信任，接着向大家重申了黄瓜山精神，然后开始念稿：

"兄弟姐妹们，既来之，则安之。今天我们有缘相聚在黄瓜山下星月湖畔的樱花岛上，我们就是一个大家庭。今后我们廊川老乡要团结起来，拧成一股绳。俗话说：雁怕离群，人怕掉队。一箭易断，十箭难折。一人拾柴火不旺，众人拾柴火焰高。一人难挑千斤担，众人能移万座山。一根线容易断，万根线能拉船。为了发扬同舟共济、风雨同舟的老乡会精神，今天我们的活动首先从星月湖划船开始，大家觉得怎么样？"

毋庸置疑，这篇演讲稿肯定出自罗文之手。更搞笑的是，杨泽一板一眼，煞有介事地宣读，每说一句话，罗文和李俊豪就敲一下饭盆，让整个气氛凝重而滑稽，庄严却又无厘头。罗文倒是和这个画面融合得天衣无缝，可怜了一向稳重的李俊豪。大家想笑又憋着笑，好不容易忍到了杨泽讲完话。

罗文振臂高呼："好耶！杨泽万岁！廊川老乡会万岁！"

罗玉觉得，杨泽和罗文简直就是天生一对，李俊豪的气质明显跟这两位谐星不搭，但是他一本正经的样子又提醒大家：他们的老乡会是一个极其严肃的组织！

一群人在杨泽的带领下浩浩荡荡来到租船处，肖燕豪迈地一挥手："我不要机动船，我要手划船。"

肖燕身着体育系的训练服，英姿飒爽，杨泽贪婪地盯了肖燕两眼，滥用手中的职权拍板："好，就听肖燕的，选手划船。"

选好船，男生每人扛上一支船桨，大家兴致勃勃地跳上甲板。

果然是年富力强，不一会儿就划到了湖中央。罗文带头吼了一嗓子："大河向东流哇，天上的星星参北斗哇。"

大家开始活跃起来，七嘴八舌接着往下唱："说走咱就走啊，你有我有全都有啊！路见不平一声吼哇，该出手时就出手哇，风风火火闯九州哇……"

李俊豪天生一副好嗓子，大家纷纷叫他露一手。他被大家推到船中间，只得做好卖唱的准备，临唱前又问大伙："随便唱还是有方向地唱？"

宋一波回答："既然杨乡长规定了我们老乡会的精神是同舟共济，那么今天唱歌的内容都不能离开船，大家说好吗？"

"好！"

"乡长，那我能邀请一位女同学合唱吗？"

"能！"

李俊豪把目光投向大伙，最后落在了罗玉的脸上。只几秒，就让罗玉的心一阵怦怦乱跳，她的脸有些发烫，还未来得及表态，机灵的黄莺立刻心领神会，与宋一波合力将她推了出去。

这情形，不表演显然脱不了身，罗玉便与李俊豪稍作合计，两人默契地合唱了一首《采红菱》：

"我们俩划着船儿，采红菱呀采红菱，得呀得郎有情，得呀得妹有心，就好像两条渔船它不分离，我俩一条心……"

这首曲子俏皮活泼、清丽明快，罗玉与俊豪也不负众望，将其演绎得婉转悠扬、声动梁尘，泄玉流珠般回荡在碧波荡漾的湖面。两人合唱完毕，有好事者起哄："哥哥妹妹再来一首！"

罗玉又一阵脸热心跳，期待却更加惶惑。她逃回肖燕和秋燕身边，却又瞥见罗文正用意味深长的目光看着她，这一瞥，让她的心更加慌乱。

好在这时杨瑜站起来提议大家合唱付笛生的《众人划桨开大船》。

"一支竹篙呀，难渡汪洋海；众人划桨哟，开动大帆船。一棵小树呀，弱不禁风雨；百里森林呦，并肩耐岁寒。一加十、十加百、百加千千万，你加我、我加你、大家心相连……"

每个人都放开了嗓子吼，歌声简直震天动地，不时引来过往游客的高声叫好！

秋高气爽，午后的阳光静静地流泻在水面上，将天空的蓝和湖水的蓝完美地结合起来，瑰丽地熠熠发光。正当大伙沉醉在这片湖光山色中时，肖燕突然大叫一声："我的桨掉进湖里了！"

大家赶紧手忙脚乱地帮忙抓桨，慌乱中有人抓起一支却又掉了几支。罗玉也努力从水里救起一支桨，兵荒马乱船乱晃，她一个趔趄，手里的桨向船舷滑去。几乎是同时，罗文和李俊豪将手伸向那支桨，而后两人同时怔住，还好罗玉又及时抓住了那支桨。

* * *

上岸后，杨泽向大家宣布："乡亲们，更精彩的活动还在后面。今天是中秋节，据大二和大三的中黄瓜们介绍，爬到黄瓜山顶看到的月亮特别圆特别美，所以我们的下一个活动是：登黄瓜山！"

虽然已近黄昏时分，但大家的兴致不减反增，又雀跃着开始登山。一路上你追我赶，谁都不甘落后，一鼓作气就登上了黄瓜山顶。

来到山顶，呈现在大伙眼前的是一片平地。山上的植物很少，附近只有一些零星的青苔镶嵌在黛青色的岩石缝隙。空旷静寂，偶尔有几只飞鸟掠过，像是跳跃的音符，让这高山流云有了一丝灵动。

站在山顶可以俯瞰到山脚一个空旷幽深的峡谷。这个山谷本来叫什么名字大家都搞不清楚了，师专的学生将其命名为情人谷。顾名思义，这个清幽浪漫的山谷吸引了很多恋爱中的学生。情人谷里的风景十分优美，常年树木葱茏，长满了奇花异草，荡漾着花的幽香和草木的清香，让人流连忘返。

月亮还未爬上来，杨泽提议大家进行一次以中秋为主题的诗歌比赛。10个人分成A、B两组，每组推选一个答题人完成11道题目的抢答，胜出的组员将得到两大盒月饼作为奖励。经过抽签，肖燕、秋燕、罗文、李娟与罗玉分在了A组，其他人在B组，杨泽既是参赛队员又兼做评委和主持。

第一题是请大家背出"床前明月光，疑是地上霜"后面的诗句。这道题太简单，惹得每个人都当了"喷子"，直呼做这样的题目是愚弄大伙的智力。主持人辩解说这是热身题，给两组各加一分。

为平众怒，杨泽决定加深难度，将第二题临时改成背出《望月怀远》全诗内容。

好几个人同时举手，可都只背出了前两句："海上生明月，天涯共此时。"然后，就没有然后了。

罗玉虽然没有抢得先机，可是却是唯一一个完整背出全诗的人："海上生明月，天涯共此时。情人怨遥夜，竟夕起相思！灭烛怜光满，披衣觉露滋。不堪盈手赠，还寝梦佳期。"

一气呵成，赢得大家一片点赞，她为A组挣得了第二分。

第三题为"嫦娥应悔偷灵药"的下句诗。高中时罗玉曾问过李俊豪这句诗的下一句，李俊豪告诉她是"碧海青天夜夜心"。但此刻李俊豪沉默不语，难道是他忘记了？

罗玉疑惑地望向李俊豪，恰巧四目相对，俊豪的目光中透着赞许和鼓励。罗玉微微一笑表示心领神会，对方是在故意让她。

一旁的肖燕干着急，跺着脚对着罗玉大叫："小玉，背诗是你的强项啊！难道还有你不知道的诗词吗？"

罗玉如梦初醒，赶紧说出了答案。A组又得一分，成员一阵欢呼和尖叫。

B组落后两分，宋一波坐不住了，将矛头指向李俊豪："我说李大才子，怎么说你也是中文系出身，就这样'败'倒在罗玉的石榴裙下，有什么颜面可存？"

李俊豪抿着嘴默不出声。肖燕哈哈大笑："宋一波，我看呐，你也不用为难俊豪，还是让我给你出个主意吧。你把名字改成'送秋波'，对着我们A组每人狂放一通电，那我们就考虑考虑要不要给你们留点颜面，免得你们输得太惨，尊严碎一地啊。"

杨瑜站起来抗议："主持人，我提议换成对联比赛吧。诗歌比赛让小玉一个人包场了，这样继续下去，严重打击我们的积极性。"

杨泽只好"从善如流"。B组本认为风水轮流转，现在他们可以占上风了。万万没料到杨泽连出三题，罗玉都对答如流。"国强家富人人寿，花好月圆年年丰""人逢喜事精神爽，月到中秋玉镜明""几处笙歌留朗月，万家箫管乐中秋"。

每一句都押韵工整，而且更难的是都能跟月亮挂上钩。这下B组彻底没了脾气。

第四副对联有点难，上联为"提锡壶，游西湖，锡壶掉西湖，惜乎锡壶"。大家思虑很久，也没有想出好的下联。最后还是罗玉的答案获得了大家的认可："上琴楼，问琴愁，琴楼盛情愁，情满琴楼。"

这下联虽然偏离了主题，但是大家对罗玉在文学上的造诣和才华心悦诚服。杨泽亲切地冠名罗玉是"廊川老乡会第一才女"，肖燕兴奋地将罗玉抱起来转了一个圈，罗文也将"杨泽万岁"的口号改成了"罗玉万岁"！

B组的人还想做最后的挣扎，有人大喊："主持人，你能不能别专挑小玉擅长的方面比赛呢？所谓比赛，必须双方旗鼓相当才精彩，你把好好的比赛搞成小玉的个人才艺展示，搞得我们信心全无，以后都没人敢参加比赛了。强烈建议更换比赛内容！"

B组的人说得振振有词，可是换什么好呢？主持人一时也没了主意。

这时，天色渐暗，落日的余晖映红了天边。渲染之下，山脚下的渝北师专美轮美奂，学校正前方的星月湖宛如墨绿的翡翠，湖中央的樱花岛，美丽神秘，堪比

《射雕英雄传》里面的桃花岛。青山碧水以及情人谷，种种美景让人浮想联翩。

李俊豪似是心中怦然一动，站起来欣然说道："为了挽回B组的颜面，我给大家讲一个故事吧。说得不好，还请诸位见谅。"

他清清喉咙，开始讲述：

"从前，天下大乱，武林争霸，血雨腥风。江湖上有一位世外高人，为了拯救天下苍生，决定参加比武大赛。

"只见他噌、噌、噌几下从山底跃到黄瓜山顶。话说这个山顶布满青石又俯瞰众小，简直就是一个天然的比武场。

"毫无悬念，高人不负众望夺得武林第一，结束了残酷的江湖厮杀。不可思议的是，武林第一高手却看破红尘，一心想死。因为他的心上人已逝，斯人既去，岂能独活？

"高手站在黄瓜山顶，毅然决然，纵身一跃。幸运的是他没有死，而是跌入了情人谷。并且惊喜地发现他的心上人也没有死，谷底的奇花异草医治了她的顽疾。

"喜极而泣，他们相拥在一起，从此在樱花岛上开始了幸福甜蜜的生活！"

李俊豪的故事完美地将学校的山山水水结合起来，经他这样一说，大家才觉得整个渝北师专的环境确实很像武侠小说里面描写的场地，于是纷纷遗憾居然没有导演把这里选为拍摄基地。

杨泽拍着李俊豪的肩，赞赏道："不错，大才子，你的故事总算为我们B组争了一口气！"

罗玉笑着接一句："确实不错，比我刚才说的对联诗词有创意多了。假如结尾改成：高人和美女吃着月饼，赏着月亮，幸福地生活在一起，就跟今晚的主题更贴近了。"

罗玉的话让大家从美丽的故事中回过神来，俊豪也跟着呵呵一笑。一提到月饼，馋虫就来了。罗文率先跳起来帮杨泽分发月饼。大家一边吃着香喷喷的月饼，一边欣赏着美丽的风景。

天色越来越暗，山顶的风轻轻地吹着，周围笼罩着神秘的色彩。肖燕再次大喊："小玉，你看！月亮好美！哦，不对，现在天未完全黑，应该是太阳吧？到底是太阳呢还是月亮？我怎么有点搞不清楚。"

"是月亮！月亮出来了！"罗玉欣喜地说。

中秋之月，格外明亮，怨不得这群沉浸在欢乐中的伙伴没有留意到日月的更替。

多年之后，罗玉依然记得那轮明月，依然感受得到那清凉月色中的秋意绵绵。

那天晚上杨泽对她说："小玉，我怎么觉得你身上充满了林妹妹的气质，我认你做妹妹好吗？"

罗玉笑着点头同意，旁边的肖燕比划出一个大大的YES。罗文取笑杨泽醉翁之意不在酒。但不管怎么说，从那晚开始，杨泽当真把罗玉当亲妹妹一样看待，像大哥一样罩着她！

第四章　问命，锦城山抽签

一生心事向谁论，十八滩头君不在。

在那场轰轰烈烈的老乡会后，几乎每过一个月或者每遇到一个重大节日，杨泽都会将大家召集起来，组织一些郊游、踏青、野炊、野营等活动。这个小小的老乡会也因其团结友爱在校园里享誉盛名。更有意义的是，老乡间的频繁互动让这群远离家乡的学子感受到了家的温暖。

罗玉的大学生活也逐渐充实和忙碌起来。晚自习他们班上照例会举行各种各样的师能训练，罗文溜进四班的频率更繁，俨然从四班的编外人员升级为四班的正式一员。以至于有一次，三班和四班举行拔河比赛，孙杨见罗文站在三班的队伍中，脱口而出："罗文，你个吃里扒外的家伙，快回四班这边来帮忙。"

放学时候，罗文也经常与罗玉和秋燕结伴而行。月朗星稀的夜晚，他们还会跑到学校的大操场转几圈。空旷的操场，柔和的月光，三人的友谊也在月光的见证下一天天加深。

周末的时候，特别喜欢看电影的肖燕经常一大早就来"预订"罗玉。肖燕早已和秋燕、罗文、杨泽他们打得火热，所以大多数周末的晚上几个人会一起看电影。俊豪和杨泽几乎从不缺席，倒是罗文神神秘秘的，常常神龙见首不见尾。

每个周末都是罗玉最盼望的幸福时光。先是坐在好朋友身边，吃着爆米花，嗑着瓜子，幸福指数飙升，电影好不好看都是其次。看完电影就和他们跑去吃麻辣烫。在校园那家名叫"火辣辣"的麻辣烫店里看肖燕和杨泽打嘴仗，看李俊豪吃得满头大汗还不忘吟诗作赋。罗玉经常一边被辣得一把鼻涕一把眼泪，一边又被他们逗得哈哈大笑。

寒来暑去，他们这群人彼此关心，嬉笑打闹，不知不觉大二就快结束了。

暑假前夕，杨泽再次将所有老乡召集在一起。他非常激动地说："兄弟姐妹们，承蒙大家的支持，本人这两年的乡长工作开展得顺风顺水。现在大三即将来临，这将是我们大学期间的最后一个暑假了，所以我想组织一次特别的聚会活动。"

"什么聚会活动？"大家好奇地问。

"我们这两年的老乡会呢，活动地点都是在渝北师专，可我们毕竟都是廊川人啊！所以我觉得我们应该在廊川举办一次老乡会，大家觉得怎么样？"

"好，非常好！"罗文带头呼应，其他人也纷纷附和。

杨泽开心地说："谢谢大家支持我的工作。认真考察后，我认为锦城山是个不错的活动地点。那里比较好玩，而且据说山里寺庙的菩萨很灵，大家还可以顺便抽抽签。集合地点就选在小玉家吧，她家离锦城山稍近一点。时间定在阳历的7月7号，虽然不是旧历的七夕节，但跟传统节日同名同姓多少也沾点浪漫。大家别忘了我们的活动精神：一个都不能少！"

然后他故意看了一眼秋燕，补充道："和谐社会，允许大家带家属。"

*　　*　　*

这年的夏天特别热，屋子像是一个蒸笼。罗玉一晚上没合眼，在床上翻来覆去，到清早才迷迷糊糊地睡着。

可是好梦不长，梦里一串鞭炮噼里啪啦响起来，罗玉迟疑着不肯睁眼。突然耳边传来肖燕那熟悉的"鞭炮声"："哎呀大小姐，太阳都晒屁股了，你还在睡，快起来，我们今天还要登锦城山呢！"

罗玉一个激灵，困意顿消，赶紧翻身起床。奶奶早已为她准备了早餐：一碗绿豆小米粥和一个馒头。

正在吃饭的当儿，杨泽就到了，接着传来宋一波的大嗓门："罗玉，我是不是今天的No.1呢?"

肖燕用一个招呼性的拳头回答了他的问题。接着土豆也到了，也不知是谁先开始叫杨瑜（洋芋）为土豆，不知不觉间"土豆"这个名字一路走红，传来传去，到现在甚至有脑残者想不起土豆的本名。

紧接着报到的是黄莺和罗文，然后是秋燕和她的男朋友何霄。最后一个是李俊豪，到达时脸上满是汗水。他的家离得最远，一路上肯定是急追猛赶。尽管如此，大家还是对他进行了一番讨伐，责怪他拖了大家的后腿。

杨泽鼓励大家挑战极限，号召大伙乘"11路"车向锦城山进发。年轻勇敢的心从来都不惧冒险和挑战，大家就这样跟随杨泽兴致勃勃地出发了。

为了节省时间，他们绕开大道，抄山路行进。在羊肠小道上鱼贯而行，沿途变换的风景让大家甚是兴奋，叽叽喳喳说个不停。走在最前面的杨泽提议搞点趣味接龙，并首先来了句"走一扛红旗"做示范，要求最后一个字必须跟自己走在队伍中的次序的数字押韵。

走在第二的肖燕怎么也想不出，急得抓耳挠腮。宋一波在一旁轻声提醒："走二棒老二"，肖燕慌忙大声念出来。念完才发现上了当，抬脚便踢，但宋一波灵巧地躲过。小路狭窄，肖燕也拿他没办法，只得恨恨地骂道"君子报仇十年不晚"。

大家哈哈大笑，游戏继续："走三锦城山""走四吃豆豉""走五王老五""走六……"黄莺一时语塞，大家哄笑她别想了，直接表演一个节目作数。

黄莺摆出一副可怜相求助身后的土豆，土豆救美心切，可是绞尽脑汁也只想出来一个"走六臭狗屎"。含嗔带怒的黄莺挥动着小粉拳一下下敲打着土豆的大脑袋，没想到土豆脱口而出"走六刘德华"，救了黄莺，更救了自己。

接着轮到土豆自己，才思枯竭的他看了一眼黄莺，硬着头皮说了一个"走七受狗气"。黄莺毫不客气地又给了他一拳，他疼得哇哇大叫："哎呦，姑奶奶，你不能仗着我喜欢你，你就老是欺负我，好歹在外面给我留点面子啊。"

本来两人的关系还处在暧昧中，谁都不好意思捅破那层窗户纸，这下终于可以打开天窗说亮话了。大家一阵起哄，黄莺羞红了脸，举起拳头又要打。土豆挺胸往她面前走近一步，奉上自己的大脑袋，说："打吧，打吧。打是亲，骂是爱，不打不骂不相爱。"

黄莺的拳头停在空中，不知道是该挥出去呢还是收回来。

这时杨泽高呼："第八个，接上。"

"走八一路滑""走九爱喝酒""走十管闲事"……

一轮说完又来一轮，渐渐地，体力差一些的同学慢了下来，也有人叫嚣："饿死啦！"

仿佛一股瘟疫蔓延，每个人都开始嚷嚷饿。"人是铁饭是钢，一顿不吃饿得慌。"更何况体力消耗巨大，出汗多还口渴，有人呼吁："杨乡长，解决下民生问题。"

乡长的回答让每个人都精神一振："同学们，前面400米处有个李子林，我们可以去那里买点李子充饥。"

他的话像兴奋剂，让大家满血复活，朝着李子林奔去。刚巧李子林的主人正在摘熟透的果实，杨泽走上去跟林子主人讨价还价，买了两大袋李子。

每人先分得两个李子。罗文边吃边嚷："我一辈子都没吃过这么好吃的李子，实在太美味了，估计猪八戒在天上吃的人参果也不过如此。"

分完李子之后，杨泽很诡秘地把肖燕叫到一旁，两人边说边笑，一副狼狈为奸的样子。当时大家忙着吃李子，谁也没多留意他俩要搞什么鬼把戏。

突然，杨泽和肖燕各自提起一个袋子，朝前面飞奔而去。

等大伙反应过来时，只剩下空气中回荡的声音："要吃李子的来追我们，追上了就吃，追不上的就别怪我们把李子吃光。"

罗文最先追了出去，边追边骂："看我追上了，怎么收拾你们这对狗男女！我必须把你们生吞活剥。"

大家一时忘记了疲劳和饥饿，个个迈开腿朝前猛追。场面有点像校运会长跑，一群人你追我赶玩命地跑。几乎是一鼓作气，就跑到了锦城山脚下。杨泽和肖燕早已经进山，看不到踪影。

*　　*　　*

接下来登山比赛开始了，何霄为了抢到李子，三下两下就冲到了前面。突然秋燕"哎呀"一声，坐在地上捧着脚喊疼。

大家嘻嘻哈哈从她身边雀跃而过，毫无停留状，急得秋燕嚷嚷："你们这些没良心的，被几个李子熏了心，八成是想把我独自留在这荒山野岭喂狼。"

一直没说话的李俊豪接话："是啊，我们是准备把你留给狼，而且是活狼（何郎），不是死狼。"

何霄一个人折回秋燕身边，关切地问："秋燕，脚崴了啊！很疼吗？还能不能走啊？实在不行我背你上去吧。"

没人管他俩的死活，大伙的心里明镜似的：目标在前面，就是那两袋甜死人而又吊足大家胃口的李子。秋燕嘛，自有她家何霄好好照顾。

爬到半山腰的时候，罗玉就慢慢掉队了，体力不支且浑身发软。她看了看前面杂草丛生的小路和身旁万丈深渊的沟壑，心里不禁一阵哆嗦。一个低沉的声音从身后传来："小玉，走不动了吗？我到前面牵你。"

李俊豪径直走到罗玉前面，轻轻地牵起她的手。

罗玉的手汗涔涔的，心里小鹿似的乱撞。柔柔的风从耳边徐徐掠过，鸟儿在山林里回转低吟，两人都默默无语，心中又膨胀着千言万语。罗玉不断用手拂去额前因紧张和疲惫而密集的汗珠，每一次都换来李俊豪更有力的牵引。

转过一个山角，俊豪轻声对罗玉说："小玉，我快要将医学院的本科自修完了，大三的时候我计划报考研究生。"

"哦，还是考医学院的研究生吗？"

"是的。考医学院的研究生一直是我父母的心愿，动力却来源于一个女孩。"

"哦。"

"你不想知道是哪位女孩给予我动力吗？"

"啊？"她抬起头，撞上俊豪熠熠闪光的眼眸。罗玉心中又是一阵悸动，失心一般盯着这双眸子。似呓语，似自问，她声音低柔地说："是谁呢？"

也许是两人紧握的双手让俊豪感受到了罗玉的忘情，俊豪也是一阵心慌气短，一股热血涌上大脑，激动和紧张竟使他不能流畅地吐出那个熟悉的名字。

这时山上传来杨泽爽朗的声音："俊豪、小玉，你们终于到了。快来，不然李子要被我们吃光了。"两人不约而同地松开了手。

山顶上，大家都在兴高采烈地享受胜利的果实。肖燕大大咧咧地塞给罗玉一大把李子，说："小玉，快吃吧。这群饿狼恨不得连口袋都不放过，幸亏我多个心眼藏起来一些。"

罗文没好气地说："你还好意思说，最丧尽天良的人就是你和杨泽了，这么缺德的事情亏你俩也干得出来！"

杨泽笑得上气不接下气，说："你这白眼狼，若不是我和肖燕这体育健将想出这么个好办法，估计你们这群人现在还在山脚唉声叹气。我和肖燕牺牲自己，成全大家，一番苦心全被你当作驴肝肺。好了，废话少说，大家吃饱李子，继续前进！"

一个气喘吁吁的声音从山下传来："你们吃饱了，就不管我们死活了，还说是一个团结友爱的集体呢？我看就是狗屁集体！"

话毕，何霄背着秋燕摇摇晃晃地出现了，大家又是一阵哄笑。

待他们歇下来后，李俊豪拿起秋燕的脚左捏捏右揉揉，秋燕的脚居然很快就恢复了灵活。

何霄又是欣喜，又是气愤，对着俊豪一通乱喷："你肯定是故意的，既然会两手，干嘛不早点将秋燕的脚治好，害我从山脚把她背上来，累得半死。"

李俊豪一边洗手一边淡淡地回答："这不是为了给你表现的机会吗？你还狗咬吕洞宾。"

秋燕笑着给何霄擦了擦满脸的汗水，又塞给他几个熟透的李子，何霄这才消了气。

* * *

吃饱喝足，大家赶到了杨泽说的那个很灵验的寺庙。一个慈眉善目的和尚对他们说："小施主们，抽个签求个好运吧。"

杨泽礼貌地回应："那好，既然我们来到这里，就都抽个签吧。再过十年二十年，我们看看，签上所注与实际生活有没有吻合，那时说不定有别样的体会和感受呢！"

于是每个人都抽了一注签。肖燕抽了第一注签，内容是："心高命平顺，福至祸无侵。小富即安享，平安福禄生。"

和尚解说这是上上签，肖燕分外开心。

李俊豪抽了第二注："开天辟地大将才，功名富贵信手来。一生心事向谁论，十八滩头君不在。"

大家都觉得这支签高深莫测，和尚解释道："十八滩头指古代一场战争的地名，意味成功，因而未来这位小施主的事业很辉煌，只是……"和尚顿了顿说，"小伙子，你渴望与你分享成功的人不得求，天意难违，强求无用。"

宋一波抽了第三注："鲸鱼未变守江河，雨雪风霜总不摧。异日峥嵘身变化，许君一跃跳龙门。"

只见和尚双手合十，轻念一声阿弥陀佛，说："这位施主将来也能成大器，只是可能要经历一番周折。"

接着是杨泽的签："一见佳人便喜欢，两家门户齐相当。春风捎带好消息，调转琴瑟向兰房。"

和尚微笑着道出天机："这注签寓意百年好合，喜结良缘，抽签的人今年适合结婚。"

一下子，人群炸开了锅，大家纷纷将矛头指向杨泽，让他坦白从宽，女朋友是谁，计划何时结婚，还有人提前讨要喜糖。杨泽哭笑不得。

趁大家还还沉浸在杨泽的签带来的欢乐中，罗玉也悄悄地抽了一签："兰心蕙质惹人怜，好事多磨梦难圆。谁知去后有多般，历涉应知行路难。"

见此，罗玉下意识地将头扭向李俊豪，对方也正在看她，一种不好的预感在罗玉心头升腾而起，她的心"咯噔"一下。

李俊豪欲开口询问，罗玉慌忙堆起笑容加入到对杨泽的调侃中。

杨泽抽的虽不是上上签，但绝对是个"焦点签"，一直过了很久，大家还念念不忘他的"婚事"。

接下来，他们又去了打子洞。当地人流传着一个说法：谁能将石头打进石壁上的一个洞里，就能求得儿子。因此有很多求子心切的人在这里虔诚地扔石子。

这一行人也笑闹着扔石子，但是谁也没有扔进去，除了一个人——杨泽！联想到他今天抽的签，大家又笑作一团，感叹庙里的签确实很灵，劝杨泽抓紧时机回去结婚，说不定明年就可以抱上一个大胖小子。

* * *

返程的时候所有人都成了强弩之末，精疲力竭外加饥饿折磨，连体育健将肖燕也气息奄奄。有人提议去公路上拦过路车碰运气，于是他们一群人互相搀扶着歪歪倒倒向公路蹒跚走去。

每过一辆车都会给大家带来希望，引起一阵尖叫，但结果大多失望。最后秋燕一屁股坐在地上说她实在走不动了，受过伤的那只脚隐隐作痛，她表示一定要等到一辆过路车，否则宁愿睡在马路上，总比累死在路上强。

大家七零八落散坐在公路上陪着她。终于又等来了一辆破破烂烂的小货车，几个男生拦路而站，司机被迫停下来。

司机耐不住罗文的三寸不烂之舌，最终屈服了，但是提出了一个要求：搭车可以，但只能站在车厢里，和两头猪在一起。

两头猪算什么呢？就算两头熊大家也不会介意。没有任何犹豫，他们用尽最后一点力气爬进了车厢，开始了人猪共途的奇葩旅行。

一路上司机将车开得飞快，也不知道猪是啥感受，搭车的人是兴奋得不得了。乡村公路颠簸不平且转弯抹角奇多，好几次飞驰的车速和大幅度的转弯几乎把他们扔出车厢，引得大家惊声尖叫，其中混合着猪二爷抗议的伴奏。

本来了无生气的一群人因为过度的刺激和惊吓再次满血复活。不知谁起头又吼了起来："路见不平一声吼啊，该出手时就出手啊，风风火火闯九州啊……"

车厢里开始沸腾，不顾猪二爷的抗议，每个人都扯着嗓子放声吼。歌声中大家忘记了疲劳，忘记了饥饿。就这样，唱一阵儿，歇一阵儿，在漫天繁星的时候，他们终于毫发无损地回到了罗玉的家。

奶奶已经睡下了，罗玉带领大伙轻手轻脚出入。她家只有两张床，奶奶睡了一张，她安排所有女生挤在另一张床上。然后她爬到家里用木板搭建的简易阁楼上，在楼板上铺了一张大凉席，作为今晚所有男士的寝宫。

没有一个人挑三拣四，大伙困极了，个个倒头就睡，完全没有留意蚊子对他们的觊觎。罗玉给两个临时就寝处各点上一支蚊香，然后才上床休息。

罗玉拿出日记本，回想今天一天的经历，俊豪、李子、抽签、猪二爷……奇妙又刺激。

罗玉还仔细回忆了每个人抽到的签，认真地记了下来。这是今天最神秘的部分。

反复确认没有遗漏之后，罗玉心满意足地合上了日记本，在床上那群东倒西歪的人里寻了个空隙，挤入了梦乡。

第五章　歌声，爱的语言

音乐是他的另一种语言，唱出了他深藏的男儿柔情。

游完锦城山不久，罗玉就去四姨家接回了妹妹罗云。妹妹今年12岁，比罗玉小8岁。罗玉的母亲在深圳打工，父亲早逝，家里常年只有七十多岁的奶奶和年幼的妹妹。奶奶又体弱多病，所以妹妹就被寄养在四姨娘家，只有寒暑假罗玉才接回家。

接回妹妹后，罗玉思忖着如何赚些小钱补贴家用，钱对她们这个家一直是不够用的。做什么好呢？思来想去，她决定逢赶集日去市场批发一些蔬菜和水果，放在不赶集的日子零卖。她们所在的小镇逢尾数是二、五、八的农历日子为赶集日，到了这一天，方圆几十里的农民都会来镇上赶集，形成一个规模不小的"物资交流会"。赶集日小镇很热闹，平日里则比较冷清，不好存放的瓜果蔬菜也就比较有市场。

说干就干，初七这天，罗玉和妹妹一早就来到集市上。货比三家，批发了几样蔬菜水果。罗玉心疼妹妹，大包小包自己一个人拎着，背上还背着一个大筐。

姐妹俩正开心地准备返家，突然听到有人喊："小玉，小玉。"罗玉一回头，看见李俊豪冲她挥手。

李俊豪正和母亲卖鸡蛋，看到罗玉姐妹吃力地拿着很多东西，便主动请缨送她们回家。

奶奶热情地留俊豪吃午饭，饭后他们三个人搬了凳子到屋后的大槐树下乘凉。妹妹趴在罗玉腿上撒娇，闹着要听她唱歌，于是罗玉去屋子里拿了自己的手抄歌本出来。

那天下午他们三人唱了很多首歌，妹妹开心极了，在槐树下跑来跑去。阳光穿过树叶的空隙，投下星星点点的光斑，在他们的头发上、衣服上印上一个个闪亮的光点，像一颗颗银色的宝石，而罗玉与俊豪对彼此的好感也如此般明媚雀跃。

这之后，每逢赶集日，李俊豪都会在集市等罗玉姐妹，帮她们把菜和水果搬回家，然后留在她家吃午饭，饭后大家一起去槐树下玩耍。妹妹安静地做作业的时候两个人就讨论文学和诗歌。李俊豪眉清目秀，皮肤白皙，天生一张讨长辈喜欢的脸，因而深得奶奶的喜爱。而在妹妹罗云眼里，李俊豪就是个不折不扣的"故事大王"。

8月中旬的一天，队里通知各家各户要在月底前完成缴公粮的任务。罗玉家的公粮每年都是四姨父帮忙缴纳，但今年四姨父的脚受伤了，罗玉不想增添他的负担，便询问李俊豪能否在下个赶集日早点来她家帮忙，李俊豪满口应承下来。

那天早上不到八点，李俊豪就到了，并给妹妹带来一袋他们家自产的李子。妹妹接过李子，亲热地说："谢谢大哥哥，大哥哥你真好。"看到李子，罗玉就想起他们爬锦城山那疯狂的一天，嘴角不知不觉露出微笑。

两人合力将下午要缴纳的公粮抬到屋后的平地上晾晒。午后，罗玉到隔壁王伯伯家借了风车和三轮车。他们先用风车将稻谷进行过滤，李俊豪一边转动着风车，一边教妹妹唱儿歌《大风车》：

大风车吱呀吱哟哟地转

这里的风景呀真好看

天好看地好看

还有一起快乐的小伙伴

大风车转啊转悠悠

快乐的伙伴手牵着手

牵着你的手

牵着我的手

今天的小伙伴

明天的好朋友

好朋友

风吹拂着他们的脸，歌声带走了他们的疲倦。他们将装好的稻谷搬到三轮车上，李俊豪在前面蹬车，罗玉在后面扶着箩筐。妹妹觉得好玩，也要跟着来，罗玉只得把妹妹也塞到三轮车上。

那天缴公粮的人特别多，队伍排成了长龙，差不多等到夜幕降临的时候，才轮到他们。

成功缴完公粮，他们三个人都觉得特别兴奋，特别骄傲。罗玉给妹妹买了一个漂亮的玩具风车，妹妹高兴得小脸通红，反复确认："姐姐，这风车真漂亮，你确定是买给我的吗？"

李俊豪拍着妹妹的头说："小鬼，快上车，哥哥拉你回去。"罗玉也爬上三轮车坐下，待她俩都坐好后，李俊豪开始蹬着三轮车往回走。

妹妹在三轮车里坐了一会儿，便淘气地站在三轮车上，一手圈着李俊豪的脖子，一手高举玩具风车，唱起俊豪白天教给她的那首《大风车》。

傍晚的风携带着还未退散的热气，吹着李俊豪的头发和衣衫，此情此景，罗玉的心里涌起一股暖暖的情愫，她对这个蹬着三轮车的大男孩不知不觉产生了更深的依恋和缱绻。

晚饭后，玩了一天的妹妹早早就睡下了。天色太晚，奶奶不放心俊豪一个人走夜路，就留他过夜，并叫罗玉陪他出去散散步。多么善解人意的奶奶啊！

罗玉和俊豪肩并肩慢慢走着，凉凉的夜风轻轻地吹过来，天上的星星朝他们眨着眼睛，街道两旁的屋子里透出的灯光温情脉脉，两颗年轻的心在夏夜中是如此靠近。

两人走到村口的桥头，在一块大石头上坐下来，听流水潺潺，蛙叫虫鸣，看繁星点点，月破花影。

李俊豪接连给罗玉唱了几首歌，《花心》《想和你一起吹吹风》《最浪漫的事》等。音乐是他的另一种语言，唱出了他深藏的男儿柔情。

我能想到最浪漫的事就是和你一起慢慢变老
一路上收藏点点滴滴的欢笑
留到以后坐着摇椅慢慢聊
我能想到最浪漫的事
就是和你一起慢慢变老
直到我们老得哪儿也去不了
你还依然把我当成手心里的宝……

这几句歌词，唱得罗玉的心柔柔的、软软的，慢慢燃烧起一簇暖暖的火焰。

唱罢，李俊豪轻轻地问："小玉，你是不是觉得我不太会说话？"

"没有啊，你很会说话啊。"

"可是我不善于表达自己。"

"你想表达什么？"

李俊豪咬咬牙，鼓足勇气，说："小玉，其实我一直，我一直很……"

罗玉屏住呼吸，心跳加速，紧张到一动也不敢动，期待着他说下去。月亮在云层里来回穿梭，秋虫在空濛的河边低吟，她仿佛听见了温热的爱在回旋的河间流泻。

突然一阵凶猛的狗叫声打断了李俊豪呼之欲出的话语，也打破了这宁静美好的夜晚。伴随着声声犬吠，一条凶狠的土狗追着同伴朝他们这边跑过来。这条狗眼见追不上同伴，把目标转移到了罗玉他们身上。

赤手空拳，他们俩互相壮胆，竭力躲避着那条恶狗。如果他们蹲下来，狗就停一会儿，他们一挪脚，狗就朝前扑。这样来来回回折腾了快半个小时，最后还是狗主人闻声过来把狗弄走了。

人狗对峙，两个人筋疲力尽之余都有些后怕。美好的气氛被破坏了，他俩只得往回走。路上两人都默默无语,罗玉的心充满了惆怅和失落。可是一转念,她甩甩头,质问自己:"你在期待什么呢,小玉?难道你忘记了自己的诺言:在没有找到工作,安顿好家人之前,不考虑感情问题!"

快到家门口的时候,李俊豪率先打破了沉默,好似在安慰她,又好似在安慰自己,他哑声说道:"小玉,过几天赶集我还会来的,家里的梨子熟了,我下次给你和小云带些来尝尝,你和小云要等我啊!"

"哦!"罗玉答应着,心里不由得又燃起一股淡淡的期待和喜悦。

第六章　捉心，你的秘密

> 很多次她分明觉得自己捉住了他的目光，可一旦她想要牢牢抓住的时候，那关注就会离她而去。

新学年的第一天，罗玉有条不紊地缴费、领书、打开水、铺床……她熟练地收拾好一切，早早地爬上床，打算看会儿书就睡觉。

回想起两年前那个懵懂而无知的小女生，罗玉的唇边泛起一个微笑。时间过得多么快，不知不觉他们已经步入大三，成为了学弟学妹眼中的"中黄瓜"。突然，门外传来一个熟悉的声音："罗玉，请问罗玉在吗？"

罗玉开门一看，果然是杨泽和罗文，还有秋燕笑眯眯地掩藏在他们身后。仿佛历史在重演！没等她开口，杨泽就煞有介事地问："罗玉同学，需要牙膏牙刷洗脸帕吗？今天我们搞促销，买二送一。"

她这才注意到罗文和杨泽各提着一个大大的编织袋，打开一看，里面装满了牙膏、牙刷、洗脸盆、洗脸帕、笔、本等学生常用生活用品和文具。罗玉困惑地问："你们又在搞什么花样？不读书改做生意了？"

罗文笑着回答她："小玉，大一的时候，我不是说过要搞些赚钱的项目，改善大伙的生活，让你的身体更棒吗？说来惭愧，现在才有点儿眉目。"

"你有说过吗?"

"说过啊,而且我一直在为此努力。前几天我和杨泽提前返校,去市里批发了各种各样的文具和生活用品,打算卖给新同学。一来方便了新同学购物,解决了他们人生地不熟的麻烦。二来我们也可以趁机赚点钱,谋取点小惠小利。我和杨泽在各寝室楼下都立了广告牌,也为我们的流动商品设了几个固定购买点,大部分是咱们老乡所住的寝室。所以,本楼宇的购买点设在你和秋燕的寝室,货已送到,接下来怎么叫卖就看你俩的了。"

罗玉的眼睛瞪得大大的,表情由惊讶转为佩服,由佩服转为崇拜。罗文和杨泽,永远那么精力充沛、创意层出。不过她总觉得少了点什么,不由自主地朝楼梯口望了望。

杨泽笑着说:"妹,你别看了,是不是觉得少了李俊豪?那个书呆子,现在还没有回学校,据说他向系里请了半个月的假,不知是不是在家里准备考试。他发过誓今年一定要将医学院的本科文凭拿到手,所以就算他回来,也没时间跟着我们串,这会儿八成是在发奋苦读!"

仿佛被人洞穿了心思,罗玉不好意思地回答:"我才没有找他呢,只是你们这个组合一向是三人行,少了个人,总觉得怪怪的嘛。"

说完这话,罗玉自己也觉得有点牵强,她想见到李俊豪,不仅因为他们是一个组合,还因为她的心里藏着一个大大的疑问。她的耳边响起李俊豪的话:"小玉,过几天赶集我还会来的,家里的梨子熟了,我下次给你和小云带些来尝尝,你和小云要等我啊!"

结果呢?结果她和妹妹等了一个又一个赶集日,他却像消失了似的,压根儿没再出现。他没有回学校,为什么呢?难道是因为他病了?她忍不住问杨泽:"李俊豪是不是病了?"

"肯定没有,他托宋一波给他请的是事假,但具体什么事没说。他那身体,怎么可能病?你别想多了!"

接着杨泽豪又补充一句:"妹,你完全不用管李俊豪,少了他这根红萝卜我们照样上席。对了,妹,你一会儿陪我们去找下肖燕,体育系的购物点打算设在她的寝室。"

罗玉为自己的失态歉意地一笑，用掩饰的口吻说："你们俩去不就得了嘛，两个大男人，难道还怕谁吃了你们不成？"

罗文笑嘻嘻地说："他就是怕肖燕吃了他，所以要你去保护他。当初他认你做妹妹就没安好心，为的是让你做保护伞！"

杨泽恼羞成怒，朝罗文握拳相向。

* * *

开学后的前半个月，在杨泽和罗文的带领下，老乡会的每个人都很忙碌，也备感充实。放在罗玉寝室的两大袋物品逐渐减少，最后只剩下几个牙膏牙刷。其他临时购物点的情况也大同小异。初次小试牛刀，大家尝到了赚钱的甜头。

就在罗玉和秋燕计划向杨泽汇报战果时候，罗文在一个晚自习溜进四班，故作神秘地通知她俩："周六下午三点，所有人员带上各自的饭碗到数学系的教学楼前集合，届时会有大大的惊喜带给大家！"

会是什么惊喜呢？星期六这天，罗玉和秋燕兴致勃勃地到数学系教学楼前报到。罗文早已在那里等候他们，李俊豪居然也在，正和宋一波说着话。

罗玉故意将头扭向一旁，装作没看见，眼睛的余光瞥见李俊豪脸上飞过一抹落寞。

大队人马聚齐后，罗文带领大家穿过数学系一楼的大堂和几间教室，最后停在教学楼后侧的一间小屋旁。杨泽神奇地从那间小屋子里钻出来，高喊着："欢迎光临！"

原来这间屋子是数学系的值班室。大学头两年，杨泽跟看楼的大爷混得很熟。得知本学期大爷要辞职回家带孙子的消息后，他和罗文找到学校的办公室主任，施展苦肉计，说他俩家里如何贫困，请求办公室主任把数学系晚上值班和打扫大楼的任务委托给他俩。学校正大力倡导学生勤工俭学，他俩的行为无疑树立了一个好榜样。因此办公室主任不仅批准了他们的请求，还顺带将打扫外语系大楼的任务一并委托给了他们。今天他俩请大家来就是为了庆祝"接锅底"和见证新生活。两人还特地一大早去永舟市疯狂采购，还抓了活鸭，准备和大家一起亲自动手做一顿自给自足的晚餐。

杨泽的话自然引来大伙一阵欢呼和尖叫。

说完，杨泽给每人发了一个厚厚的红包，奖励大家这两周来的辛苦劳作。对于这种有吃有拿的好事，每个人都很开心，直呼："乡长万岁，老乡会万岁！"

接下来开始准备晚餐。大家分工合作，洗菜的洗菜，煮饭的煮饭、打牌的打牌，小屋里一下子热闹非凡，充满了大家的欢声笑语。

罗玉从懂事起就开始照顾家，做得一手好菜，自然是今天的主厨，她娴熟地挥舞着锅铲，忙得不亦乐乎。李俊豪绕到她身边，看着她忙碌的身影，几次欲言又止，罗玉也憋着气故意不朝他看。终于，李俊豪鼓起勇气说："小玉，对不起，我……"

他脸涨得通红，嗫嚅着欲说还休，最后罗玉没好气地回他道："没有什么对不起，我和小云也压根儿没有等你，你不必愧疚！"

"小玉，你别生气，我是因为，因为……"

怎么解释呢？告诉她自己被父母锁在了家里？告诉她那个荒唐的契约？

不，还是不要告诉她，小玉是那么单纯，她一定不能理解在新时代还会有如此天方夜谭的事情，直接告诉她事实反而会吓着她。哎！怎么样才好呢？

正在踌躇中，土豆跳过来朝他大喊："李俊豪，快去帮忙扯鸭毛，在这里磨磨叽叽干嘛？我都快被累死了。我的天啊！你都不知道，一只鸭子怎么会长这么多毛？拔得我的手都起泡了，以后再也不要吃什么鸭子了。"

然后不由分说拉走了李俊豪。罗玉的心却被李俊豪没有说完的半拉子话搅得无法平静。不过今晚大家热情高涨，容不下任何忧郁的情绪。

肖燕刚才已经抽空数了数她那个胀鼓鼓的红包，这会儿她开心地踱到罗玉身边，小声说："小玉，发财了，赶明儿你一定要陪我去趟永舟，再过十来天就是国庆节了，我们提前买点衣服之类的庆祝庆祝！"

说完她挑着眉毛将手里的红包晃了晃，罗玉被她的表情逗笑了。是啊，今天本来是一个值得开心的日子，管李俊豪干嘛呢？他要对她解释，今天不行，还有明天，明天不行，还有后天，明天的明天，后天的后天，时间对于他们来说，原本是一把一把的。

* * *

杨泽走来走去检查晚饭准备的进度，看罗玉把最后一道菜盛好，他使劲吆喝一声："开饭啰！"

一声令下，大伙聚拢过来，有人摆碗，有人拿凳，有人上菜，有人开酒。最后呈现的是一副"别有风情"的晚餐画面：饭桌是由两张课桌拼凑起来的，高低不平；盛菜的碗是大家临时带来的饭盆，大小不一还花花绿绿；凳子圆的圆，方的方，高矮不齐。但这都不叫事儿，碗里的菜早已占领了大家的眼球！

大家围着课桌坐成一圈，罗文说了句："同志们，革命靠自觉，吃饭各顾各。"说时迟那时快，只见每个人挥舞着筷子、叉子、勺子，直奔桌上的美食。

正中央摆着一盆辣子鸡，罗文双眼锁定盆里的一个大鸡腿，正要伸长筷子去把它夹起来，不料杨泽眼疾手快，抢先把大鸡腿挑起，放在嘴边舔了两口，说："我说罗文同学，你可不可以不要做出一副饿过饭的样子？现在是新社会，有饭吃，吃饭也要讲顺序，你以为你今年还小，你都已经两岁了。"

大家哄笑开来，只有肖燕瞪着眼狠狠地盯着杨泽。杨泽陪着小心问："怎么啦，肖燕？你还替罗文打抱不平？"

罗文慢腾腾地说："没什么，刚才肖燕告诉我她想吃那个鸡腿，怕够不着，叫我起身帮她夹过来，谁知道有人不止两岁了，还一副饿相，抢走了肖燕的鸡腿。"

杨泽赶紧把鸡腿从嘴边拿开，气急败坏地将鸡腿扬了两下，责问罗文："你这个让人讨厌的家伙，既然肖燕想吃，你干嘛不早说？你是故意破坏我和燕子的感情！"

"故意破坏？大伙都看见了，我还没有说话，有人就虎口夺食，这叫What goes around comes around。"

"什么鸟语？"杨泽一头雾水。

"傻了吧？今儿罗老师就给你补补英语，给你讲个故事告诉你什么叫What goes around comes around！"

罗文喝了一口水，故意慢条斯理地说："从前，据说马良画了十个太阳，被后羿射掉了九个，还有一次射歪了，划破天。女娲去补天，补完之后，夸父就去追太阳，死了之后变成两座山，堵在愚公门前，愚公就开始移山。他把多余的土，丢到了海里，不小心把精卫淹死了。精卫为了报仇就填海，填海填过了头，发生了洪水，一个叫大禹的人，就来治水。可是水太大了，把马良淹死了。这个故事告诉我们什么叫因果报应，天作孽，犹可活，自作孽，不可活。现在你懂了没？这是一位神人分析的，我只是转述大师的总结而已。"

一群人被罗文的解释笑得东倒西歪，土豆差点被嘴里的鸭肉噎住。杨泽没理罗文，讨好地将鸡腿放进肖燕碗里，肖燕立马将鸡腿扔回去，没好气地说："舔了口水还往别人碗里扔，讲不讲卫生呢？"

杨泽便讪讪地杵在那里，不知所措。罗玉将那盆辣子鸡端过来，从碗底找出另一只鸡腿，放进肖燕碗里，打着圆场："燕子，这只鸡腿比大哥挑走的那只大，大哥知道你爱吃鸡腿，赶明儿肯定买几只鸡腿专门做给你吃呢！"

杨泽赶忙表态："兄妹连心，还是我妹了解我的心意，不像某些人，老是跟我对着干。"

肖燕吃着另一鸡腿，不再对杨泽绷着脸，桌上的气氛恢复了融洽。

大家吃得有几分饱后，注意力开始由饭菜转移到酒水。男同学们你一杯我一杯互敬起来，罗文喝得半醉的时候，举起酒杯对罗玉说："小玉，记得两年前的今天，你躺在医务室，虚弱得风都能吹走。我当时很心疼，发誓要好好照顾你，让你长得胖胖的，不，应该是长得棒棒的。现在有煮饭条件了，每天我们都可以煮好吃的。你以后想吃什么，尽管告诉我。"

罗玉不觉一愣。酒后吐真言，平时罗文总是嘻嘻哈哈，说话没个正经，但今晚他认真的表情却没来由让她感觉到丝丝慌乱。她悄悄地抬眼看了一眼李俊豪，不想对方也正在看她，两人的眼神一接触，那双忧郁的眼睛便逃开了。

于是整晚上罗玉都不敢再面对罗文和李俊豪的眼睛。这顿饭吃了好几个小时，饭菜做得太多，怎么努力也吃不完。最后杨泽提议用一个饭勺在桌上转，饭勺停止时候勺尾朝着谁，谁就选一盘菜吃掉。一直到大家都撑得吃不动了，土豆还在那里说："饱死总比饿死强，大家尽管吃，别委屈自己。"

这是罗玉记忆里他们在渝北师专吃得最"圆满"的一顿饭。

饭局接近尾声，不仅大家吃得走不动了，更有好几个人醉得挪不开步了。罗文醉得最厉害，吃完饭就扶着屋外的柳树吐起来。

杨泽看着罗文的狼狈样，不忘拿他开涮，他回头对罗玉说："妹，哥给你打一个谜语，猜中的话有奖。一个男人喝醉了，趴在树上，打一动物。"

罗玉想了半天，没猜出。

杨泽便笑着告诉她："兔噻，这么笨。哥再给你打个谜语吧，一个女人喝醉了，也趴在树上，打一动物。"

这时，旁边的人七嘴八舌地乱猜，有人说："还是兔噻！"

杨泽摇摇头，得意地说："女人也趴在树上，是野兔。最后一个谜语：一个小孩喝醉了，还是趴在树上，什么动物？"

罗玉脱口而出："还是野兔。"

杨泽大笑着敲了下她的头："你真是笨得可爱，已经有了兔，野兔，这个没得选，只能做流氓兔。"

就这样，"接锅底"活动在大家的笑声中圆满收场。

＊　＊　＊

晚上罗玉和秋燕挽着手一起走回宿舍，月光从林荫道两旁的树梢下斜射下来，落在水泥道上像一只只银白色的蝴蝶。罗玉一路沉默，显得心事重重。秋燕忍不住问她："小玉，怎么了？有心事？"

"嗯，不知道为什么，有一点小小的不安。"

"你是担心会伤害谁吗？"

"我不想伤害任何人，也不想失去任何人，我是不是有点贪心？哎，每个人对于我的意义是不一样的呢。"

"我能理解为你想逃避矛盾吗？"

"因为我心里也很矛盾。"说完这句话，罗玉的脑海里浮现出李俊豪那个失信的诺言和他吞吞吐吐的解释。他为什么一直犹豫不决呢？这种感觉好像是从高中时候开始的，很多次她分明觉得自己捉住了他的目光，可一旦她想要牢牢抓住的时候，那关注就会离她而去。她的心里一阵困惑："他为什么不敢正视我？还是刻意地压抑自己？"

她想起了开学第一天李爸爸微微愠怒的脸,莫非李俊豪的父母对自己有成见?这样一想,她顿时感到一阵无助:"如果他的若即若离是跟家里有关系,可自己并不明白为何让他家里反感啊?总要有个解释吧。"

对于罗文,她是歉意的、感激的、信赖的。她可以伤害自己,但她不可以伤害罗文。罗玉的心里乱糟糟,对秋燕说:"我跟李俊豪在一起的时候很紧张,跟罗文在一起的时候很放松。我觉得现在我不了解李俊豪,却也不知怎样面对罗文才好。所以,秋燕,我好希望我能回避这个问题,否则我该怎么办才能两全其美呢?"

是的,要怎么做才能两全其美呢?

第七章　遗憾，盛开在烟花里

>　　终究是烟花无情，它肆意喧哗，却不知它用一瞬的灿烂掩去了两情相悦的萌动。

　　初秋的重庆，天空澄蓝，远山含黛，空气湿润，吹在脸上带着凉凉的寒意。杨泽和罗文的小屋每天被一群兴奋的年轻人挤得暖意融融，与屋外的清凉冷峭形成鲜明的对比。

　　在主人的盛情邀请下，罗玉和秋燕更是小屋的常客，几乎每天她们都会光顾，一起动手做一些简易的饭菜：有时是面条，有时是一大锅肉焖饭。加入了大伙的哄抢和欢笑，即使是粗茶淡饭，也被当作美味佳肴吃得津津有味。

　　杨泽和罗文的安乐窝成了大家免费的娱乐场所兼饭店，大家有事没事就会跑过来蹭饭、聊天，畅所欲言。年轻的心，有谁会拒绝热情的聚会和温暖的友谊呢？

　　大三的国庆节就在大家的欢声笑语和热切盼望中如期而至。

　　这一天，他们照例约好了在小屋相聚，不见不散，把酒言欢！跟平常一样，大家一见面就嘻嘻哈哈，说笑打闹，但罗玉隐隐感觉那天的气氛有些特别，特别是大哥杨泽，一直笑眯眯的。

　　谜底在晚饭前揭开了。饭菜摆上桌子，大家照例端坐着等杨泽来一句："开饭啰!"不料,杨泽今天却换了一句:"兄妹们,今天是国庆节,在吃饭前呢,有特别的节目呈现。"

所有人都以为又有什么惊喜出现,个个都翘首以盼,罗玉也跟大伙一起期待着。不料罗文突然走到她面前,像变戏法似的从身后拿出一束玫瑰花,对着一脸惊诧的她认真地说:"小玉,送给你。"

没有任何征兆和前奏,罗文就这样给了她一个措手不及。罗玉的脑子有点懵,心里惴惴不安,又有些慌乱无措。大伙开始起哄,欢呼声和掌声让罗玉更加局促。

抬起头,罗玉看见罗文的额头布满了细密的汗珠,握花的手在轻轻地颤抖,脸上写满了善良和真诚。

似是灵光一现,罗玉突然明白,此时此刻,罗文其实比她承受了更大的压力。十几双眼睛盯着呢!如果她不收下这些花,罗文怎么下这个台阶?罗玉知道在这样一个看似轻松的场合,自己是没有选择余地的。

于是她迎着罗文期待的眼光,收下了那束玫瑰花,小声地说了句"谢谢"。人群再次爆发出一阵掌声和欢呼声,她松了一口气,罗文也松了一口气。

罗玉寂然地抱着那束花找地方放置,一扭头,发现在屋子最不起眼的角落,有个人正默默地注视着她手里的玫瑰花,一双深邃的眸子写满了忧伤。罗玉顿觉一阵心碎和难过,仿佛她手中的花是一道沟壑,使得她与他之间本来就存在的距离更加遥不可及。那双眼睛随即低下去,不再看她,沉默地注视着脚下黛青色的地砖。

放好花,又有欢呼声响起。杨泽怀抱着一只毛茸茸的公仔猫被大家推到肖燕面前,一下子,他好像换了一个人,一改平时的嘻哈打跳,说话都不太利索了。他用一种嗫嚅的、吞吞吐吐的口吻说道:"燕子,我,不知道你喜欢什么,什么礼物。前几天我去永舟市转了一整天,看见这头可爱的小老虎,很可爱,就想着买下来送给你,希望,希望你喜欢。"

罗玉这才注意到杨泽怀里抱着的原来不是一只猫,而是一头小老虎。肖燕听完杨泽一顿一停地表述,脸上飞过一片红晕,正打算接过那头小老虎,不料杨泽又意犹未尽地补充:"肖燕,我一看见这头小老虎,就觉得很适合你,你的性格就像一头小老虎,虎虎生威,而且你也是属虎的,这头小老虎就更加配你了。"

杨泽话刚说完，肖燕的脸色已经由红转白，她气咻咻地说："谁稀罕你送的礼物，你爱送谁送谁，本姑娘消受不了你的大礼！对了，听说你高中时候暗恋的女生属虎，你心中想着她就送我一头虎，对吗？"

杨泽一下慌了神，他还想说什么，罗玉走上前轻轻地扯他的衣角，小声地提醒他："大哥，肖燕不是属虎的，她是1975年出生的，属兔。"

听完罗玉的解释，杨泽张大了嘴，他尴尬地对肖燕陪着小心："肖燕，你别生气，明儿我重新去永舟市给你买一只小白兔，老虎有什么好？又凶又丑，还是兔子长得乖……"

说完，他又跑到门后面抱过一只西瓜，讨好地说："知道你爱吃西瓜，我那天跑遍了永舟市，才在一家超市发现了一处卖西瓜的，希望你喜欢。"

肖燕的怒气有所缓和，杨泽见状，一高兴，不禁恢复了他爱开玩笑的本性，脱口而出："据卖瓜的人说，这西瓜不仅美味可口，而且清凉下火，你吃了后，肯定不会再对我那么大的火气了，而是从头到脚拔凉拔凉的，变得心平气和。"

给杨泽这样一说，肖燕的火气又腾地蹿起来。她看了看脚下那个圆滚滚的西瓜，又看了看杨泽那张永远也没个正经样的脸，似乎是做了个比较，然后对准那只无辜的西瓜，飞起一脚，像踢皮球一样将西瓜踢了出去。看着倒霉的西瓜滚出了屋子，宋一波和几个老乡一路追赶跑了出去。

杨泽自知又说错了话，立在那里手足无措。一回头看见李俊豪手里抱着一个暖水袋，他不禁灵机一动，当即默不作声地从李俊豪手里夺过那只暖水袋，陪着小心绕到肖燕面前，小心翼翼地说："肖燕，你知道我不会说话，请你大人又大量，原谅我的莽撞。如果那只西瓜凉了你的心，我希望可以用这只暖水袋重新将你的心捂热。"

肖燕看都没看那只暖水袋，一甩头跑了出去，接着杨泽也追了出去。

* * *

李俊豪走过去，捡起那只被杨泽扔在地上的暖水袋，沉默不语。秋燕问他："李俊豪，你怎么会有一只暖水袋呢？你是不是想将它送给谁呢？"

李俊豪没有回答，眼睛扫向被罗玉放在一角的玫瑰花，一脸戚然：他最爱的女孩接受了他的好兄弟送的玫瑰花，他还有什么话可说？原本他也是想趁着大伙的聚会送她礼物，再向她解释他爽约的原因。可是，没有什么可是。

杨泽跌跌撞撞地跑进来，从俊豪手里抓过那只暖水袋，抱歉地说："兄弟，你这只暖水袋今天就借给我当赔罪品啦，反正冬天也还没到来，你一个大男人，抱着只暖水袋怪怪的，等冬天来临的时候哥再给你买个新的吧。"

说完又奔出门去，和正进门的"土豆"撞了个满怀，土豆没好气地骂道："跑这么快干嘛？赶去投胎吗？"

一点意外的小风波，丝毫也影响不了大家高涨的热情。一群人很快又嘻嘻哈哈地打闹起来，小屋又恢复了它惯有的喧嚣。

但今晚注定有几个人是不平静的，罗玉一直在忙着张罗饭菜，以此来掩饰内心的慌张。李俊豪整晚都在那里摆弄杨泽那台破旧不堪的收音机，好像他不是学医的，而是修收音机的。黄莺实在看不下去了，提醒他："李俊豪，杨泽那台破收音机早已病入膏肓，即便华佗在世，也无法让它起死回生，何况医生救人不救物，我劝你就别在它身上浪费时间了。"

一席话说得李俊豪脸红红的。罗文借口出去买酒和饮料，磨蹭了很久才回来。杨泽最终不知又用什么办法感动了肖燕，虽然肖燕没有彻底原谅她，但她显然已经接受了那只"身负重任"的暖水袋，一整晚都见她抱在手里。

对罗玉来说，这顿饭吃得五味杂陈，好不容易等到大家都酒足饭饱，秋燕说她要回宿舍等何霄的电话，罗玉连忙抓住这个机会，跟着秋燕溜出了屋子。

* * *

没走多远，罗文追了出来，跑到她俩跟前，递给罗玉那束花，说："小玉，你的花忘了拿。"

"哦，谢谢。"罗玉接过那束沉甸甸的花束，不敢看罗文的眼睛，听着罗文一步步走远。

罗玉想了想，终于还是鼓起勇气喊住了罗文。好半天，她才小声说道："罗文，谢谢你送给我的玫瑰花，这是我第一次收到别人送的花，我很喜欢，也很感激。我不知道怎么表达，只是我……"

迎着罗文坦率而清澈的目光，罗玉突然说不下去了，罗文的目光那么温暖，让她愧疚和无地自容。两年多来，她就是在这目光的陪伴下度过温暖而丰富多彩的大学生活。无论发生什么，她都不愿意失去这温暖的目光，不愿意伤害这目光的主人。

罗文看出她内心的挣扎，反过来安慰她："小玉，是不是我送的玫瑰花给你增添了压力？我看你一整晚都没怎么说话，晚饭也吃得很少。你别担心，我送你花只是想带给你快乐，如果你内心觉得矛盾不安，你就当我只是给你送了一份节日的礼物，这礼物跟杨泽对你的关怀是一样的。其实，每天能够与你和秋燕一起上学、放学、散步，我已经非常满足了，你别想那么多，也别有压力。"

罗文说得诚恳而坦荡，罗玉觉得自己是在以小人之心度君子之腹，她抱歉地说："罗文，谢谢你的理解，你是我最好的朋友，能跟你做朋友也一直是我的荣幸！"

罗文走上前，给了罗玉一个很绅士的拥抱，然后故作轻松地说："小玉，节日快乐！每一天都要快乐！"

罗文转身离开，留给她一个潇洒而感动的背影。

罗玉怔在那里，感怀不已。她与罗文同行几年，到今天她才真正地了解他，谁说罗文整天嘻嘻哈哈，不谙世事？他的一番话分明是通幽洞明而又微言大义。

她与秋燕很默契地向操场走去。良久，罗玉开口说："秋燕，记得你曾在这个操场问我的问题吗？如果我有认真思考那个问题，今天是不是就不用这么纠结了呢？"

"小玉，我相信你的心里一直都是有答案的，对吗？跟随你内心的选择就好。"

"我有吗？"

"你有，只是你不敢承认和正视你的答案罢了。"

"秋燕，"她小声地说，"没人比你更了解我，你甚至比我自己更了解我。"

"因为我们是最投缘的姐妹，我们是同一类人。对了，你有没有想过接下来怎么办？等那个人向你表白还是你主动向他挑明？"

"秋燕，我心里总有一个不好的预感，觉得他有什么事情瞒着我们。就拿暑假来说吧，他跟我和妹妹约好了，叫我在家等他送梨子，结果他没来，也没有一句靠谱的解释。从高中到现在，五年多了，如果他真的喜欢我，怎么都会一吐为快，但是他没有。他总是在最关键的时候就犹豫了，彷徨了。"

"哦，你这样说，我也有点奇怪了。凭直觉，我认为他是喜欢你的，而且非常喜欢。但是一路走到现在，他确实不缺少机会对你表明心迹啊？按说男生在这方面都比较主动，你这样说我也拿不准了。"

"或许他根本就不喜欢我，只是我俩在这里瞎猜测呢。"

"他会不会有什么难言之隐？这样吧，改天我帮你问问他。"

"千万不要，秋燕，如果他认为有必要，自然会对我们说。如果他不说，我们又何苦自讨没趣？"

"那好吧，如果你坚持这样好！"

走回到女生楼下，秋燕对一路低头思索的罗玉说："小玉，说曹操，曹操就到，你看有人在等你呢！"

她一抬头，果然看见李俊豪正站在女生楼前，这也是他第一次来女生楼前等她，当然，也不一定就是等她。罗玉的心里七上八下。

正犹豫着，李俊豪向她们走过来。秋燕笑着说："小玉，看来你今天晚上还得去逛一次操场。"

说完秋燕跑开了，留下那两个沉默的人对望着彼此，李俊豪好像是下了很大的决心，用难得的果断口气对她说："小玉，我们去操场走走吧。"

* * *

于是同一个晚上，她第二次来到操场。夜晚的操场比白天少了一份喧嚣和活跃，多了一份静谧和和朦胧。一轮皎洁的月亮穿过云层，用柔和的光抚摸着大地，使树木看起来更婀娜，弧形的跑道更蜿蜒。

罗玉的心也被月光柔软了，心中重又升起一线希望，他今天晚上会不会如自己期待的那样呢？

不知不觉两人已围着操场转了两圈，第一次，罗玉觉得操场的赛道是那么漫长，但她依然充满耐心等待着，心中暗暗发誓今晚无论他对她说什么，她都会答应。她想，他们应该是心有灵犀的。

"小玉。"一声轻唤打断了她的思绪。

她一激灵,下意识地回答:"嗯。"

"对不起,暑假没来见你和小云。"

"没关系。"

"你不生气了吗?"

"本来就没怪你。"

"小玉,有件事情,我一直想对你说,但是我总是没有勇气。"

"说什么?"

"我没有给你说,因为我太担心。"

"担心什么?"

"哎!"他轻轻地发出一声叹息,可是却又绕开了话题:"小玉,知不知道每年的8月14日,美国的很多青年男女会走上纽约的时代广场,用一个爱的行动来纪念'二战'的胜利?"

"哦,什么行动呢?"罗玉抬起那双会说话的眼睛,静静地柔柔地看着他。

俊豪微微一笑,向罗玉伸出双手。罗玉正准备回应,突然,伴随着震耳欲聋的响声,一道锐利而刺眼的电光划破苍穹,毫无预兆地在他们上空炸开。

罗玉本能地收回双手抱在胸前,俊豪一时也有些反应不过来。

紧接着,一串串火焰呼啸着飞速窜上了天空,继而炸开,在夜空中绽放出各种形状的五彩花朵。

第一阵烟花过后,罗玉听到肖燕惊喜的叫喊:"小玉,你怎么也在这儿,快过来一起放烟花。"

肖燕也没忘记招呼怔在一旁的李俊豪。俊豪看了一眼罗玉,推辞说还有别的事就走了。

肖燕在烟花的巨响中大声告诉罗玉:"我回到寝室后,室友约我一起出来放烟花,庆祝国庆,没想到还可以在这儿碰见你。对了,你怎么和李俊豪凑到一起的?"

这个问题该怎么回答呢?罗玉无意欺瞒,但是说来话长,时机不合宜。想了想,只好牵强地搪塞说:"就在女生楼前面碰到的,然后我们就一起来操场转转。"

肖燕就是肖燕,胸无城府而又大大咧咧,她没心没肺地回了一句:"这么巧啊!"然后拉着罗玉一起开心地燃放烟花。

"轰,轰,轰……"的声音不断在他们耳边炸响,层出不穷的烟花从天上倾泻下来,有的像一条条火龙,有的像"飞流直下三千尺"的瀑布,有的像大片大片的蘑菇云。

烟花喧闹,罗玉却心如止水。终究是烟花无情,它肆意喧哗,却不知它用一瞬的灿烂掩去了两情相悦的萌动。

第八章　错过，在散场的青春里

>那未来得及表白的爱情，就像一朵错过花期的花蕾，芳香却再无绽放时。

又到了重庆的雨季，自入秋以来，雨就没完没了地下个不停。罗玉本来约了秋燕这个周末去永舟买书，早上起床后，看着窗台上溅起的水花，她去到隔壁寝室问秋燕："下雨了，燕子，咱们是不是改日再去永舟呢？"

秋燕无奈地回答："那好吧，这天气实在让人扫兴，你到我床上来再睡一个回笼觉，晚点我们再一起去吃饭！"

也罢，罗玉便钻进秋燕的被窝。哪里还睡得着？不过是赖在被窝里聊天罢了。蹭到快11点的时候，她俩才起床，提着开水瓶慢悠悠下楼吃饭。吃完饭后，两人又绕到食堂后面打了两壶开水，然后一手撑伞，一手提着水瓶，有说有笑地往回走。

路面的低洼处已经有了积水，雨水落下来溅起一朵朵小水花。她们前面有个女孩也提着一壶开水，看样子应该是大一的新生。女孩一边走路一边调皮地去踩地上的小水花，不时还对着水泡发出轻轻地赞叹："小帽子，透明的小帽子！"

罗玉正饶有兴趣地看着她，突然那个女孩一个趔趄向后摔倒过来。本能地，罗玉快步上前扶住了她，两个人的水瓶"咚"的一声撞了个稀碎。

女孩大叫一声"哎哟",秋燕急忙上前查看,却发现那个冒失的女生压根儿没伤着,她正想埋怨对方大惊小怪,却见罗玉的脚上有很多水瓶胆的碎渣,秋燕一下慌了神儿:"哎,小玉,很疼吗?怎么办呢?怎么办呢?"

罗玉的脚眼见着就肿了起来,火辣辣的疼痛让她紧咬嘴唇。秋燕想帮她褪去袜子,但罗玉的脚跟袜子完全粘连在一块,尽管她已经用尽了小心,可是一碰上去,小玉就痛苦地摆手。

不断有同学聚拢过来,关切地询问,出谋划策,有说用凉水降温的,有说找自行车驮罗玉去医务室的,还有说打120的……众说纷纭。秋燕看看这个又看看那个,再看看痛苦的罗玉,眼泪扑簌簌地往下掉。

"麻烦让一让,我背小玉去医务室!"天降奇兵,李俊豪扒开人群挤了进来。

他走上前,尽量蹲低,以方便娇小的罗玉趴上他的背,然后小心翼翼地站起来,往医务室奔去。

罗玉趴在俊豪宽厚的背上,脸颊贴在他的脖颈处。听着他因奔跑而粗重的呼吸,罗玉慌乱和害怕的心情渐渐平复下来。往事涌上心头,再加上脚痛,好似有满腹的委屈,罗玉鼻头一酸,大颗大颗的眼泪滚落下来。

滚烫的眼泪让俊豪加快了步伐,他气喘吁吁地安慰罗玉:"小玉,别怕,这就到了。"罗玉闭上眼睛,紧紧靠在俊豪的背上。

终于到了医务室,不料值班医生刚巧到体育系去治疗一个骨折的学生了,只有一位新来的小护士在值班室待命。

小护士拿了一把剪刀来剪罗玉的袜子,罗玉被她碰得龇牙咧嘴,痛苦不堪。秋燕也在一旁陪着掉眼泪,李俊豪不忍心看下去,说:"让我来吧,我在家处理过这样的伤口。"

俊豪半跪在地上,轻轻地将罗玉受伤的脚放在他的腿上,万般小心地剪开了袜子,又颇为专业地处理了脚上的水泡,清洗了破皮的伤口。最后起身,准备亲自为她挂上消炎的药水。

秋燕看着这一幕,知趣地说:"我出去给小玉买双软底的拖鞋吧,她那双高跟鞋显然不能再穿了。"

"秋燕,"李俊豪叫住她,"你通知一下肖燕吧,小玉这几天可能没办法走路,男生不方便总是出出进进女生寝室,想一想,只有肖燕力气大,可以将小玉背进背出。"

"好,还是你想得周到。"

李俊豪一边轻轻地给罗玉扎针,一边叮嘱她:"小玉,这段时间你都要好好休息。少走动,创面未愈合前,千万不要接触水;另外,别再贪辣了,像辣椒、葱姜、花椒和一些高热量食物暂时都不可以吃;你要多吃一些高蛋白质食物,如鲫鱼汤、瘦肉、鸡蛋,这样你才能好得快一些。"

"嗯,知道了。"罗玉回应了一个大大的微笑。

"亏你还笑得出来,"俊豪佯装嗔怪,说,"你要好好照顾自己啊,小玉。好不容易这两年身体好一些了,又受了这么重的伤。"

罗玉顽皮地说:"你不是说过,以后做医生,方便照顾我吗?现在我提前给你机会了呢!"

听此,俊豪眼睛一亮,满脸"原来你还记得"的惊喜。

肖燕火急火燎地跑了进来,见到受伤的小玉心疼不已,"小玉,怎么搞的,你又开始光顾医务室了?我还庆幸你很久没到医务室报到了呢!哪个冒失鬼撞了你?我找他算账去。"

罗玉说:"算啦,燕子,谁也不想这样的,属于误伤。只是要麻烦你背我一段时间了。"

"哎呀,说什么麻烦不麻烦的,咱俩关系这么铁,你就安心把我当作轮椅吧。"

输完液,肖燕麻利地将罗玉背起来,一口气将罗玉背到寝室。顾不上休息,肖燕说要赶去体育馆做裁判,便急匆匆地离开了。离开前,千叮咛万嘱咐让罗玉等她回来,一起去吃晚饭。

罗玉注意到秋燕从买鞋回来后就怪怪的,犹犹豫豫,欲言又止,于是便主动问:"秋燕,想说什么呢?我们之间还有什么话不能畅所欲言吗?"

"小玉,今天我出去买拖鞋的时候,看见罗文站在医务室外面。"

"哦。"

"我很难形容他当时的神情,你也知道罗文在我们这群人中一直很乐呵,他今天的样子让我很陌生,也让我很担心。"

罗玉的心一下子凌乱起来,因为,罗文自始至终就没有进去医务室。

秋燕接着说:"罗文的神情让我特别揪心,这两年多来,罗文和你我情同手足,说心里话,我希望你和李俊豪在一起,但是我却不忍看见罗文难过。而且,"秋燕顿了顿说,"罗文和李俊豪也是好兄弟。"

秋燕说完这番话,两个人都沉默了。过了好一会儿,罗玉才开口:"秋燕,以后我会注意些,尽量不要伤害到罗文。"

"小玉,我不是反对你和李俊豪交往。来日方长,我想你和李俊豪还有很多机会沟通,而罗文可能需要一点时间调节情绪。我也不知这样建议对不对。"

"你说得对,秋燕。罗文与你我的友情,只有你我最懂,这份友情值得我珍惜。"

*　*　*

第二天一早,肖燕准时过来背罗玉去上课。路过三班教室的时候,罗玉和秋燕都不约而同朝里面望了望,很奇怪,一向早到的罗文不在教室。两节课后,俩人心照不宣地再次去到三班,罗文依然不在教室。

她俩找到三班负责考勤的团支书夏琳,还未来得及询问,夏琳就抢先问她俩:"你们是不是找罗文啊?他今天没来上课。听他老乡捎话说得了急病,好像是胃出血,昨晚送去永舟抢救了。晚点我们班的男生一起去看他。"

两人一听,差点背过气去,几乎同时询问夏琳:"你知道他在哪所医院吗?"

"永舟市第二人民医院。"

秋燕对罗玉说:"我去永舟市看望罗文吧,回来告知你结果。"

"我跟你一起去。"

"不行,你脚不方便,安心在学校等我吧。"

"秋燕,别说我的脚被烫了,就是我的脚断了,我也应该去永舟看望罗文。"

"那好吧,我们现在就走。"

秋燕小心地搀扶着罗玉,两人搭乘校车去到永舟市。到了医院后,秋燕去住院部打听治疗胃病的科室,罗玉独自坐在医院大厅的走廊边等她。看到身边不断经过的医护人员,罗玉不禁想起罗文两年前说过的话:"以后我们将小玉养得白白胖胖,身体锻炼得强壮健康,要医生来干嘛?医生才别想赚小玉的钱。"

她在心里一遍又一遍地祈祷："罗文，你一定要早点好起来，只要你好起来，我愿意为你放弃一些东西，你值得我为你放弃一些东西。"

放弃什么呢？她的眼前浮现出一张俊秀的脸。那未来得及表白的爱情，就像一朵错过花期的花蕾，芳香却再无绽放时。

跟秋燕一起返回接罗玉的还有李俊豪。李俊豪的眼睛有点肿，脸色苍白，憔悴疲惫。见到他俩，罗玉急切地询问："罗文怎么样了？"

秋燕和李俊豪面面相觑，李俊豪艰难地开口："昨天下午，罗文一个人在小屋喝闷酒，不知喝了多少，等杨泽回去时，他已经昏倒在地上。杨泽吓坏了，立即叫了我和土豆送罗文到医务室。医务室对罗文做了紧急抢救，罗文才醒过来。情况危急，校医一路护送罗文到这里的急诊室。最后的诊断是由于多次空腹喝酒，引发了胃溃疡和急性糜烂出血性胃炎等并发症。病情有些严重，医生一直密切观察。本来昨晚上罗文感觉好些了，但今天上午他又一阵急促咳嗽，接着开始吐血，再次昏迷了过去，现在还在急救室抢救。"

两个女孩子越听越怕，都觉得罗文快要死了，不禁抱头哭了起来。

李俊豪强打精神，用尽量平静的口吻劝她俩："你们不要太紧张，罗文现在已经及时就医，不会有生命危险。我们要相信医生，也要表现得坚强一点，让罗文醒过来看见我们时有一个好心情。如果让他看见你们哭哭啼啼，还会以为自己得了不治之症。"

听了李俊豪的话，她俩勉强止住悲伤。秋燕建议："我们还是去急诊室外等着吧，看有没什么需要帮忙。"

看到罗玉受伤的脚，李俊豪想搀扶她。罗玉犹豫了一下，小声回答他："还是让秋燕扶着我吧。你可能不知道，秋燕昨天在医务室外面见到罗文了。都怪我没有处理好大家的关系，我是个太贪心的人。以后，我们都要多注意一些。"

注意什么？她没有明说，但李俊豪立刻了然于心，并且被她话里隐藏的愧疚捉住。

这个话题使得三人都心情沉重，谁也没有注意到土豆是什么时候走到跟前，朝他们嚷嚷："喂，你们几位脑子进水了吗？发什么呆，还不赶去病房帮忙！"

"罗文好些了吗？"罗玉着急地问。

"醒了，医生说他已经脱离了危险，但要住院治疗一周，现在已经转到普通病房，我正要去办住院手续。"

病房里，罗文正半躺在病床上，只两天不见，他的消瘦显而易见。但罗文就是罗文，煮熟的鸭子嘴巴硬，他故作轻松地说："就是多喝了几口酒，不想幅度大了点，把大家都惊动了，真过意不去。小玉，你的脚受伤了，不在寝室养伤，跑来这里干啥？"

"我来就是告诉你，每次我生病，总是你们几位轮流照顾我。别以为你躲在这里，我就找不到你了。你得赶紧好起来，我还需要你的照顾呢！"

说完她将头转向杨泽："大哥，你说对不对？"

"我妹说得对，罗文，男子汉大丈夫，怎么能够躺在这里让大家担心？下次再让我发现你喝酒住院，小心我开除你秘书长的职务。你给我好自为之，这几天好好配合医生，早点回归大部队。"

"遵命，乡长大人！其实啦，我是故意生场病，看看你们对我怎么样？生场病真好，现在我才知道自己那么重要，早知生病这么幸福，我早应该和小玉争夺下生病的专利。"

罗文的话让现场的气氛轻松起来。罗玉故意扁扁嘴说："你要跟我争，得有我们老大的批准呢！"

心情好，病自然好得快。第二天秋燕和罗玉来的时候，罗文已经可以在医生的指导下进食一些流食了。一周后，罗文顺利康复出院了。

* * *

重庆的冬天已经来临。这一学期学校的活动很多，什么运动会、元旦晚会、化装舞会等，大家忙得不亦乐乎。同时他们要准备实习的事情，考虑毕业找工作的问题，所以老乡聚会的次数明显减少。

在这期间，罗文和杨泽又搬回了学生宿舍，那个承载了太多欢乐和故事的小屋就这样退出了大家的生活。

下学期，大家一边实习一边联系工作，基本上没有多少时间待在学校。肖燕和杨泽服从学校的安排留在永舟市实习。罗文在他哥哥的安排下去了老家的一所学校实习，同时在一家企业帮忙搞促销。罗玉因为要照顾生病的奶奶，跟秋燕一起选择了廊川市一所中学实习。李俊豪如愿以偿考上了广东省一所重点医科大学的研究生，只等9月份开学报到。其他的几位老乡也各有各的安排和打算，大家相聚的机会减少，偶尔小聚，也是匆匆忙忙。不知不觉中，毕业就这样悄无声息地到来。

毕业那天，杨泽给每个人发了一本纪念册，上面龙飞凤舞地写着几句话："我们是一个团结有爱的集体。相聚在昨天，分别在眼前，明天我们还会在下一个路口相遇！"

我们还会在下一个路口相遇，这句话说得多么好！三年前，他们因为青春的梦想走到一起，转眼，已到了分离的时刻。

经历了罗文住院的那件大事，罗玉与李俊豪、罗文都没有单独相处过。他们彼此都很默契，谁也不愿意主动去打破那份安宁与和谐。或许大家都觉得平静的分别更适合即将走上新途的他们。

"每一个故事只有一首主题曲，每一段爱情只有一个结局。"明天，这一场属于青春的故事又将被如何续写下去？

中篇
围城

时间很短
天涯很远
此去经年
物转星移

第九章　结婚，新郎不是你

> 或许有一天那位少年会长成一棵大树，但她却等不及那稚嫩的肩膀为自己变得强壮，等不及那年轻的心灵为自己变得笃定。

"小玉，还没睡醒吗？该起床了。"明榉在耳边轻唤，睡意蒙眬的罗玉转身藏进他的怀里，哼哼唧唧地不愿睁开双眼。清晨的阳光透过纱帘洒满房间，在她年轻秀气的脸庞织下斑斑驳驳的纹路。

"你忘了今天还有课吗？一会儿我送你去学校。"明榉拍拍她的脸，耐心而温柔地提醒她，像在哄一个淘气贪睡的孩子。

明榉比罗玉大六岁，皮肤白皙，十指修长。为此，罗玉经常取笑他是《陶者》里面批判的"十指未沾泥，鳞鳞居大厦"的富家子弟。除去皮肤的白皙，明榉倒是长着一张轮廓分明的很有男子气概的脸，两道浓浓的眉毛下一双明亮有神的眼睛，像夜空中的上弦月。再加上身材魁梧，整个人看起来英俊潇洒。唯一彰显他曾经生活习性的是耳垂上那枚亮亮的耳钉，暴露了主人俊朗的外表下隐藏的一份不羁。

在明榉的催促下，罗玉伸了个懒腰，娇嗔地撒娇："不嘛，我还没有睡醒呢，第三节才有课，起那么早干嘛？"

"那你再睡会儿，我去准备早餐，煮好了再叫你。"

他对她那么宠爱，那么迁就。待明榫离开后，罗玉将自己幸福地裹在大红的锦被里。瞌睡一旦被吵醒，通常就很难再入梦乡。

赖在被窝里的时光也是美妙的，罗玉懒懒地睁开眼睛，打量自己的豪华婚房：错落有致的落地窗，白色的窗框，粉色的壁纸，辅以深棕色的家具和绸质的布艺，华丽而不失温馨。床品则用了浓重的酒红色，不艳不俗刚好把墙面的粉色压住。

整个婚房最抢眼的是那张"心连心"的梳妆台：粉色的心形外框里镶嵌了一面心形的镜子，镜子上反射着奶茶般柔和的光影，桌面也是心形的。在镜框的一角立着一对水晶璧人，将整个梳妆台点缀得灵气和爱意跃然。

说起这个梳妆台，还有一段故事。当时明榫去成都参加堂哥的婚礼，晚饭后他独自一人在大街上闲逛，无意中看到这款别具匠心的梳妆台，心绪一下飘远了：想象着有一位他深爱的女子，坐在镜前，小轩窗，正梳妆，相顾无言，唯有爱千行。于是他毫不犹豫地买下了这款梳妆台，又千辛万苦地运回廊川。运回家后，他却不知送给谁。这款女士梳妆台就一直夸张地安放在明榫的卧室，一放就是四年。他的那帮狐朋狗友每次看见这个梳妆台都少不了一番奚落，笑他一个大男人还用这么媚里媚气的玩意儿。一年前，在明榫和罗玉相识的第一个情人节，他终于有机会将这款梳妆台作为情人节礼物送给了罗玉，总算是完成了心愿。

罗玉第一眼看见这个梳妆台时，也不禁赞道："明榫，你太有眼光了，从哪里弄来的宝物呢？以后我天天都要坐在这镜子面前梳妆，我要怎么谢你呢？"

明榫笑着回答她："该是我谢你才对呢，让我终于把这个梳妆台送出去了。知道吗？接受这个梳妆台的人必须做我的太太。你看梳妆台上有我抄写的诗词：'吟罢低眉问夫婿，画眉深浅入时无？'你以为像我这样的粗人有多热爱诗词？我只是用心良苦，托物寓志罢了。"

罗玉看着梳妆台一角那龙飞凤舞的古诗，不觉红了脸，喃喃地说："我可以不接受吗？我还没有做好心理准备呢！"

"我的心意你怎么可以不接受？反正我是送定你了，以后就让它见证我们每一个相爱的日子。"明榫说这话带点霸道，眼里却是浓浓的柔情。

这个梳妆台就这样跟了罗玉。结婚后，自然也就从单身宿舍搬到了新房。每次看到这个梳妆台，罗玉都会觉得明榫好爱她。

整个婚房的布置尽管略显甜腻，但对于新婚燕尔的小夫妻却是爱的表达，沁人心脾又柔情蜜意。罗玉忍不住感叹：人生是多么奇妙！谁能想到萍水相逢的一个人就这样改变了她的人生。虽然发生在校园的往事仿似还在昨天，但她的生活已不复从前。嫁给一个人就是嫁给一种生活，这句话说得多么贴切！

* * *

罗玉和明樨相识在一个4月的午后，那天阳光出奇的好，像林徽因笔下的"最美人间四月天"。那段时间她和秋燕在廊川一所中学实习，难得一个周末有空，她俩便约好去南湖公园游玩，而明樨则是应朋友之约到南湖公园打麻将。

正值桃花盛开，两个女生穿梭在花树间有说有笑，拿着一部傻瓜相机给对方拍照。那天罗玉穿了件薄薄的天蓝色紧身毛衣，配上一条同色调的深色长裙，"俏丽若三春之桃，清素若九秋之菊"。

明樨经过她俩的身边，不由得立住了脚：粉红的桃花娇艳欲滴，那倚在桃花后拍照的蓝衣少女巧笑倩兮，与身边的桃花相映成趣。秋燕瞧见他，随口问了一句："帅哥，请问你忙不忙，能否帮我们拍张合影？"

明樨正求之不得，赶紧表态："不忙不忙，很荣幸为二位美女效劳。"

拍完照片，他的脑子快速运转，随即编了个谎言，称自己今天下午在南湖公园被朋友放了鸽子，很无聊。如两位美女不嫌弃，他很乐意免费帮她们拍照。他特意强调自己拍照的水平很高。

话刚说完，他的电话不合时宜地响起来，朋友在电话里咆哮："三缺一，赶紧出现，不要让我们等得花儿都谢了。"

明樨不得不绕到一旁小声对朋友解释："走到半路给领导抓回去加班，分身无术哈。"

朋友一听大骂："你娃能不能找个有点技术含量的借口？你什么时候加过班？谁不知你老爸是厂长，你天天混日子，当我们都是吃素的嗉？赶紧过来，废话少说！"

明樨斜眼看一眼罗玉，极不愿承认自己"重色轻友"。怕她俩看出破绽，他飞快地甩掉对方："信不信由你们，反正我是信了，忙去了哈，回头联系。"言毕果断关机。

整个下午他们三人玩得十分开心，明樨的表现也恰到好处。天色渐渐暗下来，明樨心里一边抱怨时间过得太快，一边寻思找什么理由请罗玉和秋燕吃饭。正在惆怅的时候他那三个狐朋狗友意外出现，一见他激动得哇哇大叫：

"好哇，你娃胆敢把我们仨凉在那里三缺一，原来就为了在这里泡妞。不是加班吗？真是苍天有眼啊，看你现在怎么打发我们？"

明樨暗暗叫苦，哀叹冤家路窄，万分懊恼中，他无可奈何地看着罗玉和秋燕消失在暮色中。

那天晚上他魂不守舍地被那帮朋友拉到"渔火重生"餐厅宰了一顿，结束的时候三人还不忘朝他伤口上撒盐："凯哥，现在你总该知道我们等你一下午的心情了吧？哥知道你心里一定恨死我们了，哈哈哈！对了，那两个美眉长得不赖，怎么勾搭上的？"

明樨气得大叫："哥一下午的努力，全给你们破坏了。我从没像现在这么后悔交了你们这帮狗肉朋友，总是在关键时候坏我的好事。为朋友不是两肋插刀，而是插我两刀。"

最懊恼的是，匆忙间他居然忘了问对方要联系方式，茫茫人海，他将何处再觅芳踪？

* * *

7月的一天，明樨开着他新买的跑车在城里兜风。经过南湖公园的时候，情不自禁想起那天邂逅的少女，奇怪自己三个多月的时间居然还是忘不掉那个美好的下午和那精灵一般的倩影。但他连对方姓甚名谁都不知道，又谈何联系？越想越是沮丧。

正在出神，一个小孩从马路对面冲过来，他赶紧一个急刹，拼命往一旁打方向盘。"砰"的一声，车子撞上路边的栏杆。

等他从慌乱中抬起头，那个肇事的小孩早已不见了踪影。他感觉额头一阵刺疼，从反光镜看到鲜血正从额头渗出。他不得不自认倒霉，然后将车开到廊川Z医院附属医院。

还好，只是一点小刮擦，医生给明樨做了简单的消毒和包扎，就吩咐他回家静养。明樨坐在医院的长廊上，抱怨那捣蛋的孩子，心疼自己的宝贝车子。

突然，一个似曾相识的身影从他身旁掠过，他屏住呼吸，不可置信地看着那个魂牵梦绕的人儿转进了住院部。

明樨小心翼翼地起身跟随，大气也不敢出，看着她进了211病房。他悄悄地跟过去，探身往屋内望，一个小姑娘正虚弱地躺在病床上，手上扎着吊针，床头的支架上挂满了输液用的瓶瓶罐罐，而他日思夜想的梦中人正焦急却不失温柔地向病床上的女孩询问："妹妹，你好些了吗？有什么不舒服一定要告诉姐姐……"

同时明樨惊喜地发现病房里的另一张床刚好空着。"老天是多么公平啊，真是塞翁失马，焉知非福？"他欢快地想。

像被久困在黑暗中的人突然看见了阳光，明樨的心情一片大好。他开心地哼着歌，又折回去找给自己看病的医生，满脸堆笑："医生，我有晕血症，现在感觉头很疼，请你行行好，让我住院观察几天吧。对了，我看211房刚好还有一张空床位，就安排在那间病房吧。"

医生困惑地看着他，刚才还吵闹着连药都不用吃的人，现在居然要求住院。出于职业道德，他提醒对方："你确定要住院吗？住院花费多，而且根据我的经验，你的伤口根本不需要住院治疗。"

"钱不是问题，医生，拜托你让我住院观察几天，说不定我撞到脑袋了，您想想，脑袋对一个人是多么重要啊！"

医生哭笑不得地点了点头，明樨赶紧补充道："那我就住211病房了！"

医生好意地说："212房更好，空着没人住。"

"我一定要住211房。"见医生用异样的目光打量他，似在怀疑他真撞坏了脑子。明樨立马又堆起那脸笑，解释："我喜欢211房，因为211房窗外有一棵槐树。我有个怪癖，特别痴恋槐树，看着槐树有助于我养病。"

一个大老爷们因为喜欢槐树而住院，医生一时竟无言以对。不过病房既然空着，医生也犯不着跟他纠缠，明樨就这样如愿以偿地住进了211病房。

* * *

同处一室的便利让明樨跟罗玉姐妹很快熟悉起来，他也很快了解了她们姐妹的情况。

罗玉的母亲在怀着罗云的时候，遭遇丈夫去世，心情抑郁致早产。所以她的这个宝贝妹妹从出生以来，身体就不太好，多灾多病。罗玉刚刚大学毕业，还未正式工作，母亲一个月打工的工资只1000元左右，而且家里长期有奶奶和妹妹两个病人。

现在妹妹需要做心脏室间隔修补术，5万元的手术费用让这个原本就捉襟见肘的家庭雪上加霜。

知道这些情况后，明樨对罗玉更添了一份怜爱和疼惜。他是含着金钥匙出生的人，父亲是廊川一家机械厂的厂长，母亲是一所小学的教师，家里就他和姐姐两个孩子。作为家里的独子，他从小要风得风要雨得雨，从来没有品尝过缺钱花的滋味。而与他厮混的那些朋友也是非富即贵，对他们而言，一顿饭吃掉千八百，一次旅行花掉上万元是惯常的事情。可以说在遇到罗玉前，他从来不知道钱对一个人那么重要。看到罗玉的困苦和焦虑，他第一次对自己挥金如土的奢靡生活有了羞愧感。

他本想直接给罗玉5万元了事，但又怕对方误会他图谋不轨。罗玉看起来那样清高和敏感，整个人带着一股浓浓的书卷气，让他感觉神圣不容侵犯。因此他踌躇着怎么找机会委婉地借钱给她又不伤害她的自尊。结果他还未来得及想出好办法，罗玉就主动向他借钱了。

那天他输完液——事实上医生只是象征性地给他输了点葡萄糖和消炎药——看到罗云睡得很安稳，明樨邀请罗玉出去吃饭，罗玉稍作犹豫后就答应了。

因为太过担心罗云以及身体困乏，罗玉整个人恍恍惚惚，没留意明樨把她载到了何处。下了车，她打量着饭店周围豪华大气的环境，吓了一跳。要知道平时她和朋友们吃饭的地头都是小餐馆，像这样装修考究的地方她还是第一次来。

服务员很热情地跟明樨打招呼，看得出他是这里的常客。走进包间，里面居然有洗手间，又让她吃了一惊。只有他们两个人，明樨却点了一桌子的菜！这顿饭还没开始吃，她就被自己弄得一惊一乍的。犹豫片刻，她还是忍不住小声问明樨这顿饭大概需要多少钱。明樨回答她："小妹，你不要担心钱，大哥工作多年了，请你吃顿饭是没有任何问题的。"

其实他的钱主要来源于家里，他每个月领的工资还不够他的零用，当然这些情况他不会向罗玉透露。罗玉坚持问他需要多少钱。没办法，他只得小心翼翼地回答："一千来块吧。"

见对方吃惊的表情，他赶紧补充："你和罗云几天都没有好好吃饭，又不知你喜欢吃什么，所以就多点了几样，你不要有任何压力，哥也不缺吃饭这点钱……"

话还未说完，他就看到罗玉的眼泪流了出来。他以为自己说错了话，一时有点不知所措。罗玉抽噎着问他："大哥，我们可不可以退掉这些菜？"

"可以，但你能告诉我为什么吗？菜不合你的胃口吗？"

"不是，菜很好，只是我需要钱，我妹妹手术的钱还没有着落。我是想，如果不吃这顿饭，你是不是可以把这些钱借给我，等以后我再还你。"

原来如此，明樨松了一口气，看着她含泪的眼，心头酸酸的。他试探着说："小玉，如果你不介意，罗云手术需要的5万元我都可以借给你。"

他强调了"借"，以减轻对方的压力。见罗玉瞪大了眼，他说道："别说5万了，只要你需要，50万元我都可以筹给你。真的，你相信我，不是开玩笑。"

听完他的话，罗玉喜极而泣，幸福来得太突然，她不相信地一次次询问："你说得是真的吗，大哥？我们萍水相逢，你怎么对我们这么好呢？"她脑中突然闪过高利贷这个阴影，有点担心地问："大哥，你借给我和妹妹的钱，我一上班就尽快筹钱还你，我想知道利息是多少？"

明樨被她的话逗乐了，看着那一脸的认真和紧张，赶紧宽慰她："放心吧，我是免息借给你的，不过我也不是雷锋，当然有一个附加条件。"

"什么附加条件？"罗玉马上紧张地问。

"附件条件就是现在你要陪我开开心心吃完这顿饭，别再为钱的事发愁了。"

罗玉如释重负，高兴得有些语无伦次："大哥，怎么感谢你才好呢？你一定是老天派来拯救我和妹妹的天使。在这之前，我天天为钱发愁，为妹妹的病发愁。你知道的，罗云才13岁，精彩的生活才刚刚开始。一想到医生说她再不做手术会有生命危险，我就不寒而栗。这几个晚上我都梦见妹妹变成一片云，消失在天边，我实在无法接受失去妹妹的痛苦。我曾发誓为了救妹妹，愿意付出任何代价，哪怕是借高利贷或典当房子。现在你解决了我们的难题，让我怎么感谢你好呢？怎么感谢你好呢……"

她一连说了好几个"怎么感谢你"，说得明樨都有些不好意思了，他是真的没有预料到他眼里的区区5万元钱能有这么大的作用。

压在罗玉胸口的石头终于落了地，因为感激她对明樨多了一份信任，话也多起来。

"我很爱很爱罗云。别人很难理解我和妹妹的这份感情。我们家庭很特殊，父亲早逝，母亲迫于生计，在我10岁的时候就远离家乡去广东打工，那时候妹妹才两岁，我们一直和奶奶相依为命。

"妹妹很依恋我，在她的世界里，姐姐就是全部。我也很依恋她，我依恋的是她对我的那份依恋。这几年奶奶身体不好，妹妹就被寄养在四姨娘家，只有寒暑假我才接她回家。

"每次去接妹妹的时候，她高兴得跟过年似的，而每次分离，妹妹都会哭得昏天暗地。有一次，我从四姨娘家离开，妹妹沿着四姨家屋外的田埂追我，边哭边喊：'姐姐，姐姐啊，我要跟你回去，你把我带回去吧，我会很听你的话，你带我回去吧……'年幼的她几次跌倒在田埂上，爬起来又跑，最后还是被四姨抱着带走了。

"妹妹伤心的哭声一路都在我的脑海盘旋，挥也挥不去，抹也抹不掉。我也在心中发誓：当我有能力的时候，一定要把妹妹带在身边，不再分开。"

说到这里，罗玉哽咽无语。明樨盯着她带泪的眸子，终于找到了自己被这张脸打动和吸引的原因。

一直以来，明樨都不缺女朋友，也不缺少比罗玉漂亮很多的女朋友，但是内心深处总有一种莫名的空虚感。现在，面对质朴、真诚的小玉，他明白了，他缺少的是爱，不仅仅是被爱，而且是主动给予爱，发自内心地想去呵护的冲动可以调动一个男人骨子里的雄性荷尔蒙。

之前所有的东西得来都太容易，那些围绕在身边的环肥燕瘦、风情万种的女子大都是冲着他"富二代"的头衔来的。而罗玉与她们完全不一样：她像夏夜里吹过的凉风，像深山里的一泓清泉，像冰山上的一朵雪莲。她带来了与他的世界不一样的清新气息，让他感受到了纯洁与温暖，也让他无可救药地沉醉和痴迷。

* * *

一个月后，明樨和罗玉推着手术后的罗云在医院的小花园散步。罗云长得很像她的姐姐，只是比姐姐更瘦更苍白。看到罗玉的脸上重现笑容，明樨心里有说不出的自豪感。

等罗云休息后,罗玉跟明樨聊天。她说起前段日子,妹妹的心脏病很严重,几次昏倒在家里,每天她都过得提心吊胆。无奈无助的她一度觉得母亲将妹妹的名字取错了,因为妹妹的生命就像云一样缥缈和虚无。现在她的心总算踏实下来了,这片云也不再飘忽。因此她很感激明樨,她郑重地表态:"大哥,你的大恩大德,我一定会报答的!"

明樨饶有兴趣地看着她,逗她:"怎么报答?以身相许吗?"

罗玉马上红了脸,低头沉默不语,他赶紧解围:"小玉,跟你开玩笑呢,帮你只是举手之劳,不用放在心上。以后的生活会越来越好,让大哥保护你,也陪你守候你的那片云。"

罗玉看着明樨,一种崭新的混合着感动的情愫在她心里微妙地萌生。她对明樨的信任似乎在朝着新的方向发展,有依赖,也有一点别的什么。21岁的她,是脆弱而渺小的,她需要一个安全的港湾让心停靠,她那风雨飘摇的家也需要一双强健有力的臂膀支撑。

她的脑海里不自觉地掠过一个俊秀的身影,在与明樨相处的日子,她也会时不时想起那个陪自己和妹妹吟诗唱歌的少年,想起他们三人其乐融融的画面。

无数个偷偷哭泣的不眠夜,她曾殷切地祈祷,那个少年可以像在那个雨天一样神奇地出现在面前。她也曾幻想几年前的那个画面能够与今日的画面完美地重合在一起。但世上哪有不变的期许?当年的那个少年不知今日在为何烦忧?可以肯定一点:他与她一样年轻,一样难解她目前的忧愁。或许有一天那位少年会长成一棵大树,但她却等不及那稚嫩的肩膀为自己变得强壮,等不及那年轻的心灵为自己变得笃定。

是的,她没有时间等待一位少年的成熟和成长,罗云的病也等不到他学成归来。生活是那么无奈而又现实,需要有个人可以在目前为她遮风避雨,可以助她那厄运不断的家一刻安稳。

第十章　甘愿，把感激变成爱

感激和感动也可以变成爱，姐姐是心甘情愿嫁给他的。

9月初的时候小云出院了，罗玉也顺利地进了市里一所知名的中学任英语教师。当然除了她自身的优秀，明樨也找父亲暗中为她进行了打理。明樨为罗玉老家装了电话，以方便她和家人联系。

一天，她刚上完课，明樨开车到学校找她。明樨告诉她罗云来过电话，告知奶奶摔了一跤，她没有手机，因此罗云就直接打给了明樨。话毕，明樨递给她一部新手机，说奶奶和罗云的身体都不好，有个手机方便和家人联系。然后，车子向着罗玉老家阊平方向疾驰。

明樨总是替她想好了所有的可能，并且总是能用无比体贴的方式通过物质打动并不注重物质的她。回到家，懂事的妹妹已经请医生做了应急处理，但明樨还是坚持将奶奶转到廊川最大的医院廊川Z医院做进一步治疗。

奶奶住院的日子，明樨每天都将罗玉送到医院，再送回学校，就像她的私人司机，尽职而守时。加上奶奶这次住院，算起来，她和明樨认识的半年时间有一半时间是在医院度过的。

在守护奶奶的一个月白星稀的夜晚，两人在医院小花园的长凳上休息。月光织了一层浪漫的轻纱罩在罗玉白色的连衣裙上，让她看起来素雅而高贵。轻轻地，明樨揽过罗玉，让她靠在自己的肩上，然后牵过罗玉的手握在他的大手掌里。

轻触明樨肩头的一瞬间，罗玉似乎是找到了一个支点。守候在身边的这个男人踏实又可靠，她可以暂时卸下所有的防备和重负，安稳地歇一歇疲惫的心。她心中有点小小的感动，小小的满足，还有，淡淡的依恋。

这时明樨在她耳边轻声说："玉儿，奶奶病好后，你就嫁给我吧。你一个人支撑一个家太累了，我希望能帮你分担，照顾你和你的家人。"

她没有吭声，明樨以为她睡着了，自言自语："我知道你睡着了，你就当我说梦话，可我多么希望能梦想成真。"

良久，一滴温热的泪滴在明樨的手上，一个温柔的声音梦幻般飘过来："奶奶病好后，我就嫁给你。明樨，你不许反悔，我听见了你说的话，不是在梦里。"

*　*　*

水到渠成，罗玉嫁给了明樨。结婚前几天她特地回了趟家，带明樨去祭拜了父亲。

罗玉蹲下身子，一边打理父亲坟头的杂草，一边诉说："爸爸，过几天我就要结婚了，今天我带明樨来看您。他会像您在世时那样疼爱我，照顾我，爸爸，您开心吗？"

明樨爱怜地抱住她，问："小玉，你觉得爸爸最希望我为你做什么呢？"

"爸爸最希望的是什么？"罗玉想起她小时候，父亲总是一脸慈爱地看着她和妹妹。在她的记忆中，父亲从来没有打过她们，甚至也极少骂她们。他是一位极其和蔼的、温暖的、慈爱的父亲。

想到这，她回答明樨："爸爸如果在世，应该最希望你能始终如一地待我，希望你不要打骂我，因为爸爸一生都没有打骂过我和妹妹。"

明樨立刻表态："小玉，我向爸爸保证，永远不会打你骂你！我怎么舍得对你动手呢？我会好好爱你，好好保护你，让爸爸在泉下安心。"

罗玉看着明樨真诚的脸，眼睛潮湿，明樨拿出纸巾为她擦泪。刚才还晴空万里的天空飘起了细细的雨丝，更添几分忧伤和凄切。罗玉本来和爸爸的感情最深，她忍不住问:"爸爸,你那么疼爱我,你是用雨来告诉玉儿你不舍得我离开,不舍得我出嫁吗?"

明樨却接过她的话:"你傻呀,爸爸当然是看到他心爱的女儿出嫁喜极而泣。"

爸爸,你是这样的寓意吗?还是另有它意?

那天妹妹把罗玉拉到屋后的大槐树下,小声地问她:"姐,你确定自己是因为爱明樨哥才嫁给他的吗?不是因为我和奶奶,不是因为感恩?"

妹妹的话让罗玉吃了一惊。特殊的成长环境让罗云也变得敏感和心思细腻,思想也比同龄的孩子成熟。罗玉赶紧安慰妹妹:"明樨哥那么好,那么疼爱姐姐,我有什么理由不爱他呢?感激和感动也可以变成爱,姐姐也是心甘情愿嫁给他的。"

罗云看着她,迟疑地拿出了几封信,告诉她这几封信寄到家差不多半年了,但当时她生病住院,奶奶收到信后忘记了,直到这几天她整理屋子才发现。罗玉看着信封上的"广东省××医科大学"几个字,一时发愣。

她接过那些信,手有些发抖,仿佛那些信有千斤重,让她无法承受。不管她是否承认,这是她曾盼望了很久的信,也是她小心翼翼蕴藏的秘密,她的心绪被扰得起伏不平。

罗玉甩了甩头,强迫自己保持清醒,她知道就算能及时收到这些信,故事也不一定能朝着心想的方向发展,艰辛的生活不曾留给她片刻的时间喘息。

如今她就要嫁给另一个人了,婚姻是她愿意的,是她选择的,对于她乃至整个家庭来说,都是合适而不错的。

"姐姐能嫁给明樨,是上辈子修来的福分,是最好的选择,明樨是上天派来拯救我们的天使,他能带给姐姐幸福。这些信你替姐姐保管着,姐姐就不看了,也永远别让你明樨哥看见。"

这些话一说出口,罗玉有种解脱感,劝服了妹妹,更是说服自己。

第十一章　叹息，逆转的剧情

　　　　　　　他不能理解我们当年的友谊，自然也不能相信我们的人品。

　　婚后，明樨的表现确实是个好丈夫。罗玉环顾自己这爱意环绕的新房，那么幸福，那么满足。

　　早餐一般都是明樨亲自做，今天有她最爱吃的绿豆小米粥和泡菜。吃完饭，她挽着明樨的手一起出门，明樨提出要开车送她，依然被她拒绝了。

　　结婚后，罗玉还是保持坐公交车上班的习惯。她也曾委婉地劝明樨，勤俭持家，不要再找父母要钱。于是明樨便将从父母处拿钱的方式从地上转入地下。对于罗玉的简单节俭，明樨有点意见也有点欣慰：她嫁给他是因为他这个人，而不是因为他的家世。

　　坐在公交车里，罗玉望着窗外呼啸而过的楼房，感叹时光也如白驹过隙，不知不觉地呼啸而过，而今她已经在廊川×中教书两年多了。第一年教初中，因为教学成绩突出，第二年被调到高中部，教高2002级五班和六班的英语兼五班的班主任。孩子们很喜欢她，而她所带的班级也在年级中名列前茅，一切都朝着最好的方向发展。最让她开心的是杨泽也分配在这所学校，而且和她搭档教五班的数学。

　　到了学校，她在洗手间的门口听到两个学生的谈话。

"小羽，你的班主任好漂亮哦。"

小羽骄傲地回答："那当然咯，罗老师也是我们最喜欢的老师，像姐姐一样。"

罗玉很开心听到学生的赞美，至少代表了她在学生心目中有着美好的形象，没有哪个老师能够完全无视自己在学生心目中的地位。

这个小羽，就是罗玉班上的陆小羽。自从在入学资料中了解到小羽的母亲已过世，她与残疾的父亲相依为命的情况后，罗玉就对这个贫寒却懂事的学生特别关照。她也喜欢陆小羽清秀的模样，文静的性格，这个怯怯的瘦瘦的女孩，像极了学生时代的自己。

今天的课堂上罗玉注意到陆小羽神情呆滞，看上去心事重重。下课后，她将陆小羽叫到办公室询问原因。那孩子怯怯地回答她："老师，对不起，这段时间我老是睡不着觉，有时候感觉刚刚睡着天就亮了，所以我白天就精神恍惚。"

"为什么会这样呢？"

"老师，我觉得压力很大，自己读书需要那么多钱，每次回家，我看到爸爸那么辛苦，就很自责，我告诉自己一定要好好学习回报爸爸。可是我越想学好，越学不好，就这样恶性循环，到这段时间连觉都睡不着了。"

陆小羽的回答让罗玉一阵感怀，她仿佛看见高中时代那个拼命想学习，又被病痛拖累不能全力以赴的自己。那时的她也如今天的陆小羽一样，因为体恤家庭的负担给了自己很大的压力，最终被压垮。高三一年差不多每天都在生病吃药，也因此被同学们戏称为"林妹妹"。

罗玉心疼地说："小羽，你是个很懂事的孩子，老师很喜欢你。如果你是我的亲人，你猜老师最希望你怎样呢？"

陆小羽小声地回答："最希望我考上好大学，过上好的生活。"

"这不是老师唯一的期待，小羽。"罗玉想起自己多病的妹妹小云，说，"如果你是我的妹妹，姐姐最希望看到的是健康的你，每天都开开心心的你。你的爸爸肯定也是这样，他最希望看到你健康快乐。我们当然希望你可以考上好大学，但如果考不上，前途也一样光明，因为你可以用别人读大学的时间去学习别的东西。很多成功人士并没有上过大学，一个人的成功更多地取决于他的品德、修养、能力和身心健康。"

"那老师我睡不着觉该怎么办呢?"

"解决睡不着觉的最好的方式就是不睡觉,因为睡不着觉也没有什么啊,这证明你不需要睡那么多觉。你看人家拿破仑,一天只需要睡三四个小时的觉!这世上呢,有病死的人,有饿死的人,有累死的人,但还没听说有困死的人。所以不用担心,当你需要睡觉的时候自然就睡着了,关键是心态好。你不觉得你睡不着觉很大原因是心理问题吗?你对睡不着觉这件事的担忧远远超过了睡觉本身。"

陆小羽被罗玉的话逗笑了。很多人告诉她睡不着觉可以背口诀,还可以数羊,结果她越数越清醒,越数越焦虑。只有罗老师告诉她睡不着觉就不睡觉。她开心还因为老师告诉她:"小羽,你知道你是一个很可爱的孩子吗?斯文、秀气、懂事,老师特别喜欢你,如果你能脸上多点笑容,你会更惹人喜爱呢!"

带着罗玉的肯定和鼓励,陆小羽轻松地离开了办公室。罗玉看着她单薄瘦小的背影思考:"也许比传道授业更重要的事情,是关心这些青春期孩子的心灵。"

* * *

回想自己的高中生活,除了日复一日的枯燥学习,罗玉真不记得别的颜色。青春留给孩子们的不应该仅仅是题海战术啊!罗玉心中飘过一个大胆的想法:利用周末的时间带学生们去户外上英语课,或者带他们去体验生活,让他们懂得原来课堂也可以很轻松,高中生活也可以丰富多彩。

骤然响起的电话铃声打断了罗玉的思绪。接起电话,传来肖燕噼里啪啦的声音:"小玉,秋燕今天来市里办事,我和她正在乐然居喝茶,你中午务必赶来一起吃饭,不见不散。"

接完电话,罗玉开心地打给明樨问他要不要一起。明樨表明不去后,她便独自乘公交车过去。自从结婚后,她与秋燕还是第一次相聚。大学毕业后,罗玉和肖燕留在了市里,两人经常见面。秋燕却追随她的恋人何霄去了乡镇的李囵中学,与她们聚少离多。

到了乐然居,那两只燕子已恭候多时,两人笑问她怎么不带上老公一起,是不是担心她俩魅力四射故意将老公雪藏起来?

罗玉回敬闺蜜:"就你俩那点本事,还差火欠炭。明樨的意志坚强着呢,没跟来自然是你俩魅力不够。"

说完她打量秋燕，一年多不见，秋燕的脸色变得红润细腻，可见在乡镇的小日子过得不错，她笑问："多日不见，有什么好消息带来？"

秋燕羞涩地笑笑，说她将与何霄结婚，这次就是为送请帖而来的。

肖燕听了，一通感叹："秋燕结婚，我一点都不意外，人家老夫老妻恋爱那么多年。倒是小玉成为我们这批人中第一个结婚的让我很吃惊，也让大家措手不及。你就那么急着将自己嫁出去吗？知不知道伤了多少人的心？现在是不是很羡慕我自由自在的生活啊？"

大家正说笑着，明樨忽然出现在餐厅，罗玉诧异地问他："不是不来吗？干嘛不请自到？"

对方用体贴的语气接茬："担心你们三缺一，缺一个男士埋单，所以就赶过来了，刚才肖燕说谁伤心啦？"

"当然是伤了男生们的心啦！我们的小玉很受大家欢迎，"肖燕话匣子一打开，她直来直去的性格就暴露无遗，说话也口无遮拦，"当时好多男生喜欢她呢，最著名的是'十二孝'和'二十四孝'……"

罗玉注意到明樨的脸开始阴沉不快，于是敏感地岔开话题："时间过得真快啊，读书的时候真是幼稚，一晃我都结婚了，有了疼爱自己的丈夫。"

说完她故意将头朝明樨靠了靠。

秋燕会心地接过罗玉的话："时间确实过得快，记得两年前，也是4月，我和小玉在南湖公园邂逅了一位帅哥。谁能想到偶然相遇的那个人就这样改变了小玉的一生。生活真是充满了太多的惊喜和未知！"

肖燕傻傻地问一句："哪个帅哥改变了小玉？"

见明樨始终沉默不语，秋燕不得不自己圆场："远在天边，近在眼前。"

那顿饭他们四个人一共花了700多块。肖燕问服务员是不是搞错了，怎么这么多？她们教书一个月的工资才700来块，而一顿饭就把她们血汗钱吃掉了。

其实在明樨拿菜单加菜时，罗玉看到他勾选的部分菜品，就轻声提醒过："明樨，肖燕、秋燕和我是老朋友了，你不必太破费。"

有时候罗玉觉得自己跟明樨依然是两个世界的人，她出身贫苦，习惯了勤俭节约的生活，而且她骨子里也是一个对物质没什么要求的人，觉得一个人应该"静以修身，俭以养德"。但明樨不一样，从小锦衣玉食惯了，每当她委婉地劝他节约些，明樨就反问她："你是不是觉得我给你的生活不够好？"

她摇头："你知道我不是那个意思，我只是希望我们能自食其力，爸爸的钱再多，但那不是我们挣来的钱，用着觉得不踏实。"

"那你是指责我没有本事挣钱养活你？难怪你那么拼命工作，原来是我没有给你安全感！"

明樨总会有自己的一套说辞驳斥她善意的提醒，她也就不再多说，免得影响夫妻感情。每当这种时候她就很怀念大学时候他们一群人挤在罗文和杨泽的小屋里清水煮挂面却笑声不断的日子，平凡而踏实。

虽然像今天这样的情况经常发生，两人的价值观相去甚远，但罗玉不能否认，明樨很爱她。有人说相处是一种磨合，她也慢慢接受了他这种铺张浪费的生活习惯。

＊　＊　＊

那顿饭后罗玉和明樨先一步离开了。她走后，秋燕忍不住向肖燕问起罗玉的近况。肖燕胸无城府地回答："小玉当然过得幸福啦！嫁了一个家境如此优越的帅哥，而且对方还那么舍得为她花钱。听说罗云的手术费全是小玉老公出的，她也是因为这个原因才急着出嫁。总之明樨很爱很爱她，难道你看不出明樨很在乎小玉？"

秋燕却忧虑地摇摇头："我跟你的看法正好相反，明樨的确爱小玉，但他不适合小玉，他和小玉不是同一类人。"

怎么不适合？秋燕说不上来。她联想自己与何霄在一起的状态，嬉笑打闹，无拘无束，零空间，零距离，而罗玉和明樨却相敬如宾，看上去尊敬有余而沟通不足。也许是自己多虑了，她但愿是自己多虑了，但她还是很认真地叮嘱肖燕："你以后别在明樨面前提什么'二十四孝'和'十二孝'，没看出他今天有点不高兴吗？明樨不像是一个宽容大度的人，他的成长经历与我们大不一样，他不能理解我们当年的友谊，自然也不能相信我们的人品。今天与其说他来埋单，不如说他是来查岗。"

如果明樨与小玉不是一类人,那么谁与小玉是同一类人呢?秋燕的眼前不觉浮现出一张俊秀的腼腆的脸,她不禁为她的挚友发出一声叹息。

从回忆中折回到现实,秋燕无奈地摇摇头,那些美好的年华,那些青春的故事,她曾渴望剧中人续写一个满意的结局,但这部戏的剧情逆转太大,完完全全超出了她的想象力。

第十二章　赠玉，蕴藏爱你的情谊

将所有的喜怒哀乐掩藏在波澜不惊的外表下，给她最真诚的祝福。

秋燕的故事一直是清晰又明快的，像一本童话书，看到开头就能猜到幸福的结局。

2001年5月1日，秋燕的婚礼如期举行。那天明樨碰巧出差去了，罗玉跟杨泽、肖燕结伴去了李囿镇。

到了婚礼现场，他们开心地发现渝北师专的那帮人马几乎全部到齐，大家默契地围了一大桌。毕业以来，他们还是第一次聚得这样整齐。除了眉宇间多了一份老师的儒雅，大家几乎都没怎么变。罗文还是那么活跃，他和杨泽永远是聚会的焦点。虽然今天带了女友张颜，行动虽有所顾忌但丝毫不影响他与杨泽表演双簧。让人意外的是李俊豪也从广州回来了，看上去比在渝北师专时候消瘦不少。

俊豪在罗玉身边默默坐下，或是无意或是有心，他长长地叹了一口气。罗玉立刻感受到他内心压抑的千言万语，像一阵席卷而来的飓风，吹得她的心有些隐隐作痛。

对面，杨泽正对罗文的女朋友张颜兀自吹嘘："弟妹，你知道吗？大学三年，我和罗文的关系可不是盖的，那简直就是天造地设、珠联璧合的一对……"

他还没说完，就被土豆站起来打断："人家罗文跟张颜才是天造地设的一对，跟你只能算臭味相投。知道什么是狼和狈吗？说的就是你们俩。"

显然杨泽的高涨情绪是不受任何臭味影响的，他继续自吹自擂："小颜，当年哥任职乡长，桌上这帮人全部跟我混，哥给你依次介绍下：你身边的这位大美女就是生物系人见人爱的黄莺……"

话毕被黄莺挥了一拳。

"旁边这位是洋芋（杨瑜），你叫他土豆就OK。土豆旁边的这位就是传说中的学霸李俊豪，他是我们这群人中的叛徒和异类，抛弃教师这一神圣的行业投奔了医学，让我委实想不通。鲁迅先生都弃医从文，他偏要弃文从医。你给哥说说：难道医治人的身体比医治人的心灵更重要？不过话说回来，他也是我们中唯一的研究生，现在还在广东攻读医学硕士。"

看着罗玉，杨泽故意停顿了一下，拉长声音说："李俊豪旁边的这位就是我们的才女……"他话还没说完，张颜立刻接口："是罗玉，我认得你，我们家有好多你的照片。"

大家都心照不宣地笑笑，有人故意干咳两声。罗玉有点尴尬，脸一下红了，张颜却大大方方地绕到她身边，友好地说："罗玉姐姐，你本人比相片漂亮多了，我们家罗文说跟你和大家都是好朋友，我可以代他拥抱你一下吗？"

然后她给了罗玉一个好温暖好细腻的拥抱。罗玉抬头看了一眼罗文，对方正用欣赏和赞叹的眼光注视着她怀里的女友。罗玉的眼睛有点潮湿。"好朋友"，这是她听过的最美好、最善意的词语之一，而此时说出这三个字的女孩几乎在一瞬间获得了他们这一群人的认可和喜爱。

* * *

饭后，大家嘻嘻哈哈地跑去参观秋燕的婚房，李俊豪趁着混乱，邀请罗玉到外面转转。

李图中学坐落在镇尾，操场外面就是农田，她和李俊豪沿着长满青草的乡间小路漫步。五月的微风轻抚着他们的脸，让人恍然如昨。也是这样的午后，也是这样温情的阳光，他们漫步在乡野田间。不同的是那时他俩都还是学生，如今她已嫁为人妇。

"小玉，过得好吗？"

"嗯，很好。"

"你过得好我就放心了，我给你写过信，你有收到吗？"

罗玉想回答收到了，但她分明没有拆过他的信，于是她就改了口："没，没收到，你写了什么？"

"也没什么，就是希望你过得幸福。"

他没告诉她，其实那些信的内容是：他爱她，希望她能等他。从读高中时候起，她就是他眼里唯一的风景，是他窗前的白月光。为这份感情争取机会，他以父子决裂，亲情叛离的代价换来了自由身。但是如今这些还有什么意义？还能改变什么？他唯一能做的是将所有的喜怒哀乐掩藏在波澜不惊的外表下，给她最真诚的祝福。

俊豪拿出一个翡翠玉镯，说道："小玉，这个玉镯是我补送你的结婚礼物。"

见罗玉迟迟不愿收下，他补充道："只是一份简单的友谊和心意，玉保平安，只愿这个玉镯能带给你如意平安。"

这个玉镯是李俊豪在广东四会的玉器城买的。那天他同学想买一块玉送给女朋友，约了李俊豪一起去逛玉器城。第一眼看到这个玉镯，俊豪立即被它的晶莹剔透、温润细腻所吸引。他当即不顾一切想买下来送给一位温婉似玉、名字带玉的女孩。而为了买这个玉镯，他花光了身上所有的钱，吃了整整两个月的馒头白饭。

下午，男同学都被杨泽强行留下，说晚上继续把酒言欢。罗玉和肖燕结伴回城。

肖燕注意到罗玉腕上佩戴的翡翠手镯，问："新买的？"

罗玉摇摇头回答："李俊豪送的，说是补给我的结婚礼物。"

肖燕细细端详那只玉镯，啧啧称奇，赞叹这只手镯简直就像是为罗玉定做的，想不到李俊豪这么有眼光。

罗玉凝视着这只玉镯，心中忐忑不安，怎么向明樨解释呢？不知是因为太爱她还是他本性如此，明樨对罗玉的爱霸道而专制。为此，罗玉平时尽量避免跟异性接触，以减少明樨的怀疑。

想到这，罗玉跟肖燕商量："我回家对明榫说玉镯是你送的，好吗？免得他多虑。"

肖燕瘪瘪嘴："就你那么多心眼，男人才不管这些细枝末叶呢。何况李俊豪跟你都是君子，你都结婚了，李俊豪还能对你怎样？身正不怕影子斜，怕什么？"

话虽如此，知夫莫如妻，罗玉坚持还是不要让明榫知道的好。像上次肖燕的一番玩笑，明榫都盘问了她好多天。如果再让他知道李俊豪送了自己玉镯，怎么也要十天半月才能过了他心头的坎。

第十三章　耳光，迷茫的前路

有一份工作也是很幸福的事，这样就没有时间和空间躲起来舔舐伤口。

高三的时候，老师们的教学任务加重，学生的作息时间也被排得满满的。学校规定一个月才能放一次假，平时从早上7点半一直到晚上10点50下自习，除去起床、洗漱、吃饭的时间，学生几乎没有一刻钟是属于自己的。学校对班主任自然也有很多规定，总结起来就是：每天每时每刻必须陪伴学生——学生上早自习要到场，中午睡觉要到场，下午上课要到场，下午放学要到场，晚自习要到场，学生睡觉要到场，简称"六到场"。这样的规定，住在校内的老师还可以周旋，很多原本住在校外的老师，也只好全天都待在学校，一则可以多陪伴学生，二来每天跑来跑去的奔波也着实要累死人。

罗玉每天往返于学校和家之间。通常早上6点起床，7点出门，晚上等学生就寝后她再坐最后一趟坐公交车回家，到家时往往已是晚上11点过半。这种作息安排将她与明樨卿卿我我的温存时间剥夺，家对于她来说更像是一个旅馆。为此，明樨满腹牢骚，多次叫她辞掉班主任工作。但两年多的朝夕相处使罗玉与学生建立了深厚的感情，她割舍不下对孩子们的牵挂，再则高三换班主任对学生的影响也大，罗玉只得满怀歉意地跟明樨解释："明樨，让我带完这一届学生，好吗？这届孩子毕业后,我保证向学校申请不当班主任。你知道我那么热爱教书,所以很想看见自己的心血结出硕果,很希望看见亲手浇灌的幼苗长成大树,这是一种责任和情怀,你能理解我,对吗?"

"理解?谁又来理解我?你看谁家的老婆天天早出晚归?就算在家也是倒头睡觉,我们有多久没在一起看过电影,逛过超市?现在连一起吃饭也变成一种奢侈。你总说很累很累,既然累,就辞掉班主任工作,家里又不缺钱,你却执意拼命工作,把事业看得比家庭重要,结婚前我还以为你是顾家型的女人……"

每次明樨说到这,她就扑进他的怀里,抱住他撒娇:"明樨,我知道你很委屈,你是世上最宽容的丈夫。等我这届学生一毕业,我发誓,一定好好补偿你。你再给我点时间,也就几个月就毕业了。"

但还未等到学生毕业,她和明樨之间的矛盾就爆发了。

* * *

那天罗玉上完第一节晚自习课,正坐在办公室批改作业,一个学生慌慌张张跑进来找她:"罗老师,不好了,陆小羽在数学自习课晕倒了。"她吓了一跳,赶紧随那个孩子赶到教室。

教室里,杨泽正在给陆小羽掐人中,看到一脸焦急的罗玉,杨泽安慰她不要慌,陆小羽已经苏醒了,只是身体太虚弱,需要马上送医院检查原因。

到医院后,她和杨泽陪着陆小羽挂号、缴费、检查、抽血、化验等,等到陆小羽终于躺在医院的病床上输上液,已经是晚上12点多了。罗玉看了下表,赶紧给明樨打电话,让他先睡觉,自己陪学生在市医院输液,一时半会儿回不去……没等她说完,明樨啪地挂了电话。

11月的廊川,夜凉如水,给明樨打完电话后,罗玉更觉得寒意逼人,整个身心都觉得冷。

杨泽看到她被冻得脸色发白,嘴唇青紫,赶忙将自己的大衣脱下来递给她,关切地说:"妹,你向来体弱,三天两头生病,不比大哥身体棒,快把这件大衣穿上吧,别冻感冒了,明天还有公开课呢!"

对啊,明天还有堂很重要的公开课,全区高三的英语老师都要来观摩听课,学校的领导也将到场，千万不能病倒了。想到这，她接过衣服披在身上。看罗玉穿上衣服，杨泽又说："你不要跟大哥讲客气，渝北师专毕业那么多人，也只有我们两兄妹分在同一所学校，而且还搭档。就冲这点缘分，大哥照顾你都是应该的。"

突然杨泽打住了话头，转为："小玉，你看我们兄弟多关心你，亲自接你来了。"

一回头，明樨正绷着脸站在她身后。罗玉赶紧站起来，挽住明樨，问："这么晚还过来啊，不是叫你早点睡觉，不用等我吗？"

明樨硬邦邦地回道："不用等你？你看看现在什么时间了？这么晚不回家，想过家里人的感受吗？也不怕路上遇见坏人。"

她闻到明樨身上的酒气，息事宁人地说："明樨，晚点回家跟你解释，好吗？这里太冷，你先回去，等小羽输完液，我马上就回家。"

明樨盯着她质问："工作？家里需要你赚钱养家吗？你算算你一个月才领多少钱？"

杨泽站起来打圆场："小玉，明樨是担心你。你明天还要上公开课，你们先回去吧，一会儿我送陆小羽回学校。"

陆小羽也懂事地劝她："罗老师，我已经没什么大碍了，你不要担心我，你和叔叔回家吧。"

罗玉只得嘱咐了陆小羽几句，跟明樨回去。一路无语。回到家，她疲倦地靠在沙发上，明樨打开灯，看见她身上套着的男士大衣，没好气地说："让我早点睡觉，免得打扰你，对吗？你还真是位体贴的太太。"

罗玉本来又累又困，心里又不痛快，听了明樨的话，火气一下子蹿起来："你没长眼睛吗？没看见我的学生正躺着输液吗？你说这话是什么意思？"

"你的学生生病关杨泽什么事？深更半夜，还脱衣服给你穿，看样子他对你倒非常体贴。"

她这才注意到自己还穿着杨泽的衣服，霎时觉得杨泽的一片古道热肠都被玷污了，不禁反问："我的学生也是他的学生，在他的课堂上昏倒，他为什么不可以和我一起护送，还有学生在场，有什么见不得人？"

"既然在他的课堂昏倒，又关你什么事？难不成需要你把学生背到医院？你别当我是傻瓜。"

罗玉想告诉他学校规定了男老师和女生相处要避嫌，而自己作为班主任，看护本班学生是自己的职责。但是她知道明樨不会接受自己的解释，夫妻之间最关键的是信任，如果信任没有了，再多的解释听上去都是借口。

她也实在是太困了，连吵架的精神都没有了，她丢下一句："明樨，我不想和你争吵，反正你也不会相信我，那我就更不需要向你证明什么了。敢情你每次不请自到，都是别有用心。美其名曰关心我，其实都是监督我。我累了，想睡觉了，你爱怎样评价是你的自由，欲加之罪，何患无辞？"

说完她走进卧室，和衣躺在床上，恨不得一下子昏睡过去，暂时远离这纠缠。明樨却追上来，不依不饶："你累了，要睡觉，这段时间你每天都是用这个理由打发我，你知不知道一个妻子应该履行什么义务？如果不知道，让我告诉你。"

明樨一边嘶喊，一边用他那双大手像老鹰抓小鸡一样捉住了罗玉。罗玉本能地反抗，本能地躲避，撕扯中明樨重重地给了她一记耳光。这一记耳光划破夜的安宁和祥和，那么刺耳，有一瞬间，两个人都愣住了，呆呆的不知所措。

* * *

第二天一早，罗玉强打精神走进教室。刚开始还觉得头疼欲裂，精神萎靡，但伴随着学校领导和外校的老师陆陆续续地走进来，她的状态也渐渐好转。或许这就是一名合格的老师应具备的素质：无论情绪多么低落，心境多么糟糕，只要往那三尺讲台上一站，就立刻淡忘了身后事。

罗玉心中无奈感叹，看来有一份工作也是很幸福的事，这样就没有时间和空间躲起来舔舐伤口。

那堂公开课上得出奇的成功，结束后前来听课的领导和同行纷纷起立鼓掌。午饭后，郭天囤校长把她叫去办公室。罗玉本以为是有什么指导意见，便谦虚地询问："郭校长，请问您有什么指教吗？"

对方却说："罗老师，今天这堂课如果从专业知识的角度分析，我对你无可挑剔，甚至可以用完美来形容。但是，"他顿了一下，"如果从班主任的角度来分析，你这堂课的确需要引起重视。"

见她没明白，郭天囤把话说透："你今天上课时候，我注意到后排有四五个学生在看历史、政治，压根儿没有听你讲课。班主任上课，出现这种情况是反常的，不知你注意到没有?"

听了郭校长的话,罗玉松了口气,轻松地回答:"那几个孩子是我叫他们不用听课的,他们可以在英语课上看历史、政治等其他书籍。"

"你说什么?"郭校长不敢相信自己的耳朵,"你让他们不用听课的?"

"是的,郭校长。您知道英语是一门需要循序渐进的课程,就好像万丈高楼必须从地基开始那样。那几个学生以前在乡镇中学上学,转到我班里来时英语很差,没任何基础可言。所以他们根本无法理解我讲的内容,也跟不上我上课的节奏,而我又不能为了他们几个孩子放慢整个班的步伐。既然他们听不懂我上课,那就让他们学点其他课程,总不能白白浪费这宝贵的时间。

"我曾经也试着给他们补习初中的知识,但苦于根本找不到时间。你看他们每天的课从早排到晚,科任老师像走马灯似的在教室轮换,他们要忙着应付各科作业,忙着应付考试,哪里有时间让我开小灶?

"郭校长,既然说到这里了,我还有个建议想说与您听听。学校能否考虑给学生减点负呢?您看,现在学生一个月才放一次假,根本没有时间查缺补漏。如果我们能够给学生多留点时间,他们可以有更多的机会补习弱科。"

她说得振振有词,听起来好像很有道理,年过半百的校长听得似懂非懂。而对于罗玉的做法,他没有明确表示认同,但是也没严厉批评她,毕竟这堂英语课,她还是为学校争了光。

但是郭校长最后叮嘱她:"给学生减负放假之类的话你以后不要再提了,你看现在哪个学校不是喊着素质教育,实施应试教育,每个学校都在拼命挤时间。年轻人有自己想法固然不错,但不能违背学校的宏观调控,一味标新立异。"

* * *

晚饭后,罗玉从自己的班主任津贴里取了500元出来,500元在当时相当于廊川一所乡镇中学的教师一个月的收入。晚自习结束后,她叫上陆小羽一起到操场散步。

她们沿着学校的大操场慢慢转悠,陆小羽愧疚地问:"罗老师,对不起,我昨晚是不是给你添麻烦了?"

这个孩子居然还在关心这件事,她故作轻松地回答:"没事,你怎么会给老师添麻烦呢？说起来，还得怪老师平时对你们身体和生活关心太少，你才会在教室晕倒。"

罗玉轻轻牵起小羽的手接着说："小羽，其实老师读书的时候跟你是一样的，体弱多病，看到你我就想起我的高中生活。"

"真的吗？罗老师。"

"是啊。我父亲去世早，母亲一个人打工赚钱，我还有一个心脏不好的妹妹和多病的奶奶。因此那时候我也有很大的压力，神经每天都绷得紧紧的，希望通过努力读书改变生活。思想压力大，学习任务重，高三那年我几乎天天生病，脆弱得不堪一击。即使到了大学，老师的身体都非常虚弱。"

"哦，那老师又是怎么战胜这一切的呢？"

"因为，"她想起罗文，想起肖燕，想起李俊豪以及神秘的鸡蛋，有些庆幸地说，"因为老师特别幸运，遇到了特别好的朋友，他们给了我很多关心和鼓励。"

"老师，你最终还是考上了大学，现在一切都好了。"

"好起来的原因不是老师考上了大学，而是我变得坚强了，身体好了。如果我不振作，考上大学也没用。但如果我心态好，哪怕我没有考上大学，今天站在你面前的老师也可能变成其他行业的精英。你要明白，健康的身体和心智才是最重要的，所以坚强起来，小羽。同时，我也希望你不要拒绝关爱，有什么困难你要及时告诉我。"

为了不伤害孩子的自尊，她拿出准备好的钱，说："老师帮你申请了500元助学金，希望你能开开心心地接受。助学金是用来帮助班里有困难又优秀的孩子的，老师当年也接受过班级的助学金。"

美丽的谎言换来小羽轻松的微笑，她认真地接过了"助学金"。罗玉拍拍她的肩，说："不早了，你早点回寝室休息吧，到宿舍别再看书了，要记住，健康远远重要过学习。"

看着小羽走远，罗玉陷入了沉思，联想到今天郭校长的谈话，她有些许的自责。高二的时候，罗玉就想要改变上课的模式，带领学生到户外愉快地上英语课，但一直到高三，他们都快毕业了，她依然没有迈出学校给画下的圆圆圈圈，说到底她也是一位懦弱的因循守旧的教师。而她那小心翼翼，唯唯诺诺，处处退让的感情又将走向何方？

第十四章　重聚，你我已不在原处

> 就如同身上的衣服，无论看上去如何火红温暖，也无法抵御渐进的寒冷，他们之间的和谐只是表面的客气而已。

查完学生寝室，罗玉碰到了杨泽。杨泽告诉她李俊豪下个周六晚请大家到"渔火重生"聚餐，一是向大家宣布已经结婚的消息；二是庆祝他被分配在廊川Z医院附属医院工作。

"李俊豪什么时候结婚的？"她吃惊地问。

"就是前两个月，他一个同学都没有邀请。老婆叫殷秀琳，跟秋燕两口子一个学校。真不够意思，居然连秋燕也没有请，我也是昨晚跟他通电话才知道。"

时光飞逝，他们这帮人毕业三年多了。她结婚了，秋燕结婚了，如今连李俊豪也结婚了。依稀记得1997年国庆的那个夜晚，那天晚上，她分明感觉得李俊豪有话要跟她说，她也由衷地期待着他的表白。如果李俊豪在那天晚上向她表白了，她的生活会不会因此而完全改变？会不会有完全不一样的轨迹呢？但是，时间从不回头。

人生或许就是这样，一瞬间的命运改变，换来日复一日的更迭，直到下一个颠覆瞬间的到来。

星期六上完课，罗玉直接去了"渔火重生"餐厅。近来她一直感冒，为了使自己看起来精神一点，她特意穿了一件大红色的风衣。

一到餐厅，便看见张颜正向她招手："罗玉姐姐，这里，我们都在等你呢！"

张颜现在俨然成为他们当中的一员，并且深得大家的喜爱，聪明而又善良的女孩谁不喜欢呢？罗玉微笑着坐在张颜旁边，李俊豪绕过杨泽，在她身边不动声色地坐下来。

每次看到他，罗玉的心里都会不由自主一阵紧张。其实她和李俊豪私下里都没有过任何联系，不明白为什么偶尔见他一面，自己还会忍不住怦怦的心跳。

肖燕是那天最后一个到达的人，她扫了一眼众人，不满地对李俊豪嚷："你坐在小玉身边，我坐哪里呢？"

李俊豪回答她："今天我是主角，你当然是坐在我旁边，你坐杨泽旁边也行，只要你保证不欺负他。"

大家听完都哈哈大笑起来，肖燕踢了李俊豪一脚，警告他下次别占着她的位置，然后无可奈何地挨着李俊豪坐下。

老习惯，杨泽必然有一番开场白。他清清嗓子，大声开讲："李俊豪这人太不够意思了，偷偷摸摸把婚结了，而且金屋藏娇，今天也不带出来让大家认识认识，大家说应该怎么收拾他？罚酒三杯还是钻桌子三圈？请大家看着办，千万别心软！"

杨泽话落，一双双严厉的眼睛逼视着李俊豪，好像他犯了什么不可饶恕的大错。李俊豪不得不站起来解释："老父亲生了场重病，逼我赶紧结婚，当时刚刚研究生毕业，要忙着找工作，婚姻也就低调处理，本没有举行什么仪式，当然就没必要请大家了。今天不是特意给大家赔罪来吗？至于为什么不带夫人一起出席……"他迅速地扫了一眼罗玉，说道："你们不也没有带家属出席吗？我也是为了不破坏气氛嘛。"

"大家觉得这个解释过关吗？"

"不过关。"

"惩罚，罚酒三杯，再钻桌子三圈。"

李俊豪被大家灌了三杯白酒。

杨泽接着审问："既然跑到广州上大学，干吗还回来？本来我们这群人还指望你先在外面闯一片天地，兄弟们再走以农村包围城市的道路。结果你居然招呼不打就回来了，辜负了大家对你的厚望，这是不是又该罚？"

李俊豪大叫冤枉，称："我回来是因为太想念你们，所以哪儿都不想去，就想和大家待在一起。以后你们生疮害病、生老病死有人照应，难道不好吗？你们就这么没有良心，不仅不思念我，居然还想着赶我走？这是什么团结友爱的集体？"

说完他举起酒杯，转移大家的视线："庆祝我回归大部队，才是今晚聚会的主题。难道不是吗？别老是把一个好好的聚餐搞成批斗大会，以后谁还敢参加？你说对不对，杨乡长？"

李俊豪说得言之凿凿、情之切切，大家只得随李俊豪的提议举起酒杯，拉开了今晚正式喝酒的序幕。

* * *

酒桌上的气氛一如往常那么热烈，杨泽一喝酒就很活跃，一活跃就想拿罗文开涮。两杯酒下肚，杨泽开始调侃罗文："罗老师，听说你们学校马上要被合并了，现在你带的那两个高三班，加起来才不到十个人，是真的吗？"

罗文没好气地回复他："现在不是提倡小班教学吗？那些带硕士和博士的教授，不也是只带几个学生吗？我们只是走在时代的前沿而已，有什么好羡慕的呢？喝酒！"

喝完，罗文又倒一杯递给杨泽，美其名曰："屁股一抬，喝了重来。"

杨泽学他的口气："屁股一动，表示尊重。"

大伙随着他们雅俗共赏的祝酒词笑得东倒西歪，喝完两杯，杨泽问大伙："百川东到海，何时再干杯？"

土豆接下去："现在不喝酒，将来徒伤悲。"

好像喝酒是一项至关重要的事业。为了劝大家多喝酒，他们也有很多乱七八糟的理由，比如"感情深，一口闷，感情浅，舔一舔；感情厚，喝不够，感情薄，喝不着……"

在这些五花八门的劝酒词劝说下，大家一杯接一杯地喝酒。罗玉今天感冒，轮到她时，刚喝了一口酒，就被呛得咳嗽不止。她平息了一下气喘，在人民群众严厉的监督下硬着头皮继续，俊豪起身拿走了她的酒杯，说："我代小玉喝了这杯酒吧，她感冒了，我们是一个和谐友爱的集体，不能为难女士，对不？"

土豆接岔："李俊豪，你现在充英雄，等会儿我们敬小玉的酒，是不是都由你代劳？"

李俊豪豪爽地表态："没问题，只要你们放过小玉。"

杨泽喝到半醉半醒的时候，又开始打他的谜语："妹，哥给你打个谜语吧。"

话没说完，大家纷纷笑起来，肖燕接过他的话说："这个谜语太难了，一个男人喝醉了，扶着一棵树，打一动物，你们猜是什么？"大家笑着一团："不知道，杨乡长你说说谜底是什么？"

杨泽这时候已经进入半迷糊状态，他每次喝酒都是闹腾得厉害，糊涂得最快。他得意地说："笨，兔噻，我再给你们打一个谜语吧，一个女人也喝醉了，扶着一棵树，你们猜是什么动物？"

罗文说："你先回答我一个谜语吧：一个小孩也喝醉了，扶着一棵树，是什么动物？"

杨泽偏头问罗玉："妹，这个人怎么这么讨厌？好像是我肚子里的蛔虫，总是把我想说的话提前说了，我们不跟他玩了。"

桌上的气氛实在喧嚣而欢乐，这场景似曾相识，就像无数个在渝北师专喝酒的夜晚：月明星稀，热情似火，同样的人马，只是那时吐得最厉害的人常常是罗文，而今晚换成了李俊豪。

罗玉看到李俊豪几次歪歪倒倒冲进洗手间，再拿着个矿泉水瓶子摇摇晃晃地走出来，好几次她的心提到嗓子眼，以为他会摔倒在地，好在他总能有惊无险地坐回到她身边。

看到罗玉皱着眉头在瞪他，他轻松地笑笑："别担心，小玉，这点酒难不倒我，真的，你什么时候看见我醉过？对了，我今晚一直想问你一个问题，你过得不开心吗？怎么这么憔悴？怎么又感冒了？杨泽不是说你现在身体比读书时候好很多了吗？是不是哪个什么榫欺负你了？告诉我，我，我揍扁他！"

罗玉的眉头皱得更深，俊豪是真的醉了，她还是第一次看见李俊豪如此失态，跟平时那个成熟稳重、谨言慎语的他判若两人。

酒至正酣时，何霄出现在餐厅门口，秋燕问他怎么来了，何霄便开玩笑："担心你啊，看看他们有没欺负你，有没有灌醉你。"

他这话不说则已，一说杨泽跳起来："何霄，你来得太好了，你老婆被我们欺负惨了，幸好你这救星及时出现。"边说边叫服务员拿酒杯来。

三下两下斟满后，罗文对何霄发话："废话少说，喝，至于喝多少，看着办。"

"老天，"秋燕摇摇头，对罗玉说，"看来他们又要掀起第二轮高潮。"

何霄很快进入状态，跟大家打成一片。秋燕看着他慢慢喝红的脸，对罗玉抱怨："一开始何霄就想跟我一起来玩，我怕他喝高，没批准。这不，现在逮着个机会，主动送上门来，也是个闲不住的主儿。"

秋燕嘴上这样说，脸上却挂满关怀，看得出两个人在一起很是幸福！虽然大家一开始为秋燕追随何霄奔赴乡中教书感到惋惜，毕竟在1998年，英语系还属于很好留城的专业。但从今天看起来，她当初的选择是正确的，而且现在的生活十分滋润和甜蜜。

* * *

何霄在喝糊涂前，突然想起什么，他转到罗玉身边，小声说："刚才好像看见明樨的跑车停在楼下，你要不要下去看看？"

罗玉吃了一惊，赶紧看了看手机，果然有几个明樨的未接来电，刚才太吵，她一点都没有听到。一看时候也不早了，她歉意地起身跟大家道别。

李俊豪喝醉了趴在桌上，见罗玉要走，挣扎着要起来送她。杨泽想起陆小羽生病那晚的情景，及时按住了李俊豪："别人有车接，你瞎操心什么？遵守纪律，注意影响，否则我罢免你副乡长职务。"

"杨泽还没有完全喝糊涂。"罗玉边走边想。

罗玉下了楼，一眼看见明樨的车停在楼下等她。她上了车，小声地解释没有听见电话，所以没有及时下来。换在平时，明樨少不了一番抱怨。但自从上次他动手打了罗玉一耳光后，他们之间有了微妙的变化。虽然第二天他向她道歉，称自己那天晚上喝多了，还买了一条白金项链送给罗玉，向她保证："小玉，那天晚上真是喝多了，你相信我，这样的事情一定不会再有第二次！"但是两个人之间还是明显多了些生分和客气。

　　罗玉收下了明樨的礼物，算是原谅了他。但明樨不确定她是否从心里放下了，那条一万多元的白金项链被她随手丢在抽屉里，一次都没有戴过。

　　在车里，罗玉没有多说话，明樨也没有挑起话题，两人一路沉默，各自想着心事。罗玉坐在后排，看着明樨开车的侧影禁不住疑问："这个男人还是那个对自己百般宠溺和疼爱的人吗？"

　　明樨在父亲坟前的诺言还在耳边回荡："爸，玉儿说你从来没有打骂过她，你放心，我会像你一样，好好照顾小玉，让她过上好日子，一辈子不骂她不打她，让她成为最幸福的人。"

　　是谁带走了那些誓言，带走了新婚燕尔的柔情？她很清楚她和明樨之间原本存在的那条鸿沟已经彻底显现。就如同身上的衣服，无论看上去如何火红温暖，也无法抵御渐进的寒冷，他们之间的和谐只是表面的客气而已。

第十五章　拳头，无力的抵抗

喜欢一个人就会对她有欲望，爱一个人则是为了她忍住欲望！

最近，几个搭档的老师又反映她班上的阙宏经常上课睡觉，作业要么不做要么就是随便乱写一通。

阙宏是上学期刚转来的学生，当时教导主任特意请罗玉吃饭，去了才知道这个学生是教导主任的亲戚。主任说这个孩子很叛逆，之所以选在罗玉班上，是因为罗玉很有耐心和亲和力。当时她问教导主任阙宏在原校的表现，教导主任拈轻避重地说阙宏的家境特别好，父母忙着做生意，没有时间管他，所以在原学校发生了点意外。至于什么意外教导主任打住没说，她也不好追着问，反正领导要转个学生，由不得她不同意，而且这还是领导对她的器重和认可。

自从这个孩子来到班里后，关于他的大大小小的事情就没有间歇，科任老师也总是三天两头反映他的情况。考虑到这个学生的特殊之处，罗玉决定今天找个机会好好和阙宏谈谈。

上课铃响了，她加快脚步，跨进教室，一眼看见阙宏还趴在桌子上睡觉，她喊了声："阙宏，上课了。"

阙宏没有丝毫要起来的意思，同桌的孩子把他摇醒，提醒道："罗老师叫你呢，上课了。"

阙宏这才懒洋洋地抬起头，慢腾腾拿出课本。罗玉心里有点生气，不禁加重了语气："都是高三的学生了，要有一点自控力，最近每天都有老师反映你不完成作业，你转学来这个班上，不是为了换个环境睡觉吧？"

阙宏头也不抬，态度生硬地回敬她："罗老师，我已经很烦了，你可不可以不要天天拿这些鸡毛蒜皮的小事情来烦我？"

阙宏的态度让罗玉顿感意外，她在学生心目中一向威望很高，很少有学生公然顶撞她。她耐着性子解释："阙宏，不要以为这个世界上只有你才有烦心的事情，老师也有。可是，即使在我烦恼的时候，我也要履行我做老师的职责，作为学生，你也要尽你该尽的义务，不能为所欲为……"

话没说完，阙宏不耐烦地打断她："罗老师，你有烦恼，你有没有杀过人？跟我比起来，你的烦恼算不上烦恼。"

杀人？罗玉被呛得一时说不出话。

班长李小松使劲拍了一下桌子，大声呵斥阙宏："不准跟老师顶嘴！"

班长的话带动了其他班干部和学生，大家七嘴八舌地开始数落阙宏。

这个场面镇住了阙宏，他很快心虚气短地垂下了头。而学生们的表现也让罗玉分外震惊，一直以来，都是她像大姐姐一样关心和保护她的学生，如今这些孩子懂得了保护她。羔羊跪乳，乌鸦反哺，这让她非常感动。

罗玉走到阙宏身边，不疾不徐地说："阙宏，我不了解你有什么烦恼，但如果你认为杀人是可以拿到班里来公然炫耀的事情，我只能告诉你，我很鄙视、很唾弃这样不知天高地厚的行为！作为你的班主任，我会尽职尽责，如果你愿意，我办公室的门随时向你敞开，我们可以好好谈一谈彼此的烦恼。"

课顺利上完了，罗玉还在想阙宏说过的话："罗老师，你有烦恼，你有没有杀过人？"

一个学生脱口而出这样的狂言，这是什么样的心理？这个孩子之前到底经历了什么？不管是出于自己的本能，还是出于身为班主任的责任，罗玉决定这次一定要调查清楚。这孩子身上有太多需要梳理的情绪，尤其是今天他提到的"杀人"二字。

想到这，罗玉心下一惊，再次叹了口气，打算晚自习时好好跟阙宏谈一谈。

* * *

可是没等到晚自习，李小松就气喘吁吁地跑进办公室，上气不接下气地说："罗老师，不好了，阙宏拿着他的书包跑了。"

她大吃一惊，问李小松："你们怎么不及时拦住他呢？知不知道他跑去哪里了？"

李小松说阙宏当时很激动，没人拦得住他，只看见他是从后校门跑出去的。

罗玉叫李小松把平时跟阙宏关系要好的王瑞叫到办公室来，自己赶紧给杨泽打电话，叫他过来一起想办法。

杨泽到了后，冷静地分析："阙宏的家不在廊川，他应该没有什么好去处，要不我们先到附近的网吧找找吧！"

于是她与杨泽带着李小松和王瑞，四人沿着学校外面的街道，一间网吧一间网吧地找。也不知走了多久，也不记得去了多少间网吧，到繁星满天的时候，他们差不多把整个廊川市的网吧地毯式地搜索了一遍，结果一无所获。

没顾上吃晚饭，每个人走得又累又饿，罗玉还穿着高跟鞋，脚都肿了，心急如焚的她竟也没有感觉到疼。任教以来第一次碰上这样的事情，罗玉有些沮丧，后悔自己没能早一点找阙宏谈心，说不定这些都可以避免。

她困惑地跟杨泽交流，觉得不太了解现在的学生，自己也没说什么特别过激的话，对方居然为此从学校逃跑，委实让她想不通。她搞不懂是现在的孩子太脆弱，还是自己跟不上形势了？教育真是一门复杂的学问！

李小松懂事地安慰她："罗老师，我们都在场，全是阙宏不好，上课睡觉，跟您顶撞，换了任何老师都会严厉处罚他。您对他已经够好了。"

话虽如此，但如果阙宏真的不见了，她真不知道怎么向他的父母交代。她拿出电话，打算跟阙宏的父母沟通沟通，说不定阙宏已给他的父母打过电话了，那他们就不用再盲目找寻了。

电话接通后，阙宏的母亲一改平时漠不关心的态度，厉声责问罗玉："怎么会发生这样的事情呢？你们老师是怎么看管学生的？是不是体罚我家孩子啦？哎，我们就这样一个孩子，罗老师，你得尽快把阙宏找到，我和他爸爸很忙，你找到阙宏马上通知我们。"

这下罗玉的心情更糟了。这算什么父母？平时从不关心和管教孩子，出事了，所有的责任推卸给老师，就算孩子不见了，也等老师来找，他们只需坐等一个结果，至于过程，则一概不参与。

但罗玉没有时间抱怨和生气，当务之急是找到阙宏。黑夜无边无际地笼罩着周遭，天知道阙宏此刻躲在哪里？

罗玉问王瑞："你跟阙宏要好，知道阙宏还有什么爱好吗？有什么联系方式没有？"

王瑞回答："阙宏有个手机，怕老师发现，平时他都藏在寝室，他们刚才已经打过了，手机在寝室里，没有带走。对了，"他接着说，"阙宏还有个QQ，我们可以看下他有没有挂在QQ上。"

于是大家再次寻找网吧。到了网吧，罗玉本打算和他们一起进去，王瑞却犹豫着和她商量："罗老师，可不可以让杨老师和我们一起进去，您在外面等我们？"

这孩子的要求有点古怪，但她还是依言站在网吧外面等他们仨。李小松过了十多分钟出来告诉她，阙宏不在网上，王瑞在网上给他留言了，希望阙宏上线后回复他们。

罗玉点点头，叫他们继续在网上等待。她到附近的小商店去买了些牛奶面包。

刚回来，杨泽告诉她："阙宏回话了，那兔崽子，说他打的士到了临近的县城。看到王瑞的留言后，叫王瑞今晚无论如何想办法给他送点钱去，他跑得匆忙，带的钱不够。"

"你们怎么说？"

"我们用王瑞的口气给他留言了，说今晚就给他送去，约好了在一间名为'奇胜'的网吧见面。"

罗玉松了一口气，虽然还要奔波，但这个消息至少说明阙宏安全健在。最坏的消息是：阙宏一走了之，音信全无。那样的话，她这老师和班主任都不用当了，只管天天面对阙宏父母的纠缠和责难，面对媒体的渲染和访谈。当老师也不容易，命运好像不是操控在自己手里，而是操纵在学生手里。

罗玉把牛奶面包分给大家，问杨泽下一步怎么办。杨泽狠咬了口面包，说还能怎么办，当然是吃完面包后大家一起去临近的县城把那兔崽子缉拿归案。杨泽前不久在父母赞助下买了车，没想到第一次跑"长途"，居然是半夜接学生。

罗玉一看时间，已经晚上10点了，她用尽量柔和的口气给明榍打了个电话。果不其然，明榍话语里透着生气。她现在管不了他的情绪，今晚必须把阙宏找到并接回来，否则她会寝食难安。

路上，杨泽一边开车一边无奈地自嘲："妹，作为一名新时代的教师，我们除了要具备传统的传道授业解惑的本领外，还得智勇双全，身兼数职。你看，像今晚这情况，我怎么觉得我们是在替公安干活？"

杨泽说的话何尝不是事实？社会普遍认为教师是人类灵魂的工程师，是一个靠近神坛的职业，这其实是把教师绑架在道德的十字架上，希望教师能够像神一样奉献。他们忘了，教师首先是有血有肉，有感情，有家庭的正常人。更可悲的是，学生成绩好，思想好，往往被认为是这个孩子的努力和造化，而学生成绩差，表现坏，则不分青红皂白全部归咎于老师。

她掂量自己当班主任这件事：学校每月发给她班主任津贴500元，这500元几乎买断了她所有的时间。也难怪明榍总是抱怨，她几乎从早到晚待在学校，正常的节假日大部分用来给学生补课和复习，还得时时刻刻为学生的安全担惊受怕。

车子开了一个小时后，驶入一条泥泞的乡村公路。用杨泽的话讲这道路晴天一身灰，雨天一身泥，路面像80岁老太的脸，坑坑洼洼凹凸不平。频繁的刹车和剧烈的颠簸让罗玉开始晕车。

颠簸了一阵，罗玉晕车加剧，胃里翻江倒海，反复呕吐，再加上感冒头疼，整个人瘫软在座椅上。

杨泽把车停在路边，又一次将自己的大衣脱下来给罗玉披上，让她下车去透透气。重新回到车上后，她依然难受，吐得上气不接下气，连喝水都觉得胃里不适。

看罗玉实在无法继续坚持，杨泽找了一家路边的乡村旅馆，叫她待在这里等他们，找到阙宏再回来接她。

* * *

躺在旅馆简陋的床上，罗玉了无睡意，她想给明樨打个电话，无奈手机没电了。跟明樨生活的时间越长，他们之间的矛盾越明显。她不免细想他们之间矛盾的根源，这一思索，便让她对"门当户对"有了新的理解：两个经历和家庭背景相当的人，更容易理解和接纳对方。从这点来说，她与明樨是门不当户不对的。明樨出身富贵，但初中没毕业就辍学了；她出身贫寒却努力读完了大学——这让他们彼此都会觉得配不上对方。

各种机缘巧合的恋爱都可以是浪漫的、温情的，甚至是包容的，但婚姻是现实的，是两个人生活习惯的艰难适应，若爱意敌不过对方根深蒂固的过去，那么两个人的城堡也将面临分崩离析的惨境。

偏偏明樨的性格专制而多疑，她去哪里，做什么，对方总要像审案一样查得明明白白。或许明樨也是爱她的，但这种缺乏理解和信任的爱就像一把枷锁，禁锢了罗玉，也束缚了他自己。

不知过了多久，楼下响起一阵喇叭声，她推开窗户，果然杨泽在下面向她招手。

回到车里，她看见阙宏蜷缩在后座一角，正一脸愧疚地看着她。显然回来的路上杨泽和另两个学生已经对他进行了思想教育。他现在冲动已过，白天的飞扬跋扈已从脸上彻底消失，取而代之的是一脸怯懦和愧疚，像个被主人遗弃的流浪犬，正等着她的发落。

阙宏小声向她道歉："罗老师，对不起，我也不知自己当时是怎么想的，就觉得头脑一阵发热，想找个地方发泄下。"毕竟是个孩子，她安慰阙宏："你回来就好，以后遇到事情要三思而后行，不要动不动就意气用事，钻牛角尖。"

车上，罗玉从阙宏的主动交代中了解：他所谓的杀人，是指在原学校打群架发生的事情。当时他先被对方打得鼻青脸肿，心里不服气，便叫了一帮人去报复对方。双方在打斗中，他叫去的一个朋友用砖头砸中了对方一人的头，流了好多好多的血，他们都觉得那个人应该是死了。事后，阙宏的心理负担很大，经常梦见那张流血的脸。他那终日忙碌的父母怕对方找他麻烦，慌乱中将他从成都转学到廊川避祸，现在半年过去了，他也没再回去过。

罗玉震惊地问："那个学生就这样死了吗？一条生命就这样没了？"

"没有，上次打电话回去听朋友说救活了，但额头留了一个永久的疤痕。"

"哦。"她松了口气，现在的孩子对生命的态度是那么草率和鲁莽，像刚才描述的那件事，如果有人被打死了，也就这样白白的没任何价值地死了。

她忍不住问杨泽："老大，你觉得我们天天给学生灌输知识，是不是忽略了对他们进行心理辅导和情感教育？"

"是啊，但我们有什么办法？这是整个教育体制的问题，不是某个老师有能力扭转的。因为我们得按照教学大纲实施教学步骤，否则就完不成教学任务。完不成教学任务，哪还能当老师？当不了老师还谈什么教育理论？所以这是一个教育链的问题，只要这个制度存在，那么个人的力量是很难改变现状的。"

罗玉一时语塞，是啊，的确，我们现在的教育有点本末倒置，学生应该是先学做人，再学做学问。一个人格不健全、思想不健康的学生，仅仅掌握科学文化知识有什么用呢？长大照样成为社会的隐患和负担。这些处在青春期的孩子们，正处在一个是非不分、轻重不掂的年龄，迫切需要有人对他们进行心理上的疏导。但是偏偏只有人关心他们的学习，没有人关心他们的精神世界。

想到这里，她无可奈何地叹了叹气，觉得自己何尝不是如此？如果不是今天的特殊情况，她几乎都找不到时间听学生说话，更没有机会关心他们的内心世界。回到廊川，杨泽坚持先送她回家，说今晚就让这三个孩子回他的寝室睡觉。下车的时候，可能是因为没吃什么东西，又吐得太厉害，罗玉一阵头晕，差点摔倒，幸好杨泽及时扶住了她。

看着她苍白的没有一点血色的脸，杨泽问她要不要叫明樨下来接。她摇了摇头，抬头望了望自家的窗口，借着路灯微弱的光芒，她好像看见有个人影伫立在窗前，她不自觉地推开杨泽的手，心里不由自主打了个寒战。

* * *

上楼，拿钥匙，开门，摸索着走到卧室，开灯，她机械地做着这一切，冷不防从身后传来一个冰冷的声音，像来自地狱般阴冷："回来了？怎么不打电话让我接你?"

她陡然一惊，说："手机没电了。这么晚了，你还没有睡觉啊？我以为你睡了呢，所以没有叫你。"

"难得你如此体贴，只是不知你是真体贴我，还是怕我影响你？"

"你什么意思？"

"什么意思？半夜三更和一个男人回来，你还问我什么意思？这话好像应该反过来由我问你吧？"

"明樨，我很累，请你不要再找麻烦。今天事发突然，一个学生不见了，我很着急，来不及给你好好解释，是我的错。杨泽只是陪我一起找学生，你别想多了。"

"你一回家就累，没回家的时候倒是很逍遥。"明樨说完这句话，眼睛死死地盯着罗玉身上的衣服。

罗玉低头一看，见鬼，她居然还披着杨泽的外衣。她迟钝地说："明樨，事情不是你想的那样，杨泽和我一直是很好的朋友，仅仅是朋友，读书时候他喜欢的也是肖燕。再则车里还有三个学生呢，你不信，我明天带你去问学生。"

说完，她困倦地倒在床上，一动也不想动。

明樨走过来，扳过她的肩，盯着她。他的眼睛喷着火，嘴里喷着酒气，难道他一整晚都在边喝酒边琢磨着怎么审问自己？

罗玉被他的手弄疼了，她不由得生气地反问："你到底要干什么，明樨？我对你一直小心忍让，你为什么非要步步紧逼？"

"我要你老实交代今天晚上的事情，你到底和杨泽在一起干了什么？"

脾气终于没有控制住，火气蹿上来："什么都干了，你能想到的以及想不到的，我都干了。既然你都知道了，你都相信了，你都给我定罪了，你还要我解释什么？回答什么？承认什么？你说的对，我就是和其他男人出去鬼混了，这就是你想要的答案。不仅今晚，以前的无数个夜晚我都是和别人出去花天酒地了，现在你满意了，高兴了……"

话音未落，一记响亮的耳光挥过来，接着一双大手将她从床上提起来，狠狠摔在床边的红木靠椅上。她的头撞上椅子角，但她一点都不觉得不到疼，因为心更疼。

她冷冷地看着明樨，对这个口口声声说爱自己的男人失望透顶，她一字一顿地说："明樨，你知道吗？我最瞧不起打女人的男人，你以为我会向你求饶吗？你错了，我不怕你，我瞧不起你，你知道你这个样子在我看来是多么可怜吗？"

明樨再次朝她扑过来，掐她的脖子，撕扯她的衣服，开始她还拼命反搏，奋力躲避，但渐渐地她虚弱得没了力气，然后她就在这份无力的抵抗中逐渐地失去了知觉。

* * *

这是在哪里呢？是谁在叫我？是谁在轻轻摇我？这是在师专的医务室吗？秋燕、肖燕、罗文、杨泽，是你们围在我身边吗？我又不争气地病了是吗？还有那个人的声音，听起来那么憔悴和担心，为什么呢？

渐渐地，各种声音退去，只留下一个人的声音在她散乱的意识里逐渐清晰。是他吗？罗玉艰难地睁开眼睛，期待着那个人就在眼前。却看见明樨坐在床头，焦灼而难过，原来不是他，不是那个声音。

罗玉看着眼前这个熟悉的陌生人，意识渐渐地恢复。然后，她又厌恶地闭上眼睛，将头扭向一边。

"小玉，都怪我不好，不该怀疑你，指责你。你昏迷后，我吓坏了，我才知道我那么爱你，看见你躺在这儿，我真的很难过。秋燕、肖燕他们都来看过你了，杨泽还带了你的学生过来看你，你昨晚接回的那个学生在你床前保证：以后一定要好好学习，再也不惹你生气了。"

她在心里冷笑一声，怪不得他说误会了她，原来是杨泽带学生来过。一定杨泽担心他误会，才故意带学生过来的。粗枝大叶的杨泽，也有细腻谨慎的一面。

罗玉佯装睡着，一言不发。又过了一会儿，一个低沉而熟悉的声音传来："你醒了，小玉？你已经躺了一天一夜了，我们都很担心你。今天肖燕和秋燕都在这里，现在他们出去吃晚饭了……"

原来幻想中的那些声音都是真实的，转过头，她看见李俊豪正在给她的药水瓶注入新药，她问："我怎么会躺在这里呢？"

"明樨昨晚送你过来的，刚好赶上我值夜班。听说你冲凉出来不小心撞伤了额头。我也听杨泽说了你们去找学生的事情，你应该是因为晕车加上焦急疲倦才会晕倒，休息几天就没事了。"

"冲凉出来撞伤了额头？"她朝明樨望去，对方的神情有点尴尬，看她的眼神充满了内疚和自责。她的心被轻轻地触动，但随即她耳边响起他上次的承诺："小玉，那天晚上真的喝多了，你相信我，这样的事情保证不再发生，以后我再动手打你，就剁了自己的手。我都不知道怎么会打你？那个人是我吗？我想我一定是疯了，怎么会这样呢？"

那些诺言在现实面前显得如此苍白和可笑，她将头转向李俊豪，问："李医生，我想安静下，你能让其他无关的人出去吗？"

李俊豪回头用征询的困惑的目光看了看明樨，明樨站起来，一脸的挫败，讪讪地说道："小玉，我知道你讨厌我，可能我现在说什么，你都不会原谅我。既然你不想看见我，那么我离开。你好好调养身体，过两天你身体好些了，我再过来接你回家，好吗？"

罗玉不吭声，只用冷冷的眼神表明内心的抗拒。李俊豪只得再劝明樨："你放心，我们会照顾好她的，随时与你保持联系，肖燕他们很快就会回来，你回家等消息吧！"

事已至此，明樨只得悻悻地离开了医院。

明樨离去后，李俊豪拉张凳子坐在罗玉的床边。他看着这张消瘦的、苍白的脸，好半天说不出任何话来。他曾为这张脸心动、销魂和牵挂，但他也是一个有道德底线的人，顾虑让他一直不敢走近她，他希望她过得幸福，但是她过得幸福吗？

肖燕不知什么时候走进来，站在两个沉默的人身边，她问李俊豪："小玉现在怎么样了？"

"没什么大碍了，只是很虚弱，静养一天就可以出院。"

看着罗玉额头的伤，他不愿意正视内心的怀疑，那个触目惊心的伤痕真的是她自己不小心撞的吗？如果不是她自己撞的，那又是怎么回事呢？他联想到小玉刚才对明樨的态度，内心便像被针刺了一样，疼痛难忍。

最后，李俊豪还是忍不住问她："小玉，你头上的伤和手臂上的伤都不是你自己摔伤的，而是有人打伤的，对吗？"

罗玉没有回复他，眼泪却迅速地蓄满了眼眶，挂在她长长的睫毛上泫然欲滴。肖燕闻此忍不住大骂明樨，而这猜想的证实也让李俊豪难过得无以复加，心疼得无法呼吸，可除了心痛他又能做什么呢？当初有几百个几千个机会放在他面前，他没有抓住，现在他又能改变什么？心痛、纠结和无奈像冰冷的锁链紧紧地绞住他的心。

第二天上午，李俊豪本想再给罗玉输点营养液，她看起来那么虚弱，仿佛一阵风就可以将她刮走。但罗玉却坚持要出院，说下午第三节还有课，毕竟带的是高三的学生，缺课太多对学生不好。这时明樨打进电话来，叮嘱她好好养病，下午下班过来看她。她一声不响地挂了电话，一抬头正好接触到李俊豪心碎和忧虑的目光，饱含着千言万语，这目光将她的心也揪得紧紧的。

在罗玉的坚持下，当天上午她就出院了。李俊豪也拿她没有办法，事实上他一直拗不过她，本想和肖燕一起相送，但想起杨泽的叮嘱，不得不理智地忍住。时至今日，他们已不再是那群不谙世事的少年，他们已经成家立业，已经为人妻为人夫，肩上有了责任和担当，心中有了背负和顾虑。喜欢一个人就会对她有欲望，爱一个人则是为了她忍住欲望，只默默地祈祷她即使没有自己的陪伴也会过得更好！

看着那个娇弱的身影越走越远，俊豪心里又是一紧。她会过得更好吗？但愿罗玉这一次的受伤只是小夫妻间偶尔的冲撞，哪有夫妻间没有一点磕磕碰碰呢？他们也许很快就会握手言和，重归于好。

小玉，你要幸福！

第十六章　尝试，山坡上的英语课

> 或许教育者能真正聆听和尊重被教育者的时候，才是我们教育最终的出路。

星期六上午，阳光洒满了教室。罗玉今天穿了一条嫩绿色的长裙加白色的开衫外套，越发青春而靓丽。一群学生围着她七嘴八舌地议论："罗老师，你这条绿裙子好漂亮，穿在你身上特别好看。"

"罗老师，你这条裙子让我想起长满青草的田野，你不是说带我们去户外上英语课吗？我们都快毕业了，你什么时候带我们去呢？再不去就没机会了。"另一个学生接话。

万物复苏的春天，这些花季的孩子们本应像窗外的树木一样勃勃生机，但他们却被困在教室里，每天被题海战术所包围。还有两个多月，这届学生就要毕业了，而她对他们许下的承诺将随着他们的毕业，像肥皂泡一样五彩缤纷地幻灭。

罗玉多么想学生们可以忘记她无意间说过的话，这也足以说明这群学生对上户外英语课是如此感兴趣，或者他们只是对户外感兴趣，哪怕能有片刻外出的机会也不愿放弃。

可怜的孩子们，可怜的愿望！

她突然下定决心，接着孩子们的话回答："我今天就带你们去户外上英语课，怎么样？"

话音一落，教室里一片沸腾，跟过节似的。学生们兴奋地跳起来，大呼："罗老师万岁，你是最好的老师，是最可爱的老师！"

多么容易满足的孩子啊，她突然觉得很对不起他们。近几年来，因为教育局怕学生出事，区里有不成文的规定，不准班主任带学生出校和旅游，附近都不行。她替她的学生们悲哀，多年以后他们回忆中学生活：只有灰墙白壁，课堂书本。也难怪学生们的心灵那么脆弱，因为他们的情绪长期被压抑，完全没有释放的机会。

看了看课程表，今天下午刚好是两堂英语课加一节自习。于是她向学生宣布："中午吃完午饭后，大家不用回寝室，直接到后校门集合。"

教室里再次沸腾。她赶紧用手势制止了兴奋的学生："低调，千万要低调，如果传到校长耳朵里，可能还没出门就被抓回来了。"

学生们心领神会，笑着保证："遵命，一定不走漏风声。"

* * *

午饭后，罗玉就带着她的学生从后门溜出了学校。离学校一公里外的地方，有一个漂亮的小山坡，还有整片的树林。一路上学生们都很兴奋，陶渊明曰："久在樊笼里，复得返自然。"这些被放出笼的学生就像飞向蓝天的小鸟，立即展现出属于他们这个年龄的青春活力。几位懂事的女生还担心地问她："罗老师，如果被校长知道了，你会不会被批评呢？"

她安慰学生："你们还知道担心我啊！放心，每周六的中午都轮到我们高三年级的级长林主任考核签到，他是最宽宏大量的领导，我已经跟他通融好了，只要你们管住自己的嘴，回去别乱说话就OK。"

很快他们就到达了目的地，这是一片安静的树林，微风吹着树木发出沙沙的声响，阳光映照着每一片树叶，闪闪发亮。在教室里待久了，罗玉觉得每个孩子都像是一个模子里刻出来的，木讷呆板。而在户外，她开心地发现每个学生都是那么与众不同，他们的笑容生动可爱。

她很欣慰地看他们在山坡上嬉笑打闹。这样的天气，这样的午后，即使什么也不做，躺在山顶吹吹风也是一种享受。等学生们玩累了，罗玉才笑着说："现在我们要开始上课了，请大家安静。"

学生们三人一组，罗玉说一个英语句子，第一位学生跟她重复这个英语句子，第二位学生用动作表演，第三位则根据上一个人的表演翻译成汉语。这三人之间不准商量，输了的队表演节目。

罗玉清清嗓子，开始念第一个句子："In the morning, I often jog , bringing my dog. 呱呱，"她学了两声青蛙叫，"I step on the frog."

学生们笑起来，从她调皮的动作中完全领悟了她要表达的意思。因为很押韵，第一组队员顺利完成了任务。

接下来她随手扯了朵野花，开始第二题："I close my eyes with my nose to smell the rose."

说这话的时候，她闭上眼睛，努力做出用鼻子闻东西的动作，第二组学生也顺利完成了任务。

轮到第三组时候，她捡起一片树叶，说："Leaves get yellow. The wind follows, and fall in the pillow ."她做了个睡觉的动作，第三组也表演得很出色。

那天她与学生复习了很多句子和单词，所有的句子她都注重押韵和节奏，她想让学生进一步掌握灵活记单词的方式方法。孩子们很投入，连平时英语不好的孩子也能猜出她想表达的意思。

最后一题她想要给学生传递一点正能量，于是她说："My children, I wish you smart, but you must start, and work hard."

借着这个题目，她请孩子们谈谈自己的理想。学生们七嘴八舌，有的毕业了想当兵，有的想做老师，还有的想做医生。其中一个孩子的理想让她特别感动，他说他想办一所敬老院，因为在他们村里，有很多留守儿童和留守老人。他成绩不好，没有能力办学校，就想办一所敬老院，给村里那些儿女常年在外的老人们一个温暖的晚年。她大大赞赏了这个孩子的理想，称他的理想很动人也很有创意。

曾跟她深夜一起找寻阙宏的王瑞突然问她："罗老师，请问你的理想是什么呢？"

她想了一下，认真地回答："当老师还是你们这样的年龄时，我的理想就是回到家乡做一名教师。"

"老师说的是实话吗?"

"当然,老师是不可以骗人的。"她笑了,接着补充:"目前我觉得我并不是一名合格的教师,我也不满意我的教学模式和成果。我现在的理想是办一所学校,在这个学校里我可以按照自己的理想教学,能够实施全新的教学理念。比如英语课能够部分时间在室外操练,语言主要的目的应该是用来交流交际,而不是为了应付考试。所以我希望在这所新型的学校里教师能注重实用超过分数,能注重提高素质代替考试。不过办一所这样的学校需要大量的人力和物力,老师也只是随口说说而已,你们不要当真。"

王瑞却很认真地对她说:"罗老师,我觉得你的理想很崇高。我的理想是经商,等我做生意挣了钱,我给你投资,好吗?我觉得你描述的学校棒极了。"

她当开玩笑一样回答她的学生:"好,老师等着你来投资!"

这只是罗玉和学生之间的一次随意对话,她也没有把它放在心上。她绝没有想过:十多年后,这个孩子真的兑现了他今日的承诺,给了她未来的事业关键性的帮助。

* * *

黄昏的时候,她跟学生们坐在山坡上聊天,一个学生小心翼翼地问她:"罗老师,如果考不上大学,你赞成我们复读吗?"

"你们觉得我是赞成还是反对呢?"

"赞成。"

"这样吧,老师先不回答你们的问题,我给你们讲一个故事,这是一个真实的故事;我有一个朋友,高中毕业差两分考上大学,她复读了一年,还是没有考上大学,然后她又复习了一年,依然没有考上大学。"

学生们关心地问:"罗老师,那后来呢?她究竟考上没有呢?"

"后来她又连续复习了几年,她是我见过的最执着最有毅力的女生,终于在前年的时候考上了大学。"

"哦。"学生们松了一口气。

她接着说:"她虽然考上了大学,但是考上大学的时候已经二十五岁了,如果大学毕业,她就二十九了。二十九岁,她可能还没有谈过恋爱,没有接触社会,没有好好地享受青春,你们说她这样的选择有意义吗?"

孩子们沉默不语,她接着说:"同学们,一个人不应该一叶障目不见泰山,不应该死守在铁树旁边。我们应该站得更高,就像现在,我们站得高,才看得远,世界才会开阔。我认为如果你们考不上大学,也可以选择当兵、做生意、学技术和读职中等,行行出状元。刚才你们谈的理想我觉得都很好,最重要的是你很开心,喜欢和享受你们所选择的生活和工作。而十几二十几年后,老师会发现你们在各自热爱的行业中做着自己擅长的事,你们中不仅仅只有学者,还有军官、商人、工人、技术员、工程师、老板、农民,等等。我希望你们永远记得,健康和快乐的生活才是最重要的。因此最后这两个多月,老师希望你们也不要过分紧张,把高考当作一次体验,平常心就好。"

说完这番话,罗玉胸中突然有一股热血沸腾,她一改平时在学生面前矜持的态度,用手在嘴边拢成一个喇叭,对着山下大喊:"同学们,希望你们记得这个下午,记得我对你们的期望。老师并不期望你们个个金榜题名,而是希望你们学会承认和享受我们只是普通的人。这世上总有我们做不到的事情,也一定有我们擅长的事情。只有好的心态才会帮助我们正确地面对人生。我爱你们,很爱你们!"

班里有几个调皮的孩子爬到最高处,学她对着山下更大声地喊:"罗老师,我们也爱你,我们要快乐,我们要坚强,我们要加油,yeah! yeah!"

四月的风吹过山谷,将孩子们的喊声和笑声带到山那边,又带回来。这是一个多么美妙的下午,又是一个多么难忘的下午。学生们的表现让罗玉很感动,或许教育者能真正聆听和尊重被教育者的时候,才是我们教育最终的出路。只是她目前还没有这个能力和能量,她所能做的仅仅是将一堂英语课讲解得更受学生们欢迎而已。

* * *

星期天,晚自习还未开始,罗玉就被叫去了校长办公室。她边走边在心里嘀咕:"真是没有不漏风的墙,是谁将他们外出的事情泄露出去的呢?"

进了办公室，她发现三位校长都在恭候她，这让她吃了一惊，看来上上下下全都知道了，只有她还在掩耳盗铃。郭天囤一见面就责问她知不知道现在是什么时候了，她小声回答4月底了。

听完她的回答，郭天囤就激动起来："你都知道4月底了，学生马上就毕业了，你还带他们到山上去玩，你知不知道影响有多坏？后果有多严重？其他几个班里的学生都向班主任提议要效仿你们班。你这是涣散军心，动摇学生的意志。

"罗老师，你来学校快四年了，不会不知道学校的纪律。不止我们学校，整个廊川市都没有组织高中生外出的先例。如果学生出事了，这个责任你背得起吗？做事不能仅凭头脑发热，而置整个学校的声誉不顾。"

她再次小声答道："对不起，郭校长，我只是想带学生们出去体验一堂户外英语课，让他们明白知识可以如此轻松地掌握，没有想到会带来那么严重的后果。"

王副校长接下她的话："年轻人有创意固然是好的，但不能意气用事，尤其不能因为个人行为践踏整个学校的规章制度。"

这场谈话的内容围绕学校的纪律持续了一个多小时，而她也对几位校长作了深刻检讨和保证。郭天囤的结束语铿锵有力："罗老师，我希望这件事情的发生是第一次，也是最后一次，否则学校会上报教育局，严肃处理。"

待她离开后，袁副校长感叹："看不出来啊，这么斯文柔弱的一个人，还挺标新立异，胆大妄为。"

郭天囤又想起罗玉上次对他说的一通理论——让英语不好的学生上课做别的事情，以及她评论学校偏离了教育的初衷，被追求升学率给绑架了。她甚至呼吁学校给学生更多自由学习的机会。自由学习？她还天真地相信现在的孩子有自控力。

想到这，郭天囤说："这个罗玉不简单，她没有你们想的那么单纯，你别看她外表循规蹈矩，骨子里她却是叛逆的，不走寻常路的。当然我们也可以说她是有思想有头脑的，这样的人待在学校不加以引导和重视，极有可能引出很大的麻烦，你们以后都要多看着她，别给学校惹出什么大的乱子来。"

学校在当周的总结大会上推出了新规定："如果再有班主任私自带学生外出，班主任职务一票否决。"

听了学校的规定，罗玉小声又气愤地对杨泽说："私下里带学生外出不行，好像请示了，他们会同意一样。怕学生出事就把学生圈养起来，是不是害怕孩子摔倒就不要让孩子练习走路？害怕淹死就禁止所有人游泳？什么逻辑？什么破规定？"

杨泽回答她："妹，不要那么激动，你不是下学期不想当班主任了吗？我敢肯定，不用你请示，你的目标顺利达成了。"

她一想："也对，歪打正着，福兮祸所伏，祸兮福所倚。"

* * *

8月的时候，学校召开了新年级开学筹备大会，会上首先总结了2002级的高考情况。罗玉所带的5班高考综合成绩和英语单科成绩在年级平行班里名列第一，按照学校以前的惯例，她应该担任新年级重点班的班主任。但不出所料，她从班主任名单中消失了。

罗玉觉得很讽刺，她所带的班级名列第一，在大会上她的成绩得到了肯定，但学校却用一票否决否定了她三年的付出和努力，让她搞不清自己到底是被肯定还是被否定。不过反正她也答应过明樨不再当班主任了，有了这个结果，也就不用斤斤计较通过什么过程达成了目的。

散会的时候，罗玉成了红人，好几个班主任抢着要她担任自己班的英语老师。她只能上两个班，当然不能全部答应。学校的制度很有"创意"：由学校确定班主任，再由班主任确定科任老师，前提是每个老师的教学量大体一致，主科的老师最多承担三个班的教学任务。这样的分配方案，很容易就变成了上次班级考试失利的班主任就和单科考试失利的老师组合在一起。而且学校实行末位淘汰制，最后一名的老师调到初中部去，再从初中部选调一位优秀的老师轮换到高中部。

这种制度搞得老师之间关系紧张，压力也大。拿他们英语组来说吧，每个老师都有自己的优势和特长，本来可以由各组的教研组长综合大家的教案和课件，将每一堂课优化组合，实现资源共享，这样每个班级的学生都可以受惠。但是学校的奖惩制度无疑加深了老师之间的防备，没有谁愿意分享自己的教学资源，因为谁都害怕成为被淘汰的那一位。按理说教学成绩突出的老师是这个制度的受益人，可以自由挑选自己想要的班级，但是也很容易受到同行的排挤，关于这个人的坏消息也传得特别快，不知不觉中，就会成为学校备受争议的人物。

为此，她多次跟杨泽探讨："这样一个扭曲的教师分配方案必然就产生扭曲的教学制度，我们关心那些受教育的人，首先应该关心的是这些传授教育的人。我们要给学生减负，必须从给老师减负做起。如果学校不再以分数评价一位老师，老师才可能做到不以分数评价学生。只有传授教育的人心态正常了，才能用正常的心态教育学生，难道不是吗?"

她最终选择担任杨泽和蹇秀清老师班级的英语课，每个年级有火箭班、实验班和普通班。而她所选的两个班都是普通班，只因杨泽是她的最佳拍档和兄长，蹇秀清老师则是她高中时候的语文老师。

第十七章　变故，昙花一现的幸福

> 有时候，我们待在一大帮喧嚣的人群中，反而会觉得寂寞；却也会因为一位默不出声的人，而觉得整个世界都充实满盈。

暑假结束前的一个下午，明樨一早出去便没回来，也没有告诉她去哪里了。事实上自从上次的暴力事件后，他们之间基本上就陷入了冷战，好多次她想说服自己原谅他，但她找不到理由告诉自己能够下手这么狠的男人对她是有情有义的，不知从何时起，爱已从他们身边悄然溜走。

也许是明樨的"武力"伤透了罗玉的心，然后是罗玉的冷漠浇灭了他的热情，他们很少一起出入和应酬了。家对她来说不再是温暖的避风港湾，而变成了一个冰冷的、伤感的、落寞的囚笼。

秋燕打电话来邀罗玉出去喝茶，两人像往常一样去了那间名为"听月"的小水吧。这间水吧以淡紫色的基调为主，绕墙的绿色青藤上缀满了紫色的碎花，再配以柔和的淡紫色灯光，情调清丽而高雅。她俩都很喜欢这间水吧，只要秋燕来城里，她俩多数时候会跑来这里小聚一下。今天她俩刚好坐在临窗的位置，伴着柔和的音乐，俩人照例有一搭没一搭地聊着天。

秋燕一边嗑着瓜子，一边看着出神的罗玉发问："在想什么呢？"

"我在想店主为什么将水吧取名'听月'而不是'望月',这其中的奥妙真是妙不可言,那是一种只可意会不可言传的感受,你懂吗?"

秋燕了解地点点头,说:"我也思考过这个问题,英雄所见略同。"

两人又发了一阵呆,实在找不出什么新鲜的话题,秋燕随口问她:"小玉,这段时间过得好吗?"

"还好。"

看她漠然的表情,秋燕觉得这句话问得多余,像是问一个病入膏肓的人:"你好点了吗?"对方总会客气地回答:"好多了。"

"昨天李俊豪向我问起你的情况,自从你上次受伤住院,他就一直担心你,看得出他很关心你,碰见我总会问些你的情况。"

"哦。"罗玉转动着面前的水杯,眼睛里有淡淡的雾气浮现。她问秋燕:"你怎么会经常碰见李俊豪呢?"

"你傻吗?李俊豪的老婆殷秀琳不是和我在同一所学校吗?更要命的是还与我搭档,她教语文我教英语。这个世界真是太小了,一不小心就会撞见几个熟人,自然我就会经常在李囹中学碰见李俊豪。"

缘分是个奇妙的东西,很多大学同学一辈子都难以碰面,而他们这帮人天天抬头不见低头见。也难怪,当初他们都是定向生,这也就决定了大家在重庆相识,再回到廊川长聚。

她有点好奇地问:"她怎么样?"

"你是指李俊豪的老婆吗?说实话,殷秀琳是个不错的女人,勤劳贤惠,对工作也认真负责。如果没有你,我会觉得她与李俊豪也是很般配的。"

秋燕停了停,接着说:"但我更喜欢和李俊豪在一起的人是你,总觉得你俩很契合,会更懂李俊豪。怎么说呢?你俩给人一种心神合一的感觉,读大学时我就是这种观点,你结婚后我还为此郁闷了好长时间。"

秋燕的话让罗玉不安,她消极地回答:"别开玩笑了,我怎么会和李俊豪在一起?这辈子都不可能。"

这话说完,她和秋燕之间又有一大段时间的沉默。人与人之间也是需要缘分的,有时候,我们待在一大帮喧嚣的人群中,反而会觉得寂寞;却也会因为一位默不出声的人，而觉得整个世界都充实满盈。

* * *

一阵尖锐的铃声突然响起，打破了两人的思绪和沉默。电话是明樨的姐姐打来的，罗玉接过电话，她的眉头慢慢皱起来。挂掉电话，她告诉秋燕："明樨的爸爸出事了，好像经济上出了点问题。我得赶紧回去了。"

一路上，罗玉的思绪很凌乱，她不敢想象一直活在父亲的光环下的明樨，离开了这把强有力的保护伞，该如何适应没有遮挡的人生？他能否调整好自己的心态，能否规划好今后的生活？

联想到明樨当年帮助她照顾奶奶和妹妹的情景，她的担忧中渗透了几分相濡以沫的温柔。"一日夫妻百日恩"，明樨毕竟本性善良，只是被环境惯得霸道任性了些。想到这，她不由加快了回家的脚步。

家里漆黑一片，罗玉打开灯，发现明樨正坐在地上喝闷酒，旁边横七竖八地扔着许多空酒瓶。

"明樨。"她走近他，想将他扶起来。对方甩开她的手，气恼地喊道："走开，不要管我，让我一个人静一静。"

"对不起，我不知道家里具体发生了什么事情，但我相信爸爸是个好人。明樨，有任何困难让我们一起解决，一起面对，一切都会好起来。"

"一切都会好起来，小玉？你当我是三岁小孩？你不用找这些话安慰我了，没有好起来的可能！"

她能理解明樨的感受，任何人都难以接受这突如其来的变故，更何况一个在父亲光环下生活了几十年的人。在这一刻，所有的语言都是苍白的，所有的安慰都是笨拙的。

罗玉没再多说，默默地给他倒了一杯茶，陪他坐在地上。等他的心情渐渐平复，她才适时地握了握他的手，将头向他靠近，轻轻地说："明樨，我会与你一起面对所有的困难，让我分担你的痛苦和难过，未来的日子我们在一起！"

良久，明樨靠过来抱着她，任泪水洒落在她的身上，压抑地无声地哭泣。她的心再次涌过一股柔情，为这一刻他的脆弱和对她的依恋。

接下来的一段日子，明樨有了一百八十度的大变化。以前下班他爱找朋友吃饭喝酒，现在下班他基本老老实实待在家。也难怪，他那帮酒肉朋友，原本是冲着他的钱而来，自然也随着钱一起消失了。

钱没有了，朋友没有了，聚会也没有了，对明樨来说，一夜之间天空完全变了样，他的生活重心也不自觉地回归了家庭。实在无聊的时候，他也陪罗玉一起做饭，收拾家务，让罗玉颇有点不真实的感觉。结婚几年，他何曾居家度日过？

明樨的变化让罗玉很欣慰，或许父亲出事对明樨来说是件好事呢，她的男人终于可以走出保护伞，独自面对风雨！她只是个小女人，本没有嫁入豪门的奢望，要的无非是一份小小的幸福和满足。

* * *

父亲出事后的第一个星期天，明樨破天荒地留在家里，罗玉故意问他："怎么，今天不用外出？"

"今天听老婆大人的安排。"

罗玉对这回答很满意："你说的啊，那今天就交给我安排啦！"

艳阳高照，风和日丽，他们决定去步行街逛逛。罗玉给明樨买了一件打折的衬衣，质地不错，价廉物美。看着她在店铺里较劲地讨价还价，明樨诧异地问："你以前都是这么砍价吗？我怎么没有发现过？厉害啊！"

"贫贱夫妻也有很多快乐，以前你总去天豪名店等地方购物，怎么能体会到普通人讨价还价的乐趣？别以为那里的东西都好，背地里人家都当你是不会还价的傻子呢。"

前面的一家铺面围了很多人，罗玉挤进去，原来是一家卖绸布的店铺清仓甩卖。罗玉一直想做一件绸质的旗袍，她挤出来对明樨开心地说："明樨，我想买一块布，给你做条领带，好吗？"

明樨不置可否："只要你的预算不超，我没意见啊，你怎么这么疼我？买的全是我的东西。"

罗玉狡黠地一笑："是啊，买的全是你的东西。这块布也是专程买给你做领带，余下的布为了防止浪费，我计划做条裙子啦！"

明榉这才领悟到她的真实企图，奇怪自己以前竟没有发现她是这样一位古怪精灵的丫头。

中午罗玉带他去"渔点味"餐厅吃饭。"渔点味"也是罗玉和秋燕一起发掘的地方，这饭店的特色是安静实惠又不缺乏情调。虽说是小饭店，但装修却很雅致，墙壁上通常都会挂几盆碧绿的吊兰，细细的枝条垂下来，婀娜灵动，靠墙的小书柜里整齐地摆放着杂志和图书。屋子里音乐弥漫，书香萦绕，安宁闲适。

那顿饭他们各要了一份饭菜，吃完饭随手翻阅了几本杂志，又细细地聊了一会儿天。其间服务员很贴心地为他们续了两次茶水，丝毫没有催促他们的意思。离开的时候，明榉不相信地看着罗玉只付了二十多元钱。

她不免得意地解释："其实吃饭不用去很贵的场所，廊川有很多这样经济实惠又充满小资情调的地方，只是你以前不屑于来而已。"

出了餐厅，她挽着明榉的手，两人一边慢慢走一边聊天。罗玉看明榉的心情还不错，便劝他："明榉，爸爸的事情，你不要太担心。虽然爸爸的职务没了，家里的经济不如以前，但只要家人平安健康比什么都强。律师说爸爸的案子涉及的经济数目不大，不会太棘手，最好的结果可以取保候审。这样也好，爸正好退下来安享晚年，不用像以前那样操劳。倒是你，要尽早调养好身体和心理状态，免得爸爸出来为你担心。"

明榉点点头，叫罗玉经常监督他。罗玉也给他算账："其实我们不用为钱发愁，我俩的收入加起来在这小城市也算中等偏上。钱够花就好，钱的多少跟生活的幸福指数没有必然的联系。我记得在我小时候，我们家一直比别人家穷，但我们也很快乐啊！我那时还经常带妹妹去垃圾堆捡废品卖，晚上我们两姊妹就在灯下数钱，一毛、两毛、一块，最多的一次，我们卖了20多块，那时候20多块是很多钱呢，感觉富有极了！"

她将头靠在明榉的肩上，憧憬地说道："我们也可以不富裕，但是我们一定要很相爱。相信我，只要我们努力，没有克服不了的困难。"

一席话，说得明榉的心中泛起温暖的涟漪，他禁不住检讨："小玉，对不起，前段时间让你受苦了，以后我会为你振作，给你一个幸福的家。"

这真是值得记忆的美好的一天，罗玉希望它是幸福的新起点，以后的每一天她都能和明樨如此平凡充实地度过。

  而接下来的一段时间，明樨也确实如他承诺的那样：每天与罗玉一起买菜做饭，一起逛街聊天，一起晨参暮礼，生活过得琐碎而甜蜜。

  罗玉很珍惜这种充满饭香烟火的日子，对她来说婚姻如果离开了油盐米醋，就好像筑在云端，不真实而且没有安全感。如果这样温暖宁静的日子可以天长地久该有多好！

第十八章　魔鬼，三个人的痛苦

>　　他用颤抖的手撩开她的后背，赫然惊见那雪白的肌肤伤痕累累，或浅或深的淤青刺痛他的眼，让他目断魂销。

　　秋风起，道路两旁的树木不知何时掉光了叶子，变得光秃秃的，一眼望去萧条而苍凉。一场秋雨后，天气骤然变冷，冷得让人有点措手不及。

　　罗玉从学校回来，不自觉地裹紧了衣服，她今天穿得有点单薄，显得弱不胜衣。寒冷让她加快了步伐，她想尽快回到家中，好抵挡外面的严寒和狂风。但是踏进家门的瞬间，她就敏锐地发现家里比外面更冷，明樨的脸上结着冰，眉间挂着霜，愤恨和恼怒明明白白写在那张不加掩饰的脸上，她小心翼翼地问："明樨，怎么啦？有什么事情发生吗？"

　　一阵咆哮代替了回答："我真的很差很没用吗？把我的工作从办公室调到车间当工人，说什么我不能胜任办公室工作！不能胜任？我在办公室都干了十多年了，以前怎么没说无法胜任？这帮孙子，父亲没出事的时候，个个都巴结我，夸我年轻有为，年富力强；现在父亲出事了，这些人就对我落井下石，挑三拣四，莫名其妙就把我的工作岗位换了。"

　　"那你怎么说？你同意接受他们的安排了吗？"

"谁会征求我的意见？现在是人为刀俎，我为鱼肉，我跟人事科的主管吵了一架。我看不惯他们的嘴脸，这群势利的小人！"

"然后呢？他们没有继续为难你吧？"她着急地问。

"我辞职了，实在无法忍受那些冷嘲热讽和丑恶嘴脸。从小到大，我都没有受过这样的耻辱，我就不信离开那里后，我就无法生活。"

这个消息来得那么突然，像这骤冷的天气。她忍不住问："辞职了，那你干什么？总不能天天在家待着啊？"

明樨正在气头上，她的话激起他一股怒火，他没好气地回答："干什么？你也觉得我辞职了就只能饿死，就活不下去，对吗？"

罗玉这才意识到自己的话表达得不恰当，赶紧换了种语气："你知道我不是这个意思，我只是担心你……"

正说着，明樨的姐姐打来电话。接完电话后，明樨简短地说："张律师在姐姐家，要我们过去商量爸爸的事情。"

姐姐家离得并不远，他们步行十多分钟就到了。张律师对大家说："我很感激你们全家人对我的信任，找我做你们的代理律师，我也一直尽我最大努力在跟进明厂长的案情。今天过来就是想跟你们汇报下整个情况，同时是也跟你们商量下一步的动作。现在明厂长的案子进入了关键时期，我建议大家去公检法部门'打点打点'，说白了就是该烧香烧香，该拜佛拜佛。你们不要认为明厂长的案件在经济类案件中性质轻微，如今世风日下，假如上面没有人帮忙说话，也很难争取到从轻处理。"

"不是走法律程序吗？还拜什么菩萨？"明樨困惑地问。

"这你就不懂了，年轻人，我们经常接触这类案子，经验比较丰富。比如某些同性质的案件，最高量刑可判三年最低只判半年，同时根据年龄和身体情况还可以取保候审。当然怎么鉴定该案件适用法律的上限还是下限，这就是一个技术性的问题。"

听了律师的解释，罗玉也不禁叹息："对于一个因钱出问题的案件，最终还得用钱去开路和摆平，多么可笑和荒谬。但世扰俗乱，又有什么办法呢？"

提起钱，大家都一筹莫展。在父亲出事前，家中大小事情都仰仗他老人家撑着，明樫对钱没有任何概念，经常是一掷千金，自然也没有储蓄的习惯。父亲出事后，他每天入不敷出，朝不保夕，谈何节余？姐姐虽不像明樫那样大手大脚花钱，但她也没有攒钱的习惯，更何况父亲刚出事那会儿，她已经把仅有的钱都拿出来，请朋友帮忙活动人脉，如今她也是囊中羞涩。

　　大家商量了半天，也没有想到一个筹钱的好方法。最后还是罗玉提议将家中仅有的一处商铺卖掉。没有人提出反对意见，因为这是目前唯一可以采用的办法。

　　从姐姐家出来，明樫的心情沮丧，罗玉想去挽他的胳膊，但明樫甩开她的手，叫她先回家去。他迅速地拦了一辆的士，钻进车里绝尘而去，留下罗玉独自一人站在大街上发愣。风吹乱了她的头发，也吹乱了她的思绪，她的大脑一片空白，不知道脚下的路通向何方？

* * *

　　明樫辞职了，这真是个令人头疼的问题。她倒不是介意他辞职这件事，她担心的是他辞职后会出现的状况。以她对明樫的了解，可以想象他的求职之路荆棘密布。一是他本身对工作的要求比较高，这当然源于十多年来他都工作在舒适而随意的环境；二是他没有年龄的优势、文凭的优势和技术上的优势。对于一个不具备任何竞争优势的人，自己还不能摆正位置，当然免不了处处碰壁，这才是罗玉真正担心的。没有工作的明樫又能干什么呢？会不会经常像现在一样深夜不归，喝酒买醉？这些问题搅得她的头脑发胀，自然她也没有心思做晚饭。

　　事实证明，她的担心并不是多余的。明樫刚辞职那几天对找工作还信心满满，激情满怀。但几周下来，他的信心没有了，热情被浇灭了。找不到工作的理由也大同小异：不是他嫌弃对方工资太低、工作环境不好，就是对方嫌弃他文凭太低，技无所长。总之，高不成低不就。到最后，他勇气殆尽，连门都懒得出，天天在家喝酒发泄。

　　笑语和温馨从这个家彻底消失，气氛压抑，酒精的味道充斥着房间的角角落落，钱也就很快捉襟见肘。

　　每个月罗玉发了工资，钱被分成两半，一半给明樫，一半自己留用。给明樫的那半，还不够他的酒钱，她不得不用自己余下的工资维持整个家的开支。明樫又吃不惯粗茶淡饭，为了增加收入，改善伙食，她只得利用下班时间在外面接了几个家教，于是她待在家里的时间更少。这样一来，明樨喝酒也变得更加自由和肆无忌惮。

最近罗玉惊讶地发现：明樨的酒量已经由最初的两杯三杯变成了两瓶三瓶，由以前的菜下酒，变成了酒下菜。酒到了他的手里，根本就不是酒，而是水。人家吃饭，他喝酒；人家喝水，他也喝酒，估计连他本人也不知道究竟喝了多少酒。酒成了他赖以生存的麻醉品，成了他的精神支柱。如果哪天明樨离了酒，他就变得像丢了魂一样，丧心病狂，烦躁不已。

这个发现让罗玉吃惊不小，也让她心痛不已。自己每天累得半死，辛苦工作，挣的钱原来全被明樨换成了酒。这样下去这个家还有什么希望？明樨还有什么前途？于是她决定无论如何要控制他喝酒，阻止他恶性循环。

明樨喝了酒，脾气暴躁，情绪失控，罗玉在这个时候劝他少饮，无异于虎口夺食，身体就常常被"意外"所伤。不是手被酒瓶划伤，就是身体被明樨摔伤。她才80多斤，对抗明樨相当于以卵击石，常常是新伤未好，再添旧伤。为了掩盖伤口，她将自己裹得严严实实。偶尔明樨清醒，看见罗玉身上的伤疤，他会震惊那些伤痕是他弄的，他会痛骂自己不是人，并保证自己将尽快找到工作，以免拖累到她。但他的工作什么时候才能找到呢？一个月？两个月？还是半年？"老天啊！"罗玉想："他再找不到一份工作，疯掉的不仅是他，还有自己。"

为了帮助明樨早日找到事做，摆脱这噩梦般的日子，罗玉开始集中精力，动用自己的一切人脉，到处撒网，以期发掘一份适合明樨的工作。在她的努力下，确实为明樨找到了好几份工作。但明樨并不体恤她的一片苦心，心情好的时候他会工作十天半月，心情不好的时候第二天就辞职。最长的一次明樨在一家酒店干了一个月，他还回家告诉罗玉老板表扬他有气场，决定下个月提拔他当主管。这个消息让罗玉激动不已。但好梦不长，没过两天，明樨就垂头丧气地回来，告知一个顾客出言不逊，他气愤不过，当场用酒水泼了那人一脸，结果自然是被炒了鱿鱼。

几个月下来，罗玉发现能用的资源都已耗尽，而明樨的工作依然没有着落，希望离他们越来越缥缈。现在不仅是明樨没有了信心，连她自己也没有了信心。她有整整一个月没有再提为他找工作的事情，家里也因此少见的平静了一个月，只是冰冷得如同这悄然而至的冬天。

* * *

以往期待的假期，现在对罗玉来说兴趣索然，放假就意味着得一整天面对明樨。有人说："幸福的人都是睁一只眼闭一只眼的。"为了让自己修炼到如此境界，她索性让自己变成一个瞎子。这不，一大早，明樨就不见了，不用说，一定又出去喝酒了。这几个月来，已经形成规律，只要罗玉休假在家，明樨就将喝酒的地点由家里转移到附近的茶馆。

罗玉捧着一杯茶，坐在卧室的飘窗上发呆，像一只犯困的猫，慵懒、呆滞而了无生趣。肖燕的电话就在这时打进来，她说话一向是又快又急，直奔主题："小玉，昨天晚上我和一个学生家长吃饭，他父亲是辰华堂的总经理。我请他帮明樨安排个工作，他满口答应了。"

"什么工作啊？"罗玉漫不经心地问，说实话，肖燕不提，她都忘记找工作这件事了。

"保安。"

"那还是算了吧，"罗玉一听就泄了气，她太了解明樨了，"他肯定看不上这工作，不用浪费精力。"

"辰华堂年前不招人，考虑安全才招几名保安，张经理说了，先让明樨去做段时间保安，年后人员调整的时候立刻就安排他到管理部。做保安只是过渡一下，你给明樨做下思想工作，我答应了人家中午一起吃饭，让明樨和张经理见个面。人家是总经理，不是天天都有那么多时间。"

"那我跟明樨商量下，一会儿给你电话。"

挂了电话，罗玉正想给明樨打电话，却见他居然出现在门口。她有点意外，迎上去问他："吃饭了吗？"

"吃过了，家里还有钱没？你拿点钱给我。"

难怪这么快回来，原来是没有带钱，估计不缺钱的话，人影都看不着。想到这，她没好气地说："家里哪有什么钱？你又不是不知道，物价那么高，家里还有很多物品要置办，要走亲访友，还要给双方的父母买点东西……"

"够了，一提钱你就没完没了，也不知你什么时候变得这么唠叨？"

什么时候变得这么唠叨？难道是她想唠叨吗？他不想想他都快半年没有工作了，家里还得天天供着他的酒瓶。再这样下去，恐怕连吃饭的钱都没有了。

她记起肖燕的话，忍着脾气回他："你去上班就不用天天听我唠叨了。你长期这样下去也不是事，肖燕刚才来电话，说是在辰华堂给你找了个安保的工作。"

她特意把保安换成了安保，以便明樨在心理上容易接受。

"就是让我去做保安嘛，别以为我是文盲，换个词我就听不懂了。"

"明樨，"罗玉忍耐地说："我也知道做安保有点委屈你，但现在工作不好找，对方也承诺了，做保安只是暂时的，年后人员调整，立刻调你去管理部门，总比你天天待在家里喝闷酒强。"

"你真是越来越有品位了，下次干脆叫你学生家长介绍我去扫地算了。叫我做保安，你不怕你的学生知道了丢脸吗？到时候他们好议论他们漂亮能干的罗老师嫁了个小保安。"

"我不觉得丢人，也不怕学生议论。不偷不抢，靠自己劳动吃饭，有什么丢人的？"

"你当然不怕丢人，像你那种出身的人，做什么都觉得无所谓，包括捡垃圾，你都觉得很荣耀，我说得对不对？对不起，我丢不起那个人，我宁愿饿死，也不会去商场当保安丢人现眼，你也趁早死了这份心。"

罗玉被他的话气得发抖："我是出身低微，但我总算自食其力，总比有人待在家什么都不做好。你高贵，你文雅，那你就不要天天待在家里吃闲饭，就不要找我要钱，你以为你一个大男人找老婆要钱就很光荣？就不丢人？"

这句话说完，她也意识到戳到了对方的死穴。明樨立刻青筋暴露，眼里喷火。他气冲冲打开饭厅的壁柜，取出一瓶五粮液，那是一位好友感激她给孩子免费补课送的礼物。因此，她不知从那里来的勇气，一把从他手里抢过那瓶酒。明樨狠狠地盯着她，声音不大却掷地有声地命令道："拿过来。"

她已经豁出去了，索性一不做二不休："我不会给你的，我答应了肖燕，除非你今天和我去应聘工作，否则我说什么也不会把酒给你。"

明樨走向她，把她逼在角落里，冷冷地说："把酒给我！"

"不给。"

"我再说一次，把酒给我！"

"不给！"

"我再说最后一次，把酒给我！"。

"不给！"

啪的一声，又是一记响亮的耳光重重打在罗玉的脸上。

罗玉眼前一片金星，轻哼了一声，对方再问她："你给还是不给？"

"不给！"

明樨像疯了一样一连给了她几记耳光，她的脸霎时烙上了几条深深的手指印，但她依然死死地将酒瓶藏在身后。

明樨用一双大手将她的手臂钳住，疼得她泪水在眼里打转。一咬牙，她将被扭住的那只手臂狠狠撞向墙壁，哐当一声巨响，酒瓶在她的身后炸开，发出刺耳的脆裂声。

沉默片刻，明樨像一头发怒的狮子，咬牙切齿地朝她扑过来，嘴里恶狠狠地骂道："你这个疯女人，我看你是不想活了。"

说完对她一顿拳打脚踢，最后将她摔倒在酒瓶的碎渣里，丢下一句："你想制止我喝酒，是吗？你以为你是谁，可以跟我作对？好，我现在就去酒吧喝酒，有种你就跟过来！"

明樨一阵翻箱倒柜，抢走了罗玉的钱包，正眼不瞧地上面如死灰的罗玉，摔门而去。

罗玉挣扎着坐起来，一阵刺痛划过她麻木的感觉，被玻璃碎片划过的手腕正向外渗血，她机械地褪去外面的衣衫罩在渗血的手腕处，就这样闷声无语地瘫坐在墙角。脸上火辣辣的疼，浑身上下没有一处不疼，可是，为什么心里却没有感觉了呢？

不是麻木，是绝望。

无能为力！是的，就是这四个字。对于婚姻，对于明樨，她已经拼尽了最后一丝气力。她挽留过，也想方设法拯救过，如果可以，她恨不得陪他一起去放纵，去堕落，去毁灭。但是她做不到，除了婚姻，她还有责任，还有依赖她而生活的家人。

* * *

罗玉没有赴约，打电话又不接，本来为这小两口张罗的事儿却被放了鸽子。肖燕本来一肚子气过来讨个说法，到门口却发现门虚掩着。她推开进来，眼前一片狼藉。

肖燕暗叫一声不好，大喊罗玉的名字。角落里传来一声轻轻的应答，肖燕走近一看，心提到嗓子眼！

"小玉，是有人抢劫吗？怎么流这么多血？"

她摇摇头，悲哀地回答："肖燕，以后都不用找工作了，那个人是扶不上墙的阿斗，你以后再也不要操这份心了。"

"那个混蛋，最好别让我碰见，碰见我准暴打他一顿。"看罗玉手上和衣服上沾满血迹，肖燕不再说什么，给李俊豪打了电话。

李俊豪曾说要为了她学医，当时她还红了脸，肖燕也骂李俊豪狗嘴里吐不出象牙。没想到一语成谶，几年后，她果真不辜负他的"愿望"，隔三岔五光顾他所在的医院。

到了医院，李俊豪正在值班室等她们。仔细查看了伤口，李俊豪赶紧给她消毒和缝合创口。这些事情本可以交给值班的护士做，但他不放心，亲力亲为。

看到她腕间佩戴的绿玉镯，李俊豪触目伤怀。他想起自己送她镯子的初衷：希望她一生平安，一世安好。但他保得了她一世吗？他连一刻也保护不了她。

借着为她包扎的机会，他轻轻地拍了拍那单薄的肩膀。这轻微的举动，却让罗玉眉头一紧。俊豪没有忽略她细微的表情，于是他推起她的衣袖，呈现在他面前的手臂一片青紫。

他叫她别动，然后颤抖着手撩开她的后背，赫然惊见那雪白的肌肤伤痕累累。或浅或深的淤青刺痛他的眼，让他目断魂销。

"那个魔鬼虐待你很长时间了，你为什么一直隐忍不说？为什么不告诉我们？如果，"他不敢想下去，"如果今天肖燕不来看你，你是不是一直沉默下去，直到流尽你最后一滴血？你知不知道这样会害死自己？"

顿了顿，他伤痛地说："你知不知道你这样子我有多担心和害怕？"

肖燕看见她浑身伤痕，火冒三丈，二话不说要去报警，罗玉连忙制止了她。

李俊豪不解地问："为什么不让肖燕报警？难道你到现在还护着那个魔鬼？等他继续折磨你？小玉，我一直觉得你是很坚强的，为何在这件事上你这么软弱？"

罗玉叹了一口气，无奈地说："这跟坚强有什么关系呢？明樨的父亲出事了，家里现在内忧外患，这时跟他对簿公堂，也不是什么光彩的事情。而且我不想让双方的亲人牵连进来，毕竟婚姻是我们俩人决定的。现在就算和他过不下去了，不还有离婚这条路吗？我想好了，也决定了，我要和他离婚。但是在离婚前，我不想闹得两家人都鸡犬不宁。"

"那他会同意离婚吗？"

"不知道，但我会跟他谈，不到最后关头，尽量不要搞得满城风雨，毕竟现在其他的事情已经够乱了。"

李俊豪担心地说："小玉，我不反对你的方式，你这样做自然有你的理由，但你能不能离婚前，不与他住在一起，为你的安全着想下。"

肖燕提议道："你住在我家吧，反正读高中那会儿咱俩就经常住在一块儿，正好有人每天陪我吃饭。"

罗玉想了下回答："燕子，还是不要惊扰你了，而且你家离我的学校太远，上班不方便。再说了，逃避总不是长久之计，我迟早要面对他。就算离婚，我也得找机会跟他摊牌谈判，不可能对他避而不见。"

见他俩还是不放心，罗玉补充："我答应你们，会好好保护自己，如果有事情，第一时间给你们电话。其实我身上的伤也是我自找的，是我主动去招惹他的。如果我不阻止他喝酒，不去抢他的东西，他是不会动手的，还是回家尽早跟他摊牌，尽快办理离婚这件事吧，你们也不要劝我了。"

"那你一定要小心，不能再激怒他，还有，"李俊豪似乎是下了很大决心，说，"今天让我和肖燕陪你回去吧，你俩先回，我随后过去。"

他特意给肖燕强调一定要等到自己来了再走，他办点事即刻就到。

＊　＊　＊

回到家，明樨不在，这是意料之中的事情，她也不想看见他。快到傍晚的时候李俊豪才出现。肖燕责怪他来得太晚，像是过来赶晚饭的。

罗玉手受伤，只好肖燕主厨。肖燕一边忙活，一边对罗玉唠叨："你得指导我，一步都不要离开，你叫我怎么做我怎么做，叫我放盐我就放盐，叫我起锅我就起锅，你负责技术，我负责操作。"

肖燕把一盘红烧肉从厨房端出来，发现李俊豪正站在凳子上，摆弄罗玉家客厅的灯。她正想发问，李俊豪用手势制止了她，他跳下凳子，小声地说："别让小玉知道。"

肖燕满脸挂着问号，开出条件："想我不出声容易，你先告诉我你站在上面瞎捣鼓什么？"

李俊豪对着肖燕的耳朵一番耳语，听得肖燕瞪大眼睛，担心地问："这样做行吗，合适吗？我怎么老觉得哪里不对劲？对了，会不会犯法？"

李俊豪打断她："我管不了那么多了，你看她浑身的伤，难保不继续受伤。她又不肯搬出来，那么倔，我也是没有办法的办法。哎，但愿我只是多此一举。"

罗玉在厨房叫肖燕快点过去帮忙，两人赶紧住了嘴。

饭菜上桌子后，肖燕一改平时嘻嘻哈哈的个性，一边吃东西一边盯着头上的灯泡发呆。李俊豪在桌下踢她一脚，肖燕"哎哟"一声叫起来。

罗玉瞪着他俩问："你们是不是有什么事情瞒着我？"

"没事。"两人异口同声地否认。

"还说没事，"罗玉不满，"一看就知道有鬼，你俩什么时候这么默契过？"

为了转移视线，李俊豪故意问肖燕："肖燕，你准备单身到什么时候？有合适的吗？要不要我给你留意下我们医院的青年才俊？"

肖燕白他一眼："你别成天咸萝卜淡操心，先理顺你自己的事情吧，我结婚的事情才不用你张罗。杨泽上次还跟我开玩笑：如果三十岁的时候，我都还没有遇到合适的人选，是不是可以考虑和他凑合？备胎是有的，关键是看本姑娘愿意嫁不？你结婚倒早，现在不是后悔了？"

李俊豪难掩尴尬，罗玉接过肖燕的话劝道："燕子，你别折磨杨泽了，你俩都老大不小了。再则，你不跟他一起，怎么对得起那些年的麻辣烫呢？你这人真没良心，不同意还天天去吃麻辣烫？"

　　"我可没有想去吃，是你天天和他一起来邀我，我是看在你的面子上才去的。"

　　罗玉说不过肖燕，摇摇头。肖燕热爱自由，是一只自由的燕子。而杨泽呢，似乎也不急，陪肖燕这样慢慢地耗着。感情的事谁说得清呢？或许有一天肖燕玩累了，自然会倦鸟归巢。

　　九点多的时候，罗玉送肖燕和李俊豪到门口，李俊豪不断叮嘱她，有事一定要打电话，得到她肯定的保证，他才和肖燕满怀牵挂离开。

　　快出小区的时候，他俩居然碰见了明樨，双方有几分钟的沉默。最后李俊豪对明樨开口："今天肖燕送小玉来医院了，她受了伤，流了很多血。不知道你是否知晓她身上还有很多的伤痕，她不肯说她受伤的原因，但我们猜得到，我想你也比我们更清楚。她身体非常虚弱，请你好好照顾她，不要再让她受到伤害了，照顾她本应是你义不容辞的责任。"

　　明樨盯着他的脸，冷笑一声："李医生，看来你对病人很关怀备至的嘛。但你管我怎么照顾太太，是不是超出了你一个医生的职责和本分？"

　　"你！"李俊豪握着拳头，很想狠狠地揍他一顿，肖燕拉他的衣角，提醒他太晚了，他们还要急着赶回去。李俊豪无奈地忍住气跟肖燕离开了。

　　走了一段路，肖燕跟李俊豪说："你知道这十年来，我跟小玉情同姐妹，所以我很理解你现在的心情。今天如果没有你在场，我可能直接就上去揍那混蛋一顿。但小玉说得对，廊川是个小地方，人言可畏，下午我和她也交流过这个问题。你卷进来，事情就变得复杂了，离婚就不单纯是他们两个人的性格问题了，这也是她坚持住在家里的原因。不管怎么说，小玉现在是明樨的太太，而你只是她的同学，冲动不仅帮不了她，反而会把事情弄得更复杂。"

　　难得肖燕如此理性地看待问题，李俊豪叹了口气："肖燕，杨泽比我勇敢，罗文也比我勇敢，我们这群人，最软弱最混蛋的人就是我了，我就是一个懦夫。我从读高中就开始暗恋小玉，喜欢她。从那时算起，十年了，整整十年，我都未能向她表白和表明心迹，而是眼睁睁地看着她嫁给了别人。"

"你也别太自责，小玉那么细腻，以她的敏感，你对她的感情她应该是知道的。当年她没有等你，而是嫁给了明樨，应该有她的苦衷。你知道她的家庭很特殊，怕给我们添麻烦，也不在我们面前经常提及，或许这就是老天爷的意思吧，要给她这一段磨难和考验。

"我这人粗枝大叶，读书时候顾着玩，并没觉得你们特别钟情对方。但是这段时间她经常出意外，患难见真情，我能感受到你对她发自肺腑的关心，也能感受她的心里也是有你的。"

俊豪长叹一口气，"事到如今，我也没有任何非分之想，只求她幸福平安，送她玉镯也是这个心意。但她显然过得不幸福，也不平安，一次一次被伤害，我却只有眼睁睁地看着她受伤，无可奈何，无计可施。我真担心她会再有什么不测。"

"她不会有任何不测，小玉那么善良，老天爷一定会保佑好人一生平安，我们都祈祷她顺利地度过这一劫，和明樨早日把婚离掉。她其实是很坚强的，别以为我跟她在一起，我扮演金刚钻，她扮演林黛玉，那些都是假象，真的，我是纸老虎，骨子里她比我坚强。我相信她可以做得比我们想象的更好。"

"唯愿如此吧！"李俊豪心想，但他却很难保证自己今后对她的事情还能做到不闻不问，泰然处之了！

第十九章 玉碎，灵魂的自由

> 她才26岁，在他眼里，她稚嫩得像秋天的雏菊，美好得像初夏的玫瑰。她怎么可以死？

清晨，罗玉坐在那个梳妆台盘发，阳光从窗外照进来，那么温暖和明净。曾几何时，她坐在这里梳妆，明樨在旁边看她，眉间含爱，眼波流情。而今却是"春风流连外，我盈盈独在"。她叹了口气，寻找自己最爱的簪子，但是却怎么也找不着。抬起头，明樨不知什么时候站在她身后，递给她那根蓝色镶水钻的簪子，她接过来，说了声谢谢。

几年前，也是在这梳妆台前，她笑意盈盈，吊着对方的脖子问："吟罢低眉问夫婿，画眉深浅入时无？"

他会揽过她的香肩，宠溺地回答："小玉，你是我见过的最美的女孩，你不知道我有多爱你，真是含在嘴里怕化了，捏在手里怕碎了。"

而今，那些爱的软香细语仿似还在昨天，而他们之间已经没了语言，唯有一句淡淡的"谢谢"。

那天晚上送走肖燕和李俊豪后，她就一直坐在客厅等他。等到城里的夜由喧嚣变得安静，等到窗外的景由迷离变得漆黑，明樨总算意兴阑珊地回来了。

很奇快的是他没有醉醺醺地回来，而是神志分明，头脑清晰。她当然不知道其实下午他酒醒后去医院找过她，从护士那里打听到肖燕和李俊豪送她离开的情况后，他感到无脸见到她的朋友，所以才故意在外面流连到很晚。回来时居然还是撞见了肖燕和李俊豪。

李俊豪的话在明樨的内心也产生了强烈的冲击，以至于他没有立刻回家，而是爬到楼顶一根接一根地抽烟。结婚几年来的生活像幻灯片一样一张一张从他的眼前浮现，他的良心也受到一次又一次地谴责。

等明樨终于回到家，赫然发现她居然还在客厅等她。冰凉的白炽灯下，罗玉蜷缩在沙发上，瘦小而孤单，他的心不由自主地一阵痉挛。他走过去，还没开口，罗玉就清清楚楚地对他说：“明樨，我想和你谈一谈。”

他没来由地胆怯，问她：“谈什么？”

"谈下我的想法。我思考了很久，认为一段好的婚姻会让两个人成长，会让我们都从中获益，我们都会为彼此的存在感到快乐和幸福。但显然，我们的婚姻不是这样的，它成为我们彼此的牵绊和桎梏，这段婚姻让我们都感到窒息。作为妻子，我无法给你建议和劝导，或者说我对你的建议和劝导是没有用的。思前想后，我觉得离婚是我们唯一的出路。也许离婚后，你会遇到一个好女人，她可以帮助你正确地认识自己，帮助你成长。而我离开你之后，也解脱了，不用再对着你天天做无用功，弄得好似怨妇一般。"

明樨倒吸了一口凉气，他了解她不是那种任性的女人，离婚这话，有的女人会天天挂在口头，却永不会采取行动。她不一样，正因为她从来没有提过，所以一旦提出来就势必付诸行动。

"没有商量的余地？"

"没有余地，我已经考虑清楚了。而且我们之间也没有爱了，维持一段无爱的婚姻对彼此都是痛苦的。"

"你怎么知道我对你没有爱？"

"怎么知道？"

她走到他面前，迎着他吃惊的目光，一件件褪去自己的衣衫，冷冷地不带任何感情地说：“就凭这。”

那些肌肤曾细若凝脂、滑若柔荑，而今寸寸布满淤青和血紫。有新伤、有旧伤，有擦伤、有摔伤，有扭伤、有撞伤，这些伤痕呈现在他面前，像一只只狰狞而恐怖的眼睛，让他不忍直视，不能直视，不敢直视。

他就这样被这些眼睛打倒了，击溃了。同时这些眼睛折射出自己在她父亲坟前的誓言："我会一辈子好好照顾小玉，像爸爸一样，一生不会打骂她，一生疼爱她。"

他不敢回想这些日子自己曾对她做过什么，不敢相信那些残暴的行为，恶毒的言语是自己砸向她的。即使他对她还有爱，他还有什么颜面和理由要求她不要离开。

最后，他无力地说："小玉，对不起，你提出离婚，我没有任何拒绝的理由，也没有任何挽留你的借口。但是请你给我一个机会，让我们再好好地相处两个月。两个月，我想弥补对你的伤害，虽然我知道弥补不了，我只是想求得我良心的平安，让以后回忆起这段日子没有这么心痛。两个月后，你要离婚，我无条件同意。"

于是他们就开始了这尴尬的两个月。

许是因为有了分手的约定，他们之间反而能理智地看待对方，反而有了难得的和谐和体谅。偶尔他们也一起做饭吃饭，看着明榍在厨房忙碌，罗玉会生出一种错觉：如果人生可以彩排，能剪掉那段不愉快，她和明榍未尝不是一种完美。但是她清楚那些过往的伤害和痛楚已经在心里烙下了印记，留下了永远也抹不去的回忆。现在他们可以做的是小心翼翼地相处，呵护彼此眼中残留的一点温馨。

* * *

离约定日期还有15天。这天从学校回到家，罗玉闻到了一股熟悉的酒气。明榍显然不想让她知晓，残迹已被清理干净。她不想因为多嘴而破坏两人这段时间难得的平静，于是系上围裙，开始准备午餐。

饭菜端上桌子后，明榍正定定地看着她，目光落在她佩戴的玉镯上，接着明榍用奇怪的语气问她："小玉，你很喜欢这只玉镯吗？"

她不明白对方的意思，回答："是的，你知道我喜欢玉，这只玉镯很适合我的手型，所以就经常佩戴。"

"你是喜欢这只玉镯还是喜欢送玉镯给你的人，你好像从戴上就没有取下过这只镯子。"

"哦",罗玉小心翼翼地解释,"我戴这只镯子,是因为我也没有别的手镯。再说了,这只镯子带上去后就难以取下来。"

"很抱歉,我以前一直没有买给你手镯。前两天卖掉铺面后还剩一笔钱,今天经过辰华堂的时候,我就给你挑选了一只手镯,你看看喜欢不?如果喜欢希望能取代你手上的那只玉镯。"

话毕,他递给罗玉一个精致的首饰盒。打开红色的包装盒,映入她眼帘的是一只耀眼的白金镯子。这只镯子看起来别致精巧,高贵华丽,晃得她一阵眼花和眩晕。她问:"为什么送我如此高档的礼物?我们不是约定好了两个月后离婚吗?我很感激你送给我的礼物,不过我不能接受,你还是把它留给配得上它的人吧。再者,我不是很喜欢镶金戴银的首饰,我没有那种与之匹配的雍容华贵的气质。"

明樨逼近她:"如果我一定要你戴上呢?如果我告诉你我很讨厌你手上的翡翠玉镯呢?"

罗玉一时还是没能反应过来,小声地解释:"这只镯子,我已经戴了很久了,你以前也没说不喜欢啊?而且它对我来说也意味着一份高贵的友情。"

"高贵的友情?就是你告诉我的来自肖燕的高贵友情和来自肖燕给你的结婚礼物,对不对?"

她回答:"有什么不对吗?你今天怎么啦?为什么跟一只镯子较上劲了?"

明樨显然失去了耐心,大声说道:"如果你心中没有鬼,现在就扔掉你手上的玉镯。你喜欢玉,我可以买给你十个二十个。"

明樨的强势最终激怒了罗玉,凭什么都说好离婚了,还干涉她戴什么首饰?

"对不起,我达不到你的要求,我想你可能忘记了我们之间的约定,忘了半个月后我们就不再是夫妻,我没有义务照顾你多变的感受,你也没有资格将你的意志强加在我的身上。"

"你这个不要脸的女人,你留着这个镯子,就是一直想着你的老情人。你既然忘不了他,为什么要嫁给我?既然嫁给了我,为什么不能恪守妇道?你当初就是为了利用我,对不对?结果我这个傻瓜就真上了你的当,为你出钱出力,替你鞍前马后,现在还顶着一顶绿帽子,我恨你!离婚,你休想!我要慢慢地折磨你,把你加在我身上的耻辱一点一点地还给你！"

说完，明樨起身上前，去夺她手腕的玉镯。她拼命反抗，但几个回合下来，她很快就被对方压制得不能动弹。

明樨捉住她那只带玉镯的手，不管不顾使劲往下撸手镯。无奈玉镯那么小，像是在她手腕生了根，怎么都取不下来。

罗玉看着对方充满杀气的扭曲的脸，心中居然没有任何恐惧，倔强地反抗："有本事你就取下来，我告诉你，除非你砍掉我的手，否则你休想从我的手上取下这只镯子。我是喜欢这镯子，喜欢这镯子的主人，因为他比你优秀，比你善良，比你宽容，比你强大，你充其量是个只会打女人的小男人。我瞧不起你，有种你就打死我，打死我也不会向你屈服，我的灵魂和爱是自由的，是你这懦夫控制和蹂躏不了的……"

话没说完，她被对方狠狠地摔向墙角。"哐当"一声，她的手臂撞到茶几上，玉镯瞬间被击得粉碎。茶水连同摔碎的茶具瓷片滚落一地。

顾不上手臂的剧痛，罗玉匍匐在地上捡那些散落一地的绿翡翠。边捡边流泪，没错，她爱这只镯子的主人，因为那个人爱她懂她，疼她怜她。她已不能拥有他，仅仅是把他珍藏在心底最深的角落，如今连这点奢望也被碾成碎末。

抬起头，她一字一顿地说："明樨，你这个恶棍，你以为你能钳制我的行动，伤害我的肉体，我就怕你了吗？你错了，我从来不怕你，我也不怕死。相反，我很可怜你，你在我眼里就像一个可怜虫，依靠打女人来掩饰你内心的脆弱，依靠虐待我来寻找一点存在感。你其实就是一个懦夫，一个软蛋，一个孬种的窝囊废……"

明樨朝她扑过来，掐住她的脖子，她感觉自己被掐得喘不过气来，呼吸也变得越来越困难，模糊中她听到对方的咆哮："我今天就要弄死你这有骨气的女人，让你那高贵的灵魂到阴曹地府去嘲笑我，讥讽我吧！"

她最后的意识是被一股强大的力量推向了一个坚硬的物体，有瓶瓶罐罐朝她的头上砸下来，但是她已经感觉不到痛，感觉不到任何刺激，所有的一切在她的意识里模糊开来。

屋里躺着他奄奄一息的女人，明樨摔门离去。他没有心情去管她的死活，他被一种强烈的挫败感击溃。那个可恶的难以理喻的女人，每次当他把她摔打得气若游丝的时候，带给他的没有一丝一毫的胜利。相反，她用一种强大的气场击败他，她从不向他求饶，从不对他服软，她就用那冷冷的眼神狠狠地盯着他，让他感觉每一场打斗的结局是一个垂头丧气斗败的男人和一个完全不屈服的获胜的女人。这让他抓狂，让他暴怒，让他一次又一次更加疯狂地摧残她的肉体。她说得对，她的灵魂是自由的，是坚定的，没有一次他可以伤到她的灵魂，哪怕她被弄得伤痕累累。他想征服她，哪怕一次也好，但是一次也没有，这个看似弱不禁风却不可思议的女人。

* * *

头天晚上值夜班，当肖燕的电话打来时，李俊豪还在梦中。肖燕在电话里着急地说："李俊豪，我有种不好的预感，关于小玉的玉镯。"

一听到罗玉，李俊豪从混沌中清醒过来，他紧张地问肖燕："玉镯怎么啦？小玉怎么啦？"

肖燕说："都怪我，今早我在菜市场碰见了明樨，我们聊了一会儿。他对我说：'肖燕，谢谢你送小玉的玉镯，那是她最喜欢的首饰，可见她多么珍惜你们之间的友谊。'我一时忘记了罗玉曾拜托我说玉镯是我送的，一不小心脱口而出：'那玉镯是李俊豪送给罗玉的结婚礼物，你不用谢我。'回家我想起明樨阴晴不定的眼神，心里一直忐忑不安，该不会有什么麻烦罢？"

李俊豪的心一沉，说自己先给杨泽打个电话。他问杨泽罗玉今天下午有没有课？杨泽告诉他，今下午他班上的第一堂英语课，罗玉没有到班，打她电话也没人接，他不得已擅自给她请了紧急病假，也不知什么原因。

放下电话，李俊豪马上手脚发冷，睡意全无，一阵从没有过的害怕和恐慌袭击着他的五脏六腑，让他几乎喘不过气来。他那柔弱的小玉，善良的小玉，倔强的小玉，可怜的小玉，千万不要再有任何"意外"。

他叫肖燕赶紧打车去罗玉的住处，自己也马上到。一路上他不断催促的士司机，要多少钱都可以，一定要快。

到了罗玉住处，肖燕也刚刚赶到。肖燕打罗玉电话，他焦急地拍门，没有任何回应。

时间一秒一秒地流过，恐惧在他俩身边蔓延，李俊豪颤抖着问肖燕："有明樨的电话吗？"

肖燕回答没有。他试图去撞门，但是防盗门纹丝不动。他像困兽一样在附近转悠了一圈，回头对肖燕说："现在唯一的办法是从邻居家的阳台爬到小玉家的阳台，你去把隔壁的门敲开吧。"

肖燕敲开了隔壁的门，李俊豪马上拿出自己的工作证，简洁地说："隔壁有人打120，可是没人开门，估计有生命危险，麻烦借下你家的阳台，具体情况你听这位女士解释吧。"

肖燕也急坏了，结结巴巴地跟邻居解释。李俊豪已经毫不犹豫地爬上了阳台，肖燕不敢叫他，生怕分散他的注意力。隔壁的大妈却被感动到不行，称自己活了这么多年，头一次见120这样负责，简直将生死置之度外。

几分钟之后，李俊豪打开了罗玉的门，等肖燕走进去，看见李俊豪正跪在地上，给罗玉做人工呼吸，他的泪滚落在她的脸上。

罗玉周围，碎片、瓷片、茶水洒了一地；书籍、板凳、桌椅一片狼藉。肖燕慌得不知所措。李俊豪提醒她："赶紧到楼下拦车，马上送她去医院。"

到了医院，他抱着她一路狂奔，以最快的速度将她带到急救室。他对急救室的同事说：患者是他的妹妹，有生命危险，晚点他会补办一切手续。

整个急救的过程，俊豪全程参与，学医多年，从医三年，他看过了太多的生老病死，接触过太多的疑难杂症，从来没有一次，他体会过如此胆战心惊的害怕，感受过如此痛入骨髓的担忧。他几次忍不住问身边的同事："她没有生命危险吧？会不会死呢？"

这慌乱跟他平时稳重谨慎的作风格格不入。同事忍不住提醒他："你也是医生，镇定点，事情还没有到最坏的地步，你要振作起来，才能好好地照顾病人，鼓励病人。"

熬过了漫长的似乎是没有尽头的八个小时的抢救，罗玉被推出了抢救室。同事的话还在李俊豪的脑海盘旋："小李，你别担心，她还是有好转的可能，你和家人要多想办法刺激病人苏醒。"

作为医生，他很清楚，罗玉的头部受了严重的撞伤，如果这一周内她不能醒过来，她就永远醒不过来，或许成为植物人。他不要"好转的可能"，他要她活着，百分百活着，她才26岁，在他眼里，她稚嫩得像秋天的雏菊，美好得像初夏的玫瑰。她怎么可以死？老天怎么可以如此残酷！他必须振作，用自己的勇气唤起她活下去的勇气。

* * *

俊豪为罗玉安排了二楼的一间单独的病房，楼下的槐树正好将枝条伸在窗棂。

那晚他和肖燕守着罗玉，肖燕不住地自责，怪自己这草率的性格害了罗玉。李俊豪接下她的话："要怪就怪我吧，为什么非要送她那个玉镯。说什么玉保平安，人都不在她身边，何苦再寻这无益的慰藉？是我害了她。"

肖燕开导他："小玉一直比我们想象的坚强，她曾对我说过，她最讨厌那些动不动就自杀的人，自己一了百了，却将痛苦和责任留给活着的亲人。她说过无论什么情况下她都不会放弃自己的生命，哪怕有一丝希望，她也会努力活下去。所以我们也要乐观，给她加油！"

第六天了，罗玉还没有醒过来。每度过一天，李俊豪的恐惧就增加一倍，心灵就被煎熬碾压一轮。这些天他都没有回李囵镇，他给妻子解释自己要忙着准备考试评级。事实上，他根本没心思准备考试，每天诚惶诚恐，胆战心惊地守着，盼着。如果失去了最在乎的人，评职有什么意义？

这天下午，他一个人在病房守着罗玉。从读书到现在，他几乎没有机会跟她独处，没想到第一次长时间的独处竟然是在病房。

他坐在病床边的凳子上，轻轻地握着那只打着吊针的手。他曾千百遍梦见握起这只手，而今这只手就在他的手掌里，柔软、纤细、修长而冰冷。他心疼地亲吻那只柔若无骨，苍白消瘦的手，眼泪再次落下来。数日来，他心里的担忧、害怕、牵挂、自责、恐惧，无人能解。此刻，他终于可以对她慢慢诉说。

"小玉，我相信那么善解人意的你一定可以明白我的心思，一定可以了解我是多么盼望你醒过来。只要你醒过来，我保证你想要什么我都可以为你做到。你无法想象看见你躺在这里，我是多么担惊受怕。

"我给你讲个故事吧。从前有个男孩，他家三代单传，因此他出生以后，全家人都很宝贝他，只要他有点风吹草动，全家人都会胆战心惊。而他出生的地方非常偏僻，那是廊川最偏僻的一个乡镇蔺家乡下面的一个村落。你应该没有去过那么偏远的地方。小时候他们差不多要走20多公里才会见到一家卖东西的小店，读小学也要走两个小时才能到达学校。那里的山很高，他们去赶集，要攀爬有很多级石梯的高山。村里的信息比较闭塞，思想也比外面落后。

"那个男孩8岁时，生了一场重病，病得快要死了。爷爷奶奶，外公外婆，爸爸妈妈都吓坏了，不知道怎么办好。最后他们去找算命先生求救，算命先生说订娃娃亲冲喜，方可免灾除难。我知道你一定不相信这可笑的方法，我也不相信，但是那男孩的家人信了，给他订了娃娃亲。后来那男孩居然神奇地好了，那个所谓的娃娃亲也就一直被双方家长心照不宣地搁置在心里。

"男孩的成绩很好，是村里第一位考上廊川×中的孩子。高中时他喜欢上了班里一位文静秀气的女生。学校不允许谈恋爱，也为了不影响那个女孩，他唯有将心事深深掩埋，默默地喜欢她，默默地关注她。那时每次放月假归校，母亲会给他煮一个鸡蛋带到学校，他总是舍不得吃，而是偷偷送给心爱的女孩。

"得知那个女孩为了减轻家庭的经济负担填了渝北师专，男孩也跟着填了渝北师专。到了大学，他多次想对她表白。大二的暑假，男孩陪她缴完公粮。那天晚上，月亮温柔皎洁，借着清亮的月光，他很想对她表明心迹。但是刚好在他想牵女孩的手时，一条野狗，对着他俩一阵狂吠。年轻的他是多么胆小，就这样被一条狗吓退了，从此他跟狗较上了劲，结上了怨。

"他也曾考虑过向她解释娃娃亲，可是总是害怕自己配不上她的美好，也不想给她徒增烦恼，就思忖等把娃娃亲的事情处理好了，再向她表白。没想到父母对娃娃亲非常坚持，态度非常强硬，将他反锁在家里，让他和女孩一度失去了联系。

"那个定亲的女孩也不同意解除婚约，因为她非常喜欢那个男孩。优柔寡断的男孩也曾犹豫过，但他更不想错过自己心中那个最爱的女孩，终于还是通过绝食抗议争取到父母的理解和娃娃亲的解除。

"他心里很轻松，觉得自己终于可以没有牵挂和顾虑地向心爱的姑娘表白。但他却惊恐地发现：他心爱的女孩，那么美好，不仅他爱她，他最好的兄弟也爱她。这让懦弱的他再次踌躇。大三国庆节的时候，他本来买了暖水袋送给女孩，因为重庆的冬天很冷，他希望可以带给她温暖。但那天好兄弟也买了玫瑰花送给女孩。看着女孩收下了花，他再次失去了勇气。

"同一天晚上，他鼓起勇气在女生楼下等她，发誓要向她表明心迹，否则会遗憾终生。他们一起去了学校的大操场，他问女孩，知不知道每年的8月14日，美国许多青年男女走上纽约的时代广场，用一个爱的行动纪念'二战'的胜利。当时，女孩问'什么爱的行动？'

"小玉，你应该知道那个女孩是谁了吧？现在我来告诉你那个未来得及回复的答案。每年的那一天美国青年男女都会举行接吻大赛来纪念'二战'的胜利。当时他想用一个吻来表达他对你的情意。人生就有那么多戏剧性的偶然，那晚绚丽的烟花淹没了他那可怜的勇气。

"后来，罗文喝酒住院，病得很重，你吓坏了，以为罗文快要死了。那个男孩看到你那么自责和愧疚，不敢再增加你的惶恐和负担。你们就这样毕业了，青春就这样散场。

"再后来，你因为家庭的变故嫁与他人。你不能想象当时他是多么灰心，多么绝望，多么悔恨！但他还是祝福你，那个玉镯代表了他的心意：你若安好，就是晴天；你若幸福，他亦心安。

"心灰意冷的他，在父母的催促下，还是和那个定娃娃亲的女孩结婚了，她就是与秋燕同校教书的殷秀琳。"

顿了顿，他继续："小玉，我就是那个懦弱的男孩，那个爱了你很多年的男孩。如今，我已经成长为大男人，再也不会畏惧鞭炮和猫狗，再也不会顾忌流言和蜚语，只要你醒过来，我保证做到好好地疼爱你，好好地照顾你，好好地保护你。求你醒过来！"

他站起身来，亲吻她的额头，轻轻问她："小玉，你听见我说的话了吗？如果听见了，请你醒过来，让我不再恐惧和害怕。求求你，醒过来。"

眼泪滚落在那张秀气小巧的脸上，他俯下头，想吻干那些泪滴。在接触到脸颊的瞬间，他看见一双泪眼阑珊的眼睛正看着他。他狂喜着吻向了那颤抖的双唇，两人的眼泪交融在一起。

第二十章　默默，可怕的家暴

> 我对你好，不是因为我是好人，而是因为你是我最爱的人。爱人跟好人哪能画等号？

这些天虽说是在住院，但有昔日的好友轮番来医院陪护，罗玉丝毫也不觉得寂寞。

这天下午，秋燕特意从李囿中学赶来看她。午后的阳光和煦而慵懒，她靠在床头与秋燕聊天。

"小玉，身体好些了吗？"

"好多了。燕子，躺在这病房，我真有种恍若隔世的感觉。"

"是吗？"

"嗯，六年前，我就是在这间病房与明樨相识，那时正值槐树开花，香气馥郁。没想到多年后会因他再次住进这间病房，境况和心情却是如此的不一样，让人感叹时光流年，物是人非。"

"真的想好要离婚了吗？"

罗玉点点头，说她已经跟对方表明了态度。

"那他同意吗？"

"他先前同意，现在又不同意，威胁我离婚就鱼死网破。"

"哦，那你打算怎么办？"

"坚决离婚，他威胁不了我，哪怕搭上一条命，我也会坚持自己的决定。协商不成，就走法律程序。"

"小玉，你确实比我想象的坚强和勇敢，如果你已打定主意，我也坚决支持你。听肖燕说，她昨天陪你去报案了，控告明樨虐待罪，结果如何呢？"

"没任何效果。"罗玉叹口气。

"警察只是潦草地了解了大概情况，加上明樨不承认使用过暴力。警察来察看我的伤情时，发现已无大碍，就得出结论：证据不足。并劝说夫妻之间以和为贵，对明樨批评教育了几句就算完事了。"

秋燕气愤地说："你伤得如此严重，在医院昏迷了好多天，对方就这样解脱了，这世上还有没天理？有没有公道？"

"这世上本来就没有天理和公道。加上经过这十来天的调养我身上也没其他伤痕了，我确实没办法证明是他打伤我的。我昏迷主要因为头部受了剧烈撞伤，明樨撒谎说那是我们在拉扯过程中，我自己不小心撞到家具的。警察提醒我下次遭遇这种情况要及时报警取证。"

"及时报警？这不等于废话吗？一个人在遭受家暴时，对方会允许你在他眼皮下报警吗？连命都难保谈何报警？对受害者来说完全不具备实际操作意义。"

"是啊，我也是这段时间住院跟病友交流，才了解到家暴并非我这样的个例。给你讲一个真实的故事吧。半年前，这家医院就有一个新婚一年的女子被丈夫活活打死，死时年仅23岁。可怜她的母亲几次哭得昏死过去，说女儿生前多次被打得遍体鳞伤，对方打完还威胁她不许报警、不许告诉家人及同事、不许离婚。"

秋燕又气又恨地说："怕威胁就不敢报警吗？"

"这世上哪有不疼爱自己孩子的父母。据女孩的母亲讲，在女儿遭受家暴长达一整年的时间中，他们也曾多次报警，无奈警方每次给出的答复都是：你姑爷连个固定住所都没有，没有办法处理。这无异于是对行凶者的纵容，悲剧也就在所难免。"

想想罗玉这次简直就是捡回一条命，秋燕心中不由得一阵后怕。

"哦，我还以为报警就可以解决问题。那个打死妻子的坏男人最终怎样了？人都被打死了，这下证据应该充分了，凶手总应该遭受应有的惩罚吧？"

"别提判决结果了,一提就让人生气。杀人偿命,自古以来就是天经地义的事情。但这个将妻子虐待致死的魔鬼最终只以虐待罪判处有期徒刑6年半。女孩的父母不服一审判决,上诉,可是二审亦维持原判。法院解释虐待罪的最高刑期为7年。

"秋燕,你不觉得法律很可笑吗?将自己的亲人虐待千万次致死,这罪过明显比那些一刀致人死亡的杀人犯更残忍,更令人不齿,但法律对二者的惩处相差如此之大。如果不能给予行凶者应有的惩罚,如何惩一儆百?"

"那女孩的父母能接受这样的判决吗?"

"不接受又能怎么办?当时他们老夫妻放弃任何经济赔偿,只求以命偿命,让女儿瞑目。但是这个判决结果无论如何也不足以告慰死者,安慰生者。女孩的父亲接连遭受打击,茶饭不思,抑郁成疾,上个月抱憾而终。临死说自己要到另一个世界去保护女儿,不让她再受到任何伤害。"

"难道就没有什么好的办法对付家暴吗?"

罗玉无奈地说:"这段时间我也钻研了一下关于家暴的现行法律法规。对付家庭暴力,受害人或当事人可向当地公安局110报警求助;也可就近向各派出所、社区警务室或社区妇女儿童维权站求助,但前提条件需要当事人有行动的能力。

"可是从我自己的亲身经历以及我了解到的其他情况来看,这些条款和政府配置对家暴并没有起到有效的遏制和惩罚作用。一个主要原因是社会对家庭暴力的宽容度高。家庭暴力向来被视为家庭私事,外人不便掺和。这在一定程度上导致很多家庭暴力是邻居不劝,居委会不问,司法机关不管。第二个原因是法律法规的可操作性不强。我国《婚姻法》《妇女权益保障法》《未成年人保护法》《老年人权益保障法》等都有关于禁止家庭暴力的规定,但缺乏可操作性。比如我国没有规定警方在24小时内必须要回警的制度,对于家庭成员间的冲突,警察很难预测其发展,对警察前脚离开、后脚续打的问题也难以控制。

"《刑法》中的相关规定弹性也很大,出现致死、致残的情况可以进行公诉,如果只是轻伤则需由受害者自诉。这样一来,即使被打得鼻青脸肿,如不构成伤害罪,对施暴者也无法处罚。

"此外,起诉程序也很复杂。尤其是证据的收集,有些证据收集根本无法做,就像我现在也无法提供明桦家暴的证据一样。我国法律对施暴者的惩处也是很轻微的，就拿死去的这位女子来说吧，她被丈夫活活打死，法律对施暴者的惩罚仅仅是获刑6年半。"

罗玉说得头头是道，看来是下了一番功夫。只是，不知道实际生活中能不能幸运地解决她目前的困境。

秋燕安慰她不要那么悲观，时代在进步，未来会比今天更加文明，法律也会更加健全。

"未来一定会比今天文明，"罗玉伤感地说，"但是历史却需要一批仁人志士去推动和改写。秋燕，这些天我一直在想，家暴问题连国家法律都不能顾全，凭我一己之力，我能做些什么呢？思来想去，我决定写一部以此为题材的长篇小说，希冀通过文学的力量唤醒人们对家庭暴力的关注。"

"小玉，这就是你让我佩服的地方。无论身处如何艰难的困境，你都能积极向上，不放弃。我相信你的理想一定可以实现，我等着你的作品问世！"

罗玉笑着说："秋燕，谢谢你的支持和鼓励，你总能让我感觉精神上富有。等李俊豪批准我出院了，我会积极地面对该发生的事情，也争取早日与明樨离婚。"

* * *

经过半个多月的调养，罗玉的身体已基本康复，她常常踱到窗边，看着窗前的那棵槐树发呆。这棵树，让她想起老家屋后的那棵树，在那枝繁叶茂的季节，有个少年，曾在树下与她和妹妹吟诗作对，唱歌谈笑。"同沐花海里，折花门前剧。"而今那个少年已成长为一个成熟睿智的男人。

她的耳边回荡着李俊豪的声音："小玉，我不想再次失去你，如果爱你是一种罪过，让我一个人承受所有的罪过，哪怕是下地狱，我也愿意去冒险，也请你不要再拒绝我。"

"我们之间还会有明天吗？"这是她害怕去面对和思考的问题。毕竟爱她的男人也是另一个女人的丈夫，是另一个家庭的脊梁，她怎么能够让自己的爱摧毁另一个女人的婚姻大厦？

就在她感到困惑和迷茫的时候，李俊豪一脸忧虑，心事重重地走了进来。

她关心地问他："有什么不好的事情发生吗？是不是你太太有事？对了，一定是你太太，你都好多天没有回李囡了，我太自私了，早应该提醒你回去的。"

他从后面圈住她的腰，安慰道："小玉，不要想那么多，多想想你自己，怎样把身体养好，让我不再为你担心。我心情不好是因为今天医院转来的一个病人，一个小女孩。送来的时候，浑身是伤，口鼻流血。看见那个可怜的孩子，我老是想起你当时的情形，心疼，心碎。"

"哦，"罗玉松了一口气，"干吗那么傻，我这不是好好的吗？那个孩子怎样了？现在在哪里？"

"暂时没有大碍了，现在护士正在帮她缝合伤口。我来是跟你商量，现在医院的床位紧张，想让那个孩子跟你同住一个病房，送她来的奶奶回家拿衣物去了，你如果同意，我就去办手续。"

"当然行啦，李医生，我正好缺少一个伴，你让那孩子住进来吧。我本来还想问你什么时候让我出院呢？我都已经康复了，应该早点腾出位置，给更需要的人。"

"床位再紧张，也不缺你那一张。你现在身体还很虚弱，需要调养。杨泽已经帮你请假了，那就安心养病。作为医生，我要对我的病人百分百的负责，要保证你完完全全的康复。"

"你敢肯定你没有私心？"

"只有一颗红心和爱心。"他当然不能告诉她是担心她的安全，才让她在医院多待两天。

罗玉挣脱那双环抱自己的手，红着脸催促他："快去把那孩子带过来吧，别抱着我，要是被你的同事瞧见，你怎么解释？"

待李俊豪离开后，她按住那颗狂跳不已的心。这个人是那么危险，自己见到他依然是那样慌乱不淡定，她叹口气："哎，老天爷，我该怎么办？怎么办？"

还未完全平静下来，李俊豪就推着那个孩子回来了。第一眼见到那个孩子，罗玉的心就被深深地震撼了。瘦小、孱弱，一双清亮而胆怯的眼睛镶嵌在一张没有血色的脸上，眉眼却很秀气，惹人怜爱。

看到罗玉，小女孩显得十分紧张。如果不是李俊豪事先告诉她，罗玉怎么都不相信这个叫甄默的小女孩已经九岁了。她那张小小的脸看起来明显营养不良，比同龄人瘦小的身材使她看起来怎么都不会超过七岁。

罗玉对她温和地笑笑，主动介绍自己是老师，小甄默稍稍放松了点戒备，对罗玉露出一丝怯怯的笑容。

罗玉将靠窗的床让给甄默，帮她整理好床铺，那孩子小声对她说了一句："谢谢姐姐。"

"你可以叫我小玉姐姐，欢迎你到来，这样我就不会寂寞啦，以后你有什么开心和不开心的事情都可以和姐姐分享，好吗，默默？"罗玉让自己的声音尽可能柔和，以免惊吓到她，这个孩子看起来太容易受惊和需要人保护。

一个星期的相处，这一大一小就混熟了。罗玉给甄默讲故事，给她唱儿歌，就像对小时候的妹妹一样。甄默对她不再躲避和害怕，没事就和她挤在一张床上，亲昵地叫她"小玉姐姐"。

罗玉从与默默的交谈和其奶奶的诉说中大概了解到了这个孩子的一些情况：默默一岁大时，亲生父母离婚。此后，默默主要由奶奶抚养，虽然和奶奶一直过着清贫的生活，但那是默默最幸福的时光。

默默七岁时，继母带着一个男孩和父亲组合了新家庭，也就把她从奶奶家接走了。平时，爸爸在外打工，她多数时间跟继母和同父异母的弟弟生活。继母经常打骂她，让她做所有的家务活，稍不满意，就不给饭吃。

默默来的第一天，罗玉就注意到她的脸上、脖颈上到处都有伤痕、淤青，触目惊心。如果说明樨对她的暴力来自一桩错误的婚姻，这悲剧也有她自己的责任和疏忽，那么小甄默则完全是无辜的，她本是个乖巧懂事、与世无争、天真无邪的孩子。

因为医院床位和吃饭都需钱，奶奶每天来医院看默默一次，顺便把一天的饭菜带过来。奶奶来了两日后，罗玉跟奶奶商量，让默默跟她一起吃饭，正好也可以帮忙照顾默默，不用奶奶这么一大把年纪了还天天跑来跑去。

奶奶感激地说："罗老师，你真是个大好人，默默能遇到你，是前世修来的福分，我替孩子谢谢你。"

同是病人，默默的出现让罗玉庆幸自己还是很幸福的，至少每天都有人来关心她。相比之下，小默默的境遇凄凉多了，好在默默对生活没有什么要求。

第一天默默和罗玉一起吃饭，她看着罗玉，却不动筷子。罗玉叫她一起吃，她怯怯地回答："姐姐吃不完的我再吃。"

"为什么要等姐姐吃了你才吃?两人一起吃更开心啊!"

"平时家里吃饭,新妈妈都不允许我吃,只有妈妈和弟弟吃剩的,我才可以吃。"

罗玉心头一酸,眼睛泛红,她轻轻地揽过默默的肩,柔声说道:"默默,姐姐喜欢和你一起吃饭。你吃得越多,姐姐就越开心。明白吗?"

那孩子低着头,揉搓着衣角,半天才低低地吐出一句:"小玉姐姐,你是我见过的最好的人。"

* * *

一天之内,罗玉先后被奶奶和默默称作最好的人,心情美美哒。当李俊豪再次给她送饭时,她调皮地学默默的口吻赞扬他:"李医生,承蒙你多次照顾,这次还救了我的命,你真是这世上难得的好人。"

李俊豪被她这突兀的表扬弄得丈二和尚摸不着头脑,问:"怎么突然给我戴那么大一顶帽子?该不会是提醒我要做得更好吧?"

罗玉笑着回答:"默默说我是世上最好的人,追本溯源,我其实是将你和肖燕带给我的饭菜和她分享而已,所以也发张好人卡给你。"

"默默说你是最好的人没错啊,但你封我做好人就错了。我对你好,不是因为我是好人,而是因为你是我最爱的人。爱人跟好人哪能画等号?所以我做不到对我的每一个病人都像对你一样!现在还让你占着病床养身体,从这点上说,我该算作坏人。你呢,乖乖把我做的饭吃完,不辜负我的心血,算是对我也做了一回好人。"

说完他去检查下默默的伤情,罗玉守在他旁边,帮他给孩子的外伤涂上药膏。默默最让李俊豪担心的是那些外伤导致的部分内脏器官的出血。如果不能好好调养造成器官衰竭,将是致命的。

每次帮李俊豪护理默默,看着她细嫩的身体上几乎没有一块完整的好肉,罗玉就心疼得流泪。她无法想象是怎样恶毒的女人才会对一个九岁的孩子痛下毒手,更不能理解她的亲生父母怎么可以漠视孩子所遭受的虐待和痛苦。

她告诉俊豪,如果法律允许,她想领养甄默,她喜欢这个孩子,单纯又知足。更让罗玉感动的是这个孩子在承受了如此多的不公之后,依然懂得感恩。她曾经告诉罗玉她要像小玉姐姐那样善良,长大了好好照顾奶奶!

李俊豪十分支持她的决定，只是叫她先不要着急，等她把自己的事情解决了，再考虑领养默默。否则她连自己都保护不了，拿什么去保护别人？李俊豪的话提醒了她一个事实，也坚定了她跟明桦离婚的决心。

　　平静的时光总是过得很快，一个月就这样过去了。这期间，罗玉早已痊愈，全是因为李俊豪的坚持和她对默默的担忧，才又多住了十来天。今天她就要出院了，默默也将在今天出院。本来医院建议默默多治疗一段时间，但是她的家人多次催促，而奶奶也实在支付不了后续的治疗费用，所以她的家人以"回家过年"为借口要求接默默出院。

　　李俊豪告诉罗玉，如果在国外，默默的情况是可以免费救助的，但国内的医院不是慈善机构，不得不考虑自身的生存和发展，因此也只好放弃。

　　看罗玉又忍不住要哭，俊豪轻轻拍拍她的肩说，"小玉，放心吧。只要好好静养，不再遭受大的伤害，默默的病就没有大碍了。"

　　要与罗玉分别，最近这几天默默都很沉默。奶奶收拾好东西，催促默默走时，默默送给罗玉一张卡片。那张卡片是用罗玉送她的饼干吃完后的盒子做成的。盒子被默默巧妙地剪切后，贴了几朵花，上面还有她手绘的图案。她问罗玉："小玉姐姐，我以后还会看见你吗？"

　　罗玉当即郑重承诺："姐姐一定会去看你的，我把你的地址都写在卡片上了。等姐姐把自己的麻烦事处理好了，就去找你，你一定要等着姐姐，到时我带你去我家里玩。"

　　默默马上开心地说："我一定乖乖地等着姐姐，你要早点来看我。"

　　罗玉伸出手，与她击掌："一言为定。"

　　罗玉也一再叮嘱奶奶，如果默默再次遭到迫害，一定要通知她，并问奶奶能否让默默不要再和继母生活在一起。

　　奶奶为了让罗玉放心，说："罗老师，我回去一定跟我儿子商量，让默默跟我住，你不要太担心。她大伯也会出面说情。"

　　罗玉与甄默就这样分别了。带着对这个孩子强烈的牵挂和不舍，下午她也出院了。肖燕和李俊豪一起送她，这次她没有回家，对她来说那个地方已经没有了家的概念，她也拒绝去肖燕的家，她不希望最好的朋友每天因为自己被搅得硝烟四起。所以她将学校分给自己的那套两室一厅的宿舍简单收拾了下，作为自己的临时住所。

送他们离开的时候，罗玉几番犹豫，还是吞吞吐吐地对俊豪说："俊豪，我会好好保重自己，这段时间谢谢你的照顾。你也及早回归家庭吧，尽量少来这里，人言可畏。对于我的打扰，希望没有给你的家庭造成伤害。"

罗玉说的道理俊豪又何尝不懂？只是经历了这么多事，哪能那么容易说放下就可以放下？他对她的牵挂和担忧，又岂是"放下"两字可以担负得起的？

他叹口气说道："小玉，别想那么多，我们之间的曲折相信肖燕也是理解的，我承认对太太我心中有愧，对你情难自禁，对我自己悔不当初，但目前来说，你需要我的支持，我无法也不能离开你。"

"你已经给我支持了，至少在心灵上，我答应你一定会坚强，但你必须答应我回归家庭。"

见对方没有表态，罗玉只得换种方式："你经常出现，会增添我的麻烦，让我在离婚时候被人抓住把柄，所以于公于私，你都要远离我。"

肖燕也走过来做李俊豪的工作："小玉说的没错，你别担心，我会经常过来照顾小玉，别以为这世上只有你一个人关心她，小玉是我们大家的，不是你一个人的。"

肖燕的话缓减了沉重的气氛，李俊豪同意尽量少造访，但前提是罗玉不能再出意外，否则他保不准自己会做出什么出格的事情来。

肖燕拍拍李俊豪的肩膀，说："李医生，虽说你长得比我高大，医术比我高明，但我好歹是武术专业出身，像我这样的身手，打七八个像你这样的混混都没有问题，你保护小玉，论资排辈还得排在我后面。收起你那些不切实际的担心吧，你别再出现添乱就好。"

李俊豪笑称："肖燕，我可是把你今天的话当作一份承诺。如果小玉有什么事情，我唯你是问！"

"你唯我是问？今天你先打败了我再问。"

说完肖燕就摆好了架势，李俊豪边跑边说："我才不跟你比武，自古好男不跟女斗，好汉不吃眼前亏，你以为我傻啊？"

第二十一章　分飞，从此萧郎是路人

> 对我来说，只有爱可以威胁我，可以折服我，这是我当初嫁给你的原因，也是我今天离开你的原因。

2004年农历正月十六，终于熬到了春节的尾声。而今天也是她和明樾对簿公堂的日子。再次遭到明樾严词拒绝协议离婚后，罗玉向法院递交了离婚起诉。

罗玉的心情有那么一丝轻松，或许这就是黎明前的黑暗，只希望今天在法院一切顺利，让所有的错误和恩怨都随着这段婚姻的结束而告一段落。

下了车，她吃惊地发现明樾站在法院门口，分居以来，她和明樾主要是电话交流，见面还是第一次，罗玉看见他有点别扭。明樾却大大方方迎着她走过来，亲热地喊道："小玉，好久不见，过得还好吗？还在生我的气吗？我可是天天都在想念你呢。"

罗玉诧异地看了他一眼，不明白他葫芦里卖的什么药。最后一次罗玉找他谈判的时候，他可完全是另一副嘴脸："太太，离婚的事情就不要再提了，我有一个年轻貌美又会勾引男人的好妻子，你说我怎么舍得离婚呢？我今天就向你表明心迹：我爱你，至死不渝，奉劝你嫁鸡随鸡，嫁狗随狗，趁早死了抛弃我与情人双宿双飞的幻想。"

罗玉没理睬他，径直走进去，明樨步步紧跟。她坐下，他也挨着她坐下。当着法官的面，明樨还殷勤地给她倒水。她嗓子不舒服，咳了一声，明樨便紧张地帮她捶背，叮嘱她多穿衣服，爱惜身体，极尽体贴和温柔。

　　正当罗玉想指责他不用演戏了，明樨却对法官沉痛地陈述："刘法官，我和我太太之间有很深厚的感情基础，我很爱我的太太，我知道我犯了一些错误，让她非常伤心和失望。我想对她说，我是因为父亲出事一时糊涂，才会如此。只要太太这次原谅了我，我一定会痛改前非，好好珍惜我们的婚姻，也会更加努力，弥补对太太造成的伤害。俗话说：宁拆十座庙，不毁一门亲。我相信法官大人的心也是宽宏大量的，请求你们给我机会，劝劝我太太，不要跟我离婚。"

　　这就是明樨今天的用意了，难怪他今天一反常态，原来是早有预谋。罗玉气得发抖，却又拿他无可奈何。她见过许多翻脸后的夫妻在公众场合大打出手或恶语相向，痛恨自己不具备那种超能力。如果李俊豪没有治好她的伤就好了，她可以现场提供证据证明这个伪君子对她曾经是多么"疼爱"！但是她什么都做不了，眼睁睁看着明樨的阴谋得逞无计可施。而对于她之后提出的对词，法官只当作是一个妻子一时的气话。

　　那天明樨通过自己的精彩表演，成功赢得了法官的同情。法官当场判决，驳回离婚诉讼，维持婚姻现状。

　　从法院出来，明樨故作亲密，将手搭在她的肩膀上，她厌恶地甩开，对方再次将手搭过来，并轻声地警告她："太太，你休想轻易摆脱我，我要让你明白背叛我的下场，我不会让你那么好过的。如果你不想今天在大庭广众之下我对你动手，我劝你还是老实点，配合我演好戏。"

　　罗玉气愤地回复他："明樨，这两年来你折磨我，打骂我，但你的行为起码还算个光明磊落的君子。今天有幸见识了你更为丑陋的嘴脸，没想到你还是演戏的高手，我真想为你喝彩和鼓掌。你不是想打我吗？你打啊，有本事就表现真实的你，反正离法院近，正好向法官证明你是如何'疼爱'我的，我连证据都不用收集了。告诉你，以前我忍让你，是对你和那个家还念着情分，希望好聚好散。感谢你成功毁掉我对你最后的一丝好感，经过了生死的挣扎，经过了与你的这般较量，我总算明白离开你是最正确的选择，说起来还得感谢你让我成长成熟。"

说完她狠狠地咬了一口搭在自己肩上的手,趁着对方龇牙咧嘴的机会迅速离开了。

*　*　*

晚上,罗玉坐在阳台的藤椅上苦苦思索。月光像一件凉凉的薄薄的轻衫笼罩着她。这样的夜像杜牧笔下的《秋夕》:银烛秋光冷画屏,轻罗小扇扑流萤。天阶夜色凉如水,坐看牵女织女星。她自是没有闲情看星星,白天与明榭见面的点点滴滴在夜晚尤其清晰。四年的时间,她和明榭由一对恩爱夫妻变成了一对怨偶和仇人,她经历了其中的来龙去脉,却依然想不通其中的原因,或许对当事人来说根本就没什么道理和原因可言,就像一阵风刮过,找不到可寻的踪迹。

李俊豪在罗玉楼下踱来踱去。这段时间他一直提醒自己冷静,不要让她落人话柄。他压抑着自己的情感,克制着自己的思念,等着她主动打电话给他。但是一天天过去了,别说电话,她连个短信也没有。肖燕告诉过他今天是小玉去法院的日子,无论结果怎样,她都应该给自己打个电话吧,所以他耐心地等着,等着。

等到华灯初上,夜幕降临,直至夜深人静,他终于明白,她不会打电话给他的,她那么矜持和内敛,怎么会主动打电话给他?没办法,对她的担心超过了理智,他拿出手机,拨通了那个早已烂熟于心的号码。

电话立即被接通,他的心紧张地咚咚跳了几下。

"俊豪,这么晚了,还没休息?"

"你不也没有休息吗?"

"嗯,睡不着。"

"今天去法院顺利吗?"

"不顺利。"

"我料想你也不顺利。小玉,有一样东西,我一直犹豫要不要给你,现在决定把它交给你,希望对你离婚有帮助。"

"什么东西?"

"见面告诉你吧。"

"哦,你在哪?"

"你开门就看见我了。"

她打开门，一个高大修长的身影闪进屋，她吃惊地问："你什么时候来的？"

"来了一下午了，一直在等你的电话。你不是说有事一定会告诉我们吗？说话不算数，让人怎么相信你？"

"哦，有事肯定会电话，这不没事吗？"

"真没事？"

"真的没事。"

李俊豪摇摇头，拿她没有办法。他拿出一个光盘没好气地说："只怕真有事的时候，一切都来不及了。你所谓的有事，就是昏迷不醒、气若游丝地出现在我面前，把人吓得半死。"

"这是什么东西？"

"别管是什么，你先告诉我法官怎么判决？"

"法官相信明樨的话，认为我们还有感情，作了维持婚姻的判决，我想一时半会儿这婚是离不了的。我必须做打持久战的准备。"

"昏庸的判官！你能与一个无赖打持久战？如果不是我和肖燕多次救你，估计你连仗都不用打，就直接送命了。打持久战对你是行不通的，必须速战速决。"

"我也想速战速决，但哪有那么容易的事情啊，我们都太轻视明樨了。"

"你把这个光盘交给法官，以家庭暴力起诉离婚就可以了。"

罗玉不解，俊豪解释道："那天和肖燕从医院送你回家的时候，就偷偷在你家客厅吊灯上安装了一个监控探头。本来我也不想这么做，但是你多次受伤，每次都那么严重，让人提心吊胆。我怕万一你有意外，连个证据都没有。我本不想将光盘交给你，怕你看了那些画面难受，但是我更担心你不离婚后患无穷，甚至性命不保。所以今天还是把光盘带过来给你。"

看到罗玉目瞪口呆，俊豪走到她面前，心疼地将她拥进怀里，嘶哑着声音说："小玉，我不能失去你，不能容忍任何人伤害你。有时候我也很苦闷，不知道我要怎么做才可以让你远离伤害。你刚结婚的两年，我一直不敢联系你，就是怕打扰你的生活，但是你完全没有保护自己的能力，我真的怕你再有任何意外，为了你的安全，不得不出此下策，希望你理解我的用意。"

罗玉一句话也说不出来，扑进他的怀里抽泣。她的泪激起他内心太多的心酸和遗憾。他捧起那张细致的脸，颤抖着将唇盖在那双薄薄的唇上，那么仔细和轻柔，生怕弄疼了她。

时间在他们周围凝滞，星月悄悄地隐退。有那么一刻，理智和道德飞走了，顾虑和责任也被抛弃了，在他们的眼中只有彼此的存在和呼吸。

* * *

好半天，她才从他怀里挣脱出来，慌乱地说："对不起，俊豪，我们不可以这样，我们不要把事情弄得更加复杂。时间不早了，你还是赶快走吧，如果给人看见就说不清了。"

她的顾虑和担心刺痛了他，如果时间可以重来，他无论如何也不会让她嫁给别人。年轻的时候有多少美好没有用心珍惜？有多少真情没有勇敢表白？总以为还有明天，没想到一转身就隔了千山万水。

他看了看表，无奈地说："好吧，我马上就走。你也不要担心，现在已经深夜一点了，没有人如此无聊，不睡觉，专门等着监视我们。"

"嗯，我送你下去吧，大门应该关了，看看怎么出去。"

从她的宿舍到大门要穿过一个大操场，夜色笼罩下的跑道显得特别悠长，路灯将她和李俊豪的影子拉得长长的。

俊豪说："小玉，你看今天晚上像不像在渝北师专的那个夜晚？我真后悔国庆节那晚没有勇敢一点。"

她的心一动，不由得也发出感叹："其实那晚我对你也是动心的，我一直在期待你的表白，我为什么总是等你主动呢？爱情是两个人的，如果我们都果断一点，如果我们都向彼此表明心迹，人生也许就不一样了。俊豪，造化弄人，我们之间可能就差那么一点点缘分。"

她抬起头看了一眼前面，笑着说："我们还是别再缅怀过去了，赶紧思考下怎么走出学校大门吧。要不要我叫醒值班的大叔？"

李俊豪看一眼紧锁的大门，对她说："这么晚了，不要打扰别人休息，我还是翻过去吧。"

罗玉望着两米多高的铁门，上面还全是尖尖的钢筋头，不放心地问他："翻得过去吗？摔下来怎么办？"

"怎么，不相信我？要不我带你一起翻过去，挑战下你的潜力。你平时就是太保守了，其实很多事情你是可以做到的，但你没有尝试。今天我带你冒次险，让你变得勇敢点。"

说完，他矫健地爬到大门顶部，回头将手伸向她，她试了几次，怎么也攀不上去。

"算了，"她泄气地说，"我都说了，我爬不上去的。"

李俊豪立刻跳下来，蹲下，伸出手臂握着铁门，一双胳臂为她搭起两道人梯，然后示意她从他手上踩上去。见她犹豫，他鼓励道："玉儿，踩上去，相信我，你一定可以的。"

罗玉扶着铁门踩在他的手上，俊豪慢慢起身，她就顺势慢慢往上爬。最后，她攒足气力，翻过了那道铁门。

李俊豪随即也翻过去，说："我是不是没有骗你？很多事情你都能行的。"

然后，他再次用手做成肉梯，帮她再翻回院里。隔着铁门，罗玉微笑着说："这样翻来覆去地捣鼓，还不如先前就不出去。"

"这不一样，小玉，我的目的是想让你尝试下以前没有做过的事情。遇到苦难，记得你可以踩着我的臂膀翻过生活的坎，我能够为你撑起一片蓝天。"

看着越来越深的夜，罗玉强忍着不去看他的表情，催促他赶紧走。

俊豪让她先走，她坚持等他离开后才回。两人为此僵持了好一会儿，李俊豪见拗不过她，只好让步："好吧，我先走，你早点回家休息。"

看着那个背影拐进另一条路，罗玉才恋恋不舍地转过身。突然，她看见黑暗中有双恐怖的眼睛，正死死地盯着她。她吓得惊叫了一声，还未来得及动弹，那个鬼魅的身影闪到她面前，一股浓烈的酒气喷到她脸上，仿似有个声音从地狱传来："这么巧，我刚喝完酒回来就撞见你偷情。你们看起来用情很深啊！为什么不直接留他过夜？这样就不用上演一幕难分难舍的戏码。我真后悔没有早一点赶到，错过了更精彩的一幕。"

明樨一把抓住她的头发，凶狠地撞向那道冰冷的铁门，边撞边骂："明天，让那个痴爱你的人来这里为你收尸，让他为今晚的所作所为后悔，让他看看他爱你的地方多么血腥！是他要了你的命，我要让他跪在这里忏悔！跪在这里绝望！跪在这里断肠！"

她本能地反抗，寂静的黑暗中，撞击声划破夜空，那么刺耳。门卫大爷不知何时走了过来，拿着一根木棍冲出来挡在他们中间，厉声斥责明樨。可是酒精早已吞噬了明樨的理智，明樨夺过木棍，朝罗玉头上砸过来。

一个熟悉的身影挡在她前面，那根木根就结结实实地打在挡她的人身上。罗玉倒吸了一口凉气，随即看见李俊豪朝明樨扑过去，两人抱成一团，滚在地上。她试图分开两人，混乱中却被明樨挥过来的拳头再次击中。

"小玉，走开。"李俊豪朝她大喊，一分神却被明樨压在身下，被打得嘴角流血。天啦，她从来没有面对过如此混乱的局面，只觉得手足无措天旋地转。

门卫大爷提醒罗玉赶快报警，她这才哆哆嗦嗦地拨通了110，然后又哆哆嗦嗦地拨通了肖燕的电话。肖燕比110到得还快，只几个回合，肖燕就与李俊豪一起把明樨控制住。然后警察到了，将他们四人全部带到了警察局。

录口供时，罗玉的头依然昏昏沉沉，隐约听见明樨陈述：他不幸撞见了老婆的奸情，所以教训下这对奸夫淫妇。他的语气尖酸刻薄，让她觉得刺耳和反胃。

李俊豪倒是一脸镇定，思路清晰地回答警察，自己和肖燕是罗玉的好友，晚间三人一同进餐，然后罗玉送他俩到大门口，在门口撞见喝醉酒回家的"疯子"将拳头挥向太太，他和肖燕路见不平，教训了这个打老婆的孬种。

李俊豪说完，明樨很激动，咆哮着想要动手，被警察制止住。肖燕马上心领神会地与李俊豪唱起双簧，斩钉切铁证明了所谓的"事实"。警察看有个醉鬼，也想赶紧了事，将他们四个批评了一通，便草草结束了这场闹剧。

从警察局出来，罗玉去肖燕家休息了一天。杨泽替她向学校请了几天的病假。她向法院以"虐待罪"起诉离婚，同时提供了李俊豪给她的光盘。

显然李俊豪给她的光盘起了决定性作用，为家暴提供了有力的证据。半个月后，罗玉的离婚判决书下来了。拿着那张薄薄的纸，她觉得很讽刺，无论曾经经历过多少美丽的邂逅和恩爱，也无论之间发生了多少惨烈的痛苦和打斗，只需要一张纸，便将过往的一切否定得干干净净，彻彻底底。

*　　*　　*

渔火重生餐厅，李俊豪约了几位好友一起吃午餐，庆祝罗玉重获自由，也向大家宣布她恢复单身。她是他们这群人中第一个结婚的，也是她们这群人里第一个离婚的，先后开了两次先河。虽然离婚对罗玉来说是一种解脱，但说到底离婚这种事对任何人都是一场灾难，没有谁可以从一场婚姻里全身而退，尤其是在廊川这样一个保守的小城。

那顿饭，罗玉吃得很沉默，桌上她最爱吃的菜，她连正眼都没有瞧一下。长长的睫毛惯性地低垂着，深锁着一对眸子里的忧愁。因为主角的缘故，出席的朋友都不便太过张扬，连最擅长调节气氛的罗文和杨泽，也不再表演双簧，桌上的气氛有些凝重。

杨泽的电话突然响起，把大家都吓了一跳。接完电话，杨泽一脸歉意地说他父母刚从老家过来，在他学校的宿舍门外等，要他回去开门。

杨泽起身跟大家告别，秋燕拉住他的衣服，忍不住叮嘱："老大，我们都与小玉离得太远，联系不便。现在她住在学校，跟你楼上楼下，又跟你搭档，照顾小玉的任务就靠你了。"一席话说得大家都充满了伤感。

杨泽拍着胸脯向大伙承诺："你们放心吧，小玉就像我的亲妹妹，我一定不辱使命，担任起护花使者的光荣任务，不准任何人再欺负她……"

饭后，肖燕主动提出陪罗玉回宿舍，顺便蹭顿晚饭。李俊豪郑重地对肖燕说："肖燕，你的大恩大德，我都记在心里，他日一定感恩图报。"

肖燕给了他一拳，说："别自作多情了，我跟小玉是最好的朋友，我做这一切完全是因为她，跟你没半毛钱的关系。"

"无论如何，谢谢你！"李俊豪说完这句话后，才牵肠挂肚地离去。

肖燕对罗玉说："看不出来，李俊豪这书呆子，对你还真是一往情深呢。"

两个人顺路又去到菜市场逛了一圈，买了两把菜，才慢慢地朝着学校方向走去。远远地就看到教工宿舍区有大团黑烟升腾。罗玉的心往下一沉，直觉这事情跟她有关。

果不其然，两人慌慌张张跑到楼下的时候，明樨正被警察铐上手铐，随后被押进警车，呼啸而去。

火势已被控制，罗玉失魂落魄般赶回宿舍。木门已经被严重毁坏，东一块西一块，散落一地。屋内更是狼藉一片：桌子、板凳、茶几等被砸得残肢断脚；大火中侥幸存留下来的纸屑、布片、书页散落一地。窗台上、墙壁上、地板上到处是残留的水迹，墙壁也被熏得黄一块黑一块。一阵烟雾飘过来，呛得罗玉一阵猛烈的咳嗽。

杨泽走进了拈轻避重地安慰她："妹，都过去了，你不要担心。明樑那个恶棍，早该受到惩罚，明天我和肖燕陪你去警察局，把他的恶劣行为描述得深刻些，让警察好好教训他一番。你别看他平时飞扬跋扈，在警察面前，他就是个怂货，跟平时欺负你的神色判若两人。我觉得你对他太忍让和心慈，他才越来越变本加厉，这次你一定不能再便宜他了。"

罗玉沉默不语，她木木地看着那些破损的衣柜、鞋柜和书柜，里面空空如也，一件衣服也没有留下，一本书籍也没有残存。她想哭，却流不出眼泪。隔会儿，眼泪突然簌簌地流出来，她拼命流泪，又拼命忍着不让泪流出来。肖燕走上来抱住她，不知道对她说什么，或许说什么都是多余的。

* * *

第二天，罗玉婉拒了肖燕和杨泽的陪伴，独自去派出所录口供。到了那里，她向警察提出先探望明樑。

看到她，明樑没好气地问："你来做什么？来看笑话还是落井下石？"

罗玉没理会他的嘲弄，迎着他冷峻无情的脸，一字一顿地问："为什么？为什么要这么做？我已经对你一忍再忍，为什么你还是不肯罢手？你就那么恨我吗？"

明樑毫不犹豫地回答她："对，我恨你，我永远都不会原谅你，不会饶恕你的背叛和偷情。"

"我什么时候背叛你了？什么时候偷情了？是在你对我拳脚相加的时候？还是在我劫后余生的时候？那时候你还把我当妻子吗？你对我还有余情吗？既然你对我已经没有了爱和感情，你也没有把我当作妻子，我又何曾背叛了你的感情？你记不记得你在我父亲坟前的诺言？你说你会一辈子疼爱我，像爸爸一样一生不会打骂我，让我做最幸福的女人！这些诺言你做到了吗？既然你没有做到，背叛承诺在先，你又凭什么要求我在感情上对你忠贞不渝？"

罗玉瞪着明楫，这一次，他终于不再咆哮。罗玉接着说："我承认在读书的时候李俊豪跟我很投缘，我们对彼此都有好感。但是在你动手伤害我之前，他从来没有介入我的生活，我们之间是清白磊落的。是你把我推向他的身边，让我一次又一次与他在医院重逢。如果没有你，他怎么能在医院日夜守候我？如果没有他，我又怎么能够逃过你的魔掌？

"或许你从来不相信我曾经很爱很爱我们的家，很珍惜很珍惜与你的婚姻，我也曾那么爱你和感激你。但是你耗尽了我的爱，磨光了我对你的感激，让我不得不离开你。很多次，我想对你解释，想与你沟通，但是你从来不给我机会。

"因为在你心里，你已经认定我是一个淫乱不堪的女人，一个十恶不赦的女人，一个水性杨花的女人，一个死有余辜的女人。你已经为我掘好了坑，挖好了洞，就等着我跳进去。就算我不跳进去，你也会把我拖进去的。对吗？

"其实我一直没有变，但是你看我的眼神变了，我也就不再是从前的我。

"你也别拿你父亲出事做幌子和借口，在父亲出事前，你就已经对我动手了，这也是我找不到理由宽恕和原谅你的地方。

"说到这，虽然你我之间已经没有了任何关系，我还是希望你好自为之，振作起来！毕竟你是一个男人，是一个家庭的脊梁，你有你的责任，有你必须履行的义务。如果你不改变你的心态，还一直拒绝面对现实，你将永远走不出你为自己筑下的心牢。

"最后，提醒你别再干一些小孩子才玩的把戏，你以为你烧掉我的房子就可以威胁我了吗？你明知道那不可以。我是什么样的女人，难道你还不清楚？对我来说，只有爱可以威胁我，可以折服我，这是我当初嫁给你的原因，也是我今天离开你的原因。"

说完，罗玉头也不回地离开。

从警察局出来，阳光那么耀眼，照得她的眼睛发疼，明天会不会让人的眼睛发疼呢？她不知道。只知道从今往后，她与那个共同生活了几年的人彻底地没有了任何关系。

本来在刚接到离婚判决书的时候,她的心里还有很多放不下的东西,还有很多忘不掉的回忆。说起来得感谢昨天的那场火,烧得如此干净彻底,把她这些年有关的生活物品全都付之一炬,也把他对她的爱恨情仇付之一炬,生活回到了原点,一切将从零开始。

罗玉离开后不久,警察将明樨叫了出来,告知他可以离开了。这让他大感意外,他原以为罗玉定会起诉他。警察见他不相信的神情,告诉他:"你的太太,应该是前妻吧,说那场火灾只是一场意外,是她外出时候忘记关火造成的,她的朋友不明情况才误报的警。既然那场火灾只是一场意外,所以她请求我们销了案,你自然也可以离开了。"

在他临走的时候,警察叫住了他,语重心长地补充了几句话:"年轻人,你的前妻是位很善良的女人,她应该很爱你,所以才会于心不忍。凭经验,我们知道她说的并非实情,但如果当事人都愿意选择宽恕,我们有什么理由不给你一个改过的机会?也奉劝你放下仇恨,正确地对待你身边的人和事情,不给自己的人生留下太多遗憾。"

警察的话让明樨前所未有的震动。罗玉对他于心不忍,他何曾对她手下留情?

他的眼前忽闪过她那张苍白消瘦的脸;忽闪过她那晚褪去衣衫,裸呈在他面前布满伤痕的肌肤;忽闪过第一次见到她时那花海里的娇俏模样。不知不觉,他眼角潮湿,那个美好的天使一样的女孩,那个曾被他唤作妻子的娇小的女人,终于彻彻底底地远离了他的生命和生活!是他逼走了她,这一次他是真的失去她了,也追不回她了。她手上的每一道淤青,她身上的每一处伤痕,都在揭示自己犯下的不可饶恕的过错。如今他能够做的,或许只有彻底地放手,才能让她解脱。

"玉儿,这些年,我唯一能胜过你的,仅仅是力气而已。"

第二十二章 复燃，祈祷命运的眷顾

> 怎样才能逃脱良心和道德的谴责，让自己爱的世界不沾染另一个女人潮湿的记忆？

自从宿舍被明榵洗劫后，罗玉这些天都借住在肖燕的宿舍。生活逐渐回归了平静，绷紧的神经也松懈下来。人就是这样，有事忙的时候，顾不上生病，一旦歇下来，就特容易被病毒侵袭。罗玉的感冒断断续续持续了好久，总也好不彻底。

肖燕昨天已赶去龙门老家喝朋友的喜酒了，她也计划这个星期六回趟阆平老家，却不想又发烧了，头昏目眩。上午强撑着起床吃了点东西后，她就去廊川Z医院看病，顺便给李俊豪去了电话，说中午请他吃饭。

廊川Z医院的病人永远那么多，好不容易挂上号，罗玉脚踩棉花般进了诊室。老中医只用了几分钟时间就开好了方子。接下来又是排队——排队缴费，排队取药，等到一切搞定，已经快12点了。这一通折腾，出了一身汗，感觉上倒是轻松了一些。

李俊豪来电话说还在住院部查房，她无所事事地在医院闲逛，没留意何时来到了那棵熟悉的槐树下。顺着树干向上看，她的目光凝滞了。那间熟悉的承载了太多回忆的211病房窗户敞开着，显然里面又住进了新的病人，没人知道这间病房发生过的故事，也没人了然这间病房对于她的意义。她在这间病房认识了明樨，在这间病房几次与死神擦肩而过，在这里与李俊豪重拾昨日的深情，她也在这间病房认识了乖巧懂事的小妹妹甄默。

默默?! 这一阵子自己焦头烂额，竟把小默默抛到脑后了。不知她现在怎样？有没有回到奶奶身边？正常上学了吗？那狠毒的继母有没有再为难她？她答应过那孩子一定会去看她的，如今……罗玉心里一阵自责和焦灼。

见到李俊豪，她第一句话就是："默默有没有来医院找过你？我这段时间忙着处理明樨的事情，几乎把这孩子忘记了，不知道她现在怎样了，她和奶奶有来过吗？"

李俊豪默然不语。罗玉见他没说话，自顾自补充："哦，当然了，我希望她没有来找过你。没来过医院，至少说明她没有受到新的伤害，对吧？"

李俊豪依然不说话，同时回避着她的目光。她转到他面前，小心地问："为什么不说话？你是不是有什么事情瞒着我？默默来找过你，是吗？"

"小玉，"李俊豪清了清喉咙，决心和盘托出。"默默来过了，但现在已经离开了。"

"你说什么？默默怎么了？她离开了？去哪儿了？"

"她去天堂了，离开我们了，你明白吗，小玉？原谅我没能救活她，而是眼睁睁地看着她在我面前死去。"

"死了？怎么可能？几个月前我还和她同床共枕，那么可爱的孩子，她还是个孩子呀！"

罗玉失声痛哭："默默死了，怎么会呢？一定是你骗我的，我不相信，不相信，她才九岁……"

李俊豪将她揽进怀里，沉痛地说："小玉，你要接受现实，默默确实已经离开了，我亲自参与了她的抢救，但是她的伤势太重，我们已经尽了全力。希望你理解，每个人都希望她活着，但是她确实已经离我们而去。"

"怎么不早告诉我？至少我可以陪陪她啊，我答应了她要去看她的，她也说过会等着我……"

"我也想过告诉你，但你当时正在跟明樨闹离婚。而且默默已经离开了，我告诉你也于事无补，徒增你的难过。所以我想等到适当的时候再告诉你。"

他不敢告诉她：那个孩子送到医院时，从头到脚没有一处完好的皮肤，淤青和烟头烫伤的疤痕随处可见，肠子被打断，抢救时腹腔里的血水多得连矿泉水瓶都无法盛下。死亡证明也是他亲自填写的：甄默死亡系外伤导致肠破裂感染所致。

哭累了，罗玉问他："奶奶呢，奶奶不是答应我会好好照顾默默吗？她没有守在默默身边吗？"

"奶奶也去世了，在默默离开的第三天，因为悲伤过度引发脑中风。临终前说，当初儿子离婚时，是她力主留下默默的，但她却未能保护好孙女。小玉，这也许就是天意，奶奶跟随默默去另一个世界，可以好好照顾她，让她不再受到伤害。"

罗玉再次泣不成声。

"默默的继母，那个蛇蝎心肠的歹毒女人，已被检察机关批准逮捕，相信法律会给予她应得的惩罚。"

俊豪本以为这句话可以安慰一下罗玉，没想到却让罗玉更加悲愤。

"法律会给予施暴者应有的惩罚？"她愤愤地说："那个将新婚妻子虐待致死的丈夫，不也只判处了六年徒刑吗？对于如此变态残暴的行径，法律给予的是公正的判决吗……"话没说完，她一阵剧烈的咳嗽。

李俊豪一边帮她拍背一边劝说："你别这么激动，默默若泉下有知，也不希望她敬爱的姐姐难过成这个样子。要不我明天陪你去默默的坟茔，让她知道你去看她了，也了却你的心愿。"

"你知道孩子的坟茔在哪里吗？"

"知道，默默下葬时很多人都去了，老师、同学、邻居，还有妇联的代表等，我是代你去的，我替你给她买了书包、书本、鞋袜等。天堂里没有恶毒的继母，相信小默默和奶奶在那里过着平静安宁的生活。"

心如刀割，罗玉的泪再次奔涌而出。可怜的孩子，生前就像她的名字一样默默无闻，无人关注，死后却牵动了如此多人的心。太晚了！

短短九年的生命，却遭受了长达两年的非人折磨，人间太过冷漠，孩子太无辜。

那个可以把人的精魄吸走的词又出现在罗玉脑海里：无能为力！

恶毒的继母是害死默默的罪魁祸首，那我们这些知情者和围观者呢？在一定程度上，我们的放任和纵容将默默向死亡的深渊推了一步。我们，难道不应该忏悔和反思吗？或许我们更应该行动！

到底应该怎么做？制度和法律不是一朝一夕就能健全的，学校和救助也不是召之即来的——单以发生在默默和自己身上的事来说，太迟了！

写书的想法又浮上罗玉心头，并且更加坚定。

* * *

在一片长满松树的小山坡上，默默小小的坟茔与奶奶的坟茔相连，早春时节，坟前添了些新绿。或许就像李俊豪所说，她心爱心疼的默默，正在天堂里与奶奶幸福地生活，没有继母，没有打骂。

罗玉在默默的坟前撒了些花种，希望春暖花开的时候，有盛开的鲜花陪伴这个可怜的孩子。

想起孩子与她分别时候说过的话："小玉姐姐，你一定要来看我哟，我会乖乖的，等你到来。"罗玉的泪就止不住流下来，她对着默默的坟茔喃喃自语："默默，我的小妹妹，姐姐来看你了，对不起，我来得太晚了，没能见到你最后一面。但姐姐向你保证，我不会让你白白死去。将来有一天，姐姐一定会为你写一本书，告诉世人，有一个可爱的你来过这世界。你的离开，是对我们所生活的这个世界的鞭挞和控诉。姐姐会通过这样一位可爱的你，唤醒人们沉睡的良知，让大家都来关注像你一样遭受家暴的孩子，姐姐也祝福你在另一个世界与奶奶快乐的生活。"

回来的路上，她对李俊豪说："俊豪，我应该感谢你和肖燕。如果没有你们俩，我可能比默默更早一步去了另一个世界，是你们给了我第二次生命。"

她叹道："但这世上有太多遭受家暴的人却没有我这样幸运，尤其是那些毫无反抗能力的孩子。俊豪，一想到这些我真的很难过。"

李俊豪也是一阵难受，小玉侥幸捡回一条命，可是默默就这么惨死。作为一名医者，那种心有余而力不足的遗憾岂是一般人可以感同身受的？

"我完全理解你的感受，小玉。作为医生，每次面对遭受家庭暴力的患者，我都很同情他们，希望给予他们更多的照顾。但我也只能医治出现在我眼前的患者，对于存在于我们身边的这一社会现象，我是无能为力的。或许你可以比我做得更好。所以我支持你写书的想法，以默默这样的弱势群体为题材，书名我都替你想好了，叫《寻找生命的绿洲》。"

罗玉惊喜地看向俊豪，对方轻轻一笑。罗玉刚要开口询问，俊豪将其揽入怀中。

"尽吾力而不至则已无悔矣。小玉，知道我为什么那么爱你吗？因为你总能走进我的内心深处，而且在你身上有一种坚忍不拔的力量。记得第一次去你家里，虽然贫寒，但你却让整个家光芒万丈。你乐观、勤奋、积极，作为一个家的主心骨，让我自叹不如。那天陪你和小云去卖废品，卖了四块五毛钱，你和小云一脸满足和激动，好像你们是大富翁。十多年了，我还清晰地记得当时的情景。"

罗玉红着脸回答他："我哪有你说的那么好。别表扬我，我会惭愧的，也会骄傲的。"

"对我来说，你远比我描绘的更美好。小玉，让我走近你。我知道，现在我们在一起，会有更多的障碍和困难。无论有多少的困难，我都愿意去承担和面对，我们会在一起的，只求你不要逃走。"

她慌乱地回答："俊豪，我们这样做，对你爱人来说公平吗？你想过她的感受吗？"

"是不公平。但是我待在她身边，却爱着你，这样对她更不公平。小玉，别想太多，感情的事，没有对和错。你给我一点时间，我会对秀琳好好解释，我愿意用其他方式弥补对她的伤害，我相信她会慢慢理解和成全我对你这十多年的苦恋。说不定她离开我后，会遇到一个真心待她的人。"

"俊豪，给我一点时间，好吗？毕竟我现在刚从一段失败的婚姻里面走出来，我的心还很乱。你不要着急告诉秀琳，我担心她一时接受不了。我们的事情从长计议吧。"

这些日子，艰涩到苦不堪言，俊豪又何尝不是给了她直面生活的勇气？她爱他，毋庸置疑。可是怎样才能逃脱良心和道德的谴责，让自己爱的世界不沾染另一个女人潮湿的记忆？没有人能解答她的问题，也没有谁告诉她答案。曾经，她托付时间替她做出选择，如今，她也只能期许时间会慢慢地消融前路的坚冰，祈祷命运可以怜惜她，让未来的生活有更加合理而仁慈的安排。

第二十三章　新生，难得的相守

> 又回到最初的起点，记忆中你青涩的脸。

肖燕的宿舍用"斗室"来形容一点都不夸张，两人挤在一张一米五的床上，倒还马马虎虎说得过去，但吃饭问题就不好办。宿舍只有一间卧室加一个小小的卫生间，总不能在卫生间煮饭吧？更何况那间卫生间太过迷你，只容一个人使用。

这天她俩从外面饭馆吃完饭回来，罗玉开玩笑地抱怨肖燕的宿舍连个厨房都没有，根本不像一个家。肖燕没好气地回答："你以为每个学校都像你们学校那么有钱啊？我能有这间小屋已经很不错了，新来的老师连小屋都没有。对了，我俩老这么吃快餐也不是办法，还是想办法把你那两室一厅打理下。"

两个人说干就干，立刻商议怎样重建罗玉的家。离婚的时候罗玉选择了"净身出户"，自然也没什么多余的钱。讨论的结果，她俩一致认为应以"经济实惠"为指导思想，以使用免费劳力为省钱策略。

方针政策确定后，她们两个"行动派"当即去市场搞了一大桶涂料回来，接着去二手货市场订购了家具，叮嘱卖家明日下午送到。然后，完成了最关键的一步——给李俊豪、杨泽打电话，通知他俩明天想办法换班，过来义务劳动献爱心。

第二天一早，肖燕准时跑到罗玉楼上的402，把杨泽从睡梦中拎起来。杨泽睡眼惺忪地责问肖燕："你又不做我女朋友，还老是对我管东管西，你说我是不是冤大头？"话没说完，就被肖燕暴力镇压了下去。

李俊豪一来就豪气地递给罗玉两万块钱，让她用来购置家具。罗玉吓了一跳，问他："你哪里来这么多钱？我警告你可千万不能收病人的血汗钱啊！你要这样做，当心我大义灭亲，第一个站出来举报你。"

本是玩笑话，李俊豪的脸却不由自主地红了。事实上他这两万多元，确实有一万是一个开刀的病人送的。李俊豪在单位虽说是新人，但他谦和耐心，技术过硬，很多病人都指名要他主刀，而他确实从未收过"红包"。这笔钱，他也本不想收，但他虑及罗玉家的装修，就壮着胆子收下了，想着日后有钱再还回去。

因为心虚，他说话也有点结巴："不，不是病人，送的，你想到哪里去了？"

罗玉将钱退还给他，说："不是就好，这笔钱你还是拿回去，哪里来那里去。昨天我和肖燕算过了，只需要两千来块就可以把一切搞好。"

"这么便宜？"

罗玉狡黠一笑，说："家具都是去二手市场淘的，经济实用就好。我们都来自农村，不要丢了劳动人民勤劳节俭的美德。你也要答应我，君子爱财，取之有道，永远不要拿不该拿的钱财。"

她的一番话让李俊豪汗颜。虽体验过有钱人的生活，他的小玉还是他最初认识的单纯节俭的女孩。这笔钱他肯定退回去，也就不必让自己寝食难安了。

挥汗如雨地忙活了大半天，李俊豪和杨泽俩人合力将屋子粉刷一新。下午，家具也陆续送过来了。

罗玉得意地说："这两张床一共才150元，本来我只想买一张床，但肖燕死活要两张，美其名曰她要投资一张床，其实是司马昭之心，你们都懂的。"

李俊豪对肖燕买两张床的主意大加赞赏。到傍晚时候，罗玉这套遭遇过浩劫的房子已经像模像样，充满了家的温馨。

为了庆祝"新家落成"，罗玉做了很丰盛的一桌菜，杨泽把他家的酒也拎了下来。大家边吃边喝，好不快乐。

席间，肖燕向大家宣布：她的新生活将从明天开始，她将彻底告别吃食堂和快餐的生涯，转战到罗玉这儿安营扎寨。

* * *

肖燕果真死心塌地在罗玉的宿舍安家落户。饿了她会自己在冰箱翻找食物，困了就往床上一躺方休。她暗自得意自己多买一张床的英明决定，还主动配了一把钥匙，这样不管罗玉在不在，她都可以自由出入。肖燕上体育课，教学压力小，因此她有大把光阴赖在罗玉的小屋，俨然就是这家屋子的主人。有时候罗玉上完早自习回来，开门的声音惊醒了睡懒觉的肖燕，她会不客气地大声责怪："你不能晚点回来吗？办公室是干吗的？你在那里备课不行吗？讨厌！"一副鸠占鹊巢的理直气壮。

李俊豪逢周六日回李囵中学，其余时候他基本每天过来报到。无论下班多晚，风雨无阻。肖燕称他将"新二十四孝"发扬得更加光大，李俊豪反过来称肖燕已经成功取代罗文做了"新十二孝"。李俊豪有时因值班过来太晚，不想跑来跑去奔波，就趁肖燕没有防备之际赖在其中一张床上装死。肖燕拉他不动，又不能与他同睡一张床，只得生气地看着自己成果被李俊豪巧取豪夺。罗玉的生活也被这两个"孝子"点缀得有声有色，生机盎然。

杨泽本来也是吃食堂的，有几次他拿着碗从罗玉家经过，看见肖燕和李俊豪两个"孝子"一脸坦然地坐在桌子旁等着吃饭，平静的心立刻就变得不平衡了。想想当初装修罗玉的家，他也是主力之一，凭什么就只便宜了这两人？于是他也毫不客气地加入进来。罗玉的家也由一个人的房子变成了四个人的食堂。

时间一长，肖燕和李俊豪开始有意见，如果少了杨泽这张嘴就可以少弄一些菜，罗玉就不用这么劳累，得想办法恢复他们的三人世界。两人嘟囔了半天，计上心来。

这天快到晚饭的时候，肖燕一直在门口鬼鬼祟祟地张望，而李俊豪则守着音箱一动不动。看杨泽拐过楼梯门，肖燕迅速闪身进屋，关门关灯，一气呵成。几乎是同时，李俊豪关掉了音乐！

任凭杨泽在外拼命敲门，两人在屋内不吱声。杨泽越敲越急，罗玉怕他真的生了气，就把门打开了。杨泽气冲冲地冲进来，将桌子拍得山响，责问李俊豪和肖燕是什么意思？两人心虚地解释他们是嫌杨泽吃太多累着了罗玉，所以认为他还是吃食堂比较好。

杨泽当然不会放过他们："就我吃多了？为什么不想想你们？简直就是两个饭桶。凭什么你俩可以赖在这儿，我就不行？这是我妹的家，我也心疼我妹，从明天起你俩把嘴贴上封条，不准再海吃胡喝。"

罗玉不禁反问那三位互相推诿，自恃有理的人："难怪那天，你们打理我房间的时候如此卖力，敢情是把我这里当饭堂在装修。不行，从明天开始，肖燕必须到厨房帮忙做饭，李俊豪和老大轮流洗碗买菜。谁有意见明天就停止给谁供饭。"

这一招简单粗暴，富有成效，那三个人互相看看，同时奔向饭桌。

* * *

春去秋来，叶落纷飞，当时间的快车驶入秋天，罗玉的家也俨然成了大家周末常聚的地方。这个周末人员特别齐，罗文和张颜签到，连秋燕夫妻俩也没有回李囿。屋外秋雨萧瑟，屋内热情似火。在这欢乐的气氛中，肖燕突然大叫："同志们，你们觉不觉得罗玉的家特别像一个地方？"

"像什么地方？"杨泽接嘴问，"像宾馆还是像饭店？"

肖燕给了他一拳，骂他总是缺根筋。

罗文一拍大腿道："我知道了，像渝北师专的小屋。"

"对，像渝北师专的小屋，而且我们这群人主力都还在。"肖燕兴奋地说。

提起小屋，大家都激动不已，还发掘出很多话题：比如校运动会罗玉三天写了200多篇通讯稿，打破校运动会纪录，严重伤害了中文系的自尊心。而矜持的秋燕为了给罗文他们篮球队加油，一激动把酸奶瓶当手榴弹给扔了出去，幸好没有酿成惨案。

何霄闻此大叫："秋燕，想不到你还有这么野蛮的一面，你还有那些八卦是我不知道的？快快从实招来。"

秋燕回答道："很多呢，可惜你已经上了贼船，现在船已起航，你后悔晚矣。"

有人又提起大三那年，罗文因喝酒住院，把大家吓得半死。土豆抱怨罗文害他差点跑断腿。李俊豪也有些激动，绕过去非得灌罗文喝酒，说既然你的人生会遇到张颜，干嘛当年搅了我的好事？

罗文不依不饶，道："我什么时候搅你好事了？难道我有拿胶布封住你的嘴吗？我有用皮筋绑住你的腿吗？要怪就怪你自己那时昏庸懦弱，惹出之后一大堆乱子。"

一席话，说得李俊豪肠子悔青，说得罗玉羞红了脸，说得大伙不断起哄。李俊豪扫了一眼罗玉，发现对方也在悄悄地含情脉脉地注视着他，他被这目光看得一阵心旌荡漾。不知是谁带头唱起了胡夏的歌曲《那些年》：又回到最初的起点，记忆中你青涩的脸……那些年错过的大雨，那些年错过的爱情，好想拥抱你，拥抱错过的勇气。好想告诉你，告诉你我没有忘记，那天晚上满天星星，平行时空下的约定，再一次相遇我会紧紧抱着你……"

歌声将大家带回那些年，带回渝北师专，带回年少青涩的回忆。歌声中，大家玩得那么开心和尽兴，划拳的划拳，唱歌的唱歌，喝酒的喝酒，屋中乱成一片。

李俊豪趁乱来到罗玉身边，把她拉到一旁，小声说："小玉，明天带你去一个地方。"

"什么地方？"

"去了你就知道了，先不告诉你。"

"你不告诉我，我就不去。"

"你不去，我现在就当着大家的面吻你。"

"你疯了？以前你才不会这样厚脸皮。"

"以前就是因为胆小才失去了你，现在要洗心革面，重新做人。"说完他逼近她，一股热气扑向她，她一紧张，慌忙答应："好吧，明天上完第一节课联系你。"

"一言为定，明天9点我在第一客运站等你，不见不散，你上完课就直接过来。"

杨泽提着一个酒瓶向他们摇摇晃晃走过来，边走边说："妹，哥给你出个谜语，从前有个男人喝醉了，趴在树上……"

他还没说完，清醒和不清醒的都笑起来，立刻有人接下他的话："兔嚷！笨蛋，都说了几百遍了，当大家是白痴和傻瓜呀！"

第二十四章　缠绵，重回人间的情缘

　　　　　　山上的时光多么像是传说中的天堂，爱情让两个人的世界变得多么美好！

　　第二天上完第一节课，罗玉径直赶去汽车客运站，李俊豪早已等候在那里。
　　她再次问："现在可以告诉我去哪里了吗？"
　　可是他还是卖关子，说："去了你就知道了，保证你流连忘返，不枉此行。"
　　李俊豪拉着她上了一辆去蔺家乡的客车，跟她半开玩笑："我们都认识十年了，我就这么让你没有安全感吗？非得知道了才去？怕我把你卖掉吗？我怎么舍得？"
　　罗玉噗嗤笑了，说："我倒不是因为害怕，只是好奇而已。"
　　车上，罗玉问对方："俊豪，考你一个问题：你猜我最喜欢什么交通工具？"
　　"我想下：轿子很古典，飞机速度快，你是喜欢古典的还是现代的？"
　　"都不喜欢。"
　　"那喜欢什么？火车？轮船？还是风火轮？"
　　"越猜越离谱，是三轮车。你还记得大二结束的那个暑假吗？当时你用一辆三轮车，帮我们把稻谷运到粮站缴纳公粮，回去的时候你再用三轮车载着我和妹妹。

那天我和妹妹都好开心，妹妹一边笑一边在三轮车上唱你教她的儿歌《大风车》。风吹着妹妹的玩具风车，还有你的头发，那个温暖美好的情景一直刻在我的脑海中，让我觉得这世上再也找不到一种交通工具比三轮车更拉风了。"

李俊豪的心里涌过一股暖流，由衷地说："玉儿，难得你还记得当年的芝麻小事，记得我们相处的细节。"

一路上，两人相依相偎，看着车窗外飞驰的画面，听着发动机时而低沉时而高亢的奏鸣。

到了远离城郊的蔺家乡，李俊豪牵着她的手下车。看着这个陌生而偏僻的小镇，罗玉微笑着说："我知道了，你是要带我去那个男孩出生的地方，对吗？"

李俊豪一惊，随即反问她："原来你那天什么都听到了，却还一直装着昏迷不醒吓我，有你这样欺负老实人的吗？"

"我本来是在昏迷啊，是你絮絮叨叨吵醒了我。我醒过来，也没有装睡，而你只顾着自己不停地说话，没有留意到而已。"

李俊豪刮了下她的小鼻子，爱怜地说："说实话，你能醒过来，我就谢天谢地了，不管你装还是没装，我都不计较了。我们还是抓紧时间去目的地吧，别太晚了。"

两人换乘了一辆摩托车。穿过一片绿色的稻田，穿过一座秀丽的小山和一大片平整的菜地，车子进入一条弯弯曲曲、坎坎坷坷的羊肠小道，最后来到一座挺拔巍峨的大山脚下。

李俊豪告诉她，这里就是他们小时候赶集必翻的一座大山。从山脚到山顶的石级因为陡峭高险而被他冠名为"云梯"。不过现在已经有盘山公路通到村子里，很少有人再从这里爬上去了。

罗玉放眼向四周望去，一座一座青山，像翻滚的波浪，山谷间云雾缭绕，如同曼妙的锦缎帷幔。视线顺着山脚往上移，一条盘桓而上的小道时隐时现。

罗玉看得出了神，李俊豪问她："喜欢吗？"

"嗯，非常喜欢，你应该早点带我来这里。"

"我就知道你会喜欢。等我们爬上山顶，你会发现更美的风景。"

"真的吗？那我们还等什么呢？现在就抓紧时间啊！"

"好!"李俊豪夸张地大喊一声,变戏法般从背包里拿出一双运动鞋递到罗玉面前,然后蹲下身去帮罗玉换下脚上的高跟鞋。

罗玉感动地问他:"怎么会想到给我带双鞋子?"

"呵呵,这么多年,我还不了解你吗?除了当年你的脚被开水烫伤,平时你什么时候离开过高跟鞋?"

"还不是因为你长得太高,我担心配不上你呢。"

"你这个小傻瓜,你就不能想着胖瘦不是问题,高矮都要在一起吗?我们之间的爱情还能被这些世俗牵绊?"

两人一边贫嘴,一边手牵着手,开始慢慢往上攀登。李俊豪不时给她打气:"小玉,加油,我们很快就可以上到山顶了。"

"真的很快吗?"她怎么觉得山越爬越高,路越走越险,很快就累得气喘吁吁。她忍不住对李俊豪感叹:"俊豪,几年光阴,真是廉颇老矣,不比当年。"

俊豪握紧罗玉的手,就像当年他们爬锦城山,巧妙地借力给她,最后两人一起登上了山顶。

* * *

山上的景致让人心旷神怡。习习凉风吹过,像温柔的手,很快拂去了罗玉的汗水和疲劳。近处是一块块巨大的,光洁平滑的岩石,岩石的间隙里布满绿色的青苔和青葱的小草,像一块块褐色的镶着翠绿花边的地毯。远一点的地方是一排排苍劲翠绿,错落有致的松树。目光所及之处都是绵亘不断的群山绿树;俯首垂望,是幽深秀丽,山气氤氲的峡谷。

"俊豪,大自然真是鬼斧神工呢!你以前是不是常来这里?"

"嗯,以前每次遇到烦心事的时候,就会独自跑来这里。头枕大山,仰望蓝天,天地那么宽广,包容了我的烦恼。有时候我也会向着远处大喊,傻傻地期待回声中能有答案。"

俊豪的声音低下来,罗玉心头一阵酸楚。

"你那时都有些什么烦心事?"

"小时候主要是一些鸡毛蒜皮的小孩烦恼。遇见你后,为冲喜的娃娃亲烦恼,为喜欢你又不敢告诉你烦恼，为怎样向你表白烦恼。得知你结婚后，我的烦恼升级为绝望，所幸老天爷又让你回到了我身边。"

罗玉早已泪奔，哽咽着说："读书的时候我也喜欢你，我一直在等你。你那时多么胆小。"

李俊豪看着她，眼睛湿润，如果当初他勇敢一点，果断一点，也许两个人的命运就会完全改变，他们彼此就不会经历如此多痛苦和磨难。

牵起罗玉的手，他面向远山，用尽全力喊道："小玉，我爱你！你说得对，我就是个胆小鬼！不过请你相信，我以后会为你勇敢，为你坚强，不会再让你失望。我要跟你在一起，在一起，在一起，在一起……"

他一连喊了十多遍"在一起"，喊声在山谷里回荡，两人紧紧相拥。

许久，俊豪轻轻地捧起那张精致的脸，用颤抖的滚烫的唇去亲吻她的泪珠，亲吻她柔软的双唇。花儿褪色了，云朵隐去了，天为帐地为床，山为媒树为证，当天地融为一体，他们呼吸着彼此的气息，感受着彼此的心跳。从耳边拂过的微风带来沁脾的清凉，也带来醉人的温柔和花香……

一只鸟儿的啁啾惊醒了这静谧的世界，罗玉从他怀里醒过来，红着脸说："鸟儿在笑我们呢。"

他不给她抽身的机会，说："别动，也别想逃，鸟儿是在唱歌，祝福我们俩。"

"那你给我唱支歌，读书的时候，你每次来我家，我们都会一起唱歌。我好喜欢听你唱歌。"

"那好，我就在你耳边唱。"

李俊豪轻轻地唱起了郭峰的《甘心情愿》。

> 漫漫的长路，你我的相逢
> 珍惜难得往日的缘分
> 默默的祝福，轻轻的问候
> 互道今生多保重
> 还有一个梦你我曾拥有
> 愿我们今世天长地久

紧紧的依偎，深深的安慰

　　相亲相爱不离分

　　多少岁月已流尽

　　多少时光一去不回头

　　可在我心中你的温存到永久

　　和你相依为命永相随

　　为你朝朝暮暮付一生

　　真真切切爱过这一回

　　无论走遍千山和万水

　　和你白头偕老永相随

　　为你甘心情愿付一生

　　风风雨雨艰险去共存

　　陪你走过一程又一程，

　　不后悔……

"完了吗？"

"嗯！"

"再唱一首。"

"好！"

接着，他又唱了那英的《不管有多苦》。

　　站在属于我的角落

　　假装自己只是个过客

　　我的心在人群中闪躲

　　不懂我们之间这份真情

　　犯了什么错

　　若你不是你

　　而我不是我

那又多快乐

　　不管与你的路有多苦
　　我只想要拥有最后的祝福
　　再多的伤害我都不在乎
　　愿你我挣脱一切的束缚
　　不管与你的路有多苦
　　擦干眼泪告诉自己不准哭
　　我不怕谁说这是个错误
　　只要你我坚持永不认输
　　不管与你的路有多苦

　　这么多年过去了,歌声依然是他最擅长的表达方式。如果可能,她是多么渴望时间能凝固在这一刻,世界能定格在这一秒。

　　山上的时光多么像是传说中的天堂,爱情让两个人的世界变得那么美好!重回人间的情缘能否经得起时间和世俗的考验呢?这一秒,世界只有他和她;而下一秒,他们将不得不迎接未知的挑战和磨难。

第二十五章　不安，缘起流言

    上天让你在最美的年华遇见最好的人，你不好好珍惜，难道还希望中途杀出个程咬金，让有情人难成眷属？

  肖燕下个月要带学生去成都参加比赛，这段时间天天带学生集训，没时间过来骚扰她，罗玉的小屋难得清静了两天。这周末学生放月假，校园格外宁静而空旷。周六的早上她睡到九点才起床，拉开窗帘，阳光立刻穿过玻璃，给她的卧室镀上了一层金边，温暖而愉悦。

  自从和明樨离婚后，罗玉怕奶奶盘问，回家的次数明显减少，就算回也是来去匆匆。如今，离婚的伤口已经愈合，心情也恢复平静，今天的灿烂阳光更是给了她满满的动力。择日不如撞日，她当即决定今天回家。

  罗玉迅速地洗漱完毕，随便在冰箱里找了点吃的，就以最快的速度出了门。经过楼下的小超市，她买了一大堆东西。刚刚走到客车站，李俊豪打电话过来，她有些惊异地问对方："今天不是周六吗？你应该在李囿中学与秀琳相聚，干嘛打电话给我？"

  李俊豪支支吾吾地回答："昨天加了夜班，今天起床晚，没有去李囿中学。"

  "那你现在回去啊，还来得及赶午饭。"

"不回去了，你在哪儿？我过来找你。"李俊豪简单地说。

"不行，"罗玉赶紧回绝他，"我一大早就已经回到阆平老家了，你过来也找不到我。"

"你回阆平？为何不叫我一起？我也想去你家看看，好几年都没去过了，罗云是不是长成大姑娘了？"

"是啊！下次回阆平叫你，别啰唆了，赶紧去李囵吧，殷秀琳应该在等你呢！"

她希望他周末待在李囵，或许她希望的是生活能维持一份暂时的和谐和平静。

电话里一阵沉默，良久，那边的声音问她："你就这么希望我回李囵中学吗？你对我们的关系就只满足于此？你一点不吃醋吗？"

这个问题一下子问住了她，这跟吃醋有什么关系？有关系的只是道德和责任。跟他相爱，已经超出了她做人的准则，也超越了她道德的底线，难道还要去抢占他跟妻子正常相聚的时间？她不想破坏他的婚姻，至少现在她还不想，她才刚刚走出离婚的阴云，深切体会过离婚带来的伤害，她怎么能即刻去做破坏别人婚姻的刽子手呢？

她无奈地对李俊豪说："俊豪，我们说好了不要伤害周围的人，至少我们应有意识地努力将伤害降到最低。你别让殷秀琳难过，今天我回阆平了，你也无处可去，你还是回李囵吧。"

对方敷衍地"哦"了一声。

挂了电话，她松了口气，登上回阆平的客车，刚才的兴奋已被李俊豪冲淡。他们之间就一直这样耗下去吗？如果不这样，又怎样呢？让他跟殷秀琳离婚？短短数月，她离开了一个破碎的家庭，再去离散一个完好的家庭。老天，在廊川这个开车不用半个小时就转完的小城，她还怎样继续为人师表？舆论的唾液都会把她淹死。爱竟是无处可以藏身！

想到这，她忧伤地望着窗外移动的树木，思绪却飘向另一个难题：等回到了阆平，不知道奶奶会不会问起明樨，她该怎样回答呢？没办法，只能继续欺骗奶奶说明樨被派去外地出差了。对于奶奶，她只想能骗一天算一天，能瞒一时算一时，时间久了，有些事自然也就淡了。

* * *

客车驶到阆平镇，才刚刚十一点，正好可以赶上午饭。家就在前面不远处，远远地看见它，罗玉心里涌起一股暖流，她调整了下表情，挺了挺身板，让自己尽可能看起来精神倍佳。

一踏进家门，她就愉快地叫道："奶奶，小云，我回来了。"

奶奶颤巍巍地走出来，笑开了花："哎呀，我的大孙女回来了，真是太好了。快过来，让奶奶瞧瞧你长胖了没有？"

奶奶就是这样，每次她回家，都好像她是稀客一样，拉着她左看右看，永远也看不够似的。

罗云随即从厨房跑出来："姐，你可回来了。我算算，你至少有两个月没回家了。你再不回来，我就去城里找你了。"

妹妹的话让她很愧疚，心虚地编个理由："其实我也很想念你和奶奶，工作太忙啦，实在抽不出时间，以后我争取常回家看看。"

"今天晚上你不能走，我要和你睡，跟你聊聊天。"

她正想回答妹妹，奶奶却拉着她心疼地说："玉儿，怎么更瘦了？是不是有什么事情啊？有事一定不要瞒着奶奶，奶奶虽老，也可以给你出出主意。"

她连忙挺直腰杆，回答："奶奶，我好着呢，这段时间我天天锻炼身体，虽然长瘦了，但身体可比以前结实多了，你不觉得我的精神状态很好吗？你千万不要为我担心。"

奶奶半信半疑地继续打量了她一会儿，又叮嘱罗云再去买点菜回来。

罗云一边领旨出门一边唠叨："奶奶你偏心，怎么就没见你这么疼我呢？你疼爱姐姐超过我。"

"你这小心眼的丫头，你姐姐几个月才回来一次，哪像你？天天腻在家里。赶明儿你也出嫁了，奶奶还不是一样盼着你。"

小云羞红了脸："奶奶，你就喜欢取笑人，我才不要嫁人。"

"奶奶知道你不急，但恐怕有人急呢，天天到我们家转悠！"

"奶奶你欺负我，我不理你了。"小云一脸羞臊跑出了门。

奶奶看着罗云的背影笑着摇摇头："这丫头，知道害羞了。"

罗云高中毕业后因为身体不太好，就待业在家，今年刚满19岁，已经出落得亭亭玉立、明眸皓齿，那个天天缠着罗玉讲故事的小妹妹如今已长成了大姑娘！

中午的饭菜很丰盛，有奶奶爱吃的粉蒸肉，有罗玉爱吃的红烧鲫鱼，还有妹妹爱吃的麻婆豆腐。她们祖孙仨刚有说有笑地坐在桌旁，响起一阵敲门声。伸头一看，原来是赵伯父家的赵洋。

赵洋看见罗玉，微微有点意外，但很快镇静下来，很热情地跟她打招呼："玉姐，什么时候回来的？奶奶和小云都很想念你，天天念叨你呢。今天我家搅了凉粉，知道小云爱吃，所以送些过来。"

赵洋比罗云大三岁，小名洋洋。在罗玉印象中，他还是一个少不更事的小孩，如今已经长成了一个俊朗的大小伙。

罗玉看了一眼妹妹，罗云脸红扑扑的，眼睛里面盛满了光彩和温柔。她想，妹妹是真长大了，不再是那个躲在她身后寻求保护的小女孩了。

带着一种丈母娘看女婿的眼光，她重新打量了一番赵洋：一米七几的个头，皮肤偏黑，浓密的眉毛下镶嵌着一对黑亮有神的眼睛，头发应该刚理过不久，标准的板寸头，使他整个人看起来谦和稳重，干净利落。

罗玉几乎一下子就喜欢上了这个淳朴可爱的大男孩。她拉住赵洋热情地说："洋洋，姐难得回来，你就留下来一块吃饭吧，一家人不要见外。"

赵洋简单推辞了一下，开心地留下来吃饭。

奶奶问罗玉："小玉，你还记得小时候你很喜欢洋洋吗？"

"是吗？我都不记得小时候的事情了。"

"是啊，洋洋从小长得白胖可爱，你经常逗他。那时候还没有小云，有一次你妈妈问你：小玉，想不想妈妈再给你生个弟弟或妹妹呀？当时你说就想要个像洋洋一样的弟弟。"

"真的吗？原来我二十多年前就有先见之明。你看，洋洋现在不真成了我的弟弟吗？你以后经常过来家里玩，尤其是姐姐不在的时候。有你在，我就放心多了。"

赵洋乐呵呵地答应着，在他心目中玉姐一直是这个家的掌舵人和主心骨，有了她的认可，相当于为他和罗云发了一张"爱情许可证"。罗云看姐姐和赵洋聊得开心,心里也美滋滋的。在这个家里,她最看重姐姐的意见,长姐如母,而她从小与母亲分开,姐姐对她的影响更是非同小可。况且姐姐认可的事情,母亲和奶奶一般都会投赞成票的。所以她这会儿殷勤地给大家添饭夹菜,一会给大家加点开水,一会儿给罗玉送个酱料碟,一会儿又给奶奶递上牙签盒,忙得不亦乐乎。这顿饭大家都吃得很开心,赵洋也正式确立了在罗云家的地位。

饭后,罗玉提议去屋后的菜园转转。这个菜园是她们家蔬菜的主要来源,也有她太多美好的回忆,所以只要时间允许,罗玉回来时总要到菜园劳动一下。赵洋拿了把锄头跟过来,罗云则给奶奶搬了一把藤椅,让奶奶坐着看他们三人忙活。

罗玉和妹妹一边摘菜一边拔掉地里的杂草,赵洋卖力翻锄旁边的空地,说可以撒一些菠菜籽,这样春节的时候就可以吃上新鲜的菠菜了。奶奶笑眯眯地看着这三个孩子,不时地指点一下。

秋后的阳光不像盛夏那样炽热,温和得恰到好。曾经,也是在这样和煦的午后,在这个飘香的菜园,李俊豪陪她和妹妹打理蔬菜。

奶奶突然没头没尾地盯着她发问:"小玉,你身体不太好,以后能不能不要孩子呢?女人生孩子那么危险,如果你生孩子,奶奶得多担心啊,其实领养一个孩子也是不错的。"

罗玉心想奶奶真是越老越开明了,以前她回家,奶奶还会追着问:"玉儿,你年纪也不小了,早点要小孩啦,奶奶还等着抱重孙呢!"现在竟然叫她领养一个小孩。看来"越老越糊涂,越老越啰唆"的魔咒在奶奶这里不攻自破。

罗玉没有多想,愉悦地回答奶奶:"奶奶,我身体好着呢,你不要担心,等我把这届学生带毕业了,就会考虑给你添个重孙,你可一定要养好身体哈!"

"嗯,放心吧,我的好玉儿。你还能用得上奶奶,奶奶一定好好活着。"

停顿了一下,奶奶又说:"玉儿从小就是个优秀的孩子,体贴奶奶,是我们这个家的骄傲,所以,玉儿啊,你要记得,奶奶也需要你,我们这个家更需要你,有事就回到家里来。"

"好的,奶奶,你的眼里不要只装着我,还有小云呢,现在还有洋洋,你老盯着我看,妹妹又要吃醋了。"

罗云马上说:"奶奶就是偏心眼,眼里就只看见姐姐,不过放心好了,我才不吃醋呢！我也不稀罕奶奶疼。"

奶奶笑着说："你是有人疼就嫌奶奶老了，碍手碍脚，对吗？"

"奶奶，"罗云翘着嘴，"说你偏心眼你还不承认，你看吧，姐姐说什么你都说好，我说什么，你都鸡蛋里挑骨头，我不理你了。"

赵洋赶紧跑过去，讨好地递给罗云一瓶冰红茶，问："怎么啦，小云？你不是天天念着玉姐姐回来吗？玉姐姐难得回来，你别把她气走了。"

罗云扑哧一声笑了起来，转过来骂赵洋一句："谁要你管？"

嘴上这样说，她的脸上却飞过一片红云，脸上挂着笑，奶奶跟着笑了，罗玉也笑了。

秋风飒爽的季节里，空气中飘荡着菜花香！

*　*　*

晚上，罗玉和妹妹挤在一张床上，从小时候淘气的往事一直聊到现在的生活。罗玉的睡意渐浓，妹妹却还在意犹未尽地问她："姐，你觉得赵洋怎么样？"

"姐姐觉得挺好，当然我的意见仅供你参考，他好不好，适不适合你，关键是要问问你自己的心。只要是你真心地喜欢他，姐姐的意见并不重要。"

这是她的心里话，对于罗云，虽说她只是姐姐，但她像母亲一样渴望她幸福。她希望罗云拥有一份纯粹的爱情，顺其自然地走入幸福的婚姻，千万不要重蹈自己的覆辙。

想到这，她补充道："小云，遇见自己喜欢的人，一定要好好把握机会，不要有太多顾虑和犹豫，免得日后徒增遗憾。"

"可是姐姐，我才19岁，以前从未谈过男朋友。如果就这样认定了赵洋，会不会太对不起自己的青春呢？"

"我的傻妹妹，爱情没有合适的年龄，只有合适的人。俗话说：好雨知时节，当春乃发生。有的人一生都遇不到正确的人，也有的人遇见了，却不在合适的季节。上天让你在最美的年华遇见最好的人，你不好好珍惜，难道还希望中途杀出个程咬金，让有情人难成眷属？"

罗玉的眼前掠过李俊豪的影子，喃喃自语："年轻时候遇见的那个人往往是我们一生最值得托付的人，因为大家都思想纯净，没有世俗的杂质。"

她打了一个哈欠，拍拍妹妹的肩："睡吧，妹妹，明天还要早起呢！"

这几个月来，她第一次睡得如此香甜和安稳，一夜无梦。第二天醒来时，天已大亮。床上只有她一人，厨房里传来诱人的饭香，奶奶和妹妹显然都起床很久了。

罗玉穿好衣服起床，责怪妹妹没有早点叫她，本来她还计划给奶奶表演下厨艺，现在机会被妹妹抢走了。妹妹回复她："姐，你难得回来，就好好休息。煮饭什么时候都不缺机会，看你睡得那么香，我和奶奶都不忍心叫醒你！"

回家的感觉真好，被宠着的感觉真好！罗玉待到下午，才不得不动身回城。看着奶奶不舍的目光，她的心也充满离别的伤感，安慰奶奶自己很快就会回来的。奶奶叮嘱她："大孙女，家里有小云，现在洋洋也经常过来帮忙，你不要老是操心家里，要多想想自己的事情。"

奶奶帮她准备了很多物品，南瓜、豆角、西红柿一大堆，蔬菜也捆了好几把，好像她此去是逃难一样。她告诉奶奶，这些东西城里都有卖，但奶奶认为自己菜园的蔬菜没有打农药，吃了安全，一定要她带上。于是她不再拒绝，奶奶要她带的不仅是蔬菜，更是满满的爱，她怎么能够拒绝爱呢？

东西太多，罗云叫了赵洋一起送她去车站。快到车站的时候，罗玉突然发现自己的手机忘带了。小云将手上不多的东西全部塞给赵洋，叫他先陪姐姐候车，自己返回去拿手机。

罗玉和赵洋坐在候车处的一条长凳上等小云，赵洋突然扭头问她："玉姐姐，你离婚的事情奶奶没有盘问你吧？"

她吃了一惊："我离婚的事情奶奶和小云不是不知道吗？我没有告诉过她们，她们怎么会知道呢？你是从哪里知道这件事的？"

赵洋是个实诚的人，告诉她："奶奶和小云早就知道你离婚的事情啊！不只奶奶和小云知道，整个镇上的人都知道。玉姐，你是我们小镇的名人。读书的时候，你成绩好，是周遭为数不多考上大学的女孩，镇上的人几乎都用你来教育自家不争气的孩子。工作后，你嫁了一位有钱又英俊的丈夫，不知道让多少人羡慕不已。关于你的事情，一直是小镇的热门话题。

"这次你离婚，传得沸沸扬扬，有人说你是因为不能生育小孩的原因离婚了，也有人说是因为男方的父亲出事而导致离婚。

"奶奶听到这些传言，非常难过。有段时间她老琢磨着叫小云和我去城里看你。我们打算去了，她又说你从小要强，既然你没有主动告诉我们，一定是怕我们担心，或是有别的顾虑。我们去找你，反倒会让你更加伤心，所以我和小云最终没去看你。"

赵洋的话让罗玉震惊不已，一直以来，她以为离婚这件事家人都蒙在鼓里，原来蒙在鼓里的人是自己。奶奶心如明镜，难怪她会叫自己领养一个小孩。谁说她没有生育能力了？这谬论的源头从何而起？不知关于她离婚的传言还有多少个版本？她不敢想下去。

见她寂然不语，赵洋一时不知所措，忍不住自责道："玉姐，我不该告诉你这些话。一会儿小云回来，一定会责怪我没有照顾好你，都怪我多嘴。"

这句话提醒了罗玉，她佯装淡定叮嘱赵洋："洋洋，不要告诉小云你今天告诉我的话，小云和奶奶不想让我知道她们已经知道，我就装作不知道，不要辜负了她们的良苦用心。"

但是那颗被打乱了的心却再也平静不下来，满怀心事，她忧心忡忡回到了廊川。

回城后，罗玉的情绪一度低落。离婚这件事，原以为可以让家人不受影响，没想到她的亲人还是因她而悲痛难过。尤其是奶奶，一辈子生活在一个小镇，不知道经历了多少内心的煎熬和挣扎，才让她老人家最终接受了这件事。奶奶不仅没有责怪她，反而处处为她考虑，这更让她愧疚和不安。如果当初知道八十岁的奶奶会为了自己难过伤怀，她离婚的决心还会如此毅然决然吗？她不知道。

第二十六章　对峙，痛苦地放手

也许那些留在生命中最重要的人，本来就是用来辜负的。

学校最热闹的办公室自然是外语组，因为外语组女老师最多。如果说"三个女人一台戏"，那她们组里那三十多个精明的女人完全可以上演一出连续剧。罗玉不喜欢八卦，离婚之后，她更是无事不登三宝殿，备课都在家里。鲁迅曾说过："真正的勇士，敢于直面惨淡的人生，敢于正视淋漓的鲜血。"但她显然不是勇士，也不想做勇士，自然会选择对一切可以回避的事情视而不见，对可以置若罔闻的话语充耳不闻。

今天罗玉必须去办公室，因为她要去拿学生测验用的试卷。刚走到办公室门口，她就听见外号"小喇叭"的同事在办公室故作神秘地叫喊："同志们，听说我们组的罗玉离婚了，你们知道吗？"

"这事早就知道了，你现在才来发布新闻啊，早就没有时效性了。"高三年级的陈怡琴不屑地说道。

小喇叭不满地说："这么重大的事情，大家怎么都没有及时通知我？太不够意思了！"

"是你自己经常到处跑，很少待在办公室，你问问组里的其他人，看看有谁不知道?"

小喇叭跳到陈怡琴旁边,刨根挖底地问:"琴姐,麻烦你给我详细讲下经过嘛。罗玉的老公不是高富帅吗?怎么会发生劈腿事件呢?敢情是那个高富帅移情别恋,甩了我们的罗玉老师。哎,现实中有钱的男人都是这样的,我们的罗老师真是可怜!"

旁边有人插嘴:"小喇叭,你人生的阅历太浅了,你不知道那个高富帅家里出事了吗?现在顶多算高穷帅。罗玉是什么角色?自然要趁着自己年轻貌美把这倒霉蛋一脚踢走,听说现在又及时傍了个年轻有为的医生,心气很高啦。"

小喇叭不相信地反问:"真的吗?罗玉不像你描述的那样市侩吧?她看起来很单纯呀!"

"这叫人不可貌相,海水不可斗量。我姐跟罗玉的前任是同学,消息确凿呢。据说那个医生的老婆,跟我们还是同行,也是老师。如果知道了,不知会伤心成什么样子。"

"我的天,李姐,简直是爆炸性新闻,太让我长见识了。哎哟哟,我的肚子好痛,我得先去上个洗手间,回来继续聊,你们可千万等我回来再聊啊……"

话音未落,小喇叭猛地拉开了门,一眼看见了门外站着的罗玉,她的嘴巴张得大大的,尴尬地问:"罗,罗老师,你什么时候来的,要不要,一起上洗手间?"

她只得朝门内跨进一步,装作漫不经心地回答:"我刚到,进来拿测验用的卷子。你快去上洗手间吧。"

说完她走进办公室,坐到自己的位置旁边。室内马上安静下来,安静得出奇,安静得不正常,跟一秒前热烈喧嚣的场面形成强烈的反差。

罗玉坐在自己的位子上,表面上静如止水,脑子里惊涛拍岸。试卷上写了什么,她完全看不清楚,她也无心关注。好在她如坐针毡的时候,上课铃及时响了,她拿着那叠厚厚的卷子,逃也似的离开了办公室。

监完考回来,她的脑子乱哄哄的,她本来不是个洒脱的人,所以才会选择充耳不闻,避而不见。现在既然看见了又听到了,就不能再继续掩耳盗铃,欺骗自己什么都没发生。

正在烦躁中,她的电话响起来,肖燕在那头大声说她明天就带学生去成都参加比赛，一周后才回来，这几天别煮她的饭。

挂了电话，她更加郁闷，平时她嫌肖燕有点吵，但今天她却那么盼望肖燕就在她身边。肖燕不管怎么吵，对她是多么真诚多么友爱啊！好渴望有一个真正关心自己的朋友待在身边，多点支持和安慰。

学校明天将举行为期三天的校运会，她不是班主任，没她什么事，她干什么呢？她突然觉得自己特别不想待在这个学校，她要离开这个鬼地方，去什么地方都行。

她给秋燕打了电话，说想去李阁中学拜访她。秋燕很惊讶："什么风把你往我这儿吹？"

"你别问那么多了，你又不是八卦的女人，来了就来了，管它吹什么风，不吹风我就不能来吗？"

"那是，不管东南西北风，你能来李阁，我都非常开心。"

* * *

放下电话，她如释重负。刚在沙发上坐下来，电话突然再次刺耳地响起来，是李俊豪打来的。想起老家盛传的风言风语，想起办公室同事的议论，她一时气短，没有勇气接他的电话，但心里一委屈，还是接起来。

"小玉，回家玩得开心吗？奶奶和妹妹都好吗？"

"恩，都好。"她机械地回答

对方看不见她的反常，继续热情地说："小玉，你们学校开校运会，刚好我也可以休几天年假，我想趁此机会陪你去阆中玩几天。你觉得怎么样？"

"不要。"声音果断得连她自己都吓了一跳。

"为什么？你不是一直想出去散散心吗？"

为什么？怎么说呢？什么都不为，只是这几天突然害怕面对他，她想离开他几天，这也不行吗？

她飞快地在脑中寻找搪塞他的理由："俊豪，家里有点事情，奶奶身体也不是很好，我答应了她们过几天再回去。去阆中的事情，下次吧，反正我们有的是时间。"

"也行，那我陪你回闾平吧。"

"也不要。"她再次急急地打断对方。

李俊豪有点不高兴："为什么不呢？"

"因为……"

她实在不知道怎么解释，隔了一会儿，才无奈地说："老家的人知道我离婚了，还有一些不好的传言，你去了流言更多。"

"什么传言？"

"乱七八糟的，比如我不能生小孩被抛弃。"

"这你也在意啊？要不我陪你做一个试验，证明你可以生孩子。"

她羞红了脸，没好气地说："我跟你说正经话呢，你还在那里开玩笑。俊豪，你给我点时间，也给我点空间，我想一个人静一静，这个理由可以吗？"

"好吧。"李俊豪无奈地妥协。每次面对罗玉的坚持，他发现自己都没有招架之力。他太爱她，爱到小心翼翼，或许是出于补偿心理，他尽量都听她的意见，不做反驳。

他没有对她说：十年前，他为了她做了很多的努力和斗争，十年后他为了能够跟她在一起，做出了更大的努力和牺牲。只是他怕她担心，所以才选择独自承担。他多么想直接告诉她，多么希望她可以明白和理解，可以与自己坚定地站在一起。

挂了李俊豪的电话，罗玉发了一会儿呆，才赶车去了李囹。

上次来秋燕家，还是秋燕结婚的时候，秋燕是标准的裸婚，当时屋里摆放的家具都是随意凑合的。跟那时相比，秋燕的小屋变化明显：添置了很多家具，进行了简单的装修。白色主调的墙壁，绿色的沙发、粉色的小茶几和粉色的电视柜，温馨而雅致。

厨房里飘出来浓浓的扑鼻的香味，她忍不住赞叹："秋燕，几年没来，你的日子过得越来越活色生香，闻着这股味道，我就知道你生活得不错，我说得对不对？"

秋燕正要回答，何霄大呼小叫着从厨房奔出来，他端着一盘鱼，确切地说是一条鱼，鱼头和鱼尾夸张地伸在盘子外，鱼身高高突起，上面布满了一层厚厚的辣椒油。何霄系着条花布围裙，热得满头大汗，一边跟罗玉打招呼一边叫："烫死我了，热死我了，哎哟，秋燕，快过来帮下忙。"

秋燕接过他的盘子，看着他满脸的汗水，没好气地说："谁叫你那么爱吃猪肉，自然就胖得像猪一样。现在是秋天，你还那么热，你看我和小玉有你那么热吗？"

何霄立刻申辩："我看你是站着说话不腰疼，你们俩去厨房试试？吃猪肉就会长得像猪，这是什么歪道理？那我天天都做鱼给你吃，也没见你学会游泳。"

罗玉被他奇特的比方逗得笑起来，站起来帮着摆放碗筷，然后大家坐在桌子旁边吃边聊天。

饭后，秋燕赞扬何霄："老公，你真是一位实干家，不像我和小玉只能做鉴赏家。经鉴定，你做的饭菜美味可口，但是能不能请你把实干家的风格发扬到底呢？吃完饭把碗也洗了，因为我想陪小玉出去溜达一会儿，好吗？"

何霄问她："一会儿是多久？"

"一会儿嘛，这个很难说。"秋燕安慰何霄，"总之就一会儿，我们结束了立刻就回来。"

说完她拉起罗玉的手就要出门，何霄显得很委屈，却在她俩临出门的时候追出来，递给秋燕一件外套，叮嘱她外边风大，当心着凉。

罗玉无不羡慕地说："秋燕，我现在才明白你当初为何会追随何霄来李闾中学，今天亲眼见到你的生活，真心觉得你当初的选择很正确。"

秋燕挽过她的手，转开她的话题："小玉，别说我了，谈谈你吧。你今天从廊川赶到这，不会仅仅是为了看我吧？"

这就是秋燕，总是那么了解她，也总是那么一针见血。

罗玉幽然叹道："秋燕，我不知道怎么对你说，从何说起。这段时间，总是莫名地觉得不安，压力好大。特别害怕一个人待着。"

"哦，李俊豪对你好吗？"这句话出口，秋燕觉得自己问了句废话，以她对李俊豪的了解，他怎么会对小玉不好呢？

"他很好，对我也好，就是因为他对我太好，所以我才会感觉深深的不安。"

"你是不是听到什么闲言碎语了，还是你顾虑他老婆和家人的感受？"

罗玉点点头："秋燕，发生这么多事情，怎么能堵住别人的嘴呢？事到如今，我也不能继续掩耳盗铃下去了。其他人的感受我可以不理，我最担心的是李俊豪的老婆。廊川就那么小的对方，殷秀琳也和我们同行，不知道她知道后会是什么感受。秋燕，你是了解我的，以前我做梦都没有想过自己会做第三者，介入别人的婚姻。说实话，连我自己都很难找理由原谅自己，何况别人。"

"你怎么能这样想呢？你们的情况怎么能和第三者相提并论？要怪也只能怪造化弄人，拆散了一对有情人。小玉，你可能不知道，当初你在廊川Z医院抢救时，李俊豪有多担心和悲伤，他几乎天天守着你，不吃不喝不睡觉。我当时就想：老天爷一定要让你醒过来，让有情人终成眷属，让你们在一起！小玉，有什么事情比死亡更让人恐惧吗？既然你连死亡都战胜了，为什么不能战胜其他困难呢？"

"也许对我来说，世俗和流言比死亡更恐怖。"

说话的当儿，她俩不知不觉走到了嘉陵江边。秋燕拉着罗玉在临江的一块大石头上坐下来。

望着一望无垠的江水，秋燕劝她："小玉，流言和偏见就像这江边的沙泥，当时踩在上面，会留下一个很深的印记，但它总会被岁月的潮水冲洗和淹没，最后什么都不会留下。你不要担心，你看娱乐圈那些明星，每年有多少的绯闻逸事，最后还不是灰飞烟灭！"

"可我们不是明星啊，我们是被神话了的人类灵魂的工程师，舆论对我们没有如此宽容。"

"管他什么灵魂的工程师，老师也是人，是人就有人的情感和生活。你看我们一个月领多少钱？你还把自己绑架在道德的十字架上，你累不累啊？"

罗玉沉默不语，秋燕却没有停下的意思。

"小玉，对自己好点。你不要老想着别人怎么想，也要考虑你自己和李俊豪的感受，问问你的心，你放得下他吗？既然放不下，就勇敢地跟他一起战胜困难。

"每个人都有爱的权利，你也有追求爱的权利和追求幸福的权利。有时候对你重要的人，对其他人不一定就那么重要。对殷秀琳而言，说不定离开李俊豪后会找到一个真正爱她的人，那也未尝不是一件好事。人都是这样，往往考虑了很多人的感受，却忽视了那位自己最爱的人的感受，你不就是这样吗？"

"我是这样的吗？也许那些留在生命中最重要的人，本来就是用来辜负的。"

"你一天乱琢磨些啥呢？我不准你这样胡思乱想，生命中最重要的人都是用来爱的。所以你这几天呢，就当是来我这里放松下心情，调整好心态，回去与李俊豪并肩作战。其实他也不容易，这时候最需要的是你的支持。"

"好吧，秋燕，我回去试着努力，看能不能改变自己，不那么消极和悲观。"她勉强地回答。

"这就对了，小玉，其实我们这群人中间，你是最坚强和最有主见的，你身上有很多让我钦佩的地方，但你的致命弱点就是敏感和太过细腻。小玉，善良本是好的，但爱情却是自私的。我亲历你和李俊豪一路走来的艰辛，真的希望你能自私些。就这一次，为了你自己，也为了李俊豪。"

是啊，明天是必须要面对的，如果就这么回避下去，俊豪怎么办？千错万错，无法回头。这次，就自私一回吧。

罗玉看看秋燕，知我者，秋燕也。很多时候朋友就是用来终结自己内心的纠结的。

* * *

有了秋燕的理解和支持，罗玉的心又明亮了起来。接下来的两天心情都不错。只是，这好不容易积攒起来的信心和勇气却在临走的那一天经历了一次考验。

那天吃完早餐，罗玉和秋燕准备出发去车站。这时有人敲响了秋燕的门，一边敲一边问："文老师，你在家吗？"

一听这声音，秋燕立刻就紧张起来，小声对罗玉说："是李俊豪的老婆殷秀琳，你要不要到里屋回避下？"

罗玉没来由地一阵慌乱，未加任何思索就惊惶地闪进秋燕的卧室。等殷秀琳离开后，她俩才面面相觑，奇怪她俩刚才在慌张什么。事实上，刚才就算她不躲，对方也未必认得她，但是在那短暂的一秒，好像有某种诡异的力量带走了秋燕给她鼓足的勇气。

秋燕对她说："殷秀琳是来跟我换课的，她说有事要去城里找李俊豪商量……要不你等半小时再走，免得跟殷秀琳坐同一辆车到市里。"

她点了点头，又过了半小时才出门。

回程的车上，她的脑海里一直想着殷秀琳。殷秀琳去了廊川，那么她现在应该和李俊豪待在一起，她找李俊豪商量什么事情呢？当然，他们是一家人，她是他明媒正娶的太太，商量任何事情都是天经地义的。不像她，无论他对她多么好，她都不敢理直气壮地找他，甚至没有一次她敢在公开场合牵他的手。以前她认为两个人只要相爱，无所谓要一个名分，但此时此刻，她突然觉得太太这个词是那么有分量，那是一个男人能给予一个女人的最好的承诺和保护伞。

她心事重重地走回学校，走到家门口的时候，没留意一个蓝色的人影来到她面前，把她吓了一大跳。她看着眼前这位穿着蓝色针织衫的女人，以为是哪位学生家长，困惑地问："请问你有什么事情？是哪位同学的家长吗？"

对方稍作犹豫，就清清楚楚，不卑不亢地回答她："罗老师，我不是学生家长，我是李俊豪的太太。"

从来没有一个名字让她如此吃惊过，也没有一个人让她如此慌乱过。这太突然了，让她没有一点心理准备和对策。好半天她才结结巴巴地说："秀琳，哦，不，殷老师，你什么时候来的，请坐。"

说完这句话她才醒悟门还没开，低头赶紧找钥匙。好不容易把钥匙找到，门锁好像故意跟她过不去，半天都打不开。总算把门打开了，把对方请进屋，她又不知让她坐哪里合适，只得说："殷老师，你随便坐，随便，不要客气。"

殷秀琳坐下后，她才发现对方正好坐在李俊豪丢在她沙发上的衣服旁边。天啦，她想冲过去将那件衣服收起来，殷秀琳也注意到那件衣服，拿在手上左看右看。罗玉一时愣住，不知道应该将那件该死的衣服拿走呢还是留下？虽然在见殷秀琳前，她在脑海里设想过无数次跟她撞见的情景，但这样见面的场景还是她万万没有想到的。

偏偏在这个时候，李俊豪的电话不合时宜地打进来，她慌乱地拿起电话，对方劈头盖脸第一句话就是："小下，你这几天去哪里了？"

她只想快快打发走对方，简洁地回答："不是告诉你了吗？我回阆平了。"

"我在阆平等了你一整天，也没看见你的影子，我都快担心死了，你到底去哪里了？"

老天，罗玉的脑袋轰的一下像炸开了一样。俊豪还在电话里追问，她没好气地回答："我去李囹了，你干嘛揪着这不放？"

"你去李囵干什么？为什么要瞒着我？"

一抬头，她看见殷秀琳正用探究的目光看着她。这让她很不耐烦地打断李俊豪："我想去哪里去哪里，你管这么多干嘛？我现在忙，没时间跟你纠缠这个问题。"说完她胡乱挂断电话。

借着泡茶的时间，罗玉稍稍振作了下精神，该来的反正都会来，还得勇敢地面对。

她在殷秀琳的对面坐下，殷秀琳率先开了口："罗老师，我知道这样拜访你很冒昧，我也是没有办法才来找你。俊豪有两个月都没回家了，以前他都是每周回家的，所以我想请你帮忙做下他的思想工作。"

"哦。"她吃了一惊，这才知道李俊豪一直没有回李囵，难怪他总是有时间找她，可是她有什么办法呢？把李俊豪推回李囵，那他们的爱情何处安放呢？她的脑海里盘旋着秋燕劝她的话：你要勇敢点，为自己的爱情争取一个光明正大的结局。

可是未等到她作出反应，殷秀琳突然在她面前抽噎起来。罗玉顿时手足无措，想好的话又咽了回去。

实际上，殷秀琳压抑的悲伤深深地刺激了她：一位善良无辜的女人，因为她的存在而搞得家里狼烟四起，她有什么理由如此淡定和从容？她那好不容易才筑起的防线一下子瓦解和崩溃。

带着愧疚，她不由得再次仔细地打量起她面前的这位女人：长得算不上漂亮，但看起来温婉知性，也不失秀丽端庄。杨泽曾赞赏她具有妹妹的气质，那么眼前的这位女性则具有太太气质。面对情敌，她虽然愤怒，却并没有丧失该有的理智和风度。她坐在罗玉的对面，不怒而威，无言而责。

罗玉被她的哭泣弄得分寸大乱，开始笨拙地语无伦次地安慰她："殷老师……秀琳，实在对不起，我没想到会带给你如此大的伤害，其实我也一直不想伤害你，我是无心的，但是我最终还是伤害你了，请你原谅……"

"哎，我知道原谅没有什么用，请你不要哭了。我答应你，一定劝李俊豪回归家庭，我也会离开他，疏远他，我保证……

"你不要哭了，秀琳，你还有什么要求？请尽管告诉我，我尽力去做。"

等到殷秀琳的情绪慢慢缓和后，她俩又坐着喝了一会儿茶。罗玉的心被一种混合着愧疚、慌乱和难过的复杂情绪紧紧地攥住，让她也没有勇气抬起头，只能默默地听殷秀琳讲她和李俊豪之间的故事。

他们自幼一起长大，也称得上是青梅竹马，加上两家的父母也是世交，所以他们一直像兄妹一样，感情很好。她从小就很爱慕和崇拜这位优秀的"俊哥哥"，对两家父母订的"娃娃亲"充满憧憬。李俊豪上大学的时候，提出过解除婚约，当时她很难过，但是为了成全心爱的人，最终还是同意了他的要求。

最后，像是最后通牒，殷秀琳说："罗老师，如果那时他和你在一起了，我也就认命了。但现在的情况已经不一样了。我和他已经结了婚，接受了亲朋好友的祝福。如果我们现在分开，在我们那个传统的村庄会掀起多大的巨浪？四位老人又将承受怎样的打击？而对于我来讲，没有他，我的幸福也就没有了。这种感受以及绝望，我相信你能了解。所以，我代表我们两家人感激你的体谅和成全。"

是的，她说的话罗玉都能了解。她怎么能不了解呢？她想起她离婚时面对的风言风语，想起奶奶为她承受的压力。将心比心，无论如何，她都不能再去伤害四位无辜的老人，也不能将另一个无辜的女人推向风口浪尖！

命运啊，总是一次又一次将她置入两难的境地，而她深爱的人总是成为她被迫放弃的选择。她们谈话的细节她记得不太清楚，但她清楚地记得自己对殷秀琳的承诺："我会说服李俊豪回归家庭，同时远离李俊豪，远离你们的生活。"

第二十七章　反思，理想与现实

> 人必先自辱而人辱之，也必先自轻而人轻之。

第二天下午，罗玉在宿舍批改作业，精神却无法集中。窗外的雨杂乱无章地敲打着玻璃窗，也敲打着她那颗难以平静的心。她想起办公室的议论，想起殷秀琳的造访，想起李俊豪的询问……

宿舍的电话突然一阵骤响，把她吓了一跳。近来，她老是被电话搞得一惊一乍。想必这电话又是李俊豪打来的。拿起电话，却是秋燕的声音急促地传过来：

"小玉，出大事了，今天殷秀琳上课时，有个学生从四楼跳了下去。"

"怎么会发生这样的事情呢，殷秀琳脾气很好啊，怎么会这样呢？怎么会呢？怎么会呢？"

她一连说了几个"怎么会"，秋燕无奈地回答她："这事不怪殷秀琳，要怪也只能怪她运气不好。你知道我们这个镇上的孩子，百分之八十是留守儿童，父母都在外地打工，他们跟着爷爷奶奶，从小缺乏健康的家庭教育，心理承受能力尤其差。那个跳楼的学生好像是昨晚去网吧通宵上网，今早回家被爷爷责骂，心里本来不痛快。上午殷秀琳上课的时候，那个孩子一直在睡觉，殷秀琳叫醒他，他还很不礼貌地顶撞。最后殷秀琳生气了，大声批评了他几句，结果那学生二话不说，冲出门就从四楼跳了下去。"

罗玉倒吸了一口凉气。

秋燕顿了顿说:"可能殷秀琳今天心情也不太好,平时她对学生还是很温柔的。今天大概对那学生的语气严厉了些,但那学生也不应该为这点小事跳楼啊,真是岂有此理!你说我们现在培养的学生都是什么心理素质?当老师真是压力山大!"

"那殷秀琳没事吧?她现在怎样了?那个学生呢?"

"殷秀琳当场就晕了过去,不过现在应该没什么事了。那个学生已经送去李俊豪他们医院抢救了。殷秀琳和学校领导都跟去了。小玉,你知道吗?好事不出门,坏事传千里。这半天的时间好多记者和家长就把学校围了个水泄不通。我担心那些喜欢夸大其词和捕风捉影的媒体,将事情搞得更复杂。舆论的压力如此,殷秀琳以后可怎么在教育这个行业工作呢?我本来不想告诉你,怕你难过,但想想你还是知道的好,你这几天好减少跟李俊豪联系,免得节外生枝。"

"我昨天已经答应殷秀琳远离李俊豪和他们的生活。"

"什么?"秋燕吃了一惊,"你们依然在车站碰面了?"

"在车站没有碰见她,但我回学校的时候,她在我家门口等我。"

"哦,你们谈了些什么?她没为难你吧?"

"没有。她跟我谈了她和李俊豪之间的事情,以及李俊豪对两个家庭的重要性。"

"你怎么说?"

"我能怎么说?我对她表示抱歉,也承诺会说服俊豪回归家庭,我远离他们的生活。"

"你怎么能轻易就做出这样的承诺呢?那你和李俊豪怎么办?我们几天的交流都白费了!"秋燕急切地说。

"秋燕,你说的道理我都懂,但是殷秀琳比我更不容易。无论我和李俊豪多么相爱,我也不能打着爱的幌子肆意闯入别人的家庭。作为一个入侵者,我凭什么如此的理直气壮和无所畏惧?有句话说得好:人必先自辱而人辱之,也必先自轻而人轻之。我还是不要自取其辱。"

"嗯,我知道现在劝你也没用,还是等殷秀琳这件事情过去了再说吧。我晚点还要去守自习，你如果有事再给我电话吧。"

"好，你快去准备上课吧，拜拜。"

* * *

作为同行，罗玉太了解殷秀琳此时所承受的精神压力了。那位与自己爱着同一个男人的女人，秋燕说她可能心情不好，批评学生的语气才严厉了些。"她的心情为什么不好？"她不敢想下去，却直觉自己跟这件事是脱不了干系的。她的出现，破坏了一个女人原本平静的家庭，也打破了她和谐的内心世界，自己怎么能没有责任呢？又怎么可以释怀呢？如果殷秀琳和她学生有什么不测，这一生她将受到良心的拷问，将永远背负道德的十字架。她不敢想象如果她和李俊豪的爱情染上了血色的烙印，他们还是否有勇气在这条路上执着地走下去。

她禁不住打了一个寒战，老天啊，请你告诉我接下来应该怎么做？我们到底还能不能全身而退！

晚上罗玉意外接到母亲从深圳打来的电话，母亲说罗云已将她离婚的事情告诉她了。她哦了一声，近来事情发生太多，她对自己的事情反而没什么感觉了。

罗母在电话里关切地问她："小玉，如果心情烦，元旦节请几天假来妈妈这里玩吧。别把自己关在家里，那样会闷出病来的。"

对自己的这个女儿，罗母是宠溺的，这宠溺中又包含了几分愧疚。为了生计，罗母早年只身一人去深圳打工，离开的时候，罗玉10岁，罗云才2岁。懂事的罗玉很快承担起照顾奶奶和妹妹的任务，帮她把家打理得妥妥帖帖。最难得的是，这个孩子还通过自己的努力考上了大学，为他们那贫穷的家挣足了面子。作为母亲，她是满意的，也是歉意的，因为她欠这个懂事的孩子一个美好的童年和一份简单的快乐。也因为这份愧疚，罗母对她特别包容，即使像离婚这样的大事，母亲也坚信：女儿是无辜和无错的，就算她有错，那也是因为她太善良和不懂得爱惜自己造成的。

见罗玉对她的建议没吭声，罗母接着说："小玉，你还年轻，未来的路还长，不要担心离婚有什么难堪。在深圳这边，像你这样年龄的年轻人有很多还没谈男女朋友呢！前几天妈妈的一个工友看见你的照片，还开玩笑叫我把你嫁给她的儿子做媳妇。你如果在廊川觉得压力大，也可以辞职来深圳工作。你有大学文凭，还怕找不到工作？"

母亲的话把她从混沌中惊醒。"辞职？去深圳？"她从没想过这个问题，不过母亲的建议似给她指了一条明路，对她目前的处境也未尝不是一个好的突破和出口。

调整好自己的情绪，她回答母亲："妈，你不要为我担心，我会认真考虑你的建议，过段时间再答复你吧。我还要回去征询下奶奶和小云的意见，毕竟奶奶的年纪大了，家里也需要人照应。"

母亲没再多说什么，女儿做事一直有她的分寸和取舍。

接下来的几天，李俊豪那边也没有任何消息。她清楚他现在没有时间顾及她了，发生了这种事情，全世界都被惊动了，下至李囝中学的校长，上至教育局局长，都忙着处理善后工作。何况他是当事人的丈夫，一个至情至性的人。他此时此刻的心情一定亦如自己，充满了自责和愧疚，充满了悔恨和悲痛。他会不会后悔爱上她？会不会因此疏远她？她的脑海里有千百个疑问，千百种假设，最后都化作一声无奈的叹息！

这次跳楼事件，在廊川市大大小小的学校传得沸沸扬扬。教育局几次发函，要求所有中小学引以为鉴，杜绝此类情况再次发生。罗玉学校针对此次跳楼事件也开了几次大会小会。不知为什么，罗玉总觉得郭天囤每次在大会上提到此事时，目光一直有意无意地瞄向她。

学校开完教育讨论大会，杨泽就对她吐槽："妹，你说郭天囤天天给我们上这些政治课有什么意义呢？如果我们大的教育环境没有改变，仅仅靠课堂上干瘪枯燥的说教怎么能扭转学生的认识？而且舆论对于整个事件也没有一个的正确的导向，作为这起事故最该受到批评的学生，因为躺在医院，而赚取了大家泛滥的同情。这些人甚至忘记了他为何跳楼，所有的谴责无一例外指向老师。没有人去关注事件本身的过程，没有人指责孩子的父母，没有人关注这些大面积的留守儿童带给廊川教育最大的隐患，也没有人去关注我们的教育制度是否合理。我真为这种本末倒置的现象感到悲哀！"

杨泽说的话又何尝不是她的心声，晚自习她本想就这事件与学生进行一场思想上的交流和探讨，却不想上课前有几个跟她亲近的学生主动跑过来问她："罗老师,李囡中学出事了,那位老师会受到严厉的惩罚吗?这样一来,是不是没有老师再敢批评我们了?"

她被学生的话大大惊到,本以为学生们会吸取教训,却未料到这事件俨然成了他们有恃无恐的屏障。本以为孩子们会谴责跳楼的学生,却不知他们居然还当他是英雄——牺牲了他一个,拯救了全天下。

她当即严厉批评了那几个调皮的孩子,同时陷入了深深的担忧和思考:怎样才能让老师从神坛走下来,让大家认识老师也是普通人,有人的七情六欲和爱恨悲喜呢?又怎样才能让大家意识到我们应营造一个良好健康的教育环境,让教育和受教育者在健康的环境下拥有健康的心灵呢?这些都是值得我们为之探索和努力的亟待解决的问题!

* * *

真的是怕什么来什么。自习课后,罗玉在走廊静静地看学生打闹嬉笑。突然从九班的教室外传来一阵喧哗,接着很多人涌向九班的门口。她条件反射般随学生挤到九班的教室外。

她震惊地发现外号"小皮蛋"的学生庞波波赫然立在教室外的护栏上摇摇欲坠。九班班主任蹇秀清老师正小心翼翼地劝说庞波波:"波波,你有什么话,下来说,你这么小,可千万别做傻事,如果你有什么不测,你想想你父母该有多伤心呢?"

庞波波显然并不是真想寻死,双手抱着护栏,嘴里却强硬地表示:"蹇老师,如果你今天不给我跪下认错,我就从这里跳下去,让你永远为今天的行为后悔!"

这是什么话?罗玉一阵头晕。更让她震惊的是,年过半百的蹇老师正颤巍巍地打算给可以当她孙子的学生下跪。

"蹇老师,"罗玉冲过去,及时扶住了蹇秀清,看着这位也曾是她班主任的老教师,她难过得快要流泪,这难过自然也包含对学校教育的失望和对学生无知的心寒。

她厉声喊:"庞波波,你才十几岁,按年龄,蹇老师可以做你的奶奶,你怎么可以提出如此大逆不道的要求,你赶紧给我下来!"

这个傻孩子，本就是受"李囹跳楼事件"歪曲理解的影响，被罗玉这么当头一喝，心虚害怕，突然瘪瘪嘴哭了："罗老师，蹇老师今天当着全班同学的面批评了我，说我哗众取宠，破坏课堂纪律。其实我根本没有做错什么，我只是提了一条合理的建议。"

罗玉看事情有所缓和，顺势也就将语气软了下来。

"波波，好孩子。你别着急，慢慢说，是什么建议？"

"上语文课的时候我提议蹇老师带我们出去旅游一次，蹇老师不仅不答应，反而当众批评了我。"

原来是这样。罗玉听了，哭笑不得。这帮小孩是被繁重学习任务逼疯了吗？

"波波，你的这个建议如果是在休息的时间单独向蹇老师提议，我想蹇老师肯定不会批评你的，对吗？你是好孩子，赶紧下来，别做出让自己终生后悔的傻事，让老师和同学笑话你。"

"我要蹇老师同意带我们去旅游才下来。"庞波波态度明显软化，但依然坚持自己的意见。

罗玉将头转向蹇老师，蹇老师一脸的憔悴和无奈。如果每个学生提出不合理的要求，老师就得乖乖就范，那么教育的威信何在？教师的尊严何存？我们拿什么维持课堂的纪律和权威？

想到这，她坚定地回答庞波波："波波，你是懂事的孩子，男子汉大丈夫行事光明磊落，你不可以用这种手段威胁蹇老师。"

"那我换种方式蹇老师是不是就答应我们去旅游了？老师都是骗子！"庞波波情绪又激动起来，这时上课的铃声突然响了。

罗玉开始担心庞波波头脑发热干出傻事，急忙解释："波波，蹇老师不答应你去旅游，不是她的错，是我们这个地方教育制度的错，是整个学校大环境的错。你知道我曾是2002级5班的班主任，我当时仅仅是带学生去户外上了堂英语课，就受到了严厉的处罚。"

庞波波瞪大了眼睛。

"波波，我现在没有当班主任，就是因为这件事受到的惩罚。所以不要怪蹇老师，老师也有老师的难处。老师跟你们的父母一样，出来工作，养家糊口，老师也需要你们的体谅和理解。所以,我希望你能换一种方式和老师交流。"

不知谁说过,一个伟大的谈判家,不是从气势上压倒对手,而是让对手对你充满同情。罗玉的话显然触动了庞波波,也让庞波波认识到老师的不容易。

他愧疚地说道:"罗老师,我错了,对不起。"

罗玉趁机走向他,劝说:"你能理智地看待问题就好,我们每个人都会有糊涂的时候,但是不能因为一点小事就走极端,用决绝的方式对待别人,将自己也置于风口浪尖。你还小,知错能改依然是好孩子,你拉住老师的手,自己跳下来。"

庞波波终于将手伸向罗玉,危机化解,悬着的一颗心终于着地。庞波波回到教室自习,蹇老师一言不发默默走开。看着她有些花白的头发,以及因长期伏案略显佝偻的背影,罗玉心中五味杂陈。

* * *

晚自习刚结束,杨泽来找她,小声对她说:"妹,郭校长叫我通知你去他办公室一趟,我看这件事凶多吉少,你先想想对策吧。"

不用猜,肯定是劝庞波波的那番话传到了郭校长耳朵里。才一节课时间,她不得不佩服那些打小报告的人速度之快。

她对杨泽摆摆手:"不用想了,老大,该来的总会来,我直接去吧,早死早翻身。"

推开校长办公室的门,她一眼看见郭天囤阴沉着脸坐在太师椅上,看来她的那番话对他的刺激不小,又或许是打小报告的人添油加醋了一番。

她走到他的办公桌前,郭天囤也没有叫她坐下,而是开门见山地问她:"罗老师,听说你今天当着很多学生的面指责学校的规章制度不合理,还抱怨学校对你的处罚。有这回事吗?"

罗玉不卑不亢地解释:"郭校长,我并不是故意想对学校的制度说三道四,而是当时,当时情况紧急,有个学生……"

"你不用解释了,"郭天囤毫不客气地打断她,"你对学校不满,对我个人不满,你随便提建议,我没有意见。但是你今天当着如此多师生的面,指责学校这不合理那不合理,说到底你是对我个人工作的否定。我知道你是因2002级的处罚耿耿于怀。但是罗老师，你也是成年人，学校就算对你再不好，也是你的衣食父母，你不应该在公众场合挑拨是非，你知道你这样做的影响有多坏吗？"

郭天囤的话噎得罗玉一句话都说不出来，原本她还反思自己在公众场合评论学校的制度是否妥当，也准备给郭天囤真诚地道歉，但郭天囤的偏激激起她一腔怒火，好像她完全是故意要找学校的茬，公报私仇，蓄意而为！如果庞波波真从楼上跳下去了，她不相信郭天囤现在还有心情坐在这里训斥自己。一番好意就这样被当作驴肝肺。

罗玉一声不吭，紧咬着嘴唇，头不屑地偏向一方，正眼也不瞧他一下，用这种无声的语言表达对他的反感和抗议。

作为廊川最著名中学的校长，他何曾看过谁的脸色？连区委书记要进一个学生，都得亲热地给他打个招呼。罗玉作为一个小小的教师，凭什么甩脸色给他看？

郭天囤简直气炸了，恶狠狠地说："罗老师，你来学校几年了，翅膀也长硬了，我知道你完全没有把学校的领导放在眼里。但是我还是要提醒你：凡事要注意影响和声誉，毕竟你是学校的一员，有义务维护学校的形象。你离婚的事情闹得满城风雨，我也听之任之。但是这次李囵中学的跳楼事件，你别以为跟你没有一点关系，听说你跟那个殷秀琳老师的丈夫关系十分亲密。作为学校的领导，我本来无权干涉你的私生活，但你是人民教师，为人师表，你懂不懂？不要因为个人问题影响整个学校的形象。"

看来自己不出声，郭天囤以为自己完全是理屈穷词。总有一些领导，自以为是，非得把下属逼到揭竿起义才罢休。

涉及人格尊严，罗玉一改平时的软弱，反问郭天囤："郭校长，请问我有什么地方影响了学校的声誉？你今天晚上给我扣了几顶大帽子，我很惭愧，对你给我加的罪名受之有愧。说实话，我还真希望我有此本事配得上你对我的一番评论。其实你说那么多，无外乎就是我没有在公众场合对你唱赞美诗，而是说了实话。我做错了什么？我把庞波波劝下来错了吗？当时的情况有多紧急你知道吗？如果庞波波跳了楼，我敢肯定你关心的是你的乌纱帽而不是我说话是否得体。你现在当然是站着说话不腰疼，得了便宜还卖乖。"

说着她自己拉了一张椅子在郭天囤面前坐下来。反正母亲都支持她辞职，她还怕什么，凭什么自己就得像学生般恭敬地站着让他训斥？

坐下来后，她继续说："我的工作好不好，自然有学生评价，轮不到你坐在办公室颐指气使来断言。如果你发现我有严重违纪的地方，你完全可以把我的事迹写成书面报告，送到市教育局去，由上级来研究处理，而不是凭你一己之见，就给我盖棺定罪。我再申明一下：我是你的下属，不是你的奴隶，你没有权利干涉我的私生活。你如果觉得我私生活犯法了，那你开除我啊！你没有证据开除我，就不要学那些街头巷尾的八婆，随便给我乱扣帽子。你也不要以为你的私生活就很光明磊落，只是我没有无聊到天天跟踪你而已。但你如果非要捏造我的私事，别怪我对你也不会积什么口德。"

她这句话本是随口说说，却不想刚好踩了郭天囤的尾巴，对方恼羞成怒，却无可辩驳。

话一说完，罗玉起身摔门而去，留下郭天囤独自在办公室发愣，不明白罗玉到底吃了什么豹子胆，胆敢跳起来跟他叫板？

刚走到办公楼下，等候多时的杨泽便朝她走过来。她赶紧回避了下，叫杨泽先别管她，查完学生寝室回家再说。

* * *

罗玉一口气奔回宿舍，坐在沙发上，手脚控制不住地发抖。刚才那个在办公室拍案而起，愤然作色的人到哪里去了？那是自己吗？

直到杨泽推门而入，她才缓过神来。杨泽关心地问她："妹，郭天囤那老不死的没有为难你吧？"

"我们彼此都为难了对方，我刚才和他大吵了一架。"

"你说什么，妹？你有勇气跟郭天囤吵架，大哥平时真小瞧你了。"

"他不知受了谁的蛊惑，指责我劝说庞波波那番话是借机对学校的打击报复，还说我影响学校声誉，否定他个人的工作。最让我接受不了的是他指责李囿中学的事情也跟我有关，虽然我自己也认为殷秀琳出事我难辞其咎，但这话从他嘴里说出来我觉得特别刺耳，一气之下就跟他杠上了。"

"他怎么能这样说你呢？殷秀琳的事情跟你有什么关系？你别啥事都往自己头

上揽,再则你劝说庞波波是顾全学校的大局,他还从中找茬,是我也会跟他大吵一架,你别有心理负担。不过,妹,你敢跟老郭抬杠还是让哥对你刮目相看。"

"你别取笑我了,老大。正好这段时间我妈叫我辞职去深圳,我也做好了辞职的打算。既然工作都可以不要,我就豁出去了。晚上叫你离我远点,是不想连累你,毕竟你还要在这学校待下去。"

"看你说什么话,妹。大哥在你心目中是这么势利的小人吗?就算所有人都排斥你,哥也是支持你的那个。以后在校园大大方方跟哥走在一起,我什么都不怕。你就是我的妹子,有事哥也给你扎起,做你的后盾。郭天囤算什么东西?等他退休了,我都不知他姓甚名谁,怎么能因为他影响我们兄妹的感情?对了,你真决定要辞职吗?"

"现在还没正式决定,但我已有这方面的打算。"

"为什么呢,妹?在廊川,我们学校相当于大家心目中的清华北大,你真放得下,还是另有原因?"

"哥,当初选择教师这个职业,是因为我特别热爱这个行业,以为教书就可以实现理想抱负。但六年的教书经历几乎粉碎了我当年的梦想。我不喜欢目前的教育环境,就拿素质教育的推行来说吧,在现实生活中只不过多了句口号,实际上还是不折不扣的应试教育。我不仅没有能力去改变它,反而成了应试教育的帮凶,这让我内心也很纠结和排斥。"

"我明白你说的道理,我们的教育制度是存在一些问题。我有一个小学同学,现在定居在加拿大,她说她儿子读书的那所小学,课堂氛围很轻松,有说话的、有做小动作的,甚至有特别捣蛋的孩子把脚放在桌子上,可老师从来不会因此打骂学生,而是循循善诱。如果同样的事情发生在中国,老师就会被指责懦弱无能,管不住学生,不用多久这个老师就会被赶下讲台。可是如果老师严厉管教,学生又会有牢骚,甚至行为过激。没有一个制度保护和支持老师,老师也只能随波逐流,要不就像你一样辞职走人。"

罗玉无奈地摇摇头,"任何事情都有它的两面性,我们的传统教育也有很多精华,只是我们在应试教育的道路上已经走得太远,完全悖逆了先学做人再学知识的道理。无论是学校教育还是家庭教育都忽视了情感教育、道德教育以及心理健康教育的重要性。我最初对教育的初衷早已落入俗套和窠臼，这让我很苦闷。尤其是发生了殷秀琳这件事后，我更加怀疑当初的选择。"

"你说到重点了，殷秀琳这件事应该不仅仅让你怀疑教书吧？"

"是的，大哥，什么都瞒不了你。殷秀琳这次的事故也让我反思与李俊豪的交往，我决定放弃对他的坚持。因为……"

她顿了顿说："无论是来自殷秀琳的痛苦还是舆论的压力，都是我目前难以承受的。大哥，原谅我那么脆弱。"

"不是你脆弱，是你太善良。如果你真坚持这么做，大哥也支持你，因为哥一直觉得你很优秀。无论你去哪里，哥都不担心你找不到工作，只是你一走，大哥身边少了一位最佳的拍档和最好的帮手。"

杨泽的话让罗玉眼眶潮湿，她有些哽咽地说："大哥，假如我离开了廊川，我相信以后我回忆起这段教书生活，你是我对它最温柔最刻骨的记忆。如果我思念廊川这座城市，一定是因为这座城市有你和肖燕等最好的朋友，而其他的一切都是过眼云烟。"

友情和爱情都是可遇而不可求，他日行别，如同管仲之失鲍叔牙，她将何处寻觅如此珍贵的挚友和如此珍贵的情意？

第二十八章　悲戚，奶奶走了

> 我们为逝去的亲人所作的仪式和努力，并非坚信他们可以在另一个世界享用，而是活着的人需要用一种方式来排减哀思和存放寄托。

"父母在，不远游，游必有方"，对罗玉来说，辞职最大的顾虑就是奶奶了。母亲离家早，家对于她的记忆就是奶奶烧的可口饭菜和妹妹天真烂漫的笑脸。如今妹妹已长大成人，有了自己的世界，奶奶却一天天老去，成为她最割舍不下的牵挂和惦念。辞职这件事，她一定要得到奶奶的支持才能有勇气，否则她去到天涯海角都不会心安。因此这个周六，匆匆吃完早餐后，罗玉就赶车回了阆平。

推开那扇熟悉的门，她一眼看见赵洋正拿着铲子炒菜，罗云背对着她切菜。

赵洋看到她，惊喜地喊："玉姐，你今天怎么有时间回来？早知你回来，我们该多准备两个菜。"

小云随着赵洋转过头，开心地叫嚷："姐，你可回来啦，你不知道，奶奶现在越来越思念你啦，刚才还念叨你呢！"

"哦，"她笑着问："奶奶呢？"

"奶奶说她有点困，这会儿回里屋睡觉去了。"

"是吗？"她有点惊讶，奶奶之前很少白天睡觉，她的口头禅是"前三十年睡不醒，后三十年睡不着"。

"奶奶是不是不舒服啊？"

"奶奶说她没病，要不你等会儿再问问她。"

走进奶奶的卧室，奶奶好像睡得正香，并没有因为她进屋而惊醒。罗玉在奶奶的床边坐下来，望着奶奶那张慈祥的脸发怔。不知是不是以前没有近距离地观察奶奶，今天她突然发现奶奶消瘦得特别厉害，让罗玉看着心碎和难过。

"奶奶是不是为她离婚的事情深深纠结过？奶奶又是不是因为心疼她最爱的孙女辗转反侧担忧过？"罗玉怔怔地坐着发愣很久，奶奶才醒过来。发现她坐在床边，奶奶吃惊又喜悦地问她："大孙女，什么时候回来的？怎么不叫醒我呢？"

代替回答奶奶的问题，罗玉反问："奶奶，你是不是身体不舒服啊？我怎么觉得你特别消瘦呢？"

"没有啊，"奶奶故作爽朗地说，"我身体很好呢，能吃能睡。至于你说我瘦了，跟你一样，奶奶也是锻炼增多。我没事就到菜园走走，看洋洋和小云种菜。俗话说，有钱难买老来瘦，你应该为奶奶感到高兴。"

"是真的吗，奶奶？你可千万别瞒着我，有病要及时医治。"

"放心吧，孙女，奶奶好着呢，有你这么能干的孙女，奶奶一定要争取活到一百岁，好好享你的福。"

"那我们可说好了，奶奶，我负责努力，你负责活到一百岁。"

"放心吧，玉儿。"

正说着，小云在外面叫："姐，快叫奶奶出来吃饭啦，你们还聊多少悄悄话呢？出来一边聊一边吃吧。"

罗玉扶奶奶走出来，看着桌上摆满了很多好吃的，她忍不住开心地说："妹，你们的伙食不错啊，做这么多好吃的。"

"平时才没这么多呢，赵洋见你回来了，刚才特意跑出去多买了几个菜，你看我们都把你当贵宾呢！"

一句话说得罗玉心里暖洋洋的，奶奶也忍不住夸赵洋，称他越来越懂事了。

吃完饭，小云跟她商量："姐，我和赵洋打算将家里的铺面收回来开饮食店，一来可以增加收入，再则在家也方便照顾奶奶，你觉得怎样呢？"

"哦,"罗玉很喜悦听到妹妹有这样的计划,但也不免担心地问,"你和赵洋没有经验,贸然独当一面会不会有风险呢?"

小云立马打消了她的顾虑:"我知道的,姐。我又不是小孩子,赵洋的舅舅在万福街已经经营了几年小食店,这个月每天下午我和赵洋都在他那里学经验,等会儿我和赵洋也会过去学习。"

"那我就放心了,你们的铺面什么时候开张?别忘了通知姐姐,我好给你封个大红包。今天下午有我陪奶奶,你们可以早点去学经验,不过要早点回来,我大概四点就要回廊川。"

奶奶有些失望地问她:"玉儿,你不住一晚?"

"这周末不放假,晚上还有自习,明早也有早自习。奶奶,很快就放寒假啦,那时我会天天住在家里,好好陪陪你,也看着小云她们将店开起来。奶奶,你可一定要爱惜身体,监督妹妹将事业做大做强,到时您老就等着享福吧!"

一番话说得奶奶喜笑颜开,小云和赵洋看她们聊得开心,放心地离开了。妹妹和赵洋走后,她和奶奶坐在屋后的槐树下聊天。阳光从树荫下投下星星点点的光芒,照在奶奶花白的头发上,使奶奶看起来和蔼可亲。曾几何时,她还和妹妹在奶奶的身边追逐嬉笑,奶奶陪她俩转圈捉迷藏。而今,时光悄然带走了奶奶的健康和活力,恐怕连这样守着奶奶一起细数光阴的日子也不多了。辞职去深圳的事情,罗玉压在心里,直到离开她也未能说出口。

那天的太阳很大,都下午了还明晃晃地耀人眼。快四点了,小云还没有回来,虽是不舍,奶奶还是催促她离开,并将她送到大门口。

罗玉恋恋不舍地挪动脚步,往前走了几米,心里忽的被牵挂和流连充满,忍不住回头,却赫然发现奶奶像雕塑一样立在门边,眼睛一瞬不眨地望着她。

阳光那么耀眼,映照着奶奶那张沧桑而苍老的脸,形成一种强烈的反差,她的脑海里迅速地跳出四个字"风烛残年",她深爱的慈祥的奶奶已经到了风烛残年,岁月是多么残酷!

看到她回头,奶奶那张饱经风霜的脸露出一丝生动的笑意,也许是阳光晃了她的眼,也许是风吹疼了她的脸,罗玉用手揉揉眼睛,突然很想哭很想哭。为了不让奶奶看见,她赶紧朝那人影挥挥手,头也不回地离开了。

* * *

从家里回来，罗玉一宿都没有睡踏实。第二日早上自习，也是魂不守舍，说不清是什么缘由，心里堵得慌，压抑得她的心一阵一阵地搅疼。她感到有什么地方在振动，不只是来自心里，然后她明白了是手机在振动。莫名地，她认为电话是小云打来的。

她颤抖着摸出电话，电话果然是罗云打来的，她心里一紧，赶紧踱出教室，哆哆嗦嗦地接通妹妹的电话，还未来得及说话，她的泪就汩汩地流下来，电话里是罗云的哭泣声："姐姐，奶奶已经在昨天晚上走了……"

她不知道自己是怎样离开教室的。在路上，她用自己残留的一点理智，给杨泽打了个电话，叫他帮忙请假，然后跌跌撞撞坐上了回阆平的客车。

还未跨进门，就听到屋里传来小云的悲泣声。她奔进奶奶的屋子，奶奶已经被安放在家里唯一的一张躺椅上，躺椅的旁边放着一个燃尽纸钱的火盆，妹妹跪在火盆边。

罗玉腿一软，跪在奶奶的躺椅前放声痛哭。

奶奶啊，你昨天才答应了玉儿，你要好好地照顾自己，要看到玉儿更有出息，你怎么可以一句话不说就离开了？

奶奶啊，你为什么要骗我？你让我怎么接受这个事实？我好后悔，好后悔，没有留在您的身边。

罗云移过来，和她抱着一团哭。

赵洋走进来，劝她和妹妹："玉姐，你和小云别太悲伤了，奶奶走得很平静，她是在睡梦中走的。听村里的老人说，只有有福的人才会走得如此平静和安详，家里的亲人在这个时候不能大哭，否则会绊住亲人离开的脚步，让他们误了时辰去另一个世界报到。奶奶那么疼你们，听到你们的哭声，又怎么舍得挪得动脚步？"

赵洋的话让罗玉和妹妹强忍着止住了悲声。

罗玉振作了一下拉起妹妹："洋洋说得对，奶奶若有知，听到我们的哭声怎么挪得动脚步？接下来，我们还是要想想怎样料理奶奶的后事，让奶奶走得无牵无挂。"

赵洋马上接过话，说他父亲一大早就帮忙联系了道士，道士翻了黄历，建议最好能赶在后天天亮前让奶奶入土为安。

听此，小云又哭起来："后天凌晨，时间这么急，妈妈能赶回来吗？"

以前罗玉也不相信什么人死后灵魂升天的说法，自然也不相信什么黄道吉日。但她此刻却开始相信这世界真的有灵魂一说，因为世界万物，唯有人类有如此细腻的情感，那疼爱了她几十年的奶奶怎么会这样彻底地离开？冥冥中一定有一种力量支撑奶奶延续对她们的爱，更何况奶奶在世时，是那样虔诚地相信人死灯灭只是去了另一个世界。早在她读书的时候，奶奶就半开玩笑半认真地对罗玉说："奶奶不怕死，但我怕火化。等我死后，你们把奶奶埋在打谷山的自留地旁边，那地方开阔，这样奶奶还可以看见你们上学放学。"

当时罗玉觉得这话遥远得像天边的云彩，压根儿没有想过有一天她要面对这个残忍的现实。在这个时候，灵魂和轮回的说法给了她悲痛的心一个寄托和安慰，所以她愿意相信赵洋的说法。

罗玉对小云说："妹妹，实在等不到妈妈回来，我们也要听从道士的安排，丧礼按照老家的习俗操办，一个环节都不要漏掉。奶奶泉下有知，她不会怪罪妈妈的。奶奶生前笃信因果轮回，这信念让她一生向善，她会特别欣慰我们按照她生前希望的方式操办她的后事，这也是最后一件我们能按照她老人家意愿去办的事了。"

*　　*　　*

奶奶没有长孙，爸爸又去得早，她这个长孙女必须挑起这个担子，大家都还在等着她拿主意。

罗玉翻出电话本，列出一大堆人的名字，这些人有奶奶生前的朋友和姐妹，还有些多年不联系的远亲。她把人名和电话交给小云，叫她依次邀请上面的人员参加奶奶的葬礼。然后她给母亲去了电话，母女又是一阵痛哭。由于时间太赶，母亲和她商量就不回来了。

罗玉叫赵洋把道士请过来，详细与道士商议了相关的程序。按照道士的要求，接下来要给奶奶"开路""看地""做道场""唱孝歌""请锣鼓队""请八大金刚"等，罗玉将这些要求一丝不苟地记下来。

她曾幻想自己离开这个世界的方式：一把骨灰，魂归大地。但此刻她对这些烦琐的民风民俗，却心存感激和敬畏，她把这看作在跟奶奶举行一个告别的仪式，当她怀着虔诚的心做这些事情的时候，她感觉她与奶奶的心依然是连在一起的。很多时候，我们为逝去的亲人所作的仪式和努力，并非坚信他们可以在另一个世界享用，而是活着的人需要用一种方式来排减哀思和存放寄托。

这两天，家里陆陆续续来了很多祭奠奶奶的客人，在罗玉的安排下，一切按照程序有条不紊地进行。第二天凌晨四点，到了罗玉最不愿面对的时候——该送奶奶入土为安了。

按照老家的习俗，从家到墓地的这段路程得有人端奶奶的灵牌。这个牌位本应由父亲来端，但父亲走得早，她和明樨也离婚了，家里再没其他的男丁。正当罗玉左右为难时，赵洋走到她身边，说："玉姐，如果你信得过我，就由我来端吧。奶奶在世时，把我当亲孙子一样疼爱，我也把这个家当作自己的家一样。"

罗玉欣慰地看着这个22岁的大男孩，满含热泪："洋洋，你说得对，相信奶奶也是这么想的，奶奶那么喜欢你，她的心里早已把你当作亲人。姐姐是糊涂了，你来端灵牌最合适了。"

赵洋端着灵牌，她和罗云跟在后面，再后面是长长的送别的亲人和朋友，一列长长的队伍，在漆黑的夜里护送着奶奶朝墓地走去。

到了墓地，八大金刚找好位置，放好棺木。

罗玉带着罗云和赵洋在墓穴的四角和中间分别抓了一点泥土，算是带走奶奶给他们的祝福。

接下来就该往墓穴中填土了。他们三人轻轻地往奶奶的棺木上各撒了一把土，对着奶奶的棺木作揖。然后，其他的亲朋好友依次作揖填土。

看着奶奶的棺木逐渐在泥土中隐去，罗玉悲伤得失去了知觉，她完全不能相信与她相伴多年的奶奶下一秒就将长眠在此，与她阴阳永隔。

最后的仪式该由正孝子添土。赵洋和罗云都叫她去，奶奶生前最疼她，而她也是这个家里的长女和学问最高的人。罗玉忍住悲伤站起来，将赵洋扶到奶奶的坟墓正前方，一字一顿地说："洋洋，以后这个家姐姐就交给你来支撑了，奶奶走了，姐姐可能也会离开廊川。虽然你还年轻，但你是家里唯一的男人，姐姐相信你已经是一个顶天立地的男子汉，值得我把这个家和罗云托付给你。"

赵洋满含热泪，接过罗玉递过来的锄头，把右边的泥土勾到棺木左边三下，再在左边的泥土勾到棺木右边三下。前来送别的亲人依次上前为奶奶填了最后一把土，天微亮的时候，奶奶的棺木终于被泥土完全盖住，奶奶走了。

泪眼蒙眬中，她听到许多的声音，有人叫她和罗云节哀顺变，有人说奶奶已经八十高寿，在睡梦中离去，没有什么遗憾。

道士催促她和罗云快跑回家，跑得越快，今后发展越好，前途越光明。提起前途，她记得几天前奶奶还答应了她活到一百岁，享她的清福，如今却长眠在这里。此刻，对于她而言，前途还有什么意义？

罗玉叫赵洋陪着罗云跑回去，完成最后一道程序。赵洋懂事地扶着悲痛的罗云往回走，慢慢地其他的亲人也跟着往回走，人群离她愈来愈远。终于，世界安静了下来，只留下她独自一人立在奶奶的坟墓前方。

罗玉慢慢地跪下来，压抑了几天的悲痛终于彻底释放，她伏在奶奶的坟前，痛痛快快地哭了一场。几天前，她回到家是想跟奶奶商量去深圳的事情，但她没有说出口，她怕奶奶不舍她离去。难道奶奶已经感知了她的所思所虑，用这种方式解除她的后顾之忧，以便成全她的离开？

她不敢想下去，耳边响起昨晚小云对她说的话："姐，其实奶奶这一年来身体都不太好，但是她一直拒绝去廊川就医，也不准我将情况告知你。她说你为这个家已经付出太多了，你走到今天，也是因为我们当初拖累了你。现在你离婚了，我们帮不了你，但也不要再给你添乱了。

"不久前，李俊豪哥哥来家里找过你，奶奶以前很喜欢他。俊哥哥看见奶奶的气色不好，建议奶奶去他们医院检查身体，但奶奶坚决拒绝了。奶奶的理由是她一把年纪了，绝不能死在城里，死在城里会被火化。俊哥哥走后，奶奶才说，你姐姐已经因为我生病，错嫁给了明榉，当时我还觉得明榉不错，害了你姐姐啊！这次说什么不能让她因为我再次对一个人感恩，左右她的选择。"

奶奶啊，没人比你更了解玉儿，也没人比你更疼爱玉儿。你是用这种决绝的方式告诉玉儿，你希望我离开，你不愿意我待在廊川被人言和道德束缚，你了解玉儿内心有多苦，对吗？

只是你想得如此周全，考虑得如此缜密，却唯一没有想过怎么让玉儿接受你的离开，又怎么让玉儿停止对你的想念？周围一片静寂，世界那么大，那么空旷幽远，在这一刻，天地间化为乌有，只剩下她和长眠在此的奶奶，听风呜咽，听云低诉……

第二十九章　他乡，不告而别

> 世界上最遥远的距离，就是你与你最深爱的人之间只隔着一扇门，但是那扇门你却永远也走不进去。

才下午4点多，太阳好像也怕冷似的，早早地躲进了云层里。罗玉在街上漫无目的地走着，冷飕飕的风在她耳边呼呼地刮着，将她那张小巧的白皙的脸冻得通红。明天她就要离开这座熟悉的城市了，"山一程，水一程，身向榆关那畔行"。她有些贪婪地打量着周围无比熟悉的场景，似乎想将它们全部烙进心底。

她在街上差不多走了两个小时，最后，她停在廊川Z医院的住院部楼下。带着一股难以按捺的心情，她轻车熟路地走向了那间熟悉的病房。

秋燕告诉过她，那个跳楼的男孩被安置在211病房，李俊豪经常去照顾他。整整一个月了，他们之间没有见面也没有通话，这一个月他们彼此的生活都发生了翻天覆地的变化。也许就像她没有时间和心情去打扰他一样，他也没有更多的联系。

她常常自问：没有联系是不是就没了牵挂和担心？答案显然是否定的。还未走到病房前，那颗"咚咚"跳个不停的心和几乎快要凝滞的呼吸表明了她没有一刻忘记过他，没有一刻停止过牵挂。

离那间病房越来越近了，他到底是在办公室还是在病房里呢？他是一个人呢还是与殷秀琳一起？见到他该说些什么呢？如果碰到他和殷秀琳一起该作何解释呢？她突然失去了走近他的勇气。

世界上最遥远的距离，就是你与你最深爱的人之间只隔着一扇门，但是那扇门你却永远也走不进去。就在她犹豫要不要离开的时候，一个拿着药水瓶的护士推开了她前面的门，那个熟悉的身影出现在她的视野。

他背对着门坐在床边，殷秀琳靠在他的肩膀上，可能是睡着了，另一张床上躺着那个跳楼的男孩。看见护士进来，他小心地腾出手将殷秀琳扶上床躺好，并轻轻地为她盖上被子。虽然看不清他的脸，但她仿佛看见了他的细腻和柔情。

罗玉站在门外，觉得自己的出现有点多余，就像一幅精美的画多了一处败笔，她唯有离开，唯有远走，唯有逃离，这样画面才会和谐。于是她没有犹豫，转过身，穿过长排的病房，穿过长窄的楼梯，头也不回地跑下了楼。

李俊豪突然感觉到窗玻璃上晃动着熟悉的人影，他怀疑是自己太累了，揉揉眼，想确定是否看错。只一闪，那个熟悉的人影就消失了，一点迹象都不曾留下，让他心痛莫名。

是不是幻由心生？潜意识里，那个人影一直存在自己的内心深处，成为他不敢触碰的痛。他想起自己对她的诺言："小玉，只要你醒过来，我一定会为你撑起一片蓝天，不会再让你受到任何伤害，也不会再放你从我的世界离开。"那些诺言还温润潮湿，但他却没有能力做到。

他原本以为只要俩人相爱，就可以克服所有的困难，可以扫除所有的障碍。但生活却不是他想的那样简单，婚姻其实也是一纸诺言，他不是绝情寡义的男人，无法做到在妻子遭遇打击的时候袖手旁观。

出事没多久，他在秀琳的枕下发现了安眠药。他吓坏了，如果秀琳有什么不测，他怎么向她的老父母交代？他这辈子都无法原谅自己。所以他日日夜夜都守着秀琳，守着那个肇事的学生。

这段时间他完全顾不上罗玉了，只在一天中午给她发了条问候的短信，她回了四个字："安好，勿念。"他心里想着，等过了这段日子再与她联系吧。这一次，李俊豪对他们爱情的归宿和前景是着实迷茫了。

护士已经离开，看了看殷秀琳熟睡的脸，他轻轻地走出病房，拿出手机，拨出那个熟悉的号码。

电话接通了,他却不知说什么,好半天他才吐出几个字:"小玉,近来怎么样?"

"还好。"

"对不起,没有时间去找你。"

"我理解,你好好照顾秀琳,没事别给我打电话。其实我见过你太太,她也不容易,我对介入她的生活感到抱歉。"

李俊豪吃了一惊:"你见过秀琳,什么时候?"

"就在她的学生出事前,我们学校开运动会的时候。"

李俊豪费力地转动着自己的思维,慢慢地在脑海拼凑成一个画面:他风尘仆仆赶到阆平去找她,她却跑到李囡中学找殷秀琳去了,难怪她对自己的责问一句解释都没有,因为她根本无法对他解释。她说对秀琳感到抱歉,她对秀琳说了什么?做了什么?她知不知道她这冲动的行为造成了多么惨重的后果!

想到这,李俊豪充满气恼,第一次对她发了脾气:"我都给你说过了,我会处理好和秀琳的事情,你为什么如此沉不住气?为什么不相信我?你知不知道你把一切都搞砸了!"

罗玉愣了一下,不明白他是怎么把这些情节结合起来的?她本想对他解释几句,转而一想,自己明天就要离开了,离开是为了远离他,那就让他对自己误会和死心好了。

于是她毫不犹豫又伤痛无比地回答:"是的,我去李囡中学见了殷秀琳。你也相信了,我就是如此多事的女人!我不值得你如此用情!我一定让你很失望,对吗?很抱歉,请你好好地对待秀琳,帮我把那份愧疚一起补上吧!"

挂了电话,心痛到无法呼吸,她看不见俊豪的表情,幸好看不见他的表情,如此,她才可以不去想他的痛苦和失望。

对着电话的忙音,她默默地祈祷:"俊豪,明天我们就天各一方了,请原谅我再一次做了逃兵,没能陪你坚持到最后。结婚的目的不是离婚,请你珍惜你的婚姻。既然我这样做的目的是成全你的幸福,请你和秀琳一定要幸福,不要辜负了我的祝福。"

　　　　　　* 　* 　*

机场，一袭白裙的罗玉挎着她最爱的淡绿色肩包，杨泽拖着她大大的行李箱，和罗文并排走在后面。她被三位女士包围着，秋燕和肖燕这两只燕子在她耳边昵啾，叮嘱她注意安全，嘱咐她照顾好身体。

看着她瘦弱的身板，肖燕忍不住感叹："小玉，我总觉得命运是个奇妙的东西。拿我俩来说吧，打小我就有一个行走江湖、行侠仗义的梦想，命运之神应该安排我在外闯荡，留你在家乡享乐。但今天却是你提前离开了这个温暖的小城，去一个陌生的城市打拼，而我在家乡安居乐业。小玉，你觉不觉得，你开创了很多我们这群人的先河：第一个结婚，第一个离婚，第一个辞职，第一个远走他乡……"

张颜总结一句："小玉姐是我们这群人中最勇敢的一位。"

罗玉笑而不答，她没有想过要开创这么多第一，但是生活却一直推着她向前，一路艰难的抉择，一路痛苦的舍弃，今天也一样。

秋燕小心翼翼地问她："小玉，要不要我打个电话给李俊豪呢？现在也许还来得及。"

她摇摇头，"不要打扰他了，现在有很多事情让他烦呢！也不要告诉他我离开的事情，等过段时间一切都平静了，殷秀琳的事情也解决好了，再告诉他吧。"

"他又不傻，难道不会主动电话你吗？"

"我会换联系方式的，他找不到我，除非我们都放下了，我才会联系他。再说了，他有一个好太太，时间一长，他也就慢慢淡忘我了。"

"你换联系方式？是不是连我们也不要见了？"

"你对我们的友谊就这么不自信吗？只是暂时不与你们联系而已，等我安顿好一切，自然会主动联系你们的。"

大家围着她叽叽喳喳地说个不停，只有张颜在旁边静静地听着。这个聪慧的女孩，那么懂事和娴静，她知道自己什么时候该说话，什么时候不说话。

在大家的依依惜别中到了登机的时间，罗文感慨："小玉，还记得我们游星月湖爬黄瓜山的日子吗？你那时也爱穿白色的长裙，那些时光仿佛还在眼前，生活却发生了如此多的变迁。你离开后，我们这群人还会经常聚在一起吗？你要经常回来看望我们，真不知道你再次回来我们又是什么光景？"

罗文的话让大家有点伤感，罗玉安慰大家："无论我何时回来，对于我们这群人来说，我肯定还是我，是那个你们熟悉的我，这一点永远不会改变。"

周围有人开始排队候机，离别的序幕已经拉开，杨泽还在关切地叮嘱她："妹，有没有什么东西忘记带了？没带大哥马上买给你。或者你到深圳记起了，打电话给哥，我马上给你寄过去。"

"所有该带的东西我都带好了，而带不走的是我最珍贵的东西。都说朋友是笔财富，你们是我生命里最最宝贵的财富，我只恨我没办法把你们装进行李箱带走。"

她依次拥抱了几位好友，然后随着流动的人群进入了候机大厅，又随拥挤的人群登上了飞机。飞机越飞越高，这个城市在她的眼里慢慢地远去，远去，直至消失。

罗玉在心里默默地挥别："再见了，廊川！再见了，孩子们！再见了，我的至亲至爱！也许不久的一天我会归来，只是那时候或许已经斗转星移，沧海桑田，年轻的我们又将续写怎样的故事？"

下篇
重生

花开本无岸
魂落犹在川
念君不敢对君语
重生把梦还

第三十章　重逢，回到最初的起点

世界那么大，我有幸遇见了你；世界那么小，我居然弄丢了你！

　　站在深圳宝安机场的出发大厅，看着川流不息过往的行人，罗玉泪眼蒙眬。2004年年底她离开廊川的时候，身边围绕着一大帮朋友，大家叽叽喳喳为她送别的情景恍然如昨。而今七年过去了，她再次提着一个行李箱，却不知道该何去何从！

　　我该何去何从？她呆呆地想，痛苦地想，困惑地想，却理不出一丝头绪。或许去哪里都好，只要不待在深圳。

　　她一个人在机场转悠了几圈，然后呆立在电子屏前，一遍又一遍浏览着信息栏里滚动着的航班信息。突然她看到了"重庆"，这两个字像闪电一样击中她的神经，刺痛她的眼。她的心一抖，那些尘封了多年的往事突然就像潮水般涌过来，决堤一般淹没了她的思绪；那些年轻的故事，那些青春的容颜，那些美好的回忆，……或许只有那片沃土能安抚她伤痕累累的心灵。于是，毫不犹豫地，她买了去重庆的飞机票。

　　下午四点的时候，罗玉终于踏上了那个久违了的魂牵梦绕的地方：渝北师专。十多年光阴逝去，再回首物是人非，沧海桑田。她站在这个曾属于她们的青春舞台，看着一张张年轻的面孔从她的眼前经过。一对情侣经过她的身边，男孩子突然停下来，很细心地为女友拿掉了落在肩上的一片落叶。接着三个女孩子有说有笑地走过来，其中一个体格健壮，另两位相对瘦弱。身体健壮的女孩看起来活泼爱笑，一路上都在叽叽喳喳地说个不停；中间的女孩很文静，一直腼腆地抿着嘴；而右边的那位女孩则知性聪慧，不时点头附和。又有几个男孩子经过，有的行色匆匆，大步流星；有的慢慢悠悠，若有所思。

罗玉立在一棵大树下，仿佛看见在路的那头，一个个熟悉的朋友正朝着她走过来，肖燕和杨泽肯定是走在最前面的，他们俩任何时候都是领头羊。然后是罗文，跟在杨泽的后面，大声调侃着杨泽重色轻友。再然后是秋燕，她在体贴地问："小玉，你心里在想些什么呢？别担心，我永远都支持你的想法。"还有黄莺，傲娇地哼着小曲，身后追着大献殷勤的"土豆"，气喘吁吁地说："莺儿，你要的水，我给你买来了。"

一个又一个熟悉的朋友朝她翩跹而至，罗玉满含热泪，忙不迭地迎接着这些永不褪色的朋友。他们沿着当年的足迹，一个个向她走来，又一个个经过她的身旁，消失在路的尽头。

最后，一位瘦高的清秀的男孩子向她走来。他走得那样从容，眼神笃定，一直在看着她的眼睛。他停在她的面前，轻轻地问了一句："小玉，我等你很久了，这些时日，你过得可好？"

"俊豪。"她喉咙梗塞，言语哽咽。

"我也在等你，我想听你把当年在操场上未来得及说的话再对我说一遍；我想牵着你的手，把我们年轻时候错过的风景再走一遍，你愿意吗？"

"我愿意啊，小玉，年轻时候我们都少不更事，对吗？"

"对。"

她着急地四处寻找，四处张望。却仿佛看见他与自己在湖上游船中吟诗对唱；仿佛看见他正背起受伤的自己跑向医务室的大门；也仿佛看见了他与自己在那个月色暖暖的夜晚漫步操场。在这个昔日的校园，他好像存在于每一个角落，每一个角落都充满了他的身影。但是她却走不近他，抓不住他，他原来不在她的身边，她把他弄丢了，她已经失去了他！

"李俊豪，俊豪，"她对着这片熟悉的校园在心里大喊，"我回来了，回来了！

你在哪儿？你告诉我你在哪儿呢？"

人在最伤痛的时候，最容易想起那个最懂自己的人。如果这些年，陪伴在她身边的人是他，他怎么舍得她如此难过？怎么舍得让她流太多眼泪？是的，他舍不得！

人在年轻的时候有多少骄傲、多少清高、多少无知，才会那么轻易就放弃了生命中最珍贵的情感，才会傻傻地松开了深爱的人那双手？

如今，岁月已经磨平了她的棱角，生活已经褪去了她的骄傲，她很脆弱，很狼狈，她哪里还有什么尊严可言？早知如此，她还会作出当初的选择吗？她还会轻易地成全别人放弃他吗？她不会，她肯定不会！她从来没有比此刻更清楚自己内心的所想和所爱！

哦！俊豪，让时光将我们带回最初的起点，如果我还能牵起你的手，我确定，我这一辈子都舍不得松开你的手！

* * *

罗玉就这样一个人漫无目的地在校园转悠，带着满心的伤楚，满怀的遗憾，满脑子的感叹！学弟学妹的脸，青春洋溢，激情飞扬，一如当年他们的旧颜。可是，时光不能倒流，青春无法再拾，那些年丢失的爱情沉寂在故去的岁月里！步步寻，步步问，除了当年的一些残肢断臂的回忆，其他的销声匿迹。

最后，她终于感觉到了饥肠辘辘。这一整天，除了在飞机上吃了一点东西，罗玉几乎连水都没喝。

她踱出校门，想在那一排排的餐厅和铺面中寻找一家环境幽静的小店。这些年旧貌换新颜，校园外的餐厅也比当年她们读书的时候增加了许多。一间名为"玉情缘"的餐厅让罗玉停下了脚步。她思索着推门进去。

餐厅的顾客很少，只在靠窗的位置坐了两对情侣。她选了最里间的位置，一个容易被忽视的角落。坐定点好餐后，服务员对她彬彬有礼地解释："姐姐，今天我们店的一位师傅请假，可能要麻烦你多等一会儿。如果你觉得无聊，前台放有杂志供客人翻看，进门左手边的墙是我们新设的心语心愿墙，你可以买张卡片挂在墙上留着纪念。"

她回答："没关系，你们慢慢弄吧，反正我也不赶时间。"是的，她一点也不赶时间，她有一大把一大把的时间，时间让她觉得痛楚和绵长，她现在愁的是怎么打发掉这些无聊的时间，而不是怎样节省时间。服务员小妹离开的时候，她忍不住问了一句："妹妹，你们这家店为什么取名叫玉情缘？"

穿紫色工装的女孩温柔地回答她："因为我们老板娘的名字叫玉。"

"这样啊，"她难得露出一笑，说："我的名字里也有一个玉字呢！"

"这么巧？"

"是啊，很巧！"

话毕她不禁打量起这间餐厅：餐厅的装修并不十分高档，却很别致。中式的镂空雕花桌椅，每张桌子上安放着一个墨绿色的瓷瓶，瓶里盛开着几株红色的玫瑰，幽香神秘。古典而高雅的中式吊灯投下淡淡的紫色的光芒，优雅而静谧。柔和的古筝古曲流淌着，如一股烟雾轻漫，氤氲着她忧伤的心情。

罗玉站起来，有点好奇地走向那面镶嵌着粉色花边的许愿墙，一眼看见丘比特小爱神拿着一把箭在墙上方自如地飞翔。她再将目光移到下方，一张张形状各异的小卡片密密麻麻地贴满了大半面墙壁，心语心愿墙，她的心语心愿是什么呢？或许她的心语不能称作心愿，只能算作人生的遗憾！她一时惆怅不已，想了想，她买了一张卡片，写了李商隐的《锦瑟》：

锦瑟无端五十弦，一弦一柱思华年。
庄生晓梦迷蝴蝶，望帝春心托杜鹃。
沧海月明珠有泪，蓝田日暖玉生烟。
此情可待成追忆？只是当时已惘然。

收好笔，她在这面花花绿绿的墙壁下方，寻了一处小小的空隙，将自己写好的卡片粘上，心里想着："贴在这个位置，应该不会有人注意吧？"

她再打量一眼，发现自己的卡片将一旁的小卡片压住了一端，她用手去移自己的卡片，目光却被一旁的卡片深深地吸引住。那张卡片被主人叠成了心形形状，在那小小的弧形心尖上，写着一行小小的瘦劲清俊的字体。

罗玉靠近细看那神韵工稳的字迹。她的手停止了动作，血开始往上涌，呼吸也几乎停滞，这怎么可能？这不可能是真的！可那熟悉的字迹，熟悉的语气，怎么那么像出自同一个人：

"小玉，世界那么大，我有幸遇见了你；世界那么小，我居然弄丢了你！"

她一把扯下那张卡片，冲向前台："对不起，妹妹，请问你还记得这张卡片的主人吗？"

小姑娘接过那张卡片，迟疑地看了她一眼。

罗玉抱歉地解释："不好意思，我太激动了，我认为这张卡片是我一个朋友留下的，他对我来说太重要了，我想知道他什么时候来过。"

小姑娘接下来的话让罗玉喜出望外："我想起来了，这张卡片是今天上午一个客人留下的，当时我们刚开门不久，他问我借了剪刀和笔摆弄这张卡片，所以我印象深刻。"

罗玉的心几乎要跳出来。老天啊，看看你做了怎样的安排？也就是说：同一天，她和李俊豪都来到了这间餐厅。

"原来冥冥中早有安排，这是命运对我们的眷顾吗？之前的种种都是生活对我们的考验吗？"

她迫不及待地问："妹妹，那你知不知道他最后去了什么地方？"

因为太激动，她的声音都有点发抖。

小姑娘摇摇头，回答："这个他没有说，我也没有问。"

罗玉的心情又跌入谷底，他离开了，他一定是回廊川去了。或许他也如她一样，寻梦而来，却这么快又折回到现实中去了。

看见她无比失落的神情，女孩想了一下后安慰说："你别难过，姐姐，你的朋友可能还没走，你为什么不试着找找他呢？我记得上午他进店的时候说了一句：'刚下车就被你们餐厅的名字吸引住了。'所以说今天上午他应该是刚到这里而不是要离开。"

罗玉的心里又燃起一线希望。她顾不上吃饭，让店员打包好，急匆匆出了餐厅。

* * *

渝北师专只有一家招待所，就在这条直路的尽头。罗玉有种预感：如果李俊豪没有走，一定是住在校内的招待所内。

到了招待所，她先去到服务台，为自己开了一个房间，把东西都放下后，她立即折返到服务台，迫切地询问服务员："对不起，有件事情想麻烦你一下，我有个朋友也是住在这里，想请你帮忙查一下他的房间号。"

前台的服务员是个大妈，估计悬疑片看得不少，她用犀利的眼神扫了一眼罗玉，不容商量地说："小姐，对不起，我们这是正规的招待所，要保护客人的隐私，不可能也不可以将客人的任何信息透露给你。"

"可我是他朋友啊！"

"既然是他朋友，那你问他啊，跑来问我干什么？"

在服务台碰了一鼻子灰，罗玉的信心丝毫没受任何影响。她已经不再是十多年前那个多病的女孩，也不再是七年前那个脆弱的女人。她在心里下了决心，无论用什么方式，她今天一定要找到他，上天既然安排了他们同时回到这里，那么无论如何，她都要找到他。如果今晚找不到，明天凌晨她就蹲在楼梯口，直到他出现为止。

打定主意后，罗玉回到房间冲了个澡，换了衣服，又化了个淡妆。看着镜子里的那个柔弱的少妇，她问自己："这样子看起来应该不像坏人吧？既然不像坏人，那么我去敲别人的门，应该不会有人怀疑我是小偷或图谋不轨吧？"

这个念头一冒出来，罗玉一分钟也坐不住了，当即出门。这家招待所一共四层，她决定从四楼往下逐层寻找。站在第一间的房门口，罗玉还有些犹豫不决，但她问自己："难道你希望再次错过他吗？"

她想见到他的念头如此强烈，这给了她无穷的力量，于是她鼓起勇气，敲开了第一个房间。

如她所料，开门的不是李俊豪，天下哪有那么便宜的事情？她陪着小心解释："对不起，我记错了朋友的房间号，不好意思。"

房客是位很有修养的中年人，和蔼地回答："没关系！"然后关上了门。

她吁了一口气，原来没有想象中那么难。接着，她又敲开了第二间、第三间、第四间。

第五间，开门的是个一脸不耐烦的老头，听了罗玉的解释后，没好气地说：

"你要找男人，找别处去，我是个老头，身体吃不消。这年头，女人越来越不要脸面，竟然主动送上门来……"说完就砰的一声关上了门。

罗玉吓得心脏咚咚直抖。她靠在墙上，用手捂住胸口，平息了一下自己的心跳，闭上眼睛让眼泪回去。然后，又鼓起勇气去敲下一间、再下一间、再下下一间……

大部分人对她的举止表示谅解，但也有人骂她神经病，有人说她脑子有问题。最恐怖的是三楼的最后一间，里面住着两个头发长衣服短的小青年，把她当作上门服务的小姐，要拉她进屋。

好不容易挣脱出来，罗玉的泪水簌簌地流下来。这是何苦呢？曾经，李俊豪承诺给她未来，她却执意离他而去。如今，她在外面受尽了委屈，终于明白那些所谓的面子和骨气都是没用的虚无。于是，她想重新回到他的怀抱，哪怕她依然无法冲破内心的藩篱，至少这一刻她不管不顾地想要见到他。早知今日要曲折地绕回来，当初又为何那么决绝？

将自己嘲弄一番，罗玉走下楼梯。越到后面，她的心越慌，越害怕，老天会不会是给了她一场空欢喜？其实俊豪今天白天已经离开学校了，与她擦肩而过，那么她所期盼的与他见面也是没可能的了。现在已经敲到自己住的210房间了，她旁边的212是二楼最后的一间。从四楼找到二楼，她已经精疲力竭，勇气和希望也将要消耗殆尽。

敲，还是不敲？老天给她出的这道题目太过累心。她就这样犹豫不决地徘徊在212房间外。等她终于下定决心伸出手去叩门时，身后突然有人客气地问道："小姐，你是不是走错了房间？"

这个声音足以让她窒息，她不敢回过头，生怕一回头那个人就不见了，她紧紧抓住212房间的门把手，以免跌倒。

"为什么不说话？你挡住我的房间了，请让我开门好吗？"

"李俊豪！"

"你怎么知道我的名字？"

罗玉猛然转过身去，一头扑进俊豪的怀里，用手捶他的胸口，哭得上气不接下气："为什么现在才回来？我是小玉。"

第三十一章　岁月，一别七年

> 或许人到了一定的年龄就会越来越明白自己需要什么，就会放下身段，情愿为一个人低到尘埃里去。

深夜，罗玉保持着舒服的睡姿，却睡不着，或许是她不愿意睡着。她害怕睡着了，一觉醒来，所有的幸福也醒了。身边传来恋人细细的呼吸，她恍若梦中，事实上这一整天发生的事情比梦更让她惊奇，就像一出悲喜剧，剧情逆转得太大，就算她作为当事人也跟不上剧情。

她慢慢地梳理着拥挤的思绪，耳边回想起俊豪晚间惊讶的话语："你说什么？你从四楼一路敲下来！"

"嗯！我想不出别的办法了。如果敲不出你来，我还计划明天一早就蹲在楼门口死守呢。"

李俊豪愣了一下，继而大笑起来，笑得眼泪都流出来了，他将她揽进怀里。罗玉说："2004年我离开廊川后换了手机，我当时那么义无反顾地要离开你，删除了你的号码，以至于我都忘记了可以跟你电话联系。这么多年了，你的号码没有变吗？"

"没变啊，我担心哪天你会回来找我，所以一直没有换。你这傻丫头，没有我电话，也可以找秋燕她们要啊！"

"对啊，当时怎么没有想到呢？事实上，从知道你此刻也回到了渝北师专，我就心智失常了。太不可思议了，老天一定是可怜我，才安排了这场重逢。当时，我的脑子根本无法正常思考，就只剩下一个疯狂的念头：我要找到你，哪怕把渝北师专翻个底儿朝天，我也要找到你。"

"看来我出现的正是时候，否则，渝北师专该保不住了。"俊豪点了一下她的脑袋，摇摇头，"忘了告诉你，2008年我考上了重庆Ｃ医大的博士，今年毕业就留在重庆Ｃ医大附属第一医院上班。这几年每年的这个时候，我都会回师专参加同学会。今天中午聚完餐，大家就散了，我计划明早回医院。每次聚完会，只要有时间，我都会留下来住一晚，到当年与你走过的地方转一转。"

"哦，殷秀琳没有与你一起到这边工作？"

"她现在带初三，计划等明年这批学生毕业就过来，院领导也承诺到时帮忙联系工作。小玉，难得见面，谈谈你吧。说说当年你是怎样下了狠心，舍我而去！"

俊豪拿起她的手，小心地褪去她手臂的衣衫，又小心地拉开她脖子处的衣服。她一脸疑问，按住他移动的手，红着脸问他："干什么？"

"看看你有没有受伤。有时连做梦都会担心你受伤，看见你完好无损，我就放心了。这些年过得好吗？"

她的心一颤，那些被掩藏起来的伤口仿佛又被虫叮咬了似的疼痛，眼泪想流又没有流出来，她问自己："这些年我过得好吗？幸好你看不见我心灵所受的伤害。唉，七年了，七年来我过着什么样的生活？"

她闭上眼，思绪不自觉地飘向七年前，飘向那些细细碎碎的日子。

* * *

七年前，她从一段婚姻里净身出户，就这样手无寸铁地去到深圳。到了那里她才知道现实是多么严峻，自己是多么渺小。在深圳这座有着1000多万人口的繁华都市里，最不缺少的就是人才。如果天上掉下一块石头，砸到的十个人里面，肯定有四个本科生，两个硕士生，一个博士生，剩下的才是她这种没有文凭和相当于没有文凭的异类。

曾经她拿着自己函授的本科文凭，介绍自己曾在教育领域多么优秀，但很快她就明白那些过往的繁华和辉煌在这个人才济济的大城市什么都算不上。她挤在一大堆硕士和博士的人群中应聘教师，每次都败下阵来。多次碰壁后，她开始将网撒得更大，不再局限于教师行业。

躺在母亲那张小小的单人床上，她的脑海里浮现出前两天参加一家外资公司面试的情景。刚开始面试官还对她很感兴趣，热情地问她："罗小姐，你以前是做老师的吗？"

她点点头。

"做老师的人很耐心，很擅长沟通，你在这方面擅长吗？"

她再次微笑着点点头，回答是的。

对方满意地露出笑意，话锋一转："罗小姐，由于我们公司很多时候要与当地人打交道，所以会说粤语很重要，你会说粤语吗？"

粤语对罗玉来说就像鸟语，不仅音调跟普通话相去甚远，连发音也完全变了，她抱歉地摇摇头，回答："我不会。"

考官有点失望，继续问她："那你能熟练操作办公室软件吗？"

她犹豫着问对方："你是指使用电脑吗？"

"不完全是，当然你必须会熟练运用EXCEL和WORD，这是最基本的。除此之外，一些日常的基本技能，诸如发传真、复印以及运用软件工具设计图形图案等也必须掌握。其实就是运用现代技术将我们公司的产品制作得精美动人，这样才能吸引客户的眼睛。我的话你明白吗？"

在学校上班时，罗玉的工作氛围是"闻道有先后，术业有专攻"。此时，她才惊觉：她不会发传真，不会复印，不会使用图形设计工具……总之，在这个文明的城市，正常人会的东西她都不会。

她不觉红了脸，不好意思地回答："我只对做课件和幻灯片比较熟悉，其他的都不会，但我可以学。"

女考官好像看待外星人般打量她一番，最后才语重心长地说："罗小姐，深圳是一座国际化的大城市，你也是大学生，熟练运用办公室软件是这个城市对人才的基本要求。我们这里是公司，不是培训机构，公司每天要高速运作，没有人有精力慢慢教你，更没有时间等你慢慢地成长，我想你还是将自身的素质提高些再准备应聘吧。"

回到母亲的集体宿舍，罗玉心灰意懒、垂头丧气。几个月来，她已经对自己的能力产生了深深的质疑，初来乍到的傲气和锐气在一次次碰壁后已被磨光。她甚至觉得自己还不如年过半百的母亲，母亲虽然没有文化，却有力气，她连力气也没有。百无一用是书生，世界上最奢侈和最廉价的东西就是知识！

自己刚到母亲宿舍时，母亲的工友都好奇而艳羡地围过来，问："琴姑，这是你女儿吗？你好福气，有这么能干的女儿，还是教师！"

母亲会底气很足地回答："是啊，我女儿也是大学生呢！"

大家都以为她只住几天，她当时也和母亲一样，乐观地认为自己很快就可以找到工作。但时间一天一天流逝，半年过去了，她依然挤在母亲的集体宿舍里，和母亲合睡在一张单人床上。宿舍里同时还有七八位母亲的工友，大家看她的眼光由羡慕变为同情，由同情转为排斥。毕竟寝室这么狭小，比她的大学宿舍还拥挤。她心细如毫，很快便敏锐地感受到大家目光的寒意，这让她如坐针毡，芒刺在背，恨不能马上搬走。

是的，但凡她有一点积蓄，她就会毫不犹豫地搬离这里。可是她没有这个能力，她仅存的一点积蓄早已用完，深圳的房租偏又那么贵，让她望尘莫及。现在她更加深刻地体会到钱的重要性，最起码钱可以给她一点私人空间，维持她最基本的尊严。

不仅如此，吃饭也得依赖母亲。为了顾全她的面子，母亲总是趁她不注意的时候，偷偷地在她钱包里放上一两百元。时至今日，她还有什么面子和尊严可言？尊严和面子对富人来说好比是一件华丽的外衣，但对穷人来说，什么都不是。人在最落魄的时候思考的都是怎么生存下去，没有谁还顾及面子？所以她依然厚着脸皮挤在母亲的集体宿舍里，同时不得不更加努力地寻找工作。

* * *

梁峰就是在这个时候出现在她生活中的。梁峰的妹妹和母亲是工友，住在同一间宿舍。星期六，母亲和室友们都加班去了，罗玉一个人在寝室里面翻着五花八门的招聘信息。梁峰打电话给妹妹，说他从潮汕老家带了些东西过来。妹妹说琴姑的女儿在宿舍，直接放到宿舍就行。

看到罗玉，他微微有点吃惊，这个女孩的气质明显跟这个宿舍不搭，但她显然又不是刚刚毕业的大学生。她的眼睛里布满惆怅，青雾一般，氤氲着一股说不清的忧伤。或许是罗玉那双眼睛里面的忧郁吸引了梁峰，于是他没有像惯常一样放下东西走人，而是没话找话地陪着罗玉聊天。

得知罗玉的基本情况后，梁峰沉思了一下，大胆分析："罗老师，恕我直言，我认为你报考这边的教师，不具备太多优势，因为这边教师行业高学历的人才实在很多，相比之下你会吃很多亏。但如果是考公务员，你的优势是明显的，公务员队伍对文凭要求没有教师那么高，注重能力。而你擅长文笔，加上做教师练就的口才，这一切都是有利因素。"

梁峰今年三十岁，在深圳市建设局上班，凭借一番努力，深得领导的认可和群众的欢迎，现在也是正科级干部。他的分析都是以自己在公务员队伍中摸索的经验为基础，所以很有说服力。最后，梁峰说："罗老师，相信我，凭我的直觉，你考公务员是很有竞争优势的，一定会成功！"梁峰的话犹如醍醐灌顶，给罗玉迷茫的生活指出了方向和道路。

中午梁峰邀请罗玉一同吃午餐，经过大半天的相处，他们的聊天也从工作蔓延到生活，再从生活转移到文学。下午梁峰送罗玉回宿舍的时候，两人已经非常熟稔了，至少对梁峰来说如此。他打量着眼前这狭小简陋的集体宿舍，犹豫了一下问罗玉："罗老师，你住在阿姨这里会不会不方便呢？这里离市区太远，寝室里人多且杂，你怎么看书复习呢？如果你不介意，可以搬到我宿舍去过渡一下。你别多心，我让你住房间，我睡客厅。"

罗玉虽说很想搬离现在这地方，但想想自己认识梁峰还不到一天，便红着脸回答："谢谢，我在这里习惯了，以后再说吧。"

梁峰也觉得自己的邀请有些突兀，于是就要了罗玉的QQ和联系方式，并保证自己回去后会帮她收集公务员考试方面的信息和资料。

就这样，罗玉跟梁峰相识并相熟。这以后每天下班，梁峰会准时给她打个电话，有时询问她复习的进展，有时通知她接收邮件，也有时约她出来吃个便饭。

这天晚上，她从网吧收完梁峰的邮件回来，刚走到母亲的宿舍门口，便听见母亲的一个小工友在问："琴姑，你女儿为什么放着好好的教师不做，跑到深圳来打工呢？"

母亲还没来得及回答，另一个人又问："琴姑，你女儿不是嫁了一位有钱人吗？她老公同意她来深圳打工吗？"

罗玉叹口气，看来好奇是女人的天性，八卦是女人的专长，这一点天底下的女人都一样。她突然后悔自己当初没有同意梁峰邀请她搬走的建议。面子是什么？面子是最不值钱的东西，既不能当饭吃又不能当房住！

七月底的一天，梁峰再次打着找妹妹的幌子过来找她，并告知她深圳Z街道办事处在九月有一个事业编制的招考，待遇也不错，建议她报考，以后有机会再考公务员。罗玉同意了，梁峰再次建议："小玉，这个宿舍又小又热又没空调，还不能上网，阿姨应该也被你挤得睡不好。你还是搬去我那里专心复习吧，我的电脑给你用，你可以随时搜索一些复习资料，也方便我给你一些指导。"

这次她没有任何犹豫就搬去了梁峰的宿舍。梁峰是跟朋友合租的两室一厅，朋友跟女友住了一间，梁峰住一间。罗玉去了后，梁峰将他的那间让给罗玉，自己睡在客厅的沙发上。

九月，罗玉如愿以偿考上了Z街道办事处的事业编制，被安排在党组办公室上班。

＊　＊　＊

晚上，梁峰带罗玉到西餐厅庆祝，并要了一瓶红酒，曾几何时，她的心已经像一潭死水，不再感动和充满涟漪，但今晚显然是例外的，无论是柔情的音乐、朦胧的灯光、浪漫的环境，还是醇香的红酒，都让她有些微醺。这大半年来的奔波和劳累在今晚有了片刻的停歇。

罗玉非常感激眼前的这个人，是他陪自己度过了最糟糕的一段求职路，他那个简陋的出租屋也让她的尴尬处境得以缓解。梁峰一定也喝醉了，眼中充满了柔情，像城里的月光一样，让罗玉感觉到温暖。

有个卖花的小女孩走过来，看着罗玉，对梁峰说："大哥哥，买枝花送给姐姐吧。"

梁峰一时心潮澎湃，顺势买了9朵玫瑰，又从包里掏出一张银行卡，一起郑重地交到罗玉的手上，借着三分酒意对罗玉表白："小玉，我是个不懂浪漫的人，在认识你之前，我从来没有琢磨过女孩子的心思。你别看我今年三十岁了，我还从来没有认认真真地谈过一场恋爱。应该说，认识你之前，从来没有一个女子走进过我的心田，直到你的出现！"

罗玉的脸颊潮红，眼睛含泪。梁峰心醉不已，继续诉说："这9朵玫瑰花虽是临时买来，却是我内心最真挚的表白。9代表了长久，我想与你长相厮守，照顾你一生一世。这张银行卡是我工作八年的全部积蓄，里面有三十万，刚好够一套房子的首付。这些年我一直努力攒钱，希望在这座城市有一套属于自己的房子，结婚生子。现在我把这张卡送给你，由你决定买什么样的房子，你可以在房产证上面写你一个人的名字，也可以写上我们俩的名字。"

他一口气说完，看见罗玉的眼泪溢出了眼眶，他以为自己说错了话，忙不迭地询问："怎么啦，小玉？是不是我哪里不好？你说，我马上改正。"

"没有，你很好，是我不够好。"说完，她将卡放回到梁峰面前，伤感地说，"梁峰，很感激你这段时间对我的照顾，你应该由一位单纯善良的女孩来爱你，但那个人不应该是我。我不是你眼里看到的天使，我的人生有很多的污点和败笔，我的过去你一无所知。这样吧，现在我也有了工作，明天我就找地方搬走，不打扰你的生活。"

"你不要搬走，小玉。"梁峰急急地说，"你的过去？你是指你结过一次婚，对吗？我早就知道了，我不在乎，我爱的是你的现在，对于你的过去，我只怪我没有早认识你，没能力保护你。"

"你早就知道，你怎么知道的？"

"你来我这里的第二天，阿姨给我打过电话，她将你的过去完完全全地告诉了我，包括你为什么结婚又为什么离婚。阿姨当时语重心长地叮嘱我：小峰，我看得出你喜欢小玉。小玉跟着你去我也放心，我将她的过去告诉你，是想你有心理准备。小玉受过伤害，如果你爱她，就好好地保护她。如果你在乎她的过去，请不要伤害她，趁你们没有开始的时候远离她。"

说完，梁峰再次将那张银行卡放在罗玉的手上，将她的手合起来，动情地说："小玉，我爱你，所以我选择好好地保护你。"

这天晚上，梁峰从客厅搬到了卧室。

罗玉上班不久，就怀孕了，于是她和梁峰领了结婚证，正式结为夫妻。2006年她和梁峰在深圳买了房子，同年孩子降生，取名童童。有了童童后，母亲辞职跟她住在一起，帮忙照看小孩。每每想到那粉雕玉琢的宝贝女儿，罗玉的心里就会掠过一丝软软的柔柔的情意。为人父母的感觉是多么美好！

时光一晃就到了2008年，她考取了Z街道办事处综治办的公务员，待遇相比从前有了改善。因工作需要，她暂时还留在党办工作。在这个繁华的大城市，她终于有了属于自己的一片天地，有一个稳定的家，有疼爱自己的丈夫，还有个活泼可爱的孩子和宠着她的母亲。

* * *

想到这，罗玉忍不住叹了一口气，如果生活是一幅画，她能就此搁笔，该是一副多么圆满的作品。但是现实生活有时候比肥皂剧还狗血，那些转折是怎样开始的？那些痛苦是因何而来的？她的头开始疼起来，思绪也开始紊乱，这让她不得不掐断回忆，转向身边情意绵绵的爱人，岔开话题："俊豪，我们刚见面，你别盘问我啦，我还没有吃晚饭呢！"

"什么？这么晚还没吃饭？你这不会照顾自己的毛病真得改一改。"

"我有打包。"

"别吃冷饭了，你不是爱吃毛血旺吗？现在陪你出去吃。"

幸福来得多么突然啊！牵着俊豪的手，再次走在校园的林荫道上，罗玉只觉得晕乎乎的，好像踩在软绵绵的云端，又像是在梦里。

李俊豪问她："小玉，怎么有时间回来呢，打算回来多久？"

"我向单位请了探亲假，一个月。"

"真的？太好了，回来办什么事情吗？"

她一愣，然后小心翼翼地避开伤口，简短而愉悦地回答："什么事都不办，看你。"

"计划去哪些地方玩呢?"

"哪里都不去,陪你。"

"你说的是真的吗?"

"真的。"

李俊豪开心地把她抱起来转了一个圈,说:"小玉,你怎么突然想明白了?你知道我做梦都在盼着你回来吗?"

"我怎么突然想明白了?"她也问自己这个问题,或许人到了一定的年龄就会越来越明白自己需要什么,就会放下身段,情愿为一个人低到尘埃里去;就会明白生活中有太多东西可以放弃,唯有那个最心疼自己的人值得苦苦追寻!

于是她热切地回应他:"你不是做梦,俊豪,我早该回来了,我累了,也倦了,我想在你的怀里歇息。"

第三十二章　回乡，隔空的张望

荷有蜓过，花有蝶舞，那曾执手相伴的恋人啊，咫尺天涯！

清晨，薄雾淡淡地笼罩着渝北师专，天气凉凉的，湿湿的，将周围的环境掩映得安静而神秘。俊豪带罗玉回到他在重庆租住的房子。房间不大，四十平方米左右，楼龄也有二三十年了，小区环境倒还马马虎虎，树木苍翠，幽静雅致。最大的优点是离李俊豪上班的地方较近，走路大概二十分钟。

放好东西后，李俊豪抱歉地说："小玉，委屈你了，让你住在如此简陋的地方。"

罗玉却开心地吻了他一下，说："已经很好了，俊豪，一间房子是否温暖和让我们眷念，不是看它有多豪华，而是看屋子里是否有爱。我很喜欢这里，因为它用你的爱做装饰，用你的情做点缀，对我来说，没有什么房间比它更豪华了，所以我很满足很满足！"

"小玉，你还是从前的你。对了，我今天晚上还要上夜班，我不在，你干什么呢？"

"你安心上班，不用担心我，我又不是小孩子。如果因为我影响你救死扶伤，那我的罪孽就深重了。而且你不在的时候，我有很多事情做呢！比如给你洗衣、做饭、买菜，打扫房间，这些都是我以前做梦都不敢奢求的事情，现在总算有机会得以实践。"

"听起来很忙啊，没有别的事情了吗？"

"有。"

"是什么？"

"你把头低下来，我在你耳边说。"

李俊豪顺从地俯下头，罗玉凑到他耳边，小声说："想你，想你，还是想你！你不在的时候，我做的最重要的功课就是想你！"

"哦，小玉，不要对我太好，说真的，我都害怕去上班，害怕我回来你就不见了。你该不会哪天又不打招呼溜走吧？"

李俊豪的话说得她内心一阵酸楚，让她一下子了解了那段不告而别的日子他的惶然无助。

罗玉抱住他，含着泪说："俊豪，对不起，真的对不起，这次我不会不告而别了。你知道每一次离开你，我也很痛苦，所以我了解你的痛苦，就让我们一起去下地狱吧，只要可以和你在一起。"

五点钟，李俊豪准备出门，罗玉坚持要送他。她陪他走到医院附近，看着他进了大门，才恋恋不舍地转身回来。

一个人坐在李俊豪的小屋里，她依然有种不真实的感觉。李俊豪人虽不在屋子里，但是房间里有他的衣服、鞋子、袜子，桌子上放着他的书籍、病历和笔记。她一会儿走向床头，将他穿过还未来得及洗的衣服放在鼻子下闻一闻；一会儿又走向书桌，遐想他坐在台前握笔凝思的样子；还有他用过的厨房和阳台，她竭力想象着他来来去去的影子。她将房间的每个角角落落都细细地勘察和琢磨了一番，编织他每日在此逗留的情景。

好奇地在屋子里发掘了一番，最后罗玉在办公桌前坐下来。拉开抽屉，里面躺着一本厚厚的医书。带着一种新奇的亲切，她拿出那本医书，随手翻阅起来，突然从书里滑落出一张照片。她捡起来，目光被照片的画面深深吸引住：幸福的三口之家，年轻的夫妻怀抱着他们幼小的孩子，如此温馨和其乐融融。小孩儿呆萌可爱，眉眼像极了父母的神韵。她将照片翻过来，看到了她熟悉的字迹："二零零八年五月摄于小晨两岁生日当天,爸爸妈妈祝福小晨快快长大,健康平安!父李俊豪笔。"

二零零八年五月,她念叨着,那时自己的生活里发生了些什么事情呢?

* * *

2008年5月12日,她和梁峰如常地上班,一切都很平静。中午睡了午觉起来,她跟往常一样坐在办公室有条不紊地处理政务平台的文件。突然,欣宜从楼下跑上来,上气不接下气地对她说:"小玉,发生大事了,你看新闻了吗?"

欣宜是她在单位的新同事,看着她夸张的表情,罗玉忍不住问:"什么事这么大惊小怪呢?不会是哪个小区的业主和开发商又在起冲突吧?"

"四川发生大地震了,听说已经死了很多人。"

"你说什么?四川地震了?"罗玉心里陡然一惊,差点将身旁的水杯打翻。欣宜提醒她赶紧给老家打个电话。

罗玉惊慌地拿出手机,拨打罗云的电话,但是电话接不通。她又拨打肖燕和秋燕的电话,也接不通。她的心开始慌乱起来,接着拨打自己熟悉的人的名字,但是谁的电话也打不通。

罗玉突然很想哭,这几年来,她一直觉得现世安稳,岁月静好,从来没有想过有一天会发生天灾人祸。老天不会是让她过几年好日子再给她一个措手不及吧?

除了妹妹,这一刻她的心里想的还有那个如雷贯耳的名字:李俊豪!你怎么样?你一定要活着!

在这一刻,她没有欲望,没有奢求,没有贪念,只求老天让她心爱的人和她珍爱的挚友活着,哪怕永世不能再见,她只要知道他们平安地活着。

欣宜安慰她:"震中在汶川呢,你看看离你的家远不远?"

一句话提醒了罗玉,让罗玉的心稍有安慰的是,新闻所报道的重灾区离廊川比较远,廊川没有大的伤亡。

下午三四点时,梁峰和母亲都打来电话问及地震的情况,看来这场灾难已经以最快的速度被媒体报道,连母亲那不谙世事的老太太都知晓了。

六点钟回到家,无心做饭,她陪母亲坐在客厅,两人默默无语地观看新闻,新闻成了她和母亲唯一的寄托。晚上六点半左右,电话突然响起来,罗玉冲向电话,一看是罗云打来的,她激动得心都快跳出来了。从来没有一个时候,她是如此渴望接到罗云的电话,因为喜悦,她根本听不清罗云在电话里说什么,只记住了罗云说老家没有什么伤亡,请他们放心。同时说现在还有许多余震,所以大家都不敢待在房间里。

罗玉最终说服了母亲和梁峰,同意她回四川探望老家的亲人朋友。

在5月20号这天她登上了飞往四川的飞机,因为思念,因为担心,她失控得完全不像平时的自己。昨晚肖燕的电话终于打通了。一听到是她的声音,肖燕当即在电话里歇斯底里地叫嚣:"你还知道给我打电话啊,你为什么要给我电话呢?这几年,你消失得如此彻底,那就继续消失啊!现在又为什么要跟我联系?"

她花了半个小时平复肖燕的怒气,两人在电话里又哭又笑,絮絮叨叨地唠叨了一个多小时。肖燕告诉她在她离开的这几年中大家的生活都有了很大的变化。秋燕夫妻俩已经调到城里任教了;殷秀琳自从学生发生跳楼事件后,李俊豪怕她触景伤情,托人将她调到市里的一所私立中学上班;另外李俊豪考取了重庆C医大的博士,今年九月就要入学;罗文在去年年初和张颜领了结婚证,他具有经商天赋,结婚不久他就辞职下海,现在与张颜夫唱妇随,开了几家店面,生意都还不错;当然土豆和黄莺也修成了成果。重磅新闻是李俊豪和秋燕分别都有了一个可爱的儿子,而且他们两人的小孩都与童童同年。这几年来,唯一没有改变的是她自己和杨泽,一个跑一个追,一个闹一个笑,没有结婚,工作也没有变化。

听到这,罗云忍不住责怪肖燕:"杨泽没有结婚,是在等你啊。等我回到廊川,再好好给你洗洗脑。"

"哎呀,小玉,你这次回来,恐怕我不能接待你了,我不在廊川。"

"你不在廊川,你在哪里?"

"在都江堰这边当志愿者。"

"啊?那里危险吗?你觉得害怕吗?"

"我的字典里从来都没有害怕二字。本来杨泽想跟我一起来,但他今年又教高三,请不了假。怎么说呢,小玉,地震刚发生的时候,我觉得生命真是不堪一击。但这几天我在震区当志愿者,常被一股股正能量感动,完全感觉不到害怕。"

"你当志愿者,做些什么呢?"

"我什么都不做，又什么都做。每天跟着大部队前行，哪里需要我们就在哪里驻足。比如我现在待的地方，公路被山体滑坡冲垮了，道路阻塞，影响物资运输。很多兵哥哥在这里抢修公路，我们志愿者与当地的居民一起在路边架了几口大锅，给修路的战士煮饭，也给过往的志愿者和行人煮饭。这里根本就不分彼此，不分你我。虽然大家互不相识，但又亲如一家。你可能不相信，小玉，来到这里，我才知道，爱可以让人忘记恐惧，尤其是大爱……"

"哦，燕子，你真发生了改变，你说的话让我都深受鼓舞，我觉得我们都应该向你学习！"

"别取笑我了，小玉。对了，等会儿还有一批物资要运送过来，我先去忙了，改天再与你细聊。"

挂了肖燕的电话，罗玉靠在客厅的沙发上，激动不已。昔日朋友们的巨变，连同这场地震一起冲击着她。肖燕说得多么好啊，爱可以让人忘记恐惧！虽然她的心里没有装着肖燕那样的大爱，但在灾难发生的那一刻，她也希望跟每一位她爱着的人待在一起，哪怕是面对死亡又何惧之？

想到这，她依次给廊川的好友们拨打电话，她要告诉他们这些年她一直思念着他们，深爱着他们。朋友们接到她的电话后，少不了又是一番声嘶力竭的抱怨和愤怒，她又花了大力气来安慰大家受伤的心灵。

最后她犹豫着是否要给"他"也打个电话。思来虑去，电话拿起又放下，放下又拿起，她的脑海中有千万个问题，心中澎湃着千万分思念，让她恨不能飞到他面前，越过世俗与偏见。但最后还是被现实打败，理智终究战胜了情感。记不清是谁说过："如果不能与心爱的人相濡以沫，就应该相忘于江湖。"

* * *

回訚平的客车里，车载电视持续播放着关于地震的新闻。车里的气氛特别温馨，连以往说话粗声粗气的售票员，声音都充满了体贴和关怀。

罗云见到她，自是分外激动。时隔三四年，妹妹的变化是明显的。她成家了，由一位妙龄少女转变为婀娜的少妇，脸色红润，身材也比之前丰腴，眉眼中透着幸福。两姐妹有好多的话说，赵洋根本插不上嘴，便张罗着洗菜做饭。

老家的一切依然如故，让她罗玉觉得亲切无比。她跟妹妹和妹夫到山上祭拜了奶奶和父亲，抽时间走访了亲朋好友。

这几天，秋燕和杨泽他们的电话一天好几个，催促她去廊川玩。其实，她又何尝不想早日见到那些朝思暮想的朋友。第四天一大早罗玉惜别妹妹，直奔秋燕在廊川的新家。

朋友们见到她，纷纷奔上来呼天抢地拥抱，抱得她几乎缺氧窒息。

杨泽迫不及待地询问："妹，离开廊川这么久，你想吃什么呢？"

"老大，太多想吃的东西了，但我最想吃的还是渔火重生火锅。"

"那好，妹，今天中午就去渔火重生火锅。这几天，你想吃的东西，只要你想得到的，哥都会开车带你吃一遍。"于是一帮人转战渔火重生。

罗文也马不停蹄地从成都赶了回来。杨泽一见到他便忍不住打趣："罗文同学，什么时候把头发理成土得掉渣的板寸？"

罗文摸着头顶短得不能再短的发茬，笑答："这头发剪短点嘛，有很多好处，跑起来没有阻力，跑得快。这不，一听说小玉回来了，我就一阵风似地跑回了廊川。"

"哈哈，"杨泽大笑起来，"我看你娃不是为了见我们跑得快，八成是为了地震时候逃命逃得快，你个贪生怕死的胆小鬼。"

罗文涨红了脸回敬杨泽："我胆小鬼？我看你才是胆小鬼！你给我说说'5·12'那天你都在干什么？"

"不是吹，哥牛得很！地震时，哥正在教室上数学课。教室里抖得厉害，我很镇静地喊学生娃儿躲到桌子底下，隔会儿抖完了，学生从桌子下面爬出来，哥继续上课。然后全校的学生老师都到操场集合了，校长一清点，妈呀，少了一个班，赶紧派人找，找到哥的时候，哥正在讲台上讲得眉飞色舞。"

"哈哈哈，你娃吹嘛，反正也没证人揭穿你。下次余震来时我倒看看你娃跑还是不跑？"

"跑什么跑？反正大震跑不了，小震不用跑，横批：安心睡觉。"

一席话逗得大家笑个不停，笑声拉近了大家的距离，越过时空的阻隔，让罗玉一下子想起那些熟悉的旧日。

席间，杨泽几次问她："妹，你确定不通知李俊豪吗？现在通知他，还来得及。"

她忍住心中强烈的思念，故作洒脱地说："不通知他了，等我下次回来再联系他吧！"

"好吧，"杨泽无奈地说，"如果你坚持。但我怎么总觉得今天这顿饭有哪里不对劲呢？"

罗文接过他的话："你就是挂着肖燕嘛，少了她你就觉得不对头！我看你就是欠抽，没人扁你损你，不太习惯，对吗？"

杨泽激动地说："罗文，你真是我肚子里的蛔虫，什么都知道，你这一说，我倒真觉得皮痒痒的，有点欠揍。"

罗文跳过去，给了他两拳，问他现在是不是舒服多了，如果不舒服，再给他两拳。餐桌上的气氛被这哥俩点燃，大家活跃起来，开始围着罗玉，问东问西。

才几年不见，但他们这群人的变化是显著的：成家的成家，生子的生子，升迁的升迁，转行的转行。唯一没有改变的是他们之间的亲密和熟悉，他们之间的珍贵友谊永远不会随着时间的流淌和空间的转换而发生改变。

* * *

这两日，秋燕专程请了假陪她，杨泽每天开车带她到处胡吃海喝。他们甚至开车到几十里外的李家镇，就因为镇上有家人做的锅盔特别地道。每天都有几拨人请她吃饭，一天至少要吃五顿才能平衡大家的热情。杨泽美其名曰："妹，你这次回来，一定要吃胖点回去，让妹夫知道我们廊川山好水好伙食好！"

结果，第二天她的肠胃就被过多的美食撑坏了，拉了好几次肚子。不仅不能如杨泽所言吃出一身肉，估计倒亏了二两肉。秋燕开车载她去到廊川Z医院附属医院看病。这座医院，这个地方，留下了太多的故事和回忆，只要闭上眼，那些记忆就会排山倒海地涌出来，将她整个人掩埋。所以她不敢做多一秒的停留，不敢有一分钟的犹豫。

从医院出来，没开多远，秋燕却慢慢将车停在路边，罗玉一时不解。正要发问，秋燕指着马路对面的小区说："小玉，这个小区就是廊川Z医院家属楼，一会儿会有个人从那里经过，我们不下去，就坐在车里远远地看一眼就走，好吗?"

见她没有吭声，秋燕再次小声补充："2006年李俊豪就搬来这里住了，我们等一下再走，因为我担心你如果不见上他一面，回到深圳都牵肠挂肚呢!"

罗玉压抑的情感终于决堤，哽咽着说了声谢谢。往事如烟，风卷回忆，那惊落了一地的爱情鸿羽，触痛着她难以平复的心跳。

两人在车里闷坐了一会儿，突然，秋燕用肘拐了她两下，罗玉抬起头，立即有个熟悉的身影进入她模糊的视野。那人看起来如此忙碌，行色匆匆，她像被针刺了一下，心猛然抖动，呼吸也骤然加快。

几年不见，那张英俊的脸明显比她记忆中消瘦，又带着几分憔悴和疲倦。秋燕说地震发生后，廊川Z医院抽调了一批骨干医生到重灾区救治伤员，因此现在医院的人手紧张，俊豪已经好些天没有好好休息了，每天都高强度超负荷地运转工作。

尽管如此，他整个人依然透露出一股淡定和从容，目光深邃而睿智，他在她眼里依然是那么儒雅和风度翩翩。她不敢揉眼睛，生怕一不小心错过了人生最重要的风景。他知不知道一街之隔，他魂牵梦绕的人儿正泪光迷离地望着他，万般心碎不敢走近他。

正在恍惚中，一个身材丰腴的女人抱着一个孩子走向宿舍空地的一顶帐篷。看见这张脸，她一下子惊跳起来，没错，是殷秀琳。她看起来还是那么秀丽端庄，只是眉眼间多了几分温婉满足。从她的神情可知，她这些年过得安稳而幸福。接着她看见李俊豪提着一床被子走向帐篷，他放下被子后，接过殷秀琳手中的孩子。殷秀琳给了他一个温柔的笑，然后开始在帐篷边铺叠起来。

她目光深锁的恋人，俯下头，小心翼翼地亲了一下怀中小孩的脸，看起来是那么慈爱，让罗玉也觉得柔肠百转。黄昏幽静而美好，落日的余晖穿过葱葱郁郁的林梢，撒落在长长的树干上，与绿色的树冠交相辉映。树荫下的画面温馨和谐，她脑海中一下子想起几年前她离开这座城市之前在病房里见到的那幅画面。跟那时一样，她的出现依然只会破坏这幅画面的完整，他们之间的距离依然是那样遥不可及!

荷有蜓过，花有蝶舞，那曾执手相伴的恋人啊，咫尺天涯!

她轻叹一声，说："秋燕，我们回去吧!"

回去的路上秋燕自顾自地说:"下午你拿药的时候,我给李俊豪打了电话,问他近来过得怎样?他说非常时期,特别忙。今天晚上十点钟,他将和一批同被选为急救队成员的医生一起赶赴灾区,下班后就回家准备行李。所以我才知道李俊豪会在这时出现在小区门口。"

过了一会儿,秋燕试探着问道:"小玉,想见他吗?"

"说不想是假的,但做人不能太贪心,对吗,燕子?在知道地震的那一刻,我就发誓,只要知道你们平安,我就满足了。如今我亲眼看到他过得安稳幸福,而我也有自己的归属,生活对我们如此厚待,我该知足,不能奢望更多!"

第二天罗玉乘早班飞机返回深圳。短短六天,她完成了思想上的一个蜕变和升华。走进到达大厅,她一眼看见梁峰抱着孩子翘首相盼。童童看见她,立刻挣脱爸爸的怀抱,用稚嫩的童音叫着妈妈,朝她蹒跚着奔过来。罗玉快跑两步,蹲下来,抱住孩子,给了她几个结实的甜蜜的吻。梁峰走过来,在她耳边轻声地问:"老婆,这几天过得可好?我和童童可想念你了。"

她突然就被这句平凡的问候感动得泪水涟涟,她抱着孩子,依偎在梁峰的怀抱,感慨地说:"阿峰,这次地震,让我觉得活着真好,就像现在这样,我们一家人,健康地活着,真诚地相伴!"

梁峰将她和孩子一起揽进怀抱,阳光从大厅的玻璃窗斜斜地照进来,照在她身上,照在她身边的亲人身上。未来的日子是美好而令人期待的!

第三十三章　医生，爱恨交织的职业

我向你保证，必须死在你的后面，你的生老病死都由我负责。

凝望着眼前的照片，罗玉喃喃自语："2008年5月，于四川是一场惊天动地惊心动魄的改变，于你我却是风平浪静波澜不惊的恬淡。"她忍不住再次细细地打量起这张照片，画面中的女人浅笑盈盈，难掩幸福的喜悦。她的耳边回想起自己七年前的诺言："秀琳，请你不要哭了。我答应你，一定劝李俊豪回归家庭，我也会离开他，疏远他，我保证！"

罗玉深深地叹了一口气，对着画面中的女人愧疚而自责地检讨："对不起，秀琳，我最终还是违背了自己的诺言，我又回来找他了。请原谅我的出尔反尔！"

"秀琳，我真的有为了对你的承诺而努力，非常地努力。只是我现在失败了，因为我也是女人，也只是一个软弱的女子，生活再一次将我推到了俊豪的身边。

"但愿这一个月他能医好我心灵的创伤，你知道他一直是我的医生，不仅仅能医治我身体的病痛。一个月的假期结束，我就会回到我的世界，把他还给你。

"秀琳，我请求你的谅解，请你谅解一个伤痕累累的脆弱的女人！"

将照片重新放进书里，罗玉问自己："一个月后，我真能离开他吗？如果我更加难以离开他，怎么办呢？"

门突然被推开了,她吓了一跳,李俊豪信步走了过来,罗玉赶紧合上面前的书本,问:"怎么没有动静就进来了?你不是说深夜1点左右才回来吗?怎么这么快?"

"现在已经1点了啊!我敲门了,你都没有给我开门,在看什么这么投入?"说完,他走过来,瞅一眼她手中的书,好奇地说:"原来你还喜欢看医书啊,什么时候变得这么海纳百川?"

"才没有海纳百川,不过是想了解你,间接地了解下你的职业而已,这么枯燥的书籍,你平时是怎么看下去的呢?"

"我是没有办法,医生都是活到老学到老,否则就会被时代和行业所淘汰,哪里管它枯燥不枯燥。对了,我不在的时候,你是不是很孤单和无聊呢?"

"我一点都不孤单,充实得很!"

见俊豪不相信自己的话,她又补充:"这个屋子里的每一样物品,都留有你的印记,每一个角落,都有你的影子。我待在这个房间,随处可以感受你的气息和神韵,所以我一晚上都很忙,忙着收集你遗落的点点滴滴。"

"哦,"李俊豪饶有兴趣地看着她,赞赏地说,"小玉,这就是你可爱的地方,你总能把那么刻板的东西描绘得如此诗意,把简单的生活营造得生动。对于我来说,你就像一首诗和一幅画,充满了诗情画意。"

"那你不需要吃饭,就赏诗观画?"

提起饭,她跳起来:"糟了,俊豪,一晚上都在这个屋子找你的影子,忘记了给你准备宵夜,你饿了吗?"

"我不饿啊,有你在身边,秀色可餐,怎么会饿?"

"平时也不吃吗?"

"平时有时吃有时不吃,看忙的程度和时间的早晚。"

"以前在廊川,我上课也忙,而且那时顾虑太多,也没有认真关注你的工作环境。说实话,俊豪,知道你如此辛劳,我一下子还接受不了,尤其是你经常上夜班,会不会把身体弄垮呢?我真担心你。"

"担心什么?你放心吧,我身体好着呢,医生都这样,没有正常的节假日,我已经习惯了。只是对你愧疚,没有更多的时间陪伴你。"

他拉她入怀,在她额头吻了一下,轻轻地说:"早点休息,明天带你熟悉下周围的环境，好吗？"

"好！"

窗外寒风凛冽，夜凉如水；屋内安静美好，无人打扰。属于爱人的夜晚永远那么温情，它像一个盛大的花篮，盛着爱与恋簇放的花朵，芬芳着彼此疼惜的语言！

* * *

接下来李俊豪连上了几天的前夜班，再转为几天的后夜班。前夜班还好，最起码他晚上一两点还能回家睡觉，轮到后夜班，他到早上八点多才回家，起居时间完全被颠倒。好不容易盼到他该上白班了，罗玉心想这下他总可以过几天正常人的日子吧！但情况却总是出乎她的意料，每天她准时送俊豪出门，看他径直走进医院大楼，但却很少见他准点回家。他总是一次次无奈地抱歉地对她解释，快要下班的时候，来了危重病人，必须将病人抢救完毕才能下班。或者就是病人太多，医院人手不够，必须留下来帮忙。

每次他都说下次争取早点回来，但到了下次，还有下次的下次，他延迟下班都是家常便饭。有时罗玉将菜热了好多遍，他还没有回来。因此她开玩笑："原来医生都是准时上班，而不用准时下班的呀？既然这样，还规定下班时间干嘛呢？只规定上班时间不就可以了吗？"

等得久了，等的次数多了，她就难免想入非非，更何况两个人在一起的时候，总是感觉时间转瞬即逝，流光瞬息；而一个人的时候，则是忘穿秋水，日长似岁。她本就是那样敏感而多愁善感的人，一天，她终于忍不住发问："俊豪，医院的护士是不是都很漂亮？"

"护士漂不漂亮关我什么事？"

"当然不关你事，但关我事啊！你天天待在一个美女遍地，妖孽横生的地方，如何期望你守身如玉？哪天你不是很晚才归家？"

"哈哈哈，"李俊豪哭笑不得地解释，"对不起，小玉，你难得请假回来，原本我应该好好陪你。只是这段时间天气骤然变冷，医院的病人一下子剧增，所以我上班都很忙很忙，忙得我都没时间给你一个电话。上夜班还好点，可以给你发条短信，上白班就没有一刻是空闲的。你如果不放心，这几天可以来急诊科找我，你挂我的号，就可以看见我上班的情景，看我是不是在欣赏美女。"

"我挂你的号会不会遭人说闲话呢？"

"不会，谁知道你是不是病人呢？医生给病人看病，天经地义。别想那么多，小玉，记得你生病时候，我许过的诺言：只要你醒过来，我不会惧怕流言蜚语。"

"可我没病啊，我以什么理由挂号呢？"

"理由还不好找？比如肚子疼之类的，这种病弹性空间大，可以时而痛，时而不痛，时而轻微，时而严重，外观上看不出来，客观上便于表演，一点破绽也没有。"

"那我可真去医院看你啦，我只是想知道你工作的环境，只是想更多地了解你，不是查你的岗哈。"

"哈哈，"他刮了一下她的鼻子，"吃鱼还要撇腥臭？欢迎查岗，我特许你的。"

第二天，李俊豪上班去了后，罗玉特地找了件看起来显旧的衣服，故意将衣服揉捏得皱皱巴巴，将头发松松垮垮地束了个结，让自己看起来像个萎靡不振的病人。打扮好后，她朝李俊豪工作的医院走去。一路上她都忐忑不安，生怕有人留意到自己。但走进医院后，她的疑虑很快就打消了。

这家重庆市最好的三甲医院之一，她原本以为办公环境像她远远所见的医院高楼一样庄严肃穆。但眼见的情况正好相反，医院里人头攒动，熙熙攘攘。一眼望去到处都是人，连走廊里都站满了人，完全是人满为患。喧嚣之下，根本不在乎多一个她或者几个她。她不过是人潮里一朵小小的浪花，一下子就被形形色色涌过来的人群淹没。

挂号缴费的队伍蜿蜒如同一条长龙，弯弯曲曲瓦解了罗玉的意志力，她估计自己要想挂上号，怎么着也得等到太阳下山。好在医院有自助挂号机，队伍不是很长，她努力了个把小时，终于挂上了李俊豪的号。

挂完号，一看还有十个人才轮到自己，她便随意地在医院大楼各处转悠，几乎每个医生的诊室外都一大堆人候着，凳子上也坐满了人。以前她觉得廊川Z医院的人都已经够多了，到了这里才知是小巫见大巫。医院越有名气，慕名而来的人越多，各种疑难杂症都涌到这里来集合。哎，难怪她爱的人总是不能按时下班。

突然，一阵叫骂声传来，她走过去一看，原来是一位陪护幼儿的父亲在大声呵斥一名小护士。小孩儿哇哇地大哭不止，估计是护士未能一步到位找到孩子的血管，导致了孩子父母的强烈不满。被骂的护士一脸委屈，脸涨得通红，却一声不吭，忍气吞声。

罗玉的心里一阵悲哀和难过，为这位护士，为俊豪的工作环境。每个病人都有疼惜他的家人，可有谁去体谅那些辛苦劳作的医护人员？他们同样也是别人心疼的爱人和宝贝。儿科诊室外站满了愁容满面的父母，有些家长心疼孩子，不断找到分诊台的护士，要求优先就诊。在遭到护士拒绝后，甚至有人直接闯入诊室，扰乱医生的工作秩序。一时间，孩子的哭闹声、家属的责骂声、医护人员的解释声充斥着她的耳朵，让她的神经不自觉地处于一种高度紧张的状态。

她忧心忡忡地跑回李俊豪诊室的外面，想知道他会不会被一群无理的家属责难。谢天谢地，没有听到任何尖叫和哭闹声，他的病人以成人为主，不像儿科那边此起彼伏，乱哄哄。回想起刚才家属指责护士的言语，她又担心自己的出现影响李俊豪就诊的心绪，让他受人责难。因此她小心翼翼，避免出现在他的视野。

渐渐地，她发现她的担心压根儿是多余的。李俊豪哪里有时间抬起头来东张西望，他的病房里永远站着病人，一个病人还未走出来，另一个病人立即又走了进去。罗玉在外面悄悄地观察了大半天，别说休息，他根本是连喝水和上厕所的时间都没有。

她心痛不已，好不容易轮到她了，她有一肚子的话要说，却一句话都说不出来，唯有盯着他面前的水杯，喃喃地说："李医生，你喝口水吧，喝口水再给我看病也不迟。"

待他喝完水，她神经质地问他："李医生，你一上午要看多少个病人？"

"如果没有危重病人，普通的病人大概四十个吧。"

"也就是你每六分钟要看一个病人，期间还不能上厕所和喝水，还不能有人来无理取闹。如果除开那些时间，每个病人只能控制在三四分钟的时间，对吧？"

"对。"

"我要努力赚钱。"

"为什么？"

"这样我就可以经常一次性挂40个号，你就不用天天对着一群病人。"

"只对着你一个好人和爱人，对吧？"

"对。"

"你这傻丫头，一个人只能挂一个号。别犯傻了，医院太吵，你还是赶紧回去吧，你后面还有很多病人等着看病呢。我是医生，怎么能不看病呢？那我十多年的学习岂不是白白浪费了？"

"不回去，你这医生怎么当的？我进来还不到两分钟，你就要赶我走？我告诉你，我可是花钱挂号了的，你赶紧给我把脉诊断，否则我投诉你。"

说完她伸出手，摆出一个严峻的脸色。李俊豪只得给她把脉，把完脉开始写病历。罗玉瞅一眼他写的字，问："李医生，我病情怎样？"

"说实话，很严重，幸好你跑得快。"

"跑慢了怎样？"

"跑慢了，还未到医院就痊愈了。"

她扑哧一声笑了起来，李俊豪轻声对她说："玉儿，你以为有你在，我就不用对着病人了吗？你傻呀，待你离开后，我今天中午不休息也得将那些挂了号的病人看完，否则他们不投诉我？听话，先回去吧。"

原本想霸着时间，让他对着自己能有片刻休息，但瞅一眼排着长队的病人，她明白自己不过是在浪费他的时间。她只好极不情愿地站起来离开。

徘徊在李俊豪所在的办公楼，她恨不得永不要离开，与他同呼吸共命运；又恨不得马上离开，因为这里有一种无形的压力。她觉得如果自己继续待下去，就不用装病了，而是真成了病人。难以想象李俊豪和他的同事是用怎样的耐心在这样的环境中一天天待下去，还要保持一份认真严谨的工作态度。他居然还多次告诉她："他很热爱这份工作。"

* * *

这天李俊豪一进屋她就递给他一杯水，命令他全部喝完。喝完水后，她又给他做了一个按摩。

李俊豪看着一脸担忧的罗玉，安慰道："小玉，其实我不累，你真的不要为我担心。"

她怎么能不担心呢？电视上整天都在报道医疗事故，媒体每天在渲染医患矛盾，隔三岔五就有医护人员被伤或甚至被杀，她那颗小小的心脏几乎被压抑得喘不过气来。她很困惑，既然媒体如此关心医患关系，为什么不到医院去走一走？为什么不与医护人员吃喝拉撒住上一天？很多医生轮到病房值班，都是24小时值班制，有的值完班第二天还要坐门诊，连上28个小时才能下班。在如此高负荷高强度的工作环境下，还不能出差错。如果出了差错，不仅病人会将医生骂得半死，还有医院领导的责难和来自社会的谴责，想想都让人觉得生不如死。

担心一天天增加，她经常忍不住在他耳边碎碎念："俊豪，这怎么行，长期下去，你的身体会吃不消的。你现在还年轻，身体当然没有问题，可你总有一天会老啊，我怎么放心呢？我还指望着执子之手，与子偕老呢！只怕没到老，你就被累死了。不行，你转行吧，大不了我养着你。"

李俊豪总是以不变应万变回应她："我都习惯了，小玉，我怎么能让你养着呢？我爱这份工作，而且我很注意身体，我向你保证，必须死在你的后面，你的生老病死都由我负责。为了实现这一宏愿，我从来不抽烟，现在索性将酒也戒了，养成健康的好习惯。再加上每天喝你从深圳学成的长生不老汤，吃你做的爱心营养餐，只怕到时候所有人都死了，我还寂寞地活着。"

罗玉被他逗得笑了起来，扑到他怀里，对他撒娇："你自己说的啊，你必须死在我的后面。君子一言，驷马难追，你如果敢失言，当心我做鬼也不放过你。"

但是没过多久，罗玉那颗被李俊豪勉强安抚住的心，就被一块大石头激起了千层巨浪。

* * *

那天是星期五，李俊豪上白班，临出门的时候，他对她说："小玉，周末了，晚上我带你去我们医院附近新开张的'牛肉'火锅店吃牛肉火锅，听我同事说味道很不错，吃完我们再去K歌，你不是一直想听我给你唱歌吗？"

"好啊，那我五点钟的时候先去那家火锅店占个好位置，你五点半下班就直接到火锅店找我。"

"你知道地方吗？"

"你们医院附近有多大啊？转悠两圈不就知道了，快去上班吧，别操空心。"

下午她闲来无事，便早早地去到李俊豪他们医院附近闲逛，五点钟不到，她就找到了那家火锅店。走进店里，只见到几个服务员在忙活，店里面清清静静。当然了，这时段大部分人都在上班，只有像她这样的闲人，才有时间这么早出现在火锅店。

店里面所有的位置都空着，任由她挑选。她跟着服务员径直上了二楼，拣了一个靠窗的位置坐下，接过服务员递过来的餐牌，她抱歉地解释：朋友还未下班，她先坐在这里等他，晚点再点餐。

服务员离开了，她坐在那里饶有兴趣地打量着窗外来来去去的人群，又将餐牌反反复复地钻研了几遍，不知不觉五点半也就到了。

她想今天是周五，该看病的人应该在前几天都看得差不多了，病人也要过周末啊！因此李俊豪今天应该不会加班，那么再过十多分钟，她爱的人就可以出现在这里，与她共进晚餐。想到这，她的心里充满了喜悦和期待！

时间的流逝是不以人的意志为转移的，但仁慈的是，时间也会悄无声息地改变着一个人的心情和感受。来重庆前，罗玉伤透了心，一度感觉到度日如年。而自从与李俊豪重逢后，时间对于她来说就变得宝贵，因为宝贵，她觉得时间过得飞快，转眼她一个月的探亲假就去掉了一半。

这半个月她每天都会与母亲通电话，母亲每次都告诉她童童很听话，叫她安心玩，不要牵挂家里。母亲不提梁峰，而她也几乎忘了梁峰的存在。或许每个人都有趋利避害的心理，一开始她是强迫自己不要去想梁峰，因为一想心就会痛。而现在她压根儿想不起梁峰，因为有人占据了她的想象，让她忘记了伤痛。

李俊豪，这个刻在她灵魂深处的名字，一旦突破了她道德伦理上的枷锁，很快就俘获和掠取了她残留的理智。他对她那么深情那么体贴，她无法拒绝，就像一个瘾君子无法拒绝罂粟和毒药。而重庆这个地方，是他们爱的发源地，这里没人认识她，没人指责她，没有了思想上的禁忌，她终于可以轰轰烈烈地爱他。现在她的全世界都是他，他在的时候，她的眼里看到的是他，他不在的时候，她脑子里盘亘的是他，他的气息嵌入了她的呼吸，他的温度融进了她的血液，以至于她今早起床忧心忡忡地对他说："俊豪，你已经完完全全地控制和主宰了我，如果哪天失去了你，我该怎么办呢？"

"你不会失去我，我一直在你身边。"

"说话算数？"

"我什么时候没有算数？说话不算数的只有你，当小人的也是你。"

她想一想，好像也是。这一次她还会离他而去吗？她突然觉得有一股力量支撑着她，让她觉得自己已经足够坚强，于是她甩开脑中的阴影，像是安慰他更像是安慰自己："俊豪，希望这一次，我不会令你失望。我们，在一起！"

"这次我要看牢你！"

耳边回想着恋人的话语，她一时没有注意到时间的转动。抬起头来，火锅店里已经坐满了三五成堆的人群，浓浓的火锅香味飘散在整个屋子。就在刚才，这个店里只有她一位那么早等吃饭的人，现在，这个店里依然只有她一位等着不吃饭的人。忙碌的店小二从她的身边来来去去了好几个回合，有时停下来关心地问她一句："小姐，你想什么时候点餐，随时叫我们哦。"

她刚开始还回答："快了，快了，我朋友应该就在路上了。"

再后来，店里的人不知什么时候又从拥挤变回稀少，吃火锅的氛围也从热闹变为冷清。终于，再后来，这家店的二楼又只剩下她一个人。不同的是，一开始她是来得太早，而此刻她是走得太迟。

邻桌未来得及褪去的火锅烟雾熏花了她的眼，她的眼睛迷蒙着一层厚厚的雾气，她的委屈也像烟雾一样一点点地升起来："俊豪，难道全医院就数你最忙？全市的医生就数你最重要？只有你懂得敬业，只有你知道高尚？离了你，估计明天重庆C医大的急诊科就要停诊；少了你，估计今晚整个C医大的时间就要倒着转动。你不是最爱我吗？为什么我永远都排在你工作的后面？我好像还抵不过你的病人重要！"

怀着满腹的委屈，她失落地离开了火锅店，临走递给店小二20块钱，算作自己不吃饭霸着桌子的茶水钱。

腹中空空，脑子混沌，走出门后被凉凉的夜风一吹，她打了一个寒战。她这才觉察到重庆的冬天已是那么寒冷，这冷是彻头彻尾的，没有一丝的暖意。

＊　＊　＊

　　毫无意识地她又围着李俊豪他们医院转了两圈。突然她的手机振动了一下，手机的屏幕在夜色下显出一道刺眼的蓝光，一行行小字映入她的眼帘："小玉，今晚急诊科送来了一个病人，宫外孕引发大出血，她是我的老病人，我和同事抢救了她几个小时，可就在刚才她死了。她还不到30岁啊，我太失败了，居然无法挽留她的生命，她的丈夫就在门外，我不敢想象他失去爱人的痛苦，抑或像我一样无法面对没有你的生活。生命是那么无常，我想见到你！可是此刻我很难过，难过得我挪不动脚步。"

　　夜风吹乱了她的头发，吹疼了她的眼睛，她止不住流下泪来，噙着满眼的热泪，她回转身朝李俊豪所在的医院跑去，一直跑进医院的大楼。整个医院冷冷清清，完全没有了白天的纷杂与闹嚷。她一直跑向急诊科，远远地听见抢救室里传出来一阵让她心悸的嘈杂声，隐隐还有打斗的拳脚声，她的心里掠过一阵恐慌，双脚打闪，唇齿发颤。

　　她跌跌撞撞地冲进了抢救室，里面的场景混乱极了，有个发疯的男人正在咆哮："你们赔我的媳妇，赔我媳妇啊！你们这群魔鬼，害死了我的老婆，我也不要活了，我和你们拼了！阿梅，我的阿梅啊，我一定要替你报仇……"

　　他边说边抓起身边的可砸之物，见人砸人，见东西砸东西。一群人围着这个疯狂的男人，有的是跟他一起来的家属，有的是也在医院看病的病人，还有些是医护人员。有人劝诫他，有人鼓动他，但是没人阻拦得住他，他像一头发怒的狮子，一匹脱缰的野马，一个杀红了眼的魔鬼，谁离他近，谁就受伤害，大家都小心翼翼地避着他。

　　"血，有血流出来。"

　　罗玉看到地上流淌着鲜血，这鲜血使她恐惧的心彻底地崩溃了，她神经质地哭喊起来："俊豪，俊豪啊，你在哪里啊？"

　　她的哭喊使大家一时愣住，那个正举着一把椅子的男人倒回一步回望她，这一个回头腾出的空隙，让罗玉看到她心爱的人正狼狈地跌坐在地上，血正从他的头上流下来，他的周围散落了一地做手术用的钳子、针筒和棉花……

"俊豪，俊豪……"她哭喊着再次朝他挤过去，那个男人回过神来，扬起椅子就要朝她的俊豪砸下去。

"不要啊，住手。"

她冲上去，满脸的泪，满脸的悲戚，却死死地抓着那男人的手不放，悲痛无比地乞求："求你，放过李医生，放过他！你如果要砸，就砸我吧！"

说罢，她抓住那把椅子砸向自己。那男人被她的举动一时怔住，随即再次暴怒地咆哮起来："你的男人是个刽子手，是个无用的庸医，他医死了我的老婆，他该受惩罚，我要他陪葬！"

罗玉也被激怒了："李医生有什么错？他已经尽全力了，尽全力挽救你的老婆了。他是人，又不是神，人怎么可以阻止这世上所有的悲剧发生？你以为医生就可以包治百病？如果医生能治好这世上所有的病，那医生自己为什么也会死？你爱你的老婆，你为什么不保护好她？不用你的爱为她筑一道保护墙？因为你的爱也是有限度的，你的爱也有无法触及的地方。这世上除了神仙，谁也不是万能的，医生也不是万能的。你失去了所爱的人，我们理解你的痛楚，但是你不能恩将仇报，把你的痛苦强加在医生的头上。李医生，他也想救活你的爱人，他的心情和你是一样的，你以为他心里就好受吗？"

"你怎么了解他努力过，他根本没有尽力，你就是帮着他说瞎话。"

"我了解，没人比我更了解，我了解你所不了解的情况。我了解他从今天早上八点钟踏进医院，就没有休息；我了解他五点半下班，但是他为了病人一直下不了班；我了解他约了我下班吃火锅，但是到目前为止，我没有吃饭，他估计连水都没有喝；我了解我今天从五点就在餐厅等他，一直等到餐厅打烊也没有见着他；我了解他救不了他的病人，难过得挪不动脚步。你以为他的心情就比你好受？你看看他发给我的短信，你自己看看吧。"

说完她把手机塞到那人的手里，挤到李俊豪的身边，跪在他的面前。看到他身体的伤口，感受到他心里的痛苦，她心痛莫名、哽咽无语、意碎神伤。李俊豪腾出一只手，抱住她的头，勉强安慰她："小玉，不要难过，我没事。"

周围的人开始苏醒过来，有人拉起她，对她说："让我们给李医生处理下伤口吧。"

她机械地站起来，跟着一群医生护士将李俊豪送去医治，看着周围忙碌的人为他消毒、止血、缝伤口、包扎伤口，最后送入病房，挂上吊瓶。

这来来去去的一番折腾下来，时间不知道已经过去了多久。她的头昏昏沉沉，隐约听见李俊豪在跟他的同事说谢谢，有人在叮嘱她，如果晚上李医生有什么突发情况，你就按一下呼叫铃，就会有护士过来帮忙。

终于，世界安静了下来，那些她想听见和不想听见的声音远离了，她想看见和不想看见的面孔消失了，她的神经绷得近乎麻木。李俊豪将她拉过去，用那只没打吊针的手拨开挡住她眼睛的头发，抱歉地对她说："玉儿，都过去了，我没什么大碍，你别太担心。"

她不说话，只是无限疼惜地看着他。

"对不起，让你受惊了。"

好半天，她回应他："我不要对不起，俊豪，我只要你好好的。"

"嗯，我好好的。"

"今天我们就不讨论好不好了，你累了也困了，早点休息，好吗？"

"好，我们都早点休息。"

她帮他盖好被子，关上灯，在他旁边的病床和衣躺下。

夜深似海，夜凉如水，她听着旁边传来他细细的呼吸，辗转反侧，难以入眠。待确定俊豪睡着后，她轻轻地翻身起来，搬过一张凳子坐在他的床前。她不确定自己要做什么，今天发生的一幕让她太揪心、太震撼，她只想守着他，确定他的安全，确定他真的睡得安稳。

月光影影绰绰，穿过夜幕笼罩的城市，凉如一件薄薄的冰纨。她将邻床上的被子拿过来，加盖在他的身上。然后，她再不停地揉搓自己冰冷的双手，又将手放进衣衫里面捂暖，这才小心翼翼地用自己温热的手盖在他打着吊针的手上。

她像一个母亲，守着自己受伤的孩子，恨不能给他更多的疼爱，更多的保护，更多的关怀。好半天，她才疲倦地将头靠在他的床边，打盹一会儿。只一会儿，模糊中传来一阵啜泣和喊声，有人在呼喊她："小玉，小玉……"

她一个激灵，立刻从倦意中醒来。抬起头，李俊豪依然在她旁边安详地睡着，发出轻轻的鼾声。但她相信他一定在梦里呼喊她了。她深爱的男人微皱着眉头，俊朗的面孔恬静得像个天真的婴儿。

在他们相恋的时光里,他一直扮演着金刚钻和保护伞的角色,他是那么坚强和高大,给她依赖和依靠的臂膀。但今晚,她才发现在他坚强的外表下掩藏的脆弱。她确定,他需要她,需要她的安慰和保护。她听到了他心里的呼唤,于是她低下头,心疼地心碎地回答他:"俊豪,我就在你身边,我守着你,没有人可以伤害你,你放心地睡一觉吧。"

她在他额头留下轻轻的一吻,在她转身的一瞬间,有只手轻轻地拉住了她,梦呓般低诉:"小玉,别走,陪我!"

"好,我不走,永远陪你!"

第三十四章　坚定，化蝶的勇气

> 如果有一天，我们的爱走到了悬崖边，你千万不要跳下去。答应我：你要好好地活着。

经检查，李俊豪颈部、胸部多处留下伤痕，肾外伤、鼻出血、左眼球钝挫伤，且耳膜穿孔。好在他年轻，身体底子好，恢复得较快，经过几天的精心治疗，他的身体基本无大碍。星期天他从医院转回到家里静养。对此，罗玉总是庆幸地说："幸好我及时赶到，制止了那个无理取闹的魔鬼，否则我都不敢想象你在完全没有防备的情况下会被伤成怎样？"

隔了一会儿，她再次对着李俊豪旧话重提："都怪你不听我的建议，我叫你转行，你总说我多虑，现在事实胜于雄辩，你总无话可说了吧？俊豪，这次说什么我也不要你再做医生了。"

"不做医生我干什么呢？"

"你为什么就不能转行？鲁迅为什么会弃医从文？因为他在几十年前就明白：医生是医不好中国人的。"

"小玉，这次的情况真的只是一个意外，我是男人，只有逆流而上，怎么可以遇到一点小挫折就像蜗牛一样躲起来呢？"

"只是一个例外？你看报纸和电视上的新闻，哪天没有医患矛盾？昨天的报纸还报道医务人员遭到谩骂、威胁的现象较为普遍；医务人员受到人身攻击、造成明显损伤的事件逐年增加；而住院区、就诊区、办公区成为发生暴力伤医事件的高发区。现在我什么都不管了，天下有那么多医生，你在医院躺几天，重庆C医大附属医院不照样转动？你心心念念的病人不照样吃药看病？这个世界离了你一切照旧。我可不一样，我只有一个你，没有你我的世界会天翻地覆。"

"可我除了做医生，没别的本事啊！在家吃软饭，让你养着我？"

"什么叫吃软饭？别说得那么难听好不好。俊豪，你是博士，班里的同学谁有你念书那么多？你不知道我有多崇拜你！你不做医生，也可以另寻一份工作，很多事情你可以做啊。哈，如果我能养你那也是我的荣幸。"

"你养着我还说得过去，那小晨和家里的老人呢？也让你养着吗？"

"俊豪，别这么悲观。"罗玉走过去，轻轻地吊着他的脖子，"我答应你，一定陪你找到一份满意的工作。我的一个朋友，初中文化，在深圳火车站附近的一家小广告店打工。干了两年后，自己开了一家店，主要做外单，英语说得我都听不下去，可人家每年也都赚几十万元。我就不信，你会找不到事做。"

顿了顿，她又补充："相信我，俊豪，你一定会找到一份满意的工作。无论你做什么样工作，一月拿多少钱，你都是我最爱的人，在我眼里的形象都那么高大。如果你找不到喜欢的工作，我养你一辈子。以后我俩在一起，都由我付钱埋单。无论是吃路边摊，还是回农村种地，只要有你在，我绝不嫌弃。我希望你理解：我只求你平安，其他的都不在乎。"

话说到这个份上，李俊豪还有什么反驳的理由呢？他很想告诉她，他选择做医生，当初是因为爱她。现在他愿意继续做医生，是因为病人需要他。他爱这个职业，尽管目前的现状不容乐观。但此刻他什么都没有说，唯有三缄其口。

李俊豪了解她是一个明事理的人，于是决定采取迂回战术。他在她脸上亲了一下说："你说得有道理，小玉，你也给我点时间让我好好考虑。现在我们可不可以开开心心地玩几天？告诉你一个好消息，领导给了我一个星期的假期，让我在家静养身体。你不是说我没有时间陪你吗？现在我终于可以好好地带你游览重庆了。现在就请你把想玩的地方列一个清单，我陪你一一兑现。古人说：福兮祸所伏，祸兮福所倚。这话一点不假,你看我就受了那么一点皮外伤,就换取了一周的假期。"

"你身体真没什么大碍了吗?"

"没什么了,我现在完全是生龙活虎,一点小伤怎么奈何得了我呢?我怀疑,我之所以会受那么一点点小伤,完全是因为太少陪你,连上天都看不过去,所以要小小地惩罚我一下,对吧?"

"才不对呢!"罗玉没好气地回答,"我警告你,你要是再有任何意外,我可不会轻饶你,我就是孔夫子说得那种'唯女子与小人难养也'里面的女子,怎么着也要念得你耳朵生疮,头皮发麻,你自己想想后果。"

"好,就按你说的办,绝不允许任何意外第二次发生。现在总可以告诉我你有什么计划和打算了吧?"

"我想一想,貌似有很多。我想和你一起去旅游、逛街、K歌、看电影、进图书馆、爬山、买菜、做饭、收拾屋子……"

"等等,小玉,我拿支笔出来记一下,你的要求虽然有点多,但你的要求却是那么容易满足,你确定我平时没有陪你做这些事情吗?"

"是啊,你整天忙得像个陀螺,每天我能看着你好好吃饭睡觉就不错了,天知道医生在中国是个什么样的魔鬼职业。"

"惭愧,小玉,感谢你对我和我这份职业的包容。听你这么一说,更觉得亏欠你太多。这几天一定好好陪你,将功赎罪,首先让我们从旅游开始吧?你计划去哪里玩?"

"听你安排。"

"那好,你收拾下,今天还不晚,现在就带你去一个神秘的地方。"

"去哪里?"

"先不说,保持神秘感。"

罗玉抿嘴一笑,这个俊豪,还像个长不大的孩子!她简单地收拾了几件衣物,就随他出发了。为了节约时间,他们出门叫了一辆的士,只听李俊豪对司机简单嘱咐一句:"磁器口古镇"。

* * *

司机也不多话,就载着他们在车水马龙的城市中疾驰。穿过大街小巷,风呼呼地掠过两旁的高楼大厦，掠过路边的白杨树，掠过笔挺的电线杆。

罗玉异常兴奋，不断地向李俊豪问东问西，路边的广告牌和红绿灯都会引起她的好奇和赞美。李俊豪忍不住问她："小玉，你很少旅游吗？"

"哈，怎么会？我只是很少和你旅游，严格地说这是第一次。"

"那我以后要经常陪你出来旅游。"

"真的吗？"

"当然是真的。"

她将身子幸福地朝他靠了靠。阳光透过车窗照在她的脸上，更让她添了一份雀跃，她喜悦又兴奋，并不断地将这份喜悦传递给身边的爱人。

这样行驶了不足半个时辰，出租车"嘎"的一声在路边停了下来，罗玉吃惊地问李俊豪："车子怎么不走了？坏了吗？"

"到了啊！"

"这么快？我听你说古镇，以为一定是个远离市区繁华的地方，结果兜来兜去还是在重庆市啊。"

"就是在重庆市区，这里曾经享有小重庆之称，不同的是这里还保持着重庆原始风貌的特色，是山城古典生活的缩影。"

"原来如此！你知道吗俊豪，我心里一直都装着一个古镇梦！"

"就是想给你一个惊喜！我们在这里住两天，怎么样？"

"很好啊！"她开心地在李俊豪脸上吻了一下。

李俊豪摸着被吻过的脸，喜悦地问她："小玉，什么时候变得如此开放？谁把你教坏了？"

罗玉正要回答，一群蹲在路边等活的"棒棒军"朝他俩涌了过来，几个人争着问她："小妹，有没有东西要我们帮忙？"

罗玉指着李俊豪回答："不用了，大哥，我今天带了棒棒军来呢！"

话毕她将手里的包包一股脑儿塞给李俊豪，又双手吊着他的胳膊，调皮地吆喝一声："李棒棒，快走！"

李俊豪敲了下她的脑勺，随她朝前走去，很快便来到了磁器口镇。

罗玉一看：呵，好不热闹！满街的吆喝叫卖声，还有三五成群的游客。这些繁华与古老的街道房屋交织在一起，一副鲜活的清明上河图就呈现在罗玉的眼前。

李俊豪像个导游般为她介绍："小玉，知道这里为何叫磁器口吗？因为清朝时候，这里盛产瓷器，并且是重要的瓷器中转站。这里也是嘉陵江边重要的水陆码头，曾经'白日里千人拱手，入夜后万盏明灯'，繁盛一时。如果你想品味重庆的文化，这里有巴渝文化、宗教文化、沙磁文化、红岩文化、民俗文化等，假如这些都还打动不了你，我就只好抛出杀手锏了。"

"什么杀手锏？"

"美味佳肴，这里有很多著名的特色小吃，包括你心心念念的毛血旺、水煮鱼。"

"俊豪，我饿了。"

"哈，我就喜欢看你心急又吃不了热豆腐的模样，别慌，我们先在镇上找个客栈住下来。古镇古韵，顾名思义，是不能心急的，必须有一颗平静而悠然的心，而且我们也不赶时间，你忘了，我这次流点血，换了七天长假吗？"

找好客栈，他们选了一家特色餐厅吃午餐，下午李俊豪带罗玉粗略逛了一下古镇的街头文化。他牵着她的小手，沿着古镇的青石板路慢慢地逛过去。磁器口并不大，一共只有12条青石板铺成的街巷。每条街巷朝着某个方向蜿蜒，一直通向未知的、神秘的远方。这些路面早被岁月和行人打磨得光滑无比，配上街巷两旁竹木结构的古老建筑，以及挂在商铺门口的大红灯笼和抹布幌子，一种古色古香的"味道"便如花香般溢满古镇。走了一会儿，罗玉觉得自己那颗在城市里侵染过的浮躁心绪不自觉地静谧下来。李俊豪问她："小玉，喜欢这里吗？"

"喜欢，这里是一处容易滋生奢望的乐土。"

"什么奢望？"

"我想在这里有一处青瓦灰墙和雕花门窗的房屋，屋前有宁静的院落。我们住在这个古镇上，过男耕女织，日出而作日落而息的简单生活。"

"等我们都退休了，我陪你去乡下建一栋小木屋，屋前也铺上青石板路，好不好？"

"好，我会当真啦！"

"我也没说假话。"

"俊豪。"

"恩，我在听。"

"我觉得好幸福。因为太幸福，心里难免会有一点小小的担忧。"

"担忧什么?"

"我前几天冲进医院保护你，会不会受人把柄，让你遭人闲话呢?"

"不会的，又没人认得你。"

"你别骗我。"

"不骗你。"

看她依然一脸凝重的样子，他再次安慰她："小玉，真没什么，你想想最恶劣的后果，也就是开除我嘛！你不是一直希望我辞职吗？这不正好遂了你的心愿。没有工作我就来这个古镇，开一家诊所。这下子就提前与你过上日出而作，日落而息的简单生活，岂不是皆大欢喜?"

"真的呢！俊豪，还真是一件大好事。如果你辞职了，我也马上辞职，陪你来这镇上开一家诊所。"

他拍拍她的手，认真地说："小玉，谢谢。"

"为什么?"

"那天不顾一切冲进来保护我。你说得对，我做了多年的医生，换得了患者一时的好评。可令人心寒的是，没人会记得我之前的好，一旦不能满足他们的要求，就会被他们反咬一口。我现在也明白了，我对别人有那么重要吗？只有你才明白我的重要，所以我不会介意别人的评价。"

说完他拉紧了她的手，两人不再说话，此刻任何的言语都是多余的。他们牵着彼此的手，一路游览了古镇的翰林院、巴渝民居馆、深水井等。这些凝聚着古镇精髓的古迹，带领他们穿越时空的阻隔，走进了历史的长廊，最后他们还逛了古镇的另一道特色：茶馆。

这样一路逛下去，到夜幕降临的时候，他们差不多将古镇的主要街道走了个遍。晚饭后，他们回到客栈，泡了个热水澡，洗去了一天的尘埃和疲劳。李俊豪吻了吻她的脸颊，体贴地说："小玉，今晚我们早点睡吧，明天还有更多的景点和乐趣等着我们呢！"

* * *

明天自然也是美好的一天，当罗玉觉察到明天到来的时候，已是半上午。她瞟一眼身旁，奇怪，俊豪不在。她心中嘀咕："他去哪里了呢？"

带着这个疑问，她翻身起床。这是一间靠近嘉陵江的酒店，推开窗，一股冷空气扑面而来，她临窗而立。昨晚显然下了一场雨，窗外的世界清新如洗，路面湿漉漉的，窗棂上、树枝上、到处挂满了晶莹欲滴的水珠；雨后的嘉陵江烟波浩渺、鱼鹰和翠鸟在水上盘旋，勤劳的渔翁已经划着渔船开始了一天的劳作，这景色竟是如此的动人。一阵微风吹过，她屋子里的紫色风铃发出叮叮当当的声音，像一串紫色的音符飘荡在屋里，在她的心田荡漾着一股紫色的涟漪。

一双温柔的手环过她细细的腰肢，在她耳边轻轻说道："小玉，怎么不多睡一会儿？什么时候起来的？"

"刚起来，你怎么不睡觉？去哪里了？"

"我平时养成了早起的习惯，看你睡得香，不忍心叫醒你，刚才出去买了点早餐，路过一家饰品店的时候，顺便给你买了一根簪子。"

说完，他从兜里摸出一根墨绿色的玉簪递给罗玉，问："喜欢吗？"

"喜欢。"

"你都没有仔细看，怎么说喜欢？"

"不用看，你送的任何东西我都喜欢。古人云：若君为我赠玉簪，我便为君绾长发。"

"那我帮你把长发绾起来吧！"

"你会绾头发？"

"试试吧！"

李俊豪开始笨手笨脚地摆弄她的一头秀发，她憋着笑，看他急得满头大汗又特认真的样子，好像他对着的不是一头秀发，而是一台复杂的手术。终于他满意地说："小玉，绾好了，不枉我在饰品店现学了大半个小时。"

罗玉照照镜子，他还真将自己一头长发绾了起来。李俊豪看着自己的杰作，不禁对她说道："小玉，我曾经给你唱过一首歌：谁娶了多愁善感的你，谁安慰爱哭的你，谁把你的长发盘起，谁为你做了嫁衣。今日我将你的长发盘起，明日待我娶你为妻。"

这句话差点将她的泪水惹出来，脑中迅速地掠过对殷秀琳的诺言，她的心不禁微微地颤抖，她伤感地回答道："俊豪，不用娶我为妻，有你这样爱我，已经很满足了，不要再去破坏另一个人的幸福，那样我们会遭到天谴。"

"要遭天谴的也是我，小玉，不要总是自责。你是我最早爱过的恋人，也是我唯一的恋人。是造化弄人，我们才会失去彼此，所以我们并没用抢夺别人的幸福，只是将我们失去的幸福重拾。"

"是这样吗，俊豪？不过我真的好爱你，暂时管不了别人的幸福和道德的谴责，就让我做一个自私的人，这样就可以理所当然地拥有你。"

"别想那么多，小玉。快吃早餐吧，吃完我带你去宝轮寺，今天刚好下了一场大雨，又是工作日，去宝轮寺烧香的人应该比平日少，特别适合游览。"

"你好像总是能带给我惊喜。"

"是吗？希望这次也不会令你失望。"

饭后两人来到了宝轮寺。之前罗玉也参观过很多寺庙，但大多游人如织，香客满盈，让她总担心凡尘的喧闹会扰了佛门的清修。现在雨后游宝轮寺，她看到了难得的清静和雅致。一处又一处的小庭院几乎是空寂无人，苍劲的林木，恰到好处地点染出了寺庙的静寂，点点碎碎的落叶铺洒在不落尘埃的地面上，佛家的清修、无争由此而现。来到大山门，两侧门柱上的对联醒目地映入眼帘："佛刹隐禅机且喜光明随心至，寺门通大道何忧风雨阻客来"。

李俊豪告诉她，宝轮寺距今已有1500多年的历史。传说明朝建文帝避难时曾在此隐居，故宝轮寺又名龙隐寺，磁器口镇也称龙隐镇。宝轮寺的建筑堪称人类文明的瑰宝，尤其是大雄宝殿，建于明朝宣德七年，屋顶脊饰起翘，雕梁画栋，古朴精致。大殿系全木结构，建筑内外不用一钉，堪称一绝。

而让罗玉称奇的则是庙内的佛像，造型庄严伟岸，栩栩如生，望之就有普度众生，佛法无边的威严之感，俯身跪拜，心中格外敬畏。进山门后是座落在中轴线上的天王殿，在天王殿的两侧是两座造型别致的钟鼓二楼。李俊豪带她站到鼓楼的外面极目远眺，恰巧看见一道彩虹穿过青色的云层，在半雨半晴，半阴半亮的天空折射出一道神奇的圣洁的光芒。这光芒为宝轮寺里的庙宇大殿、钟楼鼓楼备添了几分神秘，罗玉忍不住赞叹："多么奇妙的景观，我总算深切体会了苏轼的诗句'水光潋滟晴方好，山色空蒙雨亦奇'。"

从这里综观整个寺庙，只见殿宇层层，林木茂密，百鸟争鸣，苍松翠柏覆盖半山。侧耳细听，从这苍茫的云山雾海中传来阵阵钟声，让人顿生无尽遐想。罗玉依偎在李俊豪身边，陶醉地说："俊豪。"

"恩？"

"真想与你在此长伴，晨钟暮鼓，安之若素。从此以后，时光静好，与君语；细水流年，与君同；繁华落尽，与君老。"

李俊豪也醉了，将她的手放在唇边，回应她："小玉，能与你在这样的景致里看风听雨，品味人生，于我而言，夫复何求？"

这一整天，他们在宝轮寺流连忘返，像所有的善男信女一样，虔诚地烧香许愿，中午在庙里吃斋饭，感受信佛的人那种乐善施好、知足常乐的精神。

黄昏的时候，李俊豪和她手牵着手，一起走下山。沿着一路的湖光山色，穿过古镇的粉墙黛瓦，看花影绰绰，听虫声卿卿。他们踩着青青的石板路，跨上窄窄的石阶，慢慢地踱回到酒店。

这一天许是在佛前净化了心灵的杂质，罗玉睡得特别安稳，一夜无梦。第二天当她从睡梦中醒来，已是日照三竿。她睁开双眼，一眼瞥见李俊豪正坐在床头看书，她滚到他身边，将头靠在他后背，手环着他的腰，问："在看什么，俊豪？"

"考琳·麦考洛的长篇小说《荆棘鸟》，刚买早餐时在前台借的，你看过吗？"

"看过啊，这是我最喜欢的名著之一。我特别喜欢它结尾的一段话：'胸中带着荆棘的小鸟追随的是一个永恒的法则，它不知道什么会刺破它的胸膛，也不知道它会死于歌唱。在非常短的一瞬间，荆棘刺进了胸脯；它不知道紧接着就是死亡的到来，只是一味地歌唱，直到生命离开了它的躯壳。可是当我们把荆棘放进自己的胸膛，我们是知道的，我们是了解的。但我们还是要把它放进去，还是要把它放进自己的胸膛。'"

"极具震撼力的文字：'当我们把荆棘放进自己的胸膛，我们是知道的，我们是了解的。但我们还是要把它放进去，还是要把它放进自己的胸膛。'不顾一切，明知道前面是悬崖，还是要奋不顾身地跳下去，这就是至死不渝的爱情！"

"明知道前面就是悬崖，还是要奋不顾身地跳下去。"罗玉琢磨着这句话，心中一个激灵，她抓住李俊豪的手问："俊豪，如果在我们的爱情面前是一片悬崖，你会怎么样呢？"

"我也会奋不顾身地跳下去，做一只被鲜血染红的荆棘鸟，为你唱出一生一世绝美的歌声。"

"不要。"她急急地说："俊豪，你一定要记得，如果有一天，我们的爱走到了悬崖边，你千万不要跳下去。答应我！你要好好地活着，这是我的愿望。只有活着，生活才会有希望！"

"那你要答应留在我身边。"

"嗯。"

仿佛看见荆棘穿透他的胸膛，罗玉难过得内心一阵痛苦地痉挛，她接着说："但如果我的爱会让你死，我宁愿你活着，如果有那么一天，我作出的任何选择，我都希望你能理解。"

说完，她忍不住流下泪来，李俊豪看见她悲伤的眼泪，赶紧安慰她："小玉，都怪我，好好地谈什么荆棘鸟和悬崖。我们的爱不会遭遇这些磨难，因为我们已经经历了很多磨难。"

"是吗？你确定我们的爱不会再有磨难了吗？"

"我确定。"他抱着她，安慰她，也是安慰自己。前路漫漫，他们的爱还会再有荆棘和磨难吗？这一点，恐怕连他自己也不确定！但是他确定他会努力保护她，而目前他只想带给她快乐。

想到这，俊豪对她说："小玉，起来吃点早餐吧，你不是想听我唱歌吗？吃完饭，我们去找一间安静的水吧，你一边喝茶嗑瓜子，一边听我给你唱歌，好不好？"

"简直不能再好了。"

她立刻翻身起来，又在他脸上噌了两下，雷厉风行地刷牙、洗脸、吃饭，三下五除二就把自己收拾得妥妥当当，然后一个漂亮的亮相，站在俊豪面前说："可以出门了。"

李俊豪上上下下地打量她一番：高高束起的马尾辫，恰到好处地露出白皙光洁的额头，让她看上去精神抖擞。纤细的眉毛似一轮弯月，明眸善睐，皓齿丹唇，透出一股少女般的聪明伶俐。

罗玉被他看得有些不好意思，忐忑地询问："怎么，我今天看起来很怪吗？"

"很好，小玉，你看起来美丽如花，简洁如画。我是在想，我们都已经三十多岁了，为什么你依然如此美好，像我读书时刚认识的你。"

"因为你一直宠我啊，你的爱让我一直绽放。"

他笑答："说得对，玉儿，快走吧，再不走，我怕自己又挪不动脚步了。"

"呵呵，会这样吗？"她大笑起来，冲到他怀里一番折腾，估计火候差不多了，立刻趁对方还没缓过神来迅速跑下了楼，边跑边调皮地说："俊哥哥，我在楼下等你啦，别婆婆妈妈，赶紧给我下来。"

李俊豪看着她消失在楼梯口的倩影，宠溺地摇摇头："还真是一个被宠坏了的丫头！"

* * *

迎着清晨的薄雾和微凉，罗玉和俊豪沿着古镇的青石板路慢慢地向前走，两旁的粉墙黛瓦和流水潺潺引领着他们走向一个古色古香和远离城郊的世界，这里的水吧也装扮得古色古香，名字更是韵味无穷。

"水云间""邂逅""源点""槐树下""今生今世"……每一家水吧的名字都让人浮想联翩。几经斟酌，他俩选择了名为"源点"的水吧，因为李俊豪说，再次牵起她的手，让他的心和爱都回到了原点。

这间水吧是一处古老的木屋子，门口两侧种满了各种花草。店门上垂着水晶帘子，若隐若现的内景给人一种神秘感。走进去，首先映入眼帘的是淡青色的吧台及古典的木桌木凳。他俩选了一个小雅间，自上而下垂下来的绿藤和布艺帘子，隔开了他们与外界的联系，同时也隔开了时空与现代的联系，世界在这一刻是静止和舒缓的。

房间里回荡着轻柔的音乐，如瀑布般让人畅爽，罗玉将头懒懒地靠在俊豪肩上。温和的服务生将调好的饮料送进来，又轻轻地退出去。罗玉不自觉地发着呆，更幸福的是，喜欢的人就坐在身边，陪着她一起发呆。

时光在不经意间柔软而逝，过了好一会儿，俊豪站起来，关掉了房间里的音乐，再给她续上一杯水。她抬眼看他，对方立即回应她的眼光，由衷说道："下面由李俊豪先生为他心爱的小玉献唱，请大家捧场。"

李俊豪清清喉咙，为她握麦清唱。他唱的歌曲那么悦耳，阵阵熟悉的旋律将她带回到阆平老家的杨槐树下。身边优雅的男士宛若当年的青葱少年，隔着时空将那些年唱过的歌曲又唱了一遍。有那么一瞬间，她泪眼蒙胧，耳边想起了黄霑的一首诗：

> 悠悠记得当年笑，
>
> 仿佛入迷，
>
> 又带一点惘。
>
> 种种喜悦，令人为你鼓掌。
>
> 眉飞色舞千千样，
>
> 你是个妙人，是一个少年狂！

时光也让她看见了多年来恋人不变的脸，纵使此去经年，他们已由当年那个懵懂的少年，为人父为人母；但感谢上苍，她爱的人还在，更好的是她还遇见了他，还爱着他。情若至此，此生无憾。

李俊豪问她："小玉，在想什么？"

"在想你，想我们的过去，就像白落梅的一首诗。"

"什么诗呢？"

> "给我一段老时光，
>
> 独坐在绿苔滋长的木窗下，
>
> 泡一壶闲茶。
>
> 不去管，
>
> 那南飞的燕子，何日才可以返家。
>
> 不去问，

那一叶小舟，又会放逐到哪里的天涯。
不去想，
那些走过的岁月，到底多少是真，多少是假。
如果可以，我只想做一株遗世的梅花，
守着寂寞的年华，在老去的渡口，
和某个归人，一起静看日落烟霞。"

"诗歌写得不错，但如果能把最后一句改成：和我最爱的人，一起静看日落烟霞。我认为就完美了。"

"改得真好，俊豪。"

她回转头，立刻接触到他柔情万千的眸子，她不禁投入他的怀抱。俊豪张开双臂拥住她，然后是两片薄薄的唇，带着一股雨后特有的清泌和清凉，雪花般轻柔地落在她的唇上，瞬间一股温润炽热的气流席卷她，一股男性的味道包裹了她。时间凝滞了，世界化为乌有，只有他的呼吸铺天盖地，暖暖地夺去了她的心跳和呼吸！

第三十五章　梦，如此的真实

　　孔夫子说得对，唯女子与小人难养也，偏偏还让他碰上了一个小女人！

　　自打李俊豪不用上班后，罗玉就特别好睡，常常是一夜无梦，醒来时天已大亮。这天早上，她一睁开眼，便欣喜地发现阳光将整个房间装得满满的，满满的金色，满满的暖意。李俊豪正靠在床头看书，床头柜上放着他买回的早餐，腾腾地冒着热气。哦，满满的幸福！她再次滚到他身边，环住他的腰，娇媚地喊他一声："俊豪。"

　　对方故意不理她。

　　她再喊一声："俊哥哥！"

　　这次李俊豪立刻回转身，抱住她，将她的头轻轻地放在他的腿上，问她："睡得好吗，玉儿？"

　　"好极了。"

　　"我看你出来玩的几天都睡得很香。是不是白天太累了？"

　　"不是，是因为你一直在我身边，不用牵挂你，不用担心你，也不用想着起来送你。"

"哦，"他的心扉一动，"难不成自己上班的日子她都睡得不好？"这样一虑他的心就平添了几分愧疚，不禁叹道："对不起，小玉，让你操心了。"

"对不起有用吗？我给你提议的辞职考虑得怎样了？"

李俊豪一愣，这个可人儿，小人儿，原以为她过两天就忘了，没想到她居然还那么执着和认真，心心念念，他只得继续转移她的注意力："小玉，今天想去哪里玩呢？"

"想回家。"

"深圳吗？"

"不是，是重庆的窝。"

"那也算得上家啊？"

"怎么算不上呢？你以为家的定义是什么？宽敞的房子、漂亮的花园、精美的装修还是昂贵的家具？对于我来说，有爱的地方就是家了。我们会爱上一间房子，或者爱上一座城市，是因为这些地方有我们牵挂的爱人。如果没有那个人，就算去到天堂也是一样孤单。"

"对我也是，玉儿，有你的地方，就是家。对了，今天回到家后，我们去逛商场。我记得读书的时候，你最大的爱好是看书，第二大爱好就是逛街买衣服。今天回去给你买两件衣服，好吗？"

"好，俊哥哥真疼我。不过我的爱好你说得不完全正确，读书时候，我的第一大爱好是爱你，第二大爱好是爱书，其次才轮得上爱衣服。"

"呵呵，荣幸之至。快起来吃早餐吧，吃完我们就回去。"

"嗯。"她在床上伸了个懒腰，问，"我可不可以再提个请求？

"什么请求？"

"我可以在床上吃早餐吗？"

李俊豪大惊，做医生几年，他养成了手要洗几遍、碗要反复冲才肯罢休的"洁癖"行为。在床上吃饭，是他之前绝不允许存在的怪癖，他忍不住问她："玉儿，你还有哪些恐怖吓人的行为，一次性说出来，让我听听。"

"那好。"她索性一不做二不休，竹筒子倒豆子："我不仅希望可以在床上吃东西，我还希望可以在床上看书、写字、下棋、打麻将、做运动。如果可以，最好有一架万能的床，给我一个遥控板，我一按键，它就像阿拉丁的神灯，可以带给我美食、咖啡、奶茶、用品。最好还有一个马桶，可以自动弹出来又收回去，这样我一天都可以在床上看书写作，吃喝拉撒也得到了解决。"

"哈哈哈，你这个小脑袋，不知道整天都装的啥？幸好你除了在床上吃东西这个想法让我噎住外，其他的要求在现实中都属于天方夜谭。我是男人，总要有点胸怀，对吧？所以……"

"所以我的这个请求，你是准了，对吧？以后我就可以经常性在床上吃东西了，太好啦！"

她立刻跳起来，不容他反驳，用双唇缄住了他的回答。李俊豪大呼上当，想要反驳，无奈嘴被堵住，无法开口。他在心中想："孔夫子说得对，唯女子与小人难养也，偏偏还让我碰上了一个小女人！"

*　*　*

上午十点多，他们就出现在了市区的商场。李俊豪发现一进商场，他就开始头脑发涨，眼花缭乱，神志涣散。他瞅一眼小玉，却是神采奕奕，容光焕发，好像鱼儿归了水，老虎归了山。女人真是个难以理解的动物！他忍不住问她："玉儿，给你一天时间，你大概可以逛几个小时呢？"

"嗯，让我想一想，现在呢，我人老了，不比当年，也不过就逛个七八个小时。当然，我是指不吃不喝不拉不尿。"

李俊豪一听，差点晕过去，好在罗玉及时傍住了他，再补充一句："如果你累了呢，我还是会怜香惜玉，陪你吃点啥喝点啥补充下能量。"

商店里的衣服琳琅满目、形式各异，罗玉对试衣服好像有着永不疲倦的狂热。其实她身材匀称，气质优雅，在李俊豪眼里，她穿什么衣服都好看，完全不用费时折腾。但看她那种精益求精的态度，李俊豪遂在心中做好了牺牲一天的决心。不想，没过多久，罗玉就停在一件衣服面前流连不前、举步维艰了。李俊豪本来心不在焉，但瞅一眼她手里拿着的衣服，目光也瞬间被吸引住。那是一件银灰色的亚光缎面质地的修身旗袍，在领口处采用刺绣和镶兔毛设计，整件衣服看起来优雅大气，而又不显张扬，倒给人一种高贵含蓄的感觉。看她犹豫不决、举棋不定的样子，李俊豪果断地对她说："小玉，试一下。"

罗玉没有动，他索性坐下来，一副笃定的口吻："相信我，这件衣服适合你，你穿给我看看。"

罗玉这才磨磨蹭蹭地走进试衣间，一会儿，她从试衣间徐徐走出来，纤腰修眸，步履盈盈，飘逸雅致，宛若凌波仙子。尤其是这件旗袍腰身处别具一格的褶皱设计，更在婉约中凸显了几分俏丽、可爱，银色的布艺衬托得她白皙的脸庞熠熠发光。

李俊豪看得有几分微醉，当即毫不犹豫地说："小玉，不用考虑了，我买给你。"

罗玉却有自己的见解，"我不喜欢这件衣服的色调，银色显得冷，不适合寒冷的天气。"

服务员也劝她："小姐，这件旗袍是配大衣穿的，而且春秋天的时候，你还可以套裤袜单穿，很实用。"

不管李俊豪和服务员如何劝说，罗玉最终坚持选了一件她自己认为合适的长款毛呢材质大衣。她解释重庆的冬天特别冷，这件衣服在保暖的同时还凸显帅气与干练，加上配送的精美饰品，让她觉得别有一番妩媚和优雅的魅力。自然她穿这件大衣也是靓丽的，李俊豪拗不过她，给她买了这件200元的特价大衣。

晚上回到家，罗玉洗了一个热水澡，就累得躺倒在床上一动不动。李俊豪问她："小玉，你逛街的时候不还精神抖擞，神采飞扬吗？怎么一回家就体力不支了？"

"逛街的时候有瘾和动力，现在动力没了，自然殆尽力竭。好比你做床上运动，先前越是神气活现，之后越是疲乏困倦，这个道理都不懂，笨。"

李俊豪笑笑，他很开心看到他的小玉变得如此古怪精灵。她这几天每天都神采奕奕，妙语连珠，带给他欢乐和惊喜。此刻看她蜷缩在床上，像猫一样慵懒和满足，联想到多年前那个浑身伤痕累累、可怜兮兮的她，那是同一个人吗？

"俊豪，你在想什么？"

"在想笑着的你和哭着的你，醒着的你和睡着的你，昨天的你和今天的你，快乐的你和悲伤的你，活泼的你和文静的你，沉着的你和飞扬的你……"

"哈，你什么时候也变得如此诗意和抒情？我有那么千奇百怪和千变万化吗？"

"是千娇百媚。你带给我灵感，让我也自然地冒出些诗意的句子来匹配你。"

"这样啊，那你更喜欢哪一种状态的我呢？"

"都喜欢。对了，明天你想去哪里玩？"

"明天我哪里都不去，一天都待在床上，休养生息。"

"哈哈，你那些计划不去实施了？"

"实施得差不多了，总还得给未来留一点念想，是吧？全部做完了，未来就没了追求。"

"也是，明天你在家好好睡觉吧。"

"那你呢？"

"我要想一想，想好了明天告诉你，好吗？"

"那好吧，我太困了，睡觉了，明天你再告诉我吧。"她说完，滚到床里面，很快就沉沉地睡着了。

* * *

第二天，她醒得比平时早，晨雾袅袅婷婷地弥漫在窗前，几只早起的鸟儿，在枝头叽叽喳喳地叫个不停，今天有什么特别吗？她习惯性地喊了一声："俊豪。"

屋子里静悄悄的，没人回应。罗玉以为他又出去买早餐了，却一眼瞥见床头放着的豆浆油条和一个鸡蛋。这么说，他已经出去过又回来了。

她一下子清醒了，坐起来，看见豆浆下面压着几页纸，带着好奇和疑问，她拿过纸读起来：

我亲爱的玉儿：

看你睡得那么香甜、那么安静，我是多么满足又多么开心。曾几何时，我梦想生命中会有那么一天，哪怕是一天，我能静静地抱着你，与你晨钟暮鼓，相拥而眠；我能轻轻地牵你的手，看阳光温热，岁月静好。不曾想上天真的满足了我这个心愿，将你精彩地带到我身边。

感谢你的出现，让我更爱这个世界。于我来说，生活再也没有比今日更美好，更让我眷念，每天我对生活怀着深深的期待。爱你，于是我希望这世界有更多的感动；疼你，我希望人间有更多的幸福。孟子说过："老吾老，以及人之老，幼吾幼，以及人之幼。"那么我要怎么做，才可以：爱吾爱，以及人之爱呢？

我只是一介书生，仅从事过医生这个行业，而促使我踏进这个行业的动力，亦是因为对你的爱。

这些年，虽然我不在你的身边，但是我一刻也没有忘了你。想起你的时候，我会想起你曾伤痕累累地躺在我的怀里，我会想起那些钻心的日子守候你醒来。我不知道你离开我过得好不好？是否有人精心地护着你安好？这些，我苦苦思索，我不得而知，唯有努力地履行我的天职。我把我的病人当做你，我对这份工作充满爱。于是我想：即使我不在你的身边，亦会有千千万万像我一样有责任心的医生照顾体弱多病的你，亦会有我的同行将爱心和福祉传达到你。这想法减轻了我对你深深的牵挂和忧虑，让我想起远在天边的你没有那么心痛和伤怀。所以我庆幸我是一名医生，我可以用我的方式爱你！

浮世人生，爱如暗香轮回！

你说中国的医疗体制存在太多的弊端，你不希望我去冲关，也不愿意我去冒险。你说得对，我今日也有很多的感想与你分享。我国的医疗体制，确实存在诸多的忧虑，究其原因，自是太多太多。让我感触最深的就是一个健康的医疗服务，它至少应该由这三部分组成：治疗、帮助和安慰。可在我国的大医院里，一个正常上班的医生，一个上午面对的病人，至少在40到50个，分摊到一个病人剩下的时间可能就两三分钟。作为医生，我们不得不把这仅有的时间，主要放在诊断和治疗上，后面的帮助就谈不上了，说安慰，那更是一种想都不可以想的奢望。所以在这种就医的条件下，医患双方的矛盾，如果不激烈，如果不尖锐，那真的就神奇了。而中国现在缺的这两个部分，正好是因为我们的体制造成的。老百姓为什么会觉得看病难和看病贵？那是因为所谓的三级医疗体制在现实中完全走了样，患者都到三级大医院看病，二级医院勉强维持，一级医院门可罗雀，当前的形势，也许重建一个更为合理的分级诊疗制度迫在眉睫。

医患关系紧张的另一个原因是以医养医等不合理的制度依然没被破解，制度缺失与保障无力，始终让医生成为面对矛盾时候非常具体的一个对象，悲剧也就不可避免地一次又一次的发生。在悲剧越来越多的情况下，社会该如何帮他们？这帮助又该如何治标、治本？以我在汶川大地震救治伤员的体会为例，在那里我体会到了从未有过的感人又温暖的医患关系。那时，每个人都很平和，医生和患者之间相互信任，有时需要动一台大手术，根本无须等到家属赶到手术前签字，但也没有任何患者手术后找医生的麻烦。我特别怀念那段日子，这种事情换在平常是不可思议的，没有哪个医生敢冒这样的危险。这是因为当时医生和患者的关系脱离了金钱，让医患关系不再是患者用钱买来的消费关系。因此要营造一个良好和谐的医患关系，我想这需要彻底推动医疗改革，减轻患者负担。随着社会的进步和我国物质文明的发展，我坚信明天一定会有一个更健康的体制来保证医患双方的利益。

我痛恨目前这种医患关系和医疗体制，可是我却不能选择做一个逃兵，因为你曾多次告诉我：历史是需要一批仁人志士和有志之士去改写和推动的。所以你愿意做一名弄潮者，用你的笔去反映真实，呼吁大众关注现实。小小的你，身体中澎湃着令我汗颜的热血和激情。受你的感染，我决心向你学习，用我的坚持，守候我国的医疗制度更为合理和文明的一天。而在坚守岗位的日子，我将用我所学的知识，帮助千千万万需要帮助的患者。

虽然暴力伤医事件时有发生，重建医患信任并非易事。然而，越是艰难时刻，越需要医院、医生迈出关键的第一步，打破冰冻的僵局。医学是人性善良的表达，没有爱就没有医学。医疗环境不理想，更需要医生用爱的宽恕来化解坚冰。当我们把爱传递给患者时，患者也会把爱传递回来，从而形成一个正能量"循环圈"，我希望我是这循环圈中积极的一员。

南非前总统曼德拉曾说："当我走出监狱时，我就明白，如果我不能把所有的悲痛和怨恨都抛在身后，那我就仍然住在监狱里。"作为医者，如果我一直沉淀在那一段与患者的纠纷中不能释怀，我也如同给自己的脖子套了一个永恒的十字枷锁。所以，我亲爱的玉儿，我想走出来！走出来，勇敢面对我的职业，在这个过程中，我最想得到的是你的支持和理解。

亲爱的你，请原谅我今天没有跟你商量，就回到了医院上班，因为昨天你睡了后，领导打来了关怀的电话，同时告诉我医院现在很忙。我怕你生气，所以没有立即告诉你；但我更怕你误解，所以我在你睡着的时候写了这封信，回家再负荆请罪。

爱你的俊豪于深夜笔

又及：小玉，新的一天又到来了，我为你买了早餐，请记得按时吃饭；书桌的紫砂壶里为你泡了绿茶，你说过你希望的生活就像一杯清茶；影碟机里面放了张CD，里面有你最爱的轻音乐。最后希望我不在的时候，你也可以感知：我是那么的爱你！

* * *

一口气看完李俊豪留给她的信，罗玉满含热泪，思绪飘飞。她爱的男人是一位温润如玉、有情有义的人，是一位有责任心有担当力的社会中流砥柱。她是该为他感到自豪呢还是该为他难过？她不知道。或者在潜意识里，她并没有真正反对他继续从医，她了解他、懂得他，理解他放不下这份工作。劝他辞职不过是因对他的担忧一时间找不到更好的出口，不过是为了缓减自己心中暂时的疼痛罢了。

但同时她也为他的辛苦付出和劳动所得感到不平衡，在古镇游玩时，她无意中看到了夹在他钱包里的几张工资明细单。满打满算，他所有的报酬不过5000多元。她所爱的人曾是当年高中班里最优秀的学生之一，如今是博士，是行业精英。为了拿到这个身份，他付出了二十多年的学习和努力，比一个高中毕业就参加工作的人几乎多上了整一倍时间的学。学费自是不必说，多少个日日夜夜，他的青春就伴着一盏寒灯苦读。五千多元的收入，买断了她心爱的人所有的时间。他没有国庆，没有五一，没有周末，没有寒暑假，甚至除夕都可能在病房里啃着干面包。这点钱怎么能体现他的价值？这笔收入在大城市又算得了什么？

她在深圳，给四个高中孩子一次补习一个半小时的英语，她的收费共计为600元，她一个月上十次课，就抵他没日没夜工作一个月，更不用说她开一家教育培训机构所赚的钱。她知道他为她买的每一样东西，都是他的血汗钱。这让她心疼不已，她发誓以后跟他在一起，自己一定要勤俭节约。虽然她生活富裕，并不缺钱。

但爱是一种尊重，就像男人的尊严，因此她甘愿为他装穷，陪他过一箪食，一瓢饮的简单生活。无论是他买给她几块钱的丝巾，还是吃几毛钱一根的串串，她都会欣喜地抱着他，由衷说道："俊豪，你好爱我呢，我好喜欢你买的东西。"

钱无法衡量一个人对这个社会所创造的价值，同样，钱也不能衡量一份真挚的感情。如果说李俊豪对他的工作已经超越了金钱的摆布，那么她对他的挚爱也超越了物质的束缚。

这就是为什么她昨日不肯买那件银灰色小唐装的原因，那件唐装的标价是2498元人民币，抵他半个月工资。她自己所带的钱还有3万多元，而一周之后她就要回深圳上班，她的心再次开启了不安和担忧的模式，接下来她该抓紧时间为他添置一些必需的生活用品。他的这个小屋，只有最简单的生活用品。她决定给他买一个冰箱，提醒他一个人的时候也要做饭吃。

行动派的雷厉风行又展露无遗，出门后她直接去到附近的综合性大商场，地下一楼是超市，楼上则是囊括万象，汇聚中高档品牌的时尚购物中心。罗玉特意穿了一双平跟的运动鞋，背了一个轻便的双肩大布包，完全是为逛街而来。

虽然平日酷爱逛街，也非常享受购物的乐趣，可是今天罗玉脚步匆匆，直奔超市。脑子里盘算着需要买的东西：大到冰箱、被褥、被套、床单、床罩、枕套、枕芯、毯子和饮水机；小到锅、碗、碟、盘、保温饭盒、牙膏、牙刷、剪刀、拖把、衣架和拖鞋，甚至刷马桶的刷子，都需要买或是换。下午如果有时间，最好给他买两件大衣，他经常上夜班，他的衣服都不保暖。哎呀，需要买的东西实在太多，她赶紧加快了步伐和速度。

整整一天，罗玉流连在这家商场，信马由缰地海购了数不清的大小用品。成就感爆棚，她不由得感叹：大城市就是好，是谁发明了综合商场这种购物天堂？一站式购齐，方便又快捷。如果换在阆平老家的小镇上，得一家一家逛下去，要购置这么多东西还不得逛到天荒地老啊。

到下午的时候，她在超市总共消费了一万出头，在商场消费了近9000元，作为当天的消费大户，她得到超市和商场最大限度的贴心照顾。超市直接派了两位工作人员，将她和所购商品一起送回了家。给李俊豪买大衣的那家服装店，甚至送了她一个挂式熨斗，方便他们在家熨烫衣服。精明的营业员小妹要了她的电话，送给她白金卡，承诺她下次再去将享受贵宾待遇。要走出门的时候，小妹妹还追出来问她有没有什么别的要求。罗玉想了一下，对殷勤的小妹说："如果可以，能否帮我换两个普通的没有品牌标志的袋子装衣服，另外麻烦帮我把商标吊牌摘掉，把2000多元的价码签换成200元的。"

销售妹子乐了，说："姐，我们这里来的客人都是恨不得把价格标得更高。如果是送人，200元的都叫我们换成2000元，你真是低调！"

罗玉笑笑回答："不一样啦，他们送的是客人，我是给家人；他们送的是礼，我送的是爱。"

* * *

六点钟罗玉回到家，李俊豪自是还没有回来。她无奈地摇摇头，离开医院几天，不知有多少事情等着他，看来不到万家灯火他是不会归来的。不过也好，她可以腾出时间将今天买回的东西简单整理下。整理到一半她半躺在床上休息，本想发个呆就接着干，居然睡着了。

迷糊中，有人在温柔地叫她："小玉，你吃过晚饭了吗？"

睁开眼，李俊豪关怀的脸出现在她面前，她简单地回答："没吃！"

"为什么没吃？"

"因为我病了。"

"病了？"他面带焦虑，说完伸出手摸她的额头，"坐过来我给你看看。"

罗玉没好气地拿掉他的手，有气无力地说："李医生，拜托你别总是用土方法为我诊断，我得的是难治的罕见病，又名相思病。治理药方如下：热吻三次+情人眼泪一滴+永恒的爱情熬炖一辈子。我想，这次只有你能救我了，换任何名医都不行。"

"哈哈哈，你这淘气的长不大的丫头。"

"是不肯长大的丫头。"

"今天又逛街去了？"李俊豪看着一屋子堆放的东西，问她，"你不是说今天要休养生息吗？"

"十个女人十二个爱逛街，其中多出来的两个是双倍的爱逛，我就在那多出来的两个里，你说我能忍住吗？"

"哈，你累吗？明天还去吗？"

"累死了，明天肯定不去了，我恨不得砍掉我的腿，永远都不要再逛街。"

"你最不长记性，什么时候说话算数过？给我说说你都买了些什么？"

"很多很多，多得我没有办法给你细说。对了，我给你买了两件大衣，温暖牌的，你快穿给我看看。"

她突然精神焕发，动作麻利地拿出那两件衣服，给他套在身上。

李俊豪翻看着衣服，问她："小玉，这两件衣服做工都很精细，你用了多少钱？"

她翻出两件衣服的吊牌，得意地说："两件衣服加起来还不到500元，都是去年的款，打特价。不过质量不错，很暖和，我是不是很勤俭持家的主妇呢？诸葛亮在《诫子书》云：'夫君子之行，静以修身，俭以养德'。所以呢，我为了提高修行，决不铺张浪费。"

李俊豪拉过她，疼爱地说："玉儿，我是男人，皮糙肉厚，什么样衣服穿到我身上都是一个样；但你是我的公主，我想你穿得漂亮点。以后买衣物，我的便宜点，省下来的钱把你打扮漂亮，你就按照我的要求做，别惹我不高兴。"

"遵命，俊哥哥，下次就只给你买50块钱两件的衣服。"

看着俊豪赞许的神情，罗玉心想："还好我报价省略了一个零，否则这书呆子不知会跟我怎样的一番较劲。"

* * *

明天罗玉就要回深圳了，她买了下午四点的机票，李俊豪明天上后夜班，有充足的时间送她。今天他专程跟同事换了班在家陪她。晚上俩人坐在"牛肉"火锅店吃火锅，想起上一次一个人独自坐在这里空等他一晚上的情景，罗玉就心有余悸。她忍不住再次叮嘱他："俊豪，我走后，你一定要注意安全。"

"我会的，你放心。"

"你记得把我前两天给你买的那根钢管带到办公室，下次再有坏人出现，你多少有个防身的工具。"

"记住了。"李俊豪嘴里应着，其实心里头觉得滑稽得很。罗玉给他备置了一根一米多长的钢管，他思忖自己要是将那根亮晃晃的钢管带进办公室，不被同事奚落也会让大家笑个半死，简直就是孙猴子背着金箍棒下凡啊！这个小玉，什么稀奇古怪的办法都能想出。

但他表面上却不得不严肃地表态："你放心，小玉，有了你这根金箍棒，我们办公室的人都会化作齐天大圣，那时候，否管是哪路妖精鬼怪，个个都会闻风丧胆，不战而逃，比你给我请个贴身保镖还安全。"

"我跟你说正经事，你老是嬉皮笑脸。"

"我有吗？"李俊豪马上收住笑，正襟危坐，再次表态，"好了，玉儿，你就别担心了，我保证你前脚一走，我后脚就把那根金箍棒带进办公室，你也答应我要照顾好自己，别老生病。"

"好。"

"你可不许忘了我啊，我很怕你一回深圳就忘了我，让我觉得这一切只是南柯一梦。不过说实话，幸福来得太突然，我这段时间一直有种不真实的做梦的感觉。"

俊豪说得对，这一个月，过得太幸福，总会让人觉得像是梦一场。她的俊哥哥确实治好了她内心的伤痛，但同时他变成了她的"精神鸦片"，让她欲罢不能。她再一次想起七年前对一个女人的承诺，叹了口气："如果可以，我倒是真希望可以忘了你，可问题是忘不掉。过年的时候我会带童童和我妈回四川，我们四川见。"

"你真决定跟孩子的父亲离婚？"

"嗯，因为有人等着上位，不得不腾出位置。但是我不想你急着跟殷秀琳离婚。"

"为什么？"

"我们俩同时离婚，生活的变化太过剧烈。"

"你是担心秀琳，对吗？"

"是的，殷秀琳是个好女人，在你们的婚姻中，她是无错的，是我们的自私和不负责任带给她无辜的伤害。她是那样温婉和善，与世无争。想起她，俊豪，我会觉得我们真残忍，真无耻！哎，如果不是因为你，我真想和她做朋友，她让我良心不安，让我无地自容。"

罗玉的话让李俊豪陷入短暂的沉默，一言不发，只是将她搂在怀里。好半天，才喃喃自语："小玉，你没有错，有错也是我一个人的错。是我太软弱，几次错过了你，让你受罪，让秀琳受累。但我不后悔与你相恋，尤其是这一个月的生活，是我从未体验过的充实，为了这份心灵的盈满，让我下地狱都值得。"

这一个月，对罗玉来说，又何尝不是从没有过的幸福和满足？她何曾奢望过为他洗衣、做饭、拖地、收拾屋子？何曾想象过与他逛街、旅游、唱歌、烛光中相拥而眠？可就是这短短的一个月，她真实地和他生活在一起，体会他的生活，工作，和他相偎在一起，甩开一切的杂念和藩篱。

古往今来，真正的爱和一切美好的东西都是需要以难以想象的代价去换取的。俊豪说得对，为了这份铭心刻骨的爱，甘愿接受报应和遭罪。她也不惧怕充当了不光彩的角色，不后悔违背了伦理道德。即使会因此陷入万劫不复，打入十八层地狱，但只要跟他有过这样铭心刻骨的一个月，与他有过这样耳鬓厮磨的爱恋，一切的责罚她都甘愿承受。

他们之间的这份爱经历了如此多的波折，有犹豫，有错失，有质疑，有放弃，如今天作之合，两人又在一起。或许是到了该坚守的时候了。所以她今天不后悔，将来也一定不会后悔。她在他耳边轻轻地说："俊豪，你把我带进了天堂，也把我推向了地狱，但不管是天堂还是地狱，我都愿意陪着你去闯！"

第三十六章　回归，面对现实

　　时间没有将一切抚顺和抚平！时间却再一次向她证明了人性的丑陋和不堪。

　　阔别一个月回到深圳，周围的一切依旧如故，景还是那些景，树还是那些树，但她已经不是一个月前的那个她。生活改变了她，也改变了她的想法。她不再因为一个人的背叛就觉得心碎难过，不会因为生活中离了某个人就觉得世界黯然失色。

　　那天她回到家已是晚上七点多，母亲吃完饭带童童散步还未回来。梁峰独自坐在沙发上看电视，落寞而寂寥。看见她回来，梁峰是期待的，这期待中自然也包含了愧疚。这一个月来，他也是矛盾而痛苦的，他爱罗玉，也爱这个家，但是他却难以摆脱心中固执的错念和偏见。这些想法折磨着他，一度让他窒息和发疯，他想和她谈一谈，谈什么呢？谈自己的困惑还是迷恋？

　　他有些迫切地想要接过她的行李，但罗玉面无表情地绕开了他的手，冰冷地不带任何感情地说："梁峰，从今以后我的事情跟你没有关系，也请你自重，保持我们之间该有的距离。你不用对我作解释，我无法接受你的那套理论，也无法接受别人怀上你的孩子这种荒诞。你与别人的关系以及你们的孩子，我也没有精力去计较了。你犯不着犹豫和徘徊，因为我已经决定放手，请你做好离婚的准备吧！"

梁峰大吃一惊,无论他内心有过怎样荒谬的执拗的念头,他的脑海里绝没有过离婚的想法,因此他急急地说:"小玉,你听我说,我们可以商量,我不愿意离婚,我与别人的交往只为了要个儿子,我不可能和她结婚……"

"够了,我说了我不想听,我也不想和你吵架,你与别人有没有关系,不管我的事,但我们之间已经没有了任何关系。现在接近年关,我们不要吵到家里的老人孩子过不好年,这段时间我会住在书房,春节我们各回各的家,年后我们就去办离婚手续,没有任何商量的余地。离婚条件我只有一条:就是童童归我,其他的条件你随便提。"

说完这番话,她将书房的门"砰"的一声关过去,将她不想看见的脸和不想听见的话语一并挡在了门外。关上门,她深深地叹了口气,走到书桌前,镜框里放着他们一家三口的照片,童童抱着她和梁峰的脖子笑得那么甜。想起她的童童,她的心里充满了酸楚的感觉、充满了柔柔的情意。她好爱好爱童童,因为这份爱,她渴望给她一个安稳的家,即使不完美,但至少要完整。她也希望自己可以原谅梁峰,毕竟他是童童的父亲,她努力了,但她做不到,她怎么做得到呢?回到这座房子,那些短信里的话语就从这屋子里的角角落落冒出来了,那些伤痛的记忆也像潮水一样涌上来,她痛苦地闭上了眼睛……

* * *

2009年春节,他们一家人照例要回梁峰的老家潮阳过年。对罗玉来说,这个春节表面上过得跟以往一样,家公家婆依然对她客客气气,但这个春节明显又跟以往不一样。哪里不一样呢?几天的相处中,罗玉发现家公家婆总是有意无意在她面前提起邻居家谁谁又生了个儿子,谁谁谁家又添了一个孙子。每每这个时候,她就叫来童童,绕开话题。公公婆婆的行为她尚可不理,但她却敏锐地感觉到梁峰在看别人家的男孩时,眼里明显多了几分羡慕。

这些微妙的变化让生性敏感的罗玉很快注意到一个现象:传宗接代的思想在潮汕地区根深蒂固,尤其以潮阳为代表。在这边的农村,真的就如梁峰所描述的一样,家家户户都有好几个孩子,而重男轻女的思想更是在这里取得了大家的共识。她不明白计划生育政策怎么就没有覆盖到这里?潜意识里,她有些理解梁峰偏爱儿子的思想。如果不是政策上的限制，她又何尝不愿意满足梁峰的愿望呢？

从老家回来的一天晚上，童童已经睡着了，梁峰和她靠在床头看书，突然，梁峰揽过她的肩，轻轻地说："小玉，我们再要一个孩子吧，我想有个儿子。"

她吓了一跳，震惊地看着梁峰，他的神情不像是开玩笑。她困惑地问："阿峰，我们俩都是公务员，且都有兄弟姐妹，政策规定我们只能要一个孩子。难道你不爱童童吗？"说完她疼爱地看了一眼童童熟睡的脸。

"我当然爱童童。不过你知道，我父母生了我们兄妹三人，只有我一个儿子。"

"这有什么问题吗？我父母才生我和罗云两姐妹，照样很满足啊！"

"这不一样，小玉。你去过我们老家潮阳，在我们那里，家家户户都带几个小孩，而且每家至少有一个男孩。如果哪家没有男孩，在整个村子里都抬不起头来，还会被人耻笑。"

"那是你们老家的陈腐思想，你是受过高等教育的人。阿峰，国家制定了政策，我们就得遵守。如果每个地方的人都像你们老家一样，只考虑小家的利益和感受，而没有大局意识，那么我们这个国家早就人满为患了，连厕所边都站满了人，也根本不用出台什么强制性的计生政策了。"

"小玉，你不用动不动就给我讲大道理，在我们潮汕地区，丈夫就是一个家的天，做妻子的都要听从丈夫的意愿，你也要多照顾我的感受！"

"我是想照顾你的感受，现实是我们俩都是公务员，我们得服从国家政策。先撇开那些大道理不说，从小家的角度考虑，难道你想我们俩都失去饭碗吗？"

"我们都不会失去饭碗，只要你同意我们生个儿子，办法由我来想。"

"什么办法？"

"假离婚，你跟别人假结婚，等你生了孩子再复婚。"

罗玉不相信地看着梁峰，好像她根本不认识这个男人，好半天她才喃喃地说："假离婚？再假结婚？私下里我们生个孩子，管另外一个男人做父亲。这种办法在你们老家有，但我不同意！我是个有原则的人，你如果要儿子，只能和我离婚，但没可能复婚，要我违反政策违背良心，我做不到。"

说完她背过身去，和衣而眠。那天晚上，她做了个梦。梦见地震了，童童却不在她的身边。她疯了一样寻找童童，最后，她欣喜地看见梁峰抱着一个孩子。她喜极而泣，理所当然认为梁峰抱着的是童童，但走近了她才发现，梁峰抱着的孩子是一个男孩，根本不是她的童童。她发出一阵撕心裂肺的喊声，呼唤童童。然后她从梦中惊醒过来，梁峰和童童都在她的身边，发出均匀的呼吸。在那个依然炎热的午夜，她却明显感觉到了寒冷。

这之后，两人相处时，都有意地回避着那个敏感的话题。她和梁峰之间虽然有些隔阂，但毕竟还有深厚的感情基础，罗玉也更加小心翼翼，或许在与梁峰的生活中，她一直对他怀着愧疚和感激。她问自己："小玉，你有能力和信心去影响和改变你周围人的决定吗？去改变他们的陈规陋习吗？"她不知道，唯有努力！

* * *

转眼到了2010年10月，10月是罗玉家最特别的月份，因为她们一家四口，都是10月份的生日。童童的生日最具有纪念意义，刚好是国庆节。接着是母亲，10月11日的生日。然后是梁峰，10月21日。最后才轮到罗玉垫底，10月30日。由于大家的生日都在同一个月份，所以他们家的人过生日，几乎没有被遗漏的。轮到谁生日这天，母亲和罗玉都会多准备几个菜，买一个生日蛋糕，全家人坐在一起热热闹闹地庆祝一番！

这两年家里的经济也比较宽裕，最开始是罗玉利用周末接了几个家教，一个月可以赚四五千元外快。后来夫妻俩一合计，在小区旁边开了一家教育培训机构，请了几个老师上课并负责打理。由于经营有方，收费合理，他们的经济收入便每月直线上升，年初他们又在同一个小区购置了一套四室两厅两卫的大房。因此今年10月还未到来，罗玉就跟梁峰商量：今年过生日的时候，就不要在家做饭了，去酒店吃饭，庆祝日子越过越好。

童童很爱吃蛋糕，自从10月21日梁峰的生日后，她就天天在家念叨："妈妈，你的生日是不是马上到来了呢？我好叫外婆给你订蛋糕。"

有时候她一天问几次，每每这时，罗玉都会刮一下童童的小鼻子，爱怜地说道："小馋猫，你这么盼着妈妈的生日，是不是想着给妈咪送生日礼物呢？"

童童会嘟起可爱的小嘴，在罗玉的脸上蹭几下，用甜腻腻的声音软软地说："童童爱妈妈，妈妈生日快乐！"

女儿真是妈妈的小棉袄，罗玉满足地看着粉嘟嘟的小女儿，充满了幸福感。在童童的念叨声中，罗玉的生日也很快到来。其实她已经提前一天在餐厅订好了位，她是位细心而持家的主妇，家里谁过生日以及人情往来，她都会提前做好细致的安排。

这天下班，她没有逗留就直接往家赶，想接上童童和母亲就去吃饭。可就在到家的一刻，她突然接到梁峰的电话，梁峰在电话里说："小玉，单位有同事请客，我不回家吃饭了，晚上不要做我的饭。"

很显然梁峰忘记了今天是她的生日，他连顺口都没提及一句，更别谈什么生日礼物。结婚几年来，梁峰还是第一次忘记了她的生日，罗玉的心里突然充满了深深的失落。梁峰不应该忘记她的生日啊？但今天他遗忘得如此彻底，他好像特别忙，特别不耐烦，没说两句就挂了罗玉的电话。

这让她想起和梁峰结婚后过的第一个生日，梁峰特意去香港买了一块"浪琴"名表送给她。她并不喜爱名表，但她喜爱梁峰说的话，梁峰说："小玉，这块表代表了我的心意，我想和你在一起，天天见，时时见，分分秒秒见。我也希望分分秒秒陪着你，让时间见证我们的爱，以后你的每一个生日都有我参与。"

她开心地戴上那块手表，对他撒娇："你要答应我，既然送了我这么名贵的表和承诺，就不能再送别的女人手表了。"

"那是当然，只有你才配得上这么高贵的手表，我发誓这辈子只送你一个人手表。"

如今她的手腕还带着梁峰送的表，但送表人却已经忘却了当初的诺言。童童跑过来，摇着她的腿，问她："妈妈，我们什么时候出去吃饭呢？"

她突然觉得很扫兴，没有了任何胃口，于是她对母亲说："妈，我今天有点不舒服，我们就在家随便吃点什么吧。对了，梁峰单位有事不回家，你别做他的饭。"

说完这句话，她放下包，回到卧室躺下，感觉房间是那么沉闷，压迫着她的胸口，使她觉得呼吸都有些困难。这顿饭，她吃得兴趣索然。

饭后，童童、母亲替她将蛋糕插上蜡烛，唱了生日歌，歌声也驱不走她的落寞。她早早地带童童上床睡觉，童童已经睡熟，可她却没有一点点睡意。

十点多，她听到梁峰蹑手蹑脚开门的声音，她感觉对方在饭厅待了几分钟，然后听到一阵脚步声朝卧室方向传来。她赶紧闭上眼睛。梁峰立在她的床沿，站了一会儿，然后抱歉地小声说道："小玉，你睡着了吗？对不起，我忘记了今天是你的生日，刚才看到桌上留下的蛋糕才想起来。我真该死，改天为你补过一个生日好吗？"

罗玉没有吭声，也没有睁开眼睛。梁峰站了一会儿，就无趣地离开了。梁峰一走，她的泪就顺着枕头汩汩地流下来，又隔了一阵，厕所里传来了洗澡的水声。

鬼使神差，她翻身起床，她到客厅找到梁峰白天携带的包，翻出他的手机，一条一条电话一则一则短信翻看。短信里什么可疑的记载都没有，她有点失望同时又有点欣喜。突然梁峰的手机发出一阵振动，她的手和心同时一抖，然后她低下头，看见一条新短信："你到家了吗？"

她颤抖着拿起手机，敲打键盘，按下几个字："到家了。"

"家人都休息了吗？"

"都休息了。"

隔一会儿，手机再次剧烈地振动，一条信息赫然映入眼帘："亲爱的，好留恋与你在一起的缠绵。想你，爱你！"

罗玉按捺住自己那快要跳出的心，回复了几个字："谢谢，我是梁峰的太太。"

这句话发出去后，对方陷入了死一样的沉默。厕所里的水声逐渐减弱，她赶紧擦干泪，删除了刚才的几则信息，然后她跑回卧室，反锁上了房门。

这个夜晚，注定是一个不眠之夜！午夜时分，她翻身起床将那块浪琴手表和一张纸条塞进梁峰的包里，再折回床上，辗转难眠。从来没有一个夜晚，让她感觉到夜是如此的漫长！

* * *

第二天一早，她和梁峰依旧打个招呼，梁峰显然没有翻看他的包，再次抱歉地解释："小玉，真的很抱歉，昨晚同事非要拉我去喝酒，我一时糊涂，就忘记了你的生日，希望你不要生气！"

她摆摆手，制止了对方："不用解释了，我都知道了。别让童童和妈觉得我们在吵架。男人嘛，有点应酬是应该的！"

吃完饭她像往常一样去上班了。白天梁峰给她打了几个电话，全被她毫不客气地挂断了。接下来的几天，她都照常与梁峰打招呼，照常说话，只是到晚上的时候，她将卧室的门反锁。

第八天，梁峰趁她还未来得及锁门，坐在床沿等她。她没有说话，和衣哄童童入睡。等童童睡着后，梁峰才沉痛地对她说："小玉，对不起，我知道我没有资格祈求你的谅解，但请你看在童童的份上，原谅我这一次。我跟别人真的只是逢场作戏，我向你保证：以后绝没有第二次。"

罗玉坐起来，声音异常冷静："阿峰，你不用对我解释那么多，我在给你的纸条上说得很清楚，我原谅你这一次。如果你希望我们的家维持下去，麻烦你下次出轨的时候不要让我发现。"

"绝对没有下一次。"

"那就行了，其他的你不用再多说了，我累了，想睡觉。"

"我想今晚留在卧室，结婚的时候我们就说过，幸福的夫妻都住在一个卧室，生同衾，死同穴。"

她沉默了一会儿，然后回答："这是我们共同购买的房子，我没资格阻止你的选择。"

见她作出让步，梁峰才小心翼翼地将那块浪琴表递给她，诚挚地说："小玉，希望你能再次收下这块表。这块表是我专程为你买的，也只有你配拥有它。"

她接过那块表，顺手将表塞进抽屉，然后轻松地说："好了，我收下了，你安心吧。只是我现在更喜欢用手机，所以手表放在抽屉就好。"

她心里明白，虽然她收下了这块表，但是她再也不会将这块表戴在手上了。她是个有感情洁癖的人，那些烙在心灵上的伤害跟当年明樨烙在她身体上的伤害一样，她永远不可能忘掉。只是作为妻子，她要强迫自己为一个家的完整作出让步。一如她当日写给他的那张纸条："阿峰，你不用撒谎了，我全知道了。如果你还留恋这个家，就请自行了断该断的联系。我无条件原谅你，因为我还不想离婚。感谢你恋爱时候对我和我那段过去的包容。请你记住：从此以后我再也不欠你什么了！"

生活终究是要回归平静！

* * *

11月，街道的工作特别繁忙，因为每到年底街道都要应付各种各样的检查。领导每天大会小会，告诫大家一定要努力化解群众的信访纠纷，将矛盾扼杀在萌芽状态，实现信访积案零容忍。因此罗玉被调回了综治办负责信访，每天被一大堆鸡毛蒜皮的事情淹没，忙得团团转。

虽然也曾在梁峰的QQ和手机上看到了一些蛛丝马迹，但忙碌是化解矛盾最好的解药，她根本没有时间去细问梁峰，或许她是内心里害怕。梁峰肯定需要时间来彻底结束一段婚外情，她也要给一些空间让他处理感情上的纠纷。毕竟他现在回家的时间更早，待在家里陪孩子也更多了，这说明他也在努力。除此之外，她能做什么呢？与他大吵大闹？他们都是受过高等教育的人，到死都要维持该死的风度和面子。童童已经四岁多了，已经是幼儿园中班的孩子，开始有自己小小的世界和认知，每天围着妈妈问这问那。生活还是保持平静最好，免得给孩子幼小的心灵留下伤痕。所以她等待着，忍耐着，煎熬着，期盼时间将一切抚顺和抚平！

时间没有将一切抚顺和抚平！时间却再一次向她证明了人性的丑陋和不堪！

一天上午，罗玉与科室主任刘志远去小区处理完一单信访回来。她突然觉得头很晕，前几天一直加班，天天忙到深夜12点归家，估计是太劳累的缘故。刘志远看她脸色苍白，便批准她回家休息。

才上午10点多，回到家，家里十分安静。也难怪，通常这个时候，梁峰在单位上班，童童在幼儿园上学，老妈则在菜市场买菜。她困乏地在床上躺下，沉沉地合上了眼皮。

突然，一阵手机铃声将她吓了一跳。谁的手机在叫呢？她到处翻看，却没有找着。于是她又躺下来，她太累了，管谁的手机叫，让它叫好了。但是发信人显然很执著，她刚躺下，手机又接二连三地响了好几次。她不得不再次翻身起来，站在床边，四处找寻。铃声好像就来自她的枕头下，她气呼呼地掀开枕头，梁峰的手机立刻出现在她的眼前。她在心中发牢骚："这个梁峰，老是这样丢三落四，是谁找他找得这么急？有什么事情非得如此迫不及待？"

她拿起手机，一条一条短信往下看，血开始一点一点往上涌，一条条信息在她的大脑炸开，无异于一个又一个的惊雷，在她的脑海轰响，那么模糊又那么清晰。

  "峰：你在单位吗？"

  "峰：我怀孕了，怎么办呢？所以我才急着给你信息。"

  "峰：你说过，你想要一个儿子，想我给你生一个儿子，我们留下这个孩子吧，说不定是个男孩！"

  "峰：你会给我一个承诺，与你太太离婚吗？"

  "峰：你什么时候将我们的事告诉你太太呢？"

  "峰：这时候特别想你，想你在我身边陪着我……"

  她的眼前一黑："天啊，谁能告诉我，这究竟是怎么回事？怎么回事……"

  她醒来的时候，一家人都围在她的身边。梁峰一脸愧疚，母亲则一脸忧戚。见她醒了，母亲松了一口气，不断问她想吃什么，好买来给她。她回答暂时没胃口。童童过来扯她的衣角，奶声奶气地说："妈妈，你醒了？你睡了好久的觉，比童童睡得还久，我不想妈妈睡觉，想妈妈给我讲故事，陪我玩。"

  罗玉抚摸着童童可爱的脸蛋，落下泪来，嘴里答应着："好，妈妈陪童童玩，你去拿本书来妈妈给你读故事，好吗？"

  童童说："妈妈，书都在家里，这里是医院。"

  "哦，"她吃了一惊，这才发现是在医院。抬起头注意到梁峰愧疚的脸，她突然觉得心中万分酸涩，充溢着千言万语。于是她对孩子说，你跟婆婆出去给妈妈买点吃的吧。母亲看了她和梁峰一眼，心领神会地带童童离开了。

  梁峰走过来，坐在她的床沿，艰难地解释："小玉，我很抱歉，我跟……"

  她冷漠地打断梁峰："不要说抱歉，我们是成年人，直接告诉我你接下来打算怎么处理。"

  "小玉，我想要个儿子，仅仅是想要一个儿子，有了儿子后我保证和对方分手。我还是很爱你和童童，我不会离开你们。请你相信，任何时候，我都没有想过和你离婚，我真的很爱你们……"

  梁峰还想解释什么，她突然就失去了控制，失去了耐心，失去了风度，她大声地对梁峰说:"不要说了,你说的话还有什么意义?你的解释还有什么意义?你是想告诉我儿子和家都是你想要的,你想我接受现实。我告诉你我做不到,也拜托你闭上嘴,让我一个人静一静,静一静,可不可以?"

母亲刚好和童童回来,慌张地走过来,问她:"玉儿,什么事情不能好好说,非要如此激动呢?你身体虚,生气对你不好。"

童童也拉她的手:"妈妈不要生气,童童不要妈妈生气。"

她叹了口气,对母亲说:"妈,我想回家,你陪我和童童回去吧,让梁峰留在这里办手续。"

梁峰劝她:"小玉,你不想看见我,我可以回避,但你身体差,你还是留在医院多休息一段时间吧!"

她忍耐地看着对方,说:"我好了,没什么大碍,只要你不要老在我面前出现,我就什么都好了。麻烦你留在这里跟医生交接清楚。"

说完,她虚弱地站起来,牵起童童的手,和母亲一起回家。路上母亲劝她:"小玉,有什么事情跟梁峰好好商量,生活没有过不去的坎,而且妈看得出,梁峰还是很在乎你的。你自己要爱惜身体。"

罗玉突然又想流泪,近来她特别脆弱,总是忍不住想流泪。她安慰母亲:"我明白你说的话,妈,放心吧,有你和童童,我一定会爱惜自己的。只是工作这些年,我感觉有些累,我们单位允许外地职工每四年休一次探亲假,我一次都没有休过。我想休一次探亲假,回老家找我以前教书的朋友轻松地玩一段时间。但是我又不放心童童,你觉得怎么好呢?"其实她是不想看见梁峰,不想在母亲和童童面前伪装。生活已经那么苦,还要强颜欢笑,岂不是更苦?

母亲马上疼惜地对她说:"玉儿,如果你觉得累,想休息一段时间,你就安心地回四川去玩吧!有时候和朋友交流一下,你会把一些事情想得更清楚,妈妈支持你。至于童童,有我和梁峰呢,你放心,妈这么年轻,会帮你把童童带得很好。"

"那好,妈。明天我就回单位请探亲假,辛苦你了。"

第三十七章 农场，新的视野

愿得一心人，白首不相离！

从回忆里回到现实，罗玉的泪不自觉地滴落在他们一家三口的照片上。这照片折射出现实的冰冷和残酷，提醒她那些宁静美好的生活已不复存在，提醒她有个女人怀了她丈夫的孩子，提醒她那个给她安稳的男人已不再值得她信赖，提醒她那曾经为她遮风避雨的港湾已轰然倒塌。即使没有李俊豪，他们之间也完了，彻彻底底地完了。

这个冷酷的现实让她觉得这座装修考究的房子那么寒冷。曾几何时，她靠在家中的白色沙发上，觉得自己是世界上最幸福的女人，四室两厅的房间宽敞明亮，在深圳这座房价飙升的城市，她的家已属豪宅。每天她下班回来，看着童童在宽大的客厅快乐地骑着儿童单车，梁峰在一旁指点童童怎样正确的操作，她觉得家好温暖。她爱她的家，自然也爱这座豪华漂亮的房子。但今天，她突然觉得这座房子太大了，空气稀薄。她突然很怀念李俊豪在重庆的那间小屋，虽然狭小，但却充满了温馨。她推开书房的窗子，让月光从窗户照进来，她的俊哥哥，此刻在干吗呢？是不是也如她一样思念着彼此？

借着月光，她开始整理自己从重庆带回来的箱子，将衣服一件一件从行李里面拿出来。突然她的手停止了动作，一件银灰色的领口镶兔毛的衣服静静地躺在箱底。这怎么可能？她明明放弃了这件衣服，明明告诉他自己不想要的，他又是什么时候将这件衣服买回家，并且悄无声息地放进了她的行李中？2498元，她一想起这个数字，就无比心疼。这惊人的数字差不多花掉了他一半的工资，为了给她买这件衣服，他得为多少个病人诊断？得在病房日夜颠倒地上多少个夜班？她又想起多年前他送的翡翠玉镯，为了那个镯子，他吃了几个月的馒头白饭。这样一虑，她责怪自己："都怪你，小玉，你干嘛要去逛街呢？好好地你去试什么衣服？"

抛却内心深深的自责，她又不得不承认：看到这件衣服，居然也是欣喜无比的，也是爱不释手的。她将那件衣服从箱子里取出来，小心翼翼地套在身上。月光如银，从广袤的苍穹流泻下来，使这件银灰色的唐装"皑如山上雪，皎若云间月"。银色看起来虽然冷，但穿在她的身上，却是温暖无比。她坐在床沿，将头陶醉地埋藏在衣服里，心里念叨着一句诗"愿得一心人，白首不相离"。

一早醒来，罗玉习惯性地在床上伸了伸懒腰，还想继续赖几分钟，突然想起今天还要回单位上班，她睡意顿消，赶紧翻身起床。

走进饭厅，梁峰已经去上班，因为路远他一向早出晚归，这也好，免得看见添堵。童童已经在母亲的照顾下坐在桌边吃早餐，她今天也要上幼儿园。看见罗玉，童童开心地说："妈妈亲亲，妈妈抱抱。"

她走过去，宠溺地在女儿的脸上吻了两下，正想离开。女儿却突然在她的脸庞上回吻一下，从她的小衣服口袋翻出一颗糖来，告诉她："妈妈，这是昨天王阿姨说我乖，奖励我的糖，外婆说你要回来，我特意留给你的。"

罗玉的心瞬间被感动填得满满的，变得好柔软好温暖，同时一股淡淡的自责和不安涌上来，她有些愧疚地问孩子："童童，这段时间想妈妈吗？过得开心不？爸爸和外婆有没有带你出去玩？"

"外婆每周都带童童去公园，可是童童不开心，我想妈妈，我想爸爸妈妈一起陪童童去公园。"

孩子的话让她一时怔住，她忍不住再次询问："童童，如果爸爸和妈妈只能有一个人陪你，你是选爸爸还是妈妈？"

"我选爸爸妈妈，我不要一个。"说着孩子的眼眶开始发红，童童一向是个敏感爱哭的孩子。

她赶紧哄女儿："童童乖，不哭，妈妈坏，妈妈只是逗童童，问问你是爱爸爸呢还是爱妈妈？"

"爸爸妈妈都爱。"

"妈妈知道了，你快吃饭饭，吃完跟外婆上幼儿园。"

"晚上妈妈在家吗？"

"在的，以后妈妈出门，尽量都带着你，好吗？"

"太好啦！"

孩子的话激起她心中的层层巨浪，让她忧虑："童童已经开始懂事了，她不仅需要一位疼爱她的母亲，也需要一位陪伴她的父亲。"她叹了口气，突然想，"李俊豪会是一个合格的父亲吗？他会爱童童吗？会与童童相处愉快吗？"

她几乎可以肯定，李俊豪也会疼爱童童，他原本是那样一位温厚醇良的男人。可是他的孩子呢？殷秀琳肯定离不开小晨，那么李俊豪选择跟她在一起，将不得不忍受骨肉分离，而年幼的小晨将不得不失去父亲。

李俊豪能离开小晨吗？他的父母亲能舍下孙子吗？罗玉的心变得沉重起来。或许她与李俊豪的前路不仅不会是一片坦途，相比她2004年离开廊川，他们之间有了更多的牵绊和阻碍。未来，会有怎样的暴风骤雨和严峻考验等着他们呢？

可她此刻没有时间考虑以后的事情。还在四川的时候，综治办的主任刘志远就给她去了电话，告知她近来很多小区发生纠纷矛盾，她桌上的信访件已经堆得像小山一样吓人。末了，刘主任笑着跟她开玩笑："小玉，很多活等着你呢，所以我们都很想念你。"

想到这，她快速地收拾妥当出门，今天有今天的事情，明日的烦恼还是留着明日去解决吧。

* * *

罗玉到综治办已经半年了，如果说党办因为在楼上而显得人寂冷清，综治办却因为接地气（一楼），每天都有人来造访。不止来访，隔天还会有群众跑来大吵大闹，这场景就像阗平集市的猪牛市场，人声鼎沸一片繁华。不知道她离开的这段时间又有多少矛盾纠纷累积？好在单位有子燕，一想到林子燕，罗玉的心情分外愉悦。林子燕是她在综治办最好的朋友，离异，38岁，与母亲和儿子晓博住在一起。最巧合的是她与罗玉同住在一个小区，两人好得同一个鼻孔出气。遇见子燕，罗玉忍不住感慨："自己上辈子是不是拯救过一群燕子呢，所以她这辈子总是跟名字带燕的女人特别投缘。"

回到办公室，果然看到桌上堆了厚厚一摞信访件。罗玉简单翻阅了一遍，还是那些常见问题，诸如邻居养狗影响了睦邻友好，赌博的人输掉了房子无处居住，物业公司与业委会双方为维权打架，楼上的人因为房中房将厕所建在了别人的厨房上等……她还没来得及吐槽，办公电话响起来。

接起电话，一听声音，罗玉就知道对方又是一位闲得无聊的大妈。大妈没有给罗玉说话的机会，自顾自在电话里滔滔不绝地发泄。半天罗玉才听明白老太太在自家房子里被蚊虫咬了，投诉物管不作为，不按时喷蚊药，要求政府出面去教训下物管。最后扔下一句："我知道你们这些政府官员，白拿钱不做事，一天吃饱饭就坐在办公室喝茶看报纸，从不管老百姓死活，你们这次再不作为我就在市长接待日去控诉。"

记不清是谁说过，你可以得罪一个忙人，因为他没时间跟你计较；但你千万不要得罪一个闲人，因为她有的是时间跟你纠缠。

挂了电话，罗玉吁出一口气，邻桌的林子燕冲她笑笑表示理解，然后迫不及待地告诉她："小玉，别为那些乱七八糟的纠纷头疼了，反正天塌下来有比我们高的人顶着。告诉你一个好消息，我找到意中人了。"

罗玉一听，急切地问："真的吗？是今世缘网介绍的吧？今世缘的办事效率真高，当初我俩的决策绝对是英明无比。"

不等子燕回答，罗玉又连珠炮似的追问："什么时候开始的？对方是不是我俩定位的'土豪'？对你好不好？对晓博好不好？"

子燕看着她急不可待的神情，笑着说："你问我这么多问题，我应该先回答你哪一个呢？不过我的回答肯定让你失望了，因为他并不是什么'土豪'，而且也不是今世缘介绍的。"

"不是今世缘介绍的，那是谁介绍的？我们给今世缘网那么多介绍费，岂不是亏大了？不行不行，你不能这么快就吊死在一棵树上，我们要撒大网，再从中甄选出一个最适合你的意中人，而且我们当初定的'三大标准'不能轻易放弃。"

子燕离异好几年了，十岁的晓博需要一位爸爸，子燕也需要一位关心她的丈夫。曾经两个女人深思熟虑，制定了三条择偶标准：第一，幸福要靠自己争取，不可守株待兔，要主动出击；第二，面包是影响生存的首要问题，要土豪不要小白脸；第三，年龄最好比子燕大五岁左右，如果收入特别高，可适当放宽年龄限制。

子燕哭笑不得，认真地回答她："小玉，你真是处处为我着想。不过如果有一个人，可以给我和晓博足够的安全感，你不是应该为我感到高兴吗？"

"哦。"罗玉坐下来，盯着子燕散发着红晕的脸庞，说："看来你是认真的了，子燕。现在我很好奇，他究竟是什么样的人？用什么手段这么快就将你的芳心俘获了呢？"

"说起来你可能不相信，他很普通，叫赖青。对了，他跟梁峰算起来还是老乡，也是潮汕地区的，是过年的时候在花市上认识的。春节的时候晓博班上的家委会组织了一些孩子和家长去花市上义卖，所得的收益全部用来捐助贫困山区儿童。你知道我觉悟不高，我去卖花完全是为了陪晓博。赖青也在花市上义卖，人家则完全是因为高尚，跟我这种打酱油的人有本质区别。因为他多年来一直忙于公益慈善，就把婚姻大事给耽搁了，这不都39岁了，还一直没有结过婚。"

"这样啊！"

子燕继续："晓博当日在花市上出了点意外，有个小孩不小心用树枝捅到了晓博的眼睛。我当时看到血从晓博的眼角流出来，吓坏了。幸好赖青在旁边，二话不说，就开车将我们母子送到了医院，还帮忙办理住院手续。

"晓博康复那天，他的主治医生说幸好孩子父亲送来的比较及时，孩子的眼睛才没有大碍。当医生说赖青是孩子的父亲时，晓博一脸崇拜地看着赖青微笑不语。那天阳光明媚，我看着赖青牵着晓博的手，突然就流下泪来，这个男人，他没有英俊的外表，没有显赫的家世，没有富裕的钱财，但是他有一颗温润的心。

"小玉，你见过温润如玉的男人吗？赖青就是这样的人。他爱晓博，是那种发自内心的爱。晓博出院那天，赖青送我们回家，我留他吃晚饭，饭后他陪晓博下棋，给晓博讲解功课。我当时就生出一种错觉：觉得赖青、我和晓博本来就是幸福的一家三口，于是在那一刻我有了跟这个陌生的男人长相厮守的冲动。他就是我想找的人，没有其他人比他更适合我和晓博了。"

子燕说完，眼角挂满幸福的泪珠。罗玉也听得热泪盈眶，她含泪笑言："子燕，我懂了，我完全懂了，我真为你高兴，其实我也不是一个拜金主义者，我只是希望你幸福。"

* * *

星期六，梁峰去郑州出差，罗玉邀请子燕带着晓博和赖青到家里做客。两个孩子玩得开心，大人们聊得舒心。赖青有朋友在从化做农场，赖青本人也一直对经营农场情有独钟。三人商量着第二天一起去从化考察体会一番。

就在这时，三哥打电话给罗玉，说他和三嫂在附近办事，事情办完了，准备现在过来看望她。

三哥其实是肖燕的亲哥哥，2000年就来到深圳创业，现在开了两家大型教育培训机构。罗玉读高中时经常在肖燕家厮混，跟肖燕家的老老少少都混得很熟，三哥因为也是教师，跟罗玉更加投缘。而在深圳这座城市，她也一直把三哥当作娘家的亲人。

晚上罗玉请三哥三嫂和子燕一家人吃晚饭。席间，赖青和三哥聊起做农场的事情，很多观点不谋而合，聊得兴致盎然。赖青邀请三哥跟他们一起看农场，三哥也欣然同意。

第二天，他们一群人浩浩荡荡朝从化出发了。车子上了高速，很快将喧嚣的城市抛在身后，不多时就驶入从化乡村。乡村小道别有一番情趣，花红柳绿，蜂飞蝶舞，溪水淙淙，清风拂面。对于童童和晓博这两个一直在城里长大的孩子，看到窗外不一样的风景，不免好奇地问东问西。

一下车，大家顿时觉得空气格外的清新。一眼望去，整个农场山环水绕，雾气升腾，像一座与世隔绝的世外桃源。这时几条大狗跑出来，围在他们身边串来串去，摇着尾巴欢迎；前方的池塘里，一群鸭子悠闲地游来游去。在城市待久了，乍来到这宁静清新的地方，大家都立刻被深深地吸引。赖青的朋友姓王，谦和内敛、沉稳而不失热情，大家都跟着赖青叫他王哥。

这是一个错落有致，布局合理的有机农场：有鱼塘、有梯田、有果树，还有几个规模不大的养殖场。童童跑在前面，兴奋地蹦来蹦去，突然她指着前面的一棵树，好奇地问罗玉："妈妈，前面有灯，好漂亮，我想要一盏灯玩。"

顺着童童所指的方向，罗玉看见一盏灯悬挂在一棵树下，并且她惊奇地发现每间隔一段距离就有一棵不大不小的树，上面悬挂着一盏灯。她不假思索地告诉童童："这是王叔叔挂的路灯呢，用来照明用的，不可以随便玩。"

"王叔叔为什么要挂路灯呢？"

"为了给童童指路啊，这样童童晚上从这里经过，就不会摔跤。"

王哥听了她的解释，笑着说："这些灯不是路灯，它们的主要作用不是为了指路。"

"不是为了指路，那是为什么？"

"主要目的是用来捕杀害虫，因为我不想用农药，所以用这些灯光来吸引害虫，此为物理捕杀法。"

看到罗玉惊奇地瞪大了眼，王哥补充："我农场的经营模式是生态有机农业，因此种植的蔬菜粮食以及养殖的禽畜，都跟市场上卖的产品不一样。"

听完王哥的介绍，大家恍然大悟。赖青由衷地说："怪不得，我来到你的农场，似乎回到了我们祖辈耕作的时代，有些返璞归真的感觉。"

王哥接过赖青的话："现在科技发达，经济繁荣，让一些人唯利是图。很多种植者都用胖大素、膨化剂、催红素等各种各样的催产素，让越来越多的农作物和动物改变它们的生长习性，缩短它们的生长周期，达到快速高产的目的。不过这些食品大多有害，这就是为什么越来越多的现代人患上各种奇奇怪怪的病。我决定做农场，也是几年前决定的。当时手上有了一笔积蓄，但身体却出了大问题。待身体康复后，我就想，我现在也不缺吃少穿，为什么不做点更有意义的事情呢？于是我就搞了这个有机农场。我摒弃一切有害的方式，尽量遵循动植物的生长规律，农场里的鸡鸭采取自然放养的方式，自由觅食，自由恋爱，自由生长，不打抗生素。农场的菜地都经过有机改造，种菜不使用农药、化肥、激素等人工合成物质，实行手工捉虫、人工除草，保证农场中的动物植物自然健康地生长、成熟。"

"哦，那你这个农场的产量高吗？"子燕关心地问。

"说实话，不高。有机农业的成熟期远远长于很多用化学、农药催熟的作物生长时间。这也是为什么有机蔬菜的售价要远高于普通蔬菜的一个原因。因为产量有限，我这个农场暂时还没有对外营业，我自己还走在摸索阶段，离推向市场还有一段时间。"

"你已经迈出了最艰难的第一步，我相信你一定会成功的。"赖青拍着王哥的肩膀，鼓励他。

"希望如此。赖青，听说你参加了的一个公益团队，定期做很多公益行动。你们什么时候扩大你们的感召范围，比如呼吁大家都来关注有机食品，让高科技与有机农业结合起来。这样降低农业成本，让更多的普通人可以吃到放心的粮食。孔子说'仁者爱人'。其实健康放心的食品才是'爱人'的基本要求。"

"王哥说得有道理，"三哥接过话题，"最近，假羊肉、大米镉超标、毒生姜等食品安全恶性事件屡屡曝光。大家都期待着安全食材遍地开花。如果有机会，从事有机农业，给社会树立一个'食无毒''食无害''食安心'的良好榜样，这里面既潜藏着巨大的商机，又利国利民，兼济天下。我们也可以加入一些安全蔬菜示范基地、农耕文化、亲子课堂、旅行目的地、团队拓展训练、体育运动等元素在农场里面。同时在农场建一些活动中心、接待中心、野炊区、竹亭、钓鱼台、习耕园等等。让传统农业和现代生活结合起来，就会吸引更多人加入和关注这个行业。"

子燕听他们高谈阔论，忍不住接嘴："真没想到，在农村还潜藏着这样巨大的学问。"

"学问多着呢，等会儿我带你们去参观一个800亩的农场，那个场主想转让场子。对了，"他看着两个因为无聊而嘟着嘴的小孩，故意拖长声音说，"小朋友应该很喜欢那个农场，因为里面种了很多果树，像桃子、荔枝、枇杷等，应有尽有。"

晓博一听，马上精神一振，大声说："王叔叔你现在就带我们去嘛，我最喜欢吃水果了，尤其是桃子。"

童童虽然不懂太多水果名，但听说有好吃的，也跟着哥哥起哄："我要跟哥哥一起去找好吃的。"

大家笑了，王哥说："那就听小朋友的，我们现在就出发。"

* * *

新农场就在王哥农场的背面,大家走了十多分钟就到达了。首先映入大家眼帘的是一个碧绿的大水库。王哥所说的农场就紧挨着这个水库,远望去像一个三面环水的小岛。相比王哥的农场,这个农场更大,更开阔,而且私密性更好。在农场的周围,一排排的桉树青翠苍劲,直入云霄,像守候在此的绿色卫兵。

罗玉老家也有很多桉树,因此她一见到这些树就忍不住惊叹:"好多好大的桉树啊,我特别喜欢桉树,感觉像是回到了家乡。"

王哥问她:"如果是你的农场,你希望它长满桉树吗?"

"当然。"

"其实我正要向你们介绍,这个农场的弊端就是长满了桉树。"

"为什么?"

"因为桉树破坏土壤和水质,有桉树的地方,其他的农作物都受到很大的影响。所以国家已经出台了政策,禁止大家大面积种植桉树。"

"这样啊,"罗玉吃惊地张大了嘴,"可是在我们来的路上,很多山头都种满了桉树啊!"

"你说得对,从化很多地方都种植了桉树,不仅从化,其他地区也很多种植了桉树。让我心痛的不是满山长满了桉树,而是人们明明知道桉树破坏土壤,还为了经济效益偷偷种植桉树。这里负责林业的同志已经到各个村社告知了村民关于桉树的危害,可是等管林业的同志一走,大家依旧买来桉树苗种植。"

"啊?难道他们不知道这里是他们的家园?是他们祖祖辈辈生活的地方吗?"

"知道啊,但是大部分人只顾及眼前利益,目光短浅。他们只看到桉树生长快能够带来短频快的经济效益,于是就拼命种植。对于没有大局意识的人,他们是不管什么后代的,他们只顾及自己这一代。所以鲁迅才说:'若干年后,我们的子孙已经找不到什么好的东西来祭奠我们,只好讨一点残羹冷炙做奖赏。'这就是急功近利的人类,是农业存在的问题,食品安全存在的问题,也是社会存在的问题。"

"哎,赖青。"子燕听到这,忍不住说,"看来你真应该呼吁你们的团队,来农村做做义工,帮助农民提高认识,不要再做剜肉疗疮的蠢事。"

三哥听到这儿，对赖青探讨自己的看法："赖青，你不是想做农场吗？希望有一天看到你的生态有机农场发展起来，与王哥一起带动更多人关注食品安全和健康。也许我可以借你的东风，与你联手，在你的农场搞一个大的教育实验基地，培养学生对土地的热爱和大自然的敬畏！"

"好！"赖青深受鼓舞："期待与你的合作、共同擦出时代的火花！"

这一次非同寻常的农场之旅，让大家收获了意想不到的知识。黄昏时候，大家与王哥依依惜别，踏上返程。

在回去的路上，晓博和童童还沉浸在农村的新奇中，他俩一人趴到赖青的一条腿上，缠着赖青叽叽喳喳地说个不停。晓博问赖青："叔叔，你什么时候也搞一个农场呢？"

赖青笑着回答："等你愿意叫我爸爸的时候。"

晓博涨红了脸，小声地叫了赖青一声"爸爸"，然后开始撒娇："我叫了，我叫了，你要履行你的承诺，早点弄一个农场。"

赖青便宠溺地拧了拧晓博的脸，豪气地回答："好，爸爸答应你，将来一定承包一个农场，名字就取'晓博爱心农场'，怎么样？"

晓博高兴得在赖青腿上摇晃："太好了，太好了。"

看着这温馨的一幕，罗玉不禁对赖青说道："赖青，你这么喜欢孩子，那就早点和子燕结婚，让子燕给你生一个BABY。"

赖青回答她："婚随时都可以结，孩子就不用生了。子燕身体弱，又近40岁，高龄产妇生孩子危险。再说，我们已经有晓博这么可爱的儿子了，不用再添一个小孩与晓博争宠。"

"哦，"罗玉的心被深深地震撼，她想起与梁峰的矛盾，困惑地问，"赖青，你也是潮汕人，难道你就没有生儿子的压力吗？你父母不会给你压力吗？"

"当然有，不过人都是通理的。只要有信心，有爱，什么困难都可以克服。而且我本人比较反感完全没有节制的生育。当然，这并不代表我不喜欢我的家乡。事实上，潮汕人有很多优点：勤劳、质朴、善良、团结。但就有一个误区，觉得人多力量大，所以总是想方设法生儿育女。这给发展和环境都带来了一些阻力。今天去到从化，我的感触特深。从化山清水秀，还有土地资源可以做成农场。但是我们当地的土地资源这几年越来越少,由于人口猛增,很多土地被建成了房屋,导致耕地大幅缩减,土地价格飙升。所以我希望能从我做起,不要被传宗接代的思想所绑架。"

"说得太好了,赖青,你真的是一个拥有高贵灵魂的人,子燕真没有看错你。"

赖青谦虚地回答:"小玉,你说得我都不好意思了。听子燕说梁峰在家也是模范丈夫,对你和家庭都很有责任感,你们的生活应该很幸福,对吗?"

"我生活幸福吗?"她看着窗外飞逝而过的树木,陷入一阵痛苦的思索。关于她与梁峰的矛盾,她一直冷处理。在她看来,一个太太如果不能留住丈夫的心,本身是一件耻辱,何况她之前还有过一段失败的婚姻。因此她没有勇气谈论自己的感情和家庭,她是一位彻头彻尾的失败者,即使子燕是她最贴心的朋友,也无法让她开启心房,一吐为快。

第三十八章　小别，心底的恐惧

若你入我相思门，定会解我相思苦！

　　这期间，由于罗玉与梁峰冷战，他们将经营的教育机构转了出去。罗玉提出离婚着着实实吓了梁峰一跳，这让他不得不重新掂量家对他的意义，也掂量他与另一个女人的关系。这一掂量，他发现自己离不开这个家，他已经习惯了家里有罗玉和童童。为了缓和二人的关系，梁峰多次想找罗玉商谈，以便寻一条解决问题的出路，但都被罗玉冷冷地挡了回去。看来她已经对他们的婚姻失望透顶，她连商谈的念头都没有了。也难怪，她一直是一个看似柔弱其实决绝的女人！

　　他们之间依旧不说话，她也不问他关于那个女人和她怀着的孩子，好像这一切压根儿与她没有任何关系。当着童童的面，她也不为难他，偶尔有朋友造访，她还会配合他上演一部和平的戏，让不明底细的人以为他们之间还是恩爱夫妻。但是梁峰分明感觉到了一道不可逾越的沟壑横在他和小玉的中间。老天爷，他该怎么做呢？在这种貌似风平浪静实则惊涛骇浪的暗涌中，一个月的时光过去了。

　　春节，永远是带着精彩、带着祝福，带着满眼的欢乐祥和，大张旗鼓地到来。这个属于中国人的最热闹的节日，不会因为某一个人的悲伤，不会因为某个家庭的失落而放慢脚步。怀着对春节的期盼和憧憬，罗玉没有任何犹豫，买了她和母亲、童童三人的机票，准备回四川过年，那里有人等着她。假使那里无人等她，她还会回去吗？是的，她还会回去，因为那里始终是她的家，人在受伤的时候都会选择回家。

对于这次回家，母亲也很期待，一是可以看到小女儿罗云；二是年后可以去昆明探望她的大姐。母亲与罗玉商量："听你大表姐秋莲说，你大姨这两年身体不太好，年后农历初四是她70岁生日，我想去昆明探望她，顺便给她祝寿。我担心再不抓紧时间，以后想见面都没有机会了。"

罗玉就跟妹妹合计：初三由妹妹夫妻俩陪母亲和童童去昆明探亲，罗玉在廊川多逗留几日，然后她直接去昆明接上母亲和童童回深圳。

春节前夕，梁峰托母亲转告罗玉，希望她与童童留在深圳过年。她自是义正词严地拒绝了梁峰的要求。她的心不会轻易地受伤，可一旦受伤就很难愈合。梁峰显然没料到她是如此坚定，这坚定并不会因为她特殊的经历有所动摇，他以前显然是小看她了。

除却这些，也许连罗玉自己也不清楚：她变了，她的心已经被另外一个人占有。那么梁峰的行为，是不是也正好合了她的意呢？她是不是应该感谢梁峰给了她与李俊豪在一起的借口呢？她不知道，或许她也不愿承认！

她们三代人在腊月二十八风尘仆仆地回到了四川，罗云和赵洋一大早就等在廊川飞机场接她们。看到童童，罗云及时将自己前几天就买好的粉色玩具狗递过来（童童属狗），被贿赂的童童不等妈妈教导，便甜甜地叫起了小姨。乐得罗云开心地说："童童真乖，小姨过几天再给你买一大堆玩具好吗？"

童童眉开眼笑，小声而略带羞涩地对罗云说："小姨，我喜欢芭比娃娃。"

"好，小姨就给你买芭比娃娃。下午我就陪你去买，好吗？"

"谢谢小姨，小姨对童童真好。"

得到好处的童童心花怒放，开开心心地随罗云她们回阆平老家去了。罗玉告诉妹妹，她还有点事情，晚上再赶回阆平与大家吃晚饭。

* * *

送别了亲人，她嘘了一口气，有些迫不及待地打了一辆的士，朝滨江路的"听月"水吧赶去。她很激动，也很期待，脑子里满满地被一个人占领。那人分明才与她分别一个月，但这一个月，她每一天、每一刻、每一秒都在想他。有谁说："他生莫作有情痴，人间无地着相思。"这苦苦的相思，让时间变得漫长，就好像他们有一个世纪没有见过彼此。

到了水吧，上了楼上的雅间，她立刻看见李俊豪修长的身影。他立在窗前，张开双臂，含笑看着她。她立刻朝他飞奔过去，投入到他的怀里，身子紧紧贴着他的体温，娇嗔地问："什么时候到的？"

"今天一大早就到了。"

"干吗不给我电话？"

"怕你着急。也知道你肯定会赶来。"

"恩，想我吗？我好想你！"

"当然，这还用问……"话没说完，他就迫不及待地吻住了她，一双手紧紧地抱着她的腰，带着沉重的、猛烈的、狂野的、灼热的呼吸。一个多月不见，他似乎要把这一个月的思念全部都揉进一个吻里，吻化她，揉碎她。

罗玉吊着他的脖子，不自觉地回应着，两人交缠在一起，感觉宇宙时间皆已停止，天地万物化作虚无。好半天李俊豪才从喉咙深处发出一声低沉地叹息："小玉，嫁给我吧，我发现我现在一刻也离不开你。与你分别的这段时间，我食不甘味、寝不安席，满脑子、满世界都是你的影子。"

"俊豪，我与你一样，也日日夜夜思念着你。若你入我相思门，定会解我相思苦！抱紧我，俊豪，也看牢我，不要让我再离开你的世界了。"

他抱紧了她，在她耳边轻轻地说："玉儿，真想一直这样抱着你，我不知道跟你认识的十多年里，我有没有告诉你一句话？"

"什么话？"

"你是我唯一爱过的女人。"

她哽咽着回答他："你说过，但你又没有说过，因为我听起来那么新奇，那么震撼，那么感动，我还想你再说十遍二十遍。"

"你一直是我的最爱。"

她不再说话，只静静地倾听他的心跳和呼吸，只贪婪地缠绵在他的臂腕怀里，良久，她才幽幽地说："俊豪，你的怀抱多么温暖啊，我真想一直赖在你的怀里，不去管天与地，不去想对与错。"

"你不用想，这么多年，我们的爱即使是一块顽石，也会守得云开见月明。"

"真的可以吗？我怎么觉得这里有很多双眼睛看着我们呢？"

"没有谁看着我们，大家都很忙。或许生活没有我们想的那么复杂，我对其他人也没有那么重要。老天是仁慈的，会对真心相爱的人们有善意的安排。"

"老天真会有善意的安排吗？"她唯愿如此，她不愿深想。她不禁问他："俊豪，今日分别后，我们什么时候再见面呢？"

"只要你想，随时都可以。"

"我天天都想，时时都想，每一分每一秒都想。但现在是年关，你总不能不陪家人啊！又不能把你分成一个你、两个你、三个你，所以我要你方便的时候再见面。"

他再次叹口气："小玉，要不我今天回去就跟秀琳讲明情况吧，我想她会同情我们，理解和成全我们，她一向是位懂道理的人。"

"千万不要，俊豪。"她急急地打断他，捂住他的嘴，"我知道你的心意，正因为秀琳深明大义，我们才不应该有恃无恐。你想想，现在是过年，家里人也盼了你一年，我们怎能在万家欢聚的时刻将亲人推向痛苦的深渊呢？你忍心看见小晨失望吗？忍心让双方的老人难过吗？忍心让常年操劳的妻子流泪吗？俊豪，我们不能如此残忍。至少等到年后，你再找一个合适的时候跟秀琳谈吧。来日方长，我们也不急这么一时半会儿，你说对吗？"

经罗玉这么一说，李俊豪开始冷静下来，他颓然地对她说："小玉，谢谢你的提醒，可能我太着急了。可你知道吗？之前好多次我也以为来日方长，结果却与你劳燕分飞。所以我担心夜长梦多，再生变迁。"

"不会的，俊豪，这一次不会。你要对我们的未来有信心，对我有信心。这样吧，你这几天安心陪家人过年，我也回阆平陪伴亲人。正月初三母亲她们去昆明，我一早将她们送上火车，就去秋燕家等你，好吗？然后我们再一起开车去看望几位活在我们心中的人，奶奶、父亲和默默。"

"那好，就这样说定了，初三我一定来找你。"

"你记得我曾说过要为默默写一本书吗？"

"记得，写得怎样了？"

"写了一半，去年的时候我才有时间动笔，本来早就应该结束了，但今年太忙，后来又与梁峰闹矛盾,书就停摆了。不知默默见了我,会不会怪我这个姐姐太懒惰。"

"怎么会?默默那么喜欢你,她会理解你,希望我们俩很快可以长伴在一起。这样你在给默默的书中,可以一并告诉她:小玉姐姐终于和她心爱的人在一起了。默默如果知道我们在一起,该有多开心呢?记得你当年还说要领养默默,假如默默活着,跟我们一起生活,那画面该有多温馨啊!哎,那个福薄的孩子。"

"是啊,俊豪,如果我们三个人生活在一起,加上童童和小晨,该是多么美好!人生真是变幻莫测,有时候我们觉得它周而复始,一成不变;有时候一不留神,它又瞬息万变,面目全非。生活总是任性,不以我们的意志为转移。"

说完这句话,她心里没来由地掠过一阵寒意,她与他的未来会变得怎样呢?是一成不变还是瞬息万变?她情不自禁地抱紧了他,好像要紧紧抓住这一刹那的永恒!

在"水吧"缠绵到下午,李俊豪才依依不舍地送罗玉到第一客运站。细细的雨丝飘荡在空气中,像迷蒙的烟雾,像剪不断的离愁。

李俊豪送她到第一客运站,看她衣袂翩然,看她犹犹豫豫踏上去阆平的客车。他的心情突然变得无比地悲怆,难过得泪眼凄迷。"男儿有泪不轻弹,只因未到伤心处。"他缘何而悲伤?是因为这迷离的天气?还是因为这扑朔的烟雨?他不知道,但他确确实实是落泪了。就在这时,罗玉突然从车上跑下来,奔向他,飞奔到他怀里。他一句话未说,只是张开双臂,将她紧紧地抱住。他感受到她的战栗,她的喘息,她也在害怕,她在害怕什么呢?为什么他的心会如此的绞痛?疼痛到他难以呼吸,泪水再次从他坚强的眼里滚落,他听到她轻轻地柔柔地唤一声:"俊哥哥,多保重!"

这一生呼喊,将他的五脏六腑都扯疼,他痛得无法言语,无法呼吸,朦朦胧胧中,好像有个熟悉的身影从他的身边经过,有一双严厉的眼睛定定地注视着他的一举一动。可他来不及琢磨,也没心情在意,此时此刻他的心无比酸楚,喉头哽住,强忍悲痛。他这是怎么了?他想不顾一切地拉住她,告诉她别走,但是他什么都未来得及说,她又离开了,倏地跑回进车里。这次她没有回头,没有犹豫,只一个转身,客车就载着她离去,直至消失在他的视野。

他的耳边莫名其妙地想起一句歌词:"如今咫尺天涯,一别竟成陌路,这悠长岁月教我相思苦。"

一转身,一经年,一辈子,泪再次无声无息地滚落。

第三十九章　爽约，一时还是一世？

> 经历了岁月的风风雨雨，经历了命运的跌宕起伏，她的心不会再像年轻时候那么易感和脆弱。

春节，属于老家的春节，终于在他们的期盼中正式到来。这几天，对罗玉全家人来说，都是喜庆而忙碌的。亲戚之间要走访，朋友之间要来往，再加上罗玉很多年未回家过年，她以前的朋友、儿时的伙伴都把她当作稀客，纷纷请她和家人吃饭。由于请的人太多，时间又有限，有时她一天要吃几顿午饭，再加几顿晚饭。

初二这天晚上，罗玉从一个朋友家吃完第三餐晚饭回来，已是晚上九点多。童童已经被母亲哄睡，她就和妹妹坐在床头聊天。两姐妹聊得兴致盎然，聊起小时候的事情，聊起奶奶，聊起风车，聊起屋后的杨槐树，聊起李俊豪，再聊起儿时的歌曲……妹妹突然对她说："姐，你还唱当年的那些歌曲吗？年前我打扫卫生，在楼上的纸箱里发现了好几本你当年手抄的歌本，你要不要看？要看的话我去帮你拿下来。"

罗玉心下一阵惊喜，对妹妹说："你快去拿给我看看吧，你不说，我都忘记了还有歌本。哦，那些年，没有电脑，没有手机，我们也过得那么充实。"

妹妹爬上楼，很快给她抱来了一摞书本，大小不一，厚薄不等。她和妹妹一边说着话，一边慢慢地翻看那些本子。因为年代久远，那些本子被揉捏得有些皱折，好在还能清晰地辨识当日的字迹。就这样一本一本地翻下去，突然她的手停住了翻阅，这里面还夹着一本日记，她对妹妹说："小云，这本是日记呢，不知道当年我都在日记中记了些什么？我想一定可以从中看到我们当年的生活旧影。"

"那你快看吧。"

罗玉翻看起来，很多的人物走出来，很多的回忆涌上来，她看得时而浅笑，时而抿嘴，时而凝思，时而飞扬。最后她的目光被一行行的文字深锁，在那一页，记着当年的一件小事：

> 今天是难忘的一天，是变幻莫测刺激新鲜的一天！我好爱这一天，好爱我身边的朋友。今天我们都抽了签，这些签写得那么有趣，像杨泽抽到的签："一见佳人便喜欢，两家门户齐相当。春风捎带好消息，调转琴瑟向兰房。"像肖燕抽的签："心高命平顺，福至祸无侵。小富即安享，平安福禄生。"像宋一波的签："鲸鱼未变守江河，雨雪风霜总不摧。异日峥嵘身变化，许君一跃跳龙门。"
>
> 李俊豪抽的签特别深奥："开天辟地大将才，功名富贵信手来。一生心事向谁论，十八滩头君不在。"和尚解说将来李俊豪的事业特别成功，但他渴望相依相伴的人却不在身边。
>
> 我抽的签是："兰心蕙质惹人怜，好事多磨梦难圆。谁知去后有多般，历涉应知行路难。"我能大概理解这签的意思，可是又不甘相信。或许我太敏感了，这毕竟只是一注签，不是真实的生活！

"兰心蕙质惹人怜，好事多磨梦难圆。"罗玉在嘴里念叨着这句话，再一琢磨李俊豪那注签的内容，突然就冷汗直冒，唇齿发颤，心里仿佛碎裂般的疼痛。一不小心，她将日记本重重地滑落到地上。

罗云捡起那本日记，问她："姐，你怎么啦？是不是今天太累了，不舒服？"

"是的，今天太累了，我们早点睡觉吧。"她屏住呼吸，忍着心里汹涌而上的恐慌，将那本日记放进了自己随身挎的肩包里，并安慰自己："小玉，你不要那么敏感，那只是随手拈来的一注签而已。"

　　　　　　＊　　＊　　＊

　　一大早，童童就被屋外的鞭炮声震醒了，不肯再睡。她像一个小皮球咕噜噜滚进妈妈怀里，又咕噜噜滚出去，如此折腾了几番，罗玉的瞌睡也没有了。她爱怜地打了一下童童的小屁股，问她："小屁孩，知道今天要做什么吗？"

　　"知道，今天要去大姨婆家，小姨说了，到了姨婆家，只要我乖，还要给我买芭比娃娃和公主裙。"

　　"你这个不害羞的小孩，不能老让小姨花钱。"

　　"那我花我自己的钱吧，我有好多好多红包呢。"

　　这个天真的孩子压根儿不知她所收的红包，妈妈都会用更厚的红包还给别人。这个春节，估计最开心和收获最大的人就是她了，每天好吃好喝又有礼物红包收。罗玉看着童童红扑扑的小脸，想起两年前别人给她红包时，她会幼稚地拒绝："阿姨，我不要红包，我要糖。"

　　时隔两年，她的小女儿就知道了红包不仅可以买糖，还可以买更多好玩的东西。想到这，她亲了亲女儿的脸，爱溺地说："妈妈的童童又长大了呢，你去了大姨婆家，会不会想妈妈，给妈妈打电话呢？"

　　"想妈妈，也会想爸爸。"

　　她心头一震，问孩子："童童，如果妈妈和爸爸分开了，你是想跟着妈妈呢还是跟着爸爸？"

　　"跟着妈妈也跟着爸爸。"

　　"可假如你只能选一个呢？妈妈是说假如。"

　　"只要童童在，爸爸妈妈就一定在一起。"

　　"哦，谁告诉你的？"

　　"爸爸啊。"

　　"爸爸怎么说？"

　　"爸爸说，只要我在，我们就是一家人。爸爸说他有一天在街上遇到你，你问他：你是童童的爸爸吗？他说是啊，那你是童童的妈妈吗？你说对呀，于是我们一家人就聚在了一起。所以爸爸说只要童童在，爸爸妈妈就不会分开。"

"原来是这样啊！"罗玉的心里突然涌出一股酸涩的感觉，这是她在书上看到的一则小故事，她随口讲给梁峰听，没想到梁峰会用来给童童解释他们一家人的相聚。如今那个属于他们的家已经风雨飘摇，他们做父母的，又该用怎样的谎言来为孩子继续圆一个童话？

吃完早餐，他们一大家人就坐客车去到火车站，一路上罗玉不断叮嘱赵洋："洋洋，这一大家人就你一个男士，辛苦你了。昆明到廊川又没有直达的火车，你带着她们在成都火车站转乘时一定要小心，尤其是童童，她老爱跑来跑去，我都不放心带她出门。"

赵洋安慰她："姐，你就放心吧，我会小心照顾好童童的，倒是你一个人在廊川，才要小心些。"

"恩，那我初七直接到昆明接上妈和童童，然后就从昆明回深圳。"

"好的，你别牵挂我们！"

到了火车站，她又给童童买了一串糖葫芦，看着女儿一手拿着糖葫芦，一手牵着小姨的手，像个小兔子一样蹦蹦跳跳地进了火车站的安检口。她还不放心，立在门口不愿离去，母亲再次过来安慰她："玉儿，别送了，你放心，我们这么多人会看好童童的，童童过来跟妈妈说拜拜。"

童童又跑回来，在她脸上响亮地"啵"了两下，才又拉着小姨的手离开了。她一直站在那里，直到女儿的身影再也看不见，才恋恋不舍地回头。一抹脸颊，那里早已有泪水滑落，有谁知一个母亲的心？岂止是"见面怜清瘦，呼儿问苦辛"？

* * *

送走了母亲和童童，她打了车去秋燕家。秋燕在电话里问她："是否要通知大部队到我家集合呢？"

她笑着回答："这两天大家都忙着给长辈拜年，还是等等再惊扰大伙吧，反正我也要过些时日才走。"

她不想惊扰大伙还有一个原因，那就是她跟李俊豪又在一起了。她希望先得到秋燕的理解，再跟大伙通报。毕竟这么多年了，大家都以为她和李俊豪已经各安天命，有谁料到他俩又走到一起了呢？她和李俊豪总是在大家的祝福声中分开，又在大家最不看好的时候牵手。这大过年的，还要不要大家好好过年呢？还是不要惊悚到太多人好！

她到了秋燕家，本以为秋燕家人满为患，挤挤攘攘一屋子人。没想到就只见到秋燕，这让她颇有些意外同时又很开心。秋燕给她解释："为了迎接你，我一大早就让何霄带着一家老小回李囡乡下拜年去了，所以家里才会如此清静。"

"你一直都那么贴心。"

"告诉我你有什么事想与我分享？"

"你怎么知道我有事对你说？"

"肯定有，大过年的，你独自一人来见我，你对我哪有这么重视过？"

"秋燕，你太可怕了！什么都瞒不过你，我看啊，你还是去学心理学或者侦探才不浪费人才。"

"哈，别说我了，"秋燕话锋一转，突然神色凝重地对她说，"小玉，你是不是要告诉我关于你和李俊豪的事情，你们俩决定在一起了？"

"你怎么知道的？"她一脸惊诧。

"哎，你先别管我怎么知道的。小玉，说实话，这么多年，我看到你和李俊豪一路挣扎，你们不累，我都替你们累。你心里有多苦，我全都明白。你不用对我解释，我曾经给你说过，任何时候，我都支持你跟李俊豪在一起，因为打从读书那会儿，我就觉得你们很合适。老天为什么要一而再，再而三地折磨你们呢？我想不明白，像我和何霄，一直都走在爱情的康庄大道上，未受过一点点的伤害。"

"哦，"罗玉的眼睛有些湿润，每次跟秋燕聊天，她都觉得自己被无原则的纵容和理解，好半天她才问，"俊豪来见过你了？给你说过我们的事了？"

"没有，是何霄告诉我的。"见罗玉震惊地睁大眼，秋燕解释，"还是告诉你吧，也许你知道了可以更理解李俊豪，可以明白他是多么爱你。何霄午前和他最好的一个哥们吃饭，你知道吗？他那个哥们和李俊豪现在是同一家医院。何霄告诉我时，我也不相信，这个世界真是太小了，你们都躲到重庆去了，居然还有人认得你们。听何霄的朋友说，李俊豪在重庆C医大附属医院，是领导重点培养的接班对象，领导还承诺今年暑假帮忙把殷秀琳调过去。但那朋友说，不久前有个女人去重庆找到李俊豪。领导本来也不知晓，但李俊豪有一天在急诊科被人打了，那女的冲进抢救室保护李俊豪。同事们先还以为是他老婆，领导也关心地询问李俊豪要不要尽快调殷秀琳过去？谁知李俊豪说调工作的事情暂时缓一缓，他坦承那女人不是他老婆，而是他的同学。

"这件事情被肇事者传得风言风语，本来去年李俊豪能评选上副教授和重庆市十佳优秀中青年医师，也因为这件事被竞争者做文章后挤了下来，同时这件事情让他在领导心目中大打折扣。

"我一听就知道那个女人肯定是你，否则李俊豪不会这样做。小玉，这么多年，铁树都会开花了，我觉得你和李俊豪什么风雨都经历过了，不会再像年轻时候那么脆弱，所以我才敢告诉你，让你能好好权衡，也做好心理准备，它可能远比你们当年在一起的阻力大。"

是的，这么多年了，她经历了岁月的风风雨雨，经历了命运的跌宕起伏，她的心不会再像年轻时候那么易感和脆弱了。但是秋燕的话还是深深地震撼到她，惊悚到她，让她在一瞬间大脑一片空白，无法思想，也无法分析，好像缺了氧一样。

秋燕问她："小玉，我是不是不该告诉你？"

"怎么会呢，秋燕？你了解这些话对我有多么重要，否则我还会以为自己多辛苦，还会觉得多孤独，都不知道在这条路上有人用了怎样的代价一路护着我的安好。"

"对了，你今天有没别的安排，没有的话我们去做头发？"

"现在几点了？"

"十点多。"

"奇怪，我约了俊豪一早来你家，他怎么还未到呢？"

"哦，可能是他家里有事，要不你打个电话给他？"

"还是再等等吧，打电话怕他不方便接。"

"那也是。"

* * *

秋燕泡了一壶茶，拿了一碟瓜子，一碟葡萄干，两人坐在客厅里，一边等李俊豪一边聊天。不时地罗玉将头抬起来望一眼墙上的挂钟，当时针指向12点的时候,她开始坐不住了。这不对啊!平常他答应自己的事情,几乎没有爽约过,就算不来,他也要给自己打个电话才对,今天怎么这么反常呢?这样一想,她就有点心慌。

秋燕安慰她:"小玉,你别担心,现在是年关,我想一定是家里事情多,他难得回来,家里亲朋好友都会来找他,对吗?"

"不对,最起码他会想方设法给我打个电话,他知道我会等他。一定是发生什么事情了,秋燕,我有种预感,如果没有急事,他肯定会给我电话的。"

"那现在怎么办?给他打电话吧,你不方便,我打。"

"哎,你别打,他如果能接电话,肯定就给我电话了,什么事情让他如此忙乱呢?"

这天中午,她就在秋燕家的客厅踱来踱去,神不守舍,想走又怕他电话,午饭她也没有吃,整个人像困兽一般。好不容易熬到了下午,突然电话响起来,她几乎是冲过去,谢天谢地,电话是他打来的,拿起电话。她第一句话就是:"俊豪,你怎么啦?发生什么事了?"

听筒里传来李俊豪沉哑而疲惫的声音:"对不起,小玉,今天无法见你。早上父亲起床时候,突然昏倒在地,他本来有心脏病,我在家对他实施了心脏复苏术。但我担心他摔倒时引起了慢性硬膜下血肿、脑受压等并发症,所以我和家人将他紧急送往廊川Z医院。"

"伯父现在怎样了?"她急急地问。

"现在他恢复了意识,但情况还不是很稳定,随时有昏迷的情况出现,需要经过仔细检查才能决定下一步方案。"

"你不要给我电话了,赶紧抢救伯父吧。"

"现在我在等同事对他做检查,小玉,可能这几天都不能陪你了,你照顾好自己。"

"我理解,完全理解,俊豪,你安心给伯父治病,我会耐心等你。另外,没有别的事情吧?"

"没有,你别想太多,我挂电话了。"没等她再说话,俊豪就急急地挂断了电话。

她和秋燕面面相觑,秋燕隔会儿说:"还是你了解他,果真有事。"

"他一定很着急,秋燕,我多想帮助他、陪伴他,分担他的重担。"

"他会感知你的心意。"

"其实我很羡慕殷秀琳,可以守在他身边。我也想照顾他的家人,陪他一起熬夜,可我却连走近他一点都不可以。"

"小玉,你就别担心了,他是医生,会处理好这些事情的,这两天你就在我这里安安心心地等他吧。"

"也只能这样了。不知为什么,我心里还有另一层恐慌,这种感觉只在奶奶去世的时候才有过,他会不会还有什么事情瞒着我呢?他挂电话这样急,完全不像他平时的风格,他应该是还有事情瞒着我。"

"你总是那么多虑,事情已经这样了,还能怎样呢?"

"但愿只是多虑了。"她在心里也这样安慰自己。

*　*　*

初四这天,罗玉在秋燕的陪同下去祭拜了奶奶、父亲还有默默,李俊豪一直都没有给她电话。没有电话,就证明情况很糟糕,证明他父亲的病又加重了。她为他担心,恨不能有件隐身衣,这样她就可以随时随地走近他,而不受时间和空间的限制。

熬到初六,她清早一醒来,就着急地对秋燕说:"秋燕,我实在等不及了。俊豪的假期本来是到今天,看来他向单位申请了延长假期。可我明天就得离开廊川了。他为什么不给我电话呢?难道是他父亲的情况不乐观?他是不是怕我担心才不敢给我电话?你今天帮我去见见他吧,看看他父亲怎么样了,否则我明天去到昆明,心里都会牵挂。"

秋燕临出门,罗玉突然小心翼翼地问一句:"秋燕,我跟你一起去,可以吗?我担心他,就去医院看一眼,好吗?俊豪曾说我沉不住气,我是不是真有些沉不起气呢?"

"小玉,有什么不可以呢?你仅仅是作为同学探望下。你们那么相爱,你当然有权利走近他,离他近一点点。"看她的挚友如此卑微谨慎,秋燕的鼻子有点发酸,她不置可否地如是说道。

两人又去超市买了一大包慰问品,才打车去到廊川Z医院。到了住院部楼下,罗玉却突然胆怯起来,犹豫再三,她依然迈不动步伐,只得对秋燕说:"还是你一个人去吧，燕子，我就在楼下等你，免得碰见不该碰见的人。"

秋燕离开后，罗玉独自在住院部楼下溜达。两分钟不到，秋燕打来电话，告知病房里只有李俊豪父亲独自一人在睡觉，但去无妨。她这才在好友的鼓励下忐忑地走进病房。病床上李爸爸紧闭着双眼，并不曾留意到她俩的行踪。

罗玉拉着秋燕小心翼翼地坐下来，将一大包慰问品轻轻地放在一旁。室内静悄悄的，空气中弥漫着淡淡的药香；床头柜上一壶刚煮沸的水，还在腾腾地冒着热气。她的俊哥哥几分钟前是不是在这里忙碌呢？这样一想，她就对身旁的老人多了几分亲近和关怀。有一瞬间，她甚至痴痴地想：假如此生能够跟俊豪生活在一起，与他一起侍奉公婆抚养孩子该是何等的幸福和荣耀？

她正在呆呆地出神中，突然听见秋燕慌乱的声音："秀琳，你什么时候进来的？"

她被这个熟悉的名字惊得猛然回头，目光一下子触及两张脸：一张写满惊恐，一张填满愤怒。

一个愤怒的老头突然扑向罗玉，嘴里骂道："你就是年前与李俊豪在车站抱在一起的女人，你化成灰我也认得你，你居然还好意思跑到医院来，你这不要脸的女人……"

接着她听到一记响亮的耳光，这突兀的变故让秋燕一时愣住，好一会儿她才回过神叫嚷："你凭什么打人，医生，医生快来啊……快把这疯子拉出去……"

秋燕扑上来，试图拉开那双死死拽住罗玉的手，他们三个人扭成一团。在这片混沌中，突然响起一声焦急的呵斥声："住手，这里是病房！"

秋燕回过头，看到来人，松了口气。李俊豪随即欺身上前，情急地掰开了那双钳住罗玉的大手，不假思索将罗玉严严地挡在身后。

他的这个举动，激怒了对面的老人，老头子失控地咆哮起来："李俊豪，我当初瞎了眼，才会把女儿嫁给你这个畜生，你居然还有脸护着这个狐狸精！既然你放不下这狐狸精，那好，你护着她，有种你就一辈子护着她，不要为你今天的行为后悔。我马上带走秀琳和小晨，你这辈子都别想见着小晨，我倒看看你们这对狗男女有什么好下场……"

因为激动，老头开始猛烈地咳嗽起来，殷秀琳着急地拍着他的背，安抚他："爸，你不要为我担心，我没事，我真的没事……"

病房里一度混乱不堪，李俊豪的父亲早被吵醒，他现在已经支撑着坐在床头，面带倦容但精神尚可，看样子恢复得不错。他看了一眼罗玉，只这一眼，罗玉立刻感到一股寒意袭来，跟十多年前一样让她不寒而栗。接着她听到从对方口里清清楚楚发出的声响，音量不大，却足以让她震颤："亲家公，你别着急，俊豪是一时糊涂，他不会傻到为这样的女人伤害秀琳，我认得她，她只是俊豪的同学。"

然后他再将头转向罗玉，冷峻逼人地说道："你叫罗玉，对吧？如果我没有弄错，你的父亲死得很早，你母亲也常年在外，所以你从小就没有父母管教。据说你很不简单，先傍了个有钱人，趁人落魄时候又将对方甩掉，摇身嫁到深圳。我以为你经历了这么多变故，应该收心了，想不到你居然又跑回来纠缠俊豪？你真是个不简单的女人，我以前是小瞧你了。既然你的老底我们都知道，你认为我们这种清清白白的家庭会接纳你吗？我告诉你，就算李俊豪同意，只要我和他妈还有一口气在，你就休想踏进我们家半步……"

"爸，你不要说了，你怎么可以这样对待小玉？小玉什么时候招惹你了？你再说下去，干脆拿把刀来砍我吧……"

站着的老头再次咆哮："李俊豪，你父亲说错了吗？你别以为你做的事情我们都不知道。年前你和这女人在车站搂搂抱抱，这事我还和你没完。今天这女人既然找上门来，你必须当着你父亲的面给秀琳一个交代，也给我一个交代，否则我绝不罢休。你说：你是要她还是要家庭，你敢说你要这狐狸精，我马上和秀琳小晨在你面前消失……"

室内有几分钟静默，静得出奇，静得可怕。大家都将目光射向李俊豪，罗玉也战栗着望向俊豪。只一眼，她就被那张痛苦无告的脸震得心脏紧缩。她突觉恐慌，仿佛看见在重庆C医大那晚那个疯狂的男人正将她的俊豪往死里砸。不同的是那晚他的伤所有人都看得见，那晚攻击他的是一个人而今天是一群人。

她深深感受到了他那比死还艰难的心境。这让她心痛莫名，让她暂时忘却了自己遭受的羞辱和处境。她要拯救他，可是她要怎么才能拯救他？她自然无法像那天晚上一样不管不顾地扑向他，她连靠近他一点都不可以。

在这沉默的当儿，殷秀琳突然悲痛地大哭起来，边哭边说："俊豪，你告诉我，我做错了什么？这些年我任劳任怨地照顾父母，照顾小晨，你告诉我，我到底做错了什么，你要如此对我？你说，我改……"

殷秀琳的泪刺激了身边的老人家，他再次冲到李俊豪身边抓扯起来："李俊豪，我们家秀琳好欺负，我可不好欺负，你今天必须给我们一个交代……"

李俊豪被他逼得不断后退，床上李老头子再次出语，攫住所有人的注意力："亲家公，俊豪不会离开秀琳的。他对这女人只是逢场作戏，一时糊涂。这是他写给我的保证书，他答应了我要与她一刀两断，否则天打雷劈，不得好死。俊豪，你把纸上的内容念给你爸和秀琳听听。"

接过父亲塞在他手里的一张纸，李俊豪的脸顿时死灰一样。一回头，他接触到一双惊心悲魄的眼眸，那些纸上的内容被身后的人儿尽收眼底并迅速地摧垮了她。他伸出手想扶住那摇摇欲坠的单薄身体，想要结结巴巴地解释两句，可此时此刻他能解释什么？那个伤心欲绝的人儿却万分克制且冷静地对他说道："你不要念了，我都看见了，你不要为难，我不怪你，真的……"

说完她的泪大滴大滴地滚落，她又忍着泪，凄然说道："对不起，很抱歉给你们带来困扰，今日的一切都是我咎由自取，我已经自取其辱得到报应了！感谢大家的教诲和批评！我再对大家说一句抱歉，我也向你们保证：我会离开他的，你们不要再指责他了。我们的交往都是我的错，是我主动骚扰他，他不忍拒绝我才勉强跟我在一起。以后我不会再纠缠他，不会再打扰他的生活。真的，错的是我，你们原谅他吧……"

说完罗玉跌跌撞撞挤出了这狭小的空间，挤出了这混乱不堪的场面。身后传来一声悲痛的呼喊："小玉……"

李俊豪正要追出去，床上的老人一下子拔掉了手上的吊针，血从他手上顺流而下，他同时发出振聋发聩的声音："李俊豪，你今天胆敢踏出这间屋子，就不要后悔……"

"老天啊！"这个坚强的大男人扶住墙角，不断告诫自己，"你一定要挺住，你不可以倒下，你要解决你造成的混乱局面……"

第四十章　缘分，天定的囹圄

这世上任何人都可以侮辱我，虐待我，轻视我，唯独你不可以！

"小玉，吃点东西吧，你已经一整天没吃东西了。"秋燕端着一碗粥，一遍遍耐心地劝罗玉。昨天从医院回来，罗玉就这样面如死灰地躺着，不吃不喝，也不说话。偶尔她挣扎着想回应挚友两句，往往话没出口，泪水却先行滑落。

"小玉，看在我辛苦做饭的份上，你就给我面子吃两口，就两口，好吗？"

"秋燕，我吃不下，不饿。"

"吃不下也得吃啊，小玉，你不可以倒下呢！你还有童童，还有很多事需要你去做呢！"

是的，她还有童童，还有母亲，还有依赖她的亲人，她不可以倒下去，她还没有放弃自己的资格。秋燕是最了解她的人，总能在关键时刻抓住她的软肋。活着比死艰难，但活着却是一种责任。她强迫自己坐起来，对秋燕说："把饭给我吧！"

才吃了两口，她就吐起来，吐完她再吃，然后再吐再吃。秋燕被她吞咽的样子搞得眼泪汪汪，不得不抢走她的碗，说道："你还是不要吃了，吃不下就不要强迫自己。小玉，既然你清楚无法逃避，你就必须选择坚强面对。我们聊聊吧，你是我最好的朋友，难道我们之间不可以说点心里话吗？"

"好，我们聊聊。"

"恨他吗?"

"不恨他，我恨我自己。我不该去医院，这次我是真把一切都搞砸了。怎么会有我这么麻烦的女人呢？为什么我就做不到安静地等他呢？他已经够烦了，我为什么还去给他添乱呢？"

"没有别的话了吗?"

"他一定后悔爱上我，一定的。因为我害他父亲重病，害他家庭破裂。他恨我，他给他父亲写了保证书，他说跟我的交往只是逢场作戏，一时糊涂，他不会要我了。他说了：如果再跟我交往，他就天打雷劈，不得好死。他肯定是因为这个原因，才一直不肯给我电话，我还亲自找上门领受羞辱……"

"还有呢?"

"我不要他死，不要他天打雷劈，我愿意离开，只要他不再夹在中间两头受气。你知道他多么痛苦吗，秋燕？我放他走……"

"还有呢?"

"还有……"她终于崩溃，将头捂在被子里伤痛压抑地哭泣。哭累了，她才断断续续地说，"俊豪，你怎么可以如此残忍？怎么可以这么对我？我知道你是不得已才如此抉择，可我为什么这么失望呢？这世上任何人都可以侮辱我，虐待我，轻视我，唯独你不可以！如果爱你是一个笑话，你让我怎么对自己交代呢？"

"你等着我，小玉，我马上出门，我去为你讨一个答案。"

没等罗玉作出任何反应，秋燕已经毫不犹豫地跨出了门。她走得那样急促，她的心完全被罗玉的痛苦揪住。认识小玉这么多年，她何曾见到她如此悲伤如此绝望过？即使当年她被明樨伤得气息恹恹，即使她被流言中伤得体无完肤，至少那个时候她还有勇气抗争，而这一次她是完完全全放弃了抵抗，也完完全全放弃了自己。

终于见到了那个人，她还未来得及问话，却再次被另一个人的痛苦击中。是的，这个人没有流泪，没有崩溃，可眼泪对他分明是一种奢侈，放弃分明是一种解救，可他偏偏是男人，是一位有责任心有担当的男人，他不可以放弃不可以退缩不可以倒下，他只能苦苦地压抑着强撑着。原来生活还有一种无奈和痛苦是你连放弃都不可以，连逃避都无路可去。

秋燕又像来时一样行色匆匆赶回去，心中感慨万千：或许对罗玉来说，她是不幸的，但同时她又是幸运的！如果一路披荆斩棘有人陪着，你能说这样的道路不是坦途？

* * *

一进屋，她迫不及待地重新盛了一碗粥给罗玉，不由分说将她扶到沙发上，语气笃定地说："小玉，你得振作起来，你必须吃饭，你得陪李俊豪一起战斗，他太不容易了，你不能让他孤军奋战！"

接着秋燕递给她一张纸条，那张纸条上写着凌乱而熟悉的几行字："玉儿，蒲苇韧如丝，磐石无转移。用心如日月，誓拟同生死。等我信我！"

秋燕忍不住在一旁自顾自地絮叨："小玉，我是不是应该告诉你所有的情况呢？尽管李俊豪叫我不要告诉你。那天你思虑得不错，李俊豪确实还有事情瞒着你。你那日在重庆去医院保护李俊豪的事情，早被人传到了殷秀琳耳朵里，所以他一回家就遭受了暴风骤雨。还有你年前在车站和李俊豪惜别的一幕，被李俊豪的岳父撞见后，在他家里掀起了轩然大波。这段时间，他的家里乱成了一团糟，两家人老少男女天天轮番上阵责难他。所有人都反对你们在一起，包括李俊豪的父母。李俊豪的父亲为了限制他与你联系，一度以死相逼，他们摔坏了他的手机，所以他后来无法给你电话。他父亲也不是单纯地摔倒，而是那日殷秀琳要喝药，他父亲去抢她的药，说他没有教育好儿子，这药该让他喝。两人在拉扯过程中李俊豪的父亲才摔倒出事的……"

罗玉听得目瞪口呆，脸色渐渐发白，心也愈来愈沉重，她忍不住自责地说道："我对不起俊豪，害他陷入两难的境地。对不起殷秀琳，背叛了对她的承诺。我也对不起俊豪身边的老人。秋燕，这所有的过失都是因我而起，也该因我而结束。"

同时她仿佛看见一大群人围着她的俊豪：指责他，抓扯他，数落他，他被逼到无路可退。他该有多难？面前是苦苦相逼的亲人，心中是望穿秋水的爱人，让他不能进也不能退。是她把他逼到了这一步。她焦虑地问身边的挚友："他怎么样了？"

"你是指他的父亲吗？他父亲已无大碍，再静养几日即可出院。"秋燕也急糊涂了。

"俊豪，我是问俊豪。"此时此刻她管不了其他人了，她只想知道她的俊豪怎样了。

"他很不好，小玉，我总觉得殷秀琳也没有我们想的那么单纯，她也是一位很有心计的女人！我觉得李俊豪身边的人都不简单，他们一起给他设了一个圈套。"

"怎讲？"

"你想一下，殷秀琳为什么要当着李俊豪的面喝药？不就是为了逼他嘛！说实话我心里一直瞧不起动不动就寻死觅活的女人。他的父亲也厉害，威胁李俊豪，逼他写下了保证书：保证跟你断绝来往，这一生绝不辜负殷秀琳，绝不跟殷秀琳离婚，否则天打雷劈，不得好死。天下哪有这样的父母，让儿子言出此语、发此毒咒呢？"

停顿片刻，秋燕补充："那个保证书是他父亲逼他写的，当时他父亲拿性命要挟，如果他不同意写保证书，他父亲就拒绝治疗，他不得已为之。"

"是我带给他痛苦，带给他灾难，他本来生活得很平静，我不该回来找他。"

"你不能放弃，小玉，你一定要振作起来，与他一起战斗。李俊豪托我转告你，他这段时间可能没办法见你，叫你等着他。等他父亲出院了，他再跟家人做工作，他不怕天打雷劈。"

"可我怕呀，他是一个至情至善的人。我宁可是他丢掉了工作，丢掉了饭碗，这样我还有信心陪他找回来。让他做一个背信弃义、抛妻弃子、不孝不仁的人，这相当于要了他的命，这一生他都无法摆脱良心的责难。"

她的脑海中突然想起那日在瓷器口古镇与他的对话：

"俊豪，如果在我俩爱情的前面是一片悬崖，你会怎么样呢？"

"我也会奋不顾身地跳下去，做一只被鲜血染红的荆棘鸟，要为你唱出一生一世绝美的歌声。"

这让她不寒而栗，她不要他死，更不要他活得生不如死！她几乎是不假思索地对秋燕说："秋燕，我不要他遭受天谴，遭受报应。我离开，把他还给殷秀琳。我们俩不能在一起，或许这一切都是天意。你知道吗？前几天我看到了我多年前写的日记，想起了那年去锦城山我们抽的签，你还记得和尚的解释吗？"

"我只记得当年和尚说杨泽适合结婚。"

"也许杨泽当年是适合结婚呢,你忘了?当年我们去打子洞,也只有杨泽一个人打中。如果他当年顺天意结婚,今天应该是绿叶成荫子满枝,他没结婚,到现在还孤身一人。"

"我看你真是中邪了,还是你太心疼李俊豪,怕他左右为难?我这里还保存着那些年我们拍的相片,怎么看你们俩怎么般配,你等着,我去拿相片出来给你看。"

秋燕说完,抛下她去书房翻找相册去了。

第四十一章　忏悔，成全你也成全自己

> 我爱你，三生石上刻着我对你的情意，孟婆汤里映照着我对你的记忆。

母亲的电话就在这时打进来。她本来昏昏沉沉，完全不想理会母亲说什么，可是母亲的话却如同晴天霹雳，五雷轰顶，震得她的耳膜发碎："小玉，童童不见了，天啊，我该怎么向你交代呢……"

母亲的话一下子将她从一个极端拽入到另一个极端，而且硬生生地将她从一个世界毫不知觉地剥离，将她直接抛出到九霄云外。她几乎在一个瞬间忽略了她与俊豪面临的深渊。她扶着沙发的扶手，战栗着问母亲："妈，你是开玩笑的吧？童童跟着你，怎么会丢失呢？"

"都怪我老糊涂了，今天我和你大姨、表姐带童童一起逛超市。秋莲说一定要给我和你大姨买件衣服，当时我和你姨在试衣间试衣服，秋莲不知为何去边上接了个电话，童童在旁边玩，可能没看见我们，跑去找我们了。当时我们的注意力都在衣服上，没留意童童什么时候走开了，等我们发现的时候童童已经不见了。"

罗玉一下子大哭起来："妈，怎么会发生这样的事情呢？你们去找了超市的服务台和保安吗？你现在在哪里？罗云没有帮你一起照看童童吗？"

"你妹妹病了，赵洋陪她看病去了，他们现在还不知情。我们都还在超市。服务台已经用喇叭播放了我们寻找童童的通知，但是两个小时过去了，童童依然没有任何消息，我才给你打电话的。"

"你和大姨继续在那里等着，童童可能找你们去了，她很快会回来找你们的，一定是这样的。你们原地不动，她回来才找得到你。你叫秋莲快去附近的派出所报案，以防万一。"

她用残留的一点理智，交代完母亲，然后她浑身一软，从沙发跌坐到地板上。秋燕从卧室拿完相册下来，看她脸上没有一丝血色，嘴唇发白，像被吓傻了，她大吃一惊，问她："小玉，你怎么啦？是不是我告诉你太多的事情啦？"

罗玉双唇颤抖，却一字不发，只是呆呆地盯着地板。秋燕摇晃她的手臂，再问她："小玉，你病了吗？哎呀，你的手怎么冷得像冰，你一定是病了，我打电话叫何霄回来，叫他开车送你去医院。"

说完秋燕开始拨打电话，罗玉抓住秋燕的手，有气无力地说："秋燕，不要给何霄电话，我没病，童童不见了。"

"这怎么可能？谁告诉你的？他们有没有搞清楚啊！张嘴就乱说，这么吓人的话怎么可以随便说呢？你不要着急，可能小孩子贪玩，过一会儿就会回来。你一会儿再打电话问问阿姨。"

她立刻又给母亲去了电话，时间成了度秒如日，度日如年。每过几分钟，她就觉得几个世纪过去了，而每几个世纪过去，痛楚就碾压她一次，撕裂她一次，她就再打一次电话。第N个电话的时候，她终于彻底地崩溃，失去了理智、失去了思想、失去了分析，失去了风度、失去了耐心。她的心被懊悔和痛苦撕成了碎片，让她的心脏几乎停止了跳动，她开始对母亲大声哭诉："妈，无论如何，你要将童童找到！如果你找不到童童，我也活不下去了，真的，没有童童我活不下去。"

表姐打来电话，试图安慰她，试图对她解释。可是找不到童童，任何安慰都是废话，她一句都听不进去。表姐还在说什么，她不耐烦地大声打断了她："秋莲姐，你不要说了，你有说话的时间，赶紧帮我去找童童吧。你知道童童对我有多重要？她是我的命，我的全部，没有她我活不下去。此时此刻我是多么后悔，我为什么要让童童去昆明玩呢？我从来没有做过任何事情让我如此自责过。天啊，如果童童找不到，该怎么办？怎么办啊？她才六岁啊，她在昆明又不认识路，遇到坏人怎么办？梁峰呢？梁峰在做什么？"

这个时候，她突然想起了梁峰，她完全忘了梁峰对她的伤害，忘记了对他的痛恨和排斥，她所有的精神和力量都集中到一个点，即使天塌下来，也不会让她有别的感觉。她拨通梁峰的电话，哭着喊："梁峰，童童不见了，怎么办呢？你快去昆明把她找回来吧。"

电话的另一端，梁峰正在潮阳无聊地看着电视。自从和罗玉结婚后，这还是第一个春节，他一个人回老家度过。他这才深深地体会到原来他已经习惯了生活中有她们娘俩，离开了童童和罗玉，他的春节过得如同行尸走肉。而且由于他对家的眷念和犹豫不决，也导致了与他相好的女人打掉了孩子，这成为他与对方分手的导火线。告别那段畸恋后，他更加思念罗玉和童童，怀念他们那个家曾有的欢声笑语。他的心充满了懊恼和悔恨。哎，原来虚拟中的儿子远不如现实中的老婆女儿重要，都怪自己鬼迷心窍，如今搞得家不成家，春节不像春节。

猛然接到罗玉的电话，他先还激动得有点不知所措，但罗玉的话让他大吃一惊，老天对他孽爱儿子的报应何曾来得如此之快？童童是他的命根啊，他追悔莫及地自责："小玉，都怪我，如果我不惹你生气，你不会带童童离开。一定是老天惩罚我的可耻行径，才把童童藏起来了。你放心，我马上去昆明将童童找回来，不惜一切代价。找不回童童我还有什么脸活在这世上？我也无脸见你！"

"你必须找回，必须见我，梁峰，只要你找回童童，我保证从今以后我不再对你挑剔，我们夫妻之间的恩怨我一概既往不咎。"

"好，我一定。"

她哽咽着再问："你什么时候出发？"

"马上，我即刻包车去飞机场，一秒钟都不耽搁，今天我必须赶到昆明。"

又过了十多分钟，梁峰再次打来电话，告诉她已经坐上了去机场的包车，也联系了在云南省政府工作的朋友。他正在将童童的相片发给朋友，让朋友带着童童的照片帮忙去火车站、飞机场和汽车站等场所寻人，防止有人将童童从任何交通场所带走。最后梁峰安慰她："你不要慌，等我的消息，只要童童在昆明，我会不惜一切代价将童童带回到你身边。"

梁峰的电话使她的心稍稍平静了一点，她对秋燕说："秋燕，把你的车借给我，我想开车去一个地方。"

"去哪里？我陪你去吧。"

"那好，你给何霄打个电话，我们现在就出发，我一定要在今天赶去那里赎罪，为童童祈祷平安。"

* * *

打完电话，她和秋燕径直去到停车场，她快速地发动车子，以最快的速度将汽车驶上公路，朝着一个方向疾驰而去。一路上，她们两人都没有说话，大约过了一个小时，晴朗的天空突然下起了雨，雨越下越大，车子在一阵疾驰后驶入到一段僻静的少人的公路，罗玉这才艰难地开口："秋燕，这一切都是老天对我的惩罚，天意不可违。"

"小玉，我知道你心中难过。"

"那日我们去锦城山抽签，你除了记得杨泽抽的签，还记得其他人的吗？"

"不记得了。"

"我也几乎忘记了，前几日我回阆平，无意中看到了当日我记载的日记，李俊豪抽的签为：'开天辟地大将才，功名富贵信手来。一生心事向谁论，十八滩头君不在。'而我抽的签为：'兰心蕙质惹人怜，好事多磨梦难圆。谁知去后有多般，历涉应知行路难。'"

"哦，这两注签暗示了什么吗？"

泪水一下子模糊了眼眶："秋燕，以前我也没有深想这两注签的内容，但今日我算彻底明白了，其实上天已经将我和俊豪的结局安排得很清楚。当日和尚也对俊豪说过：他渴望相依相伴的人不会在他身边，这是天意。但是我们却一次一次违逆上天的旨意，我们只顾着自己的幸福，忽视了身边人的感受。我们自以为是的爱伤害了殷秀琳、伤害了童童和小晨，也伤害了我们身边的老人，所以老天要惩罚我们。我们这么快就遭受天谴和报应了！俊豪的父亲因我们住进了医院，他原本平静的家也因我而狼烟四起。童童的走失一定也是因我而起，如果我不想着见俊豪，我肯定会陪童童去昆明，童童就不会丢。只是老天找错了对象，童童是无辜的，我要去对菩萨忏悔，我错了，我愿意承受一切的惩罚，只求菩萨让我的童童平安无事。"

"小玉，你别太自责，童童一定会找到的，这件事情只是一个意外。"

"这不是意外，秋燕，你不用安慰我。是我没有保护好她，我没有尽到一个母亲的责任，一想到童童现在孤苦无依的情形，我就万箭穿心。老天为什么要如此残忍地责罚我？秋燕，我一直以为我对俊豪的爱是坚如磐石的，但从我知道童童出事的一刻起，我确定，只要童童平安，我愿意此生都不见他。不仅不见他无所谓，要我做他的仇人来换童童的平安我也愿意。人啊，为什么非要到万劫不复的地步才幡然醒悟呢？"

"哦，小玉，这真的只是个意外。"

"我永不会原谅我自己。"

"所以，你现在是要去……"

"是的，我现在要去锦城山，我去向菩萨忏悔，我没有听菩萨的劝告，请菩萨在我有生之年再给我一次弥补的机会。"

冷风拍打着车窗，从敞开的窗户里夹着雨点肆虐而来，使得罗玉那张本来就毫无血色的脸庞更加苍白。秋燕轻轻地为她掩上车窗，她明白此刻任何的话语都是多余，她在心中轻叹："命运啊，你真的是公平的吗？你为何要为善良的、深爱的恋人设置那么多的关卡？难道这一切真的是命中注定？"

两个小时不到，她们达到了锦城山，雨也差不多停了。刚泊好车，罗玉的手机响起来。梁峰告诉她，他已经买到了去昆明的飞机票，预计今晚6点多可以抵达昆明。今天下午他的朋友已经设法将童童的资料告知了昆明所有的汽车客运站、火车站和飞机场等运输场所，可以保证童童今天一定在昆明。明天一大早，他会和朋友动用一切的人力物力将昆明所有的派出所、福利院、儿童游乐场、酒店等彻底排查，相信童童很快就会找到。

她从来没对梁峰如此依赖过，如此信任过，也从来没有离梁峰如此贴近过。此刻她深信他们的感受一致，焦虑一致，目标一致。自打知道童童不见后，她完全失去了风度和理智，整个人疯了一般，像一只刺猬，对谁都没有好脾气，她也管不了任何人的感受。但梁峰自始至终没有责怪她，即便他也心如刀割、痛入骨髓，他不怪她带走了童童。在这一刻，她觉得梁峰是如此高大和可靠。她想起童童的话：

"童童爱爸爸也爱妈妈。"就在几天前，她还自以为是地觉得她可以代替梁峰，给童童所有的爱，完整的爱。她现在明白了：她根本无法代替一个父亲，她连做一个母亲都那么失败！

想到这，她又给梁峰打了一个电话，她在电话里轻轻地说了一声对不起，同时自责地说："梁峰，我们都不是称职的父母，童童告诉我只要她在，我们一家人就不会离散，这次童童回来了，我们一定要给孩子一个温暖的完整的家。"

"神啊，但愿你听到了我内心的忏悔！"

来到锦城山，罗玉叫秋燕去旅店等她，她想独自忏悔和祈祷。秋燕看她面如死灰的表情，担心地问："小玉，你身体状态不太好，要不我陪你拜完菩萨，再一起回酒店休息吧。"

"不用了，我想一个人对着菩萨，我有太多的过错，是该静下来好好地反省。"

"那你准备什么时候回酒店？"

"童童什么时候找到，我就什么时候返回。"

秋燕想说："万一童童找不到，难道你一直跪下去吗？"

但她忍住了这句话，因为人需要谎言和欺骗，那是我们赖以生存的麻药。就好比一个人要动一场大手术，我们明知麻药对他的病不起作用，甚至还起副作用，但如果不打麻药，直接开肠破肚，大部分人撑不到手术结束就呜呼哀哉了，所以我们才离不开麻药，也离不开欺骗。她的那句话直接甩出去无异于要了小玉的命，于是她稍作思考换成了："梁峰不是想了很多可行的办法吗？我相信童童很快就会找到。你不要太担心，要养好精神，童童可不想有一个脆弱的母亲。"

这天傍晚，因为刚下过雨，整个锦城山万籁俱静，没有一个人影，秋燕独自立在旅店的阳台上，望着远方的茫茫云天，黑暗正带着铺天盖地的暮色涌过来，隐隐约约从前方传来钟声，让人觉得心境空灵、虚实缥缈。她想起大二那年他们一群人在这里抽签时的单纯快乐，想起了此刻正跪在寺庙里的小玉，想起了几天前李俊豪落寞悲伤的脸，想起他俩十多年的分分合合，想起童童的突然走失。难道冥冥中真有神灵吗？真有操纵着命运和人生的力量吗？那么真是天意让他们不能在一起？神灵没有回答她的问题，也不会解答她的困惑，天底下有那么多悲伤的人，神灵一定忙得要死。

围绕在她身边渐近渐浓的暮色晚钟，让她突然生出一种感触：天地之宽广，宇宙之浩瀚，人活在天地间是如此渺小，人与操纵宇宙的力量相比是那么脆弱！人终究是拗不过宇宙乾坤！

秋燕试图将自己的思绪梳理得清晰一点，但她的思绪却越来越凌乱，思索让她的头发痛，在沉沉夜色中，在飘飘渺渺中，她不知道自己什么时候躺在了床上，又不知何时疲倦地睡着了。

＊　＊　＊

凌晨四点多，秋燕被一阵急促地敲门声惊醒，从梦中醒过来，走向门口，机械地问："谁啊？"

代替回答她的问题，门外传来一声惊喜的迫不及待的声音"秋燕，童童找到了。"

"你说什么？"她的睡意顿时消失了一大半，不相信地再问。

"秋燕，童童找到了，一定是菩萨听到了我的祷告，将童童还给我了。"

秋燕迅速地拉开门，还未看清对方的脸，罗玉就扑上来，给了她一个结结实实的拥抱，把她抱得几乎喘不过气来，她竟也被对方的激动和热烈感染得泪水涟涟。好不容易罗玉松开了手，她立刻感到一股凛冽地寒风灌进来，让她不自觉地连打了几个喷嚏。她赶紧撇开好友，钻进被窝，嘴里抱怨着："你回来就行啦，干吗带一屋子的冷空气进来，存心想冻死我？"

"我有吗？有这么冻吗？"

罗玉此刻看起来神采奕奕，容光焕发，丝毫不像大半夜没睡瞌睡的人。不仅如此，在她的脸上，睫毛上、头发上，都让人感受到一片春意盎然，难怪她一点不冷。估计在此刻，她的心里正燃烧着一团熊熊的火，兴奋得不知所以然。这是昨晚上那个一蹶不振、黯然魂销的她吗？是哪个心如死灰、哀毁骨立的她吗？难怪有人说不要轻易去伤害一个小孩，因为你不知道他的背后站着怎样一位勇敢的母亲。

"小玉，你不困吗？我困死了，眼睛直打架，现在几点啊？"

"不困啊，我的精神从来没有这么好过，你先睡吧，我还要洗澡，我身上一定脏死了。你知道吗？昨天我都没有好好洗过脸，哦，老天，我怀疑我昨天根本就没有洗脸。昨天一天发生了什么呢？我都在忙些什么？昨天又好像特别冗长，冗长得让人受不了，好像几个世纪几个百年过去了。发生的事情我一件都理不出头绪，我怎么这么糊涂？我想我到现在都是糊涂的。现在我只想好好洗个澡，洗去前一天的记忆，洗去浑身的疲惫，洗掉我心灵上的尘埃。如果可以，最好再弄点吃的，我饿死了，你记得我什么时候吃的饭吗？我昨天有吃东西吗……"

罗玉絮絮叨叨地诉说着，却没人回应她的话语，转过头一看，秋燕已经又睡着了。

第二天，罗玉是被鸟儿的歌唱声唤醒的，她睁开眼睛，看到一屋子灿烂明亮的阳光，微风正轻拂着乳白色的窗帘，发出"沙沙"的声音，带来丝丝甜润的飘香的气息。她伸了个懒腰，深深地吸了一口气，感觉异常清凉舒服。今天又是崭新的一天，如同被雨洗刷了心灵，已明净得一尘不染。她唤了两声："秋燕、秋燕？"

"醒了吗，小玉？"

乳白色的窗帘被掀开了，从帘子后面露出秋燕明净的脸。

"什么时间了？"

"已经十二点了。"

"这么晚啊，你干嘛不早点叫我呢？"她边说边坐起来，开始穿衣服。

"看你睡得那么香，我都不忍心叫你，今天没什么事，对吗？"

她一想，对啊，今天又没有什么事，忙什么呢？她便停止了穿衣，将头舒服地靠在床头。

"我给你买了早餐，你快吃吧，估计早冷了，都快成午餐了。"

"你真是我的铁哥们儿，知道我爱在床上吃东西。"她接过秋燕递过来的早餐，一边吃一边说话。吃完早餐，她的精神和精力都恢复得不错。

秋燕走过来坐在她的床边，问她："小玉，接下来你有什么打算吗？"

"梁峰昨天在电话里说他今天带童童和我妈回深圳，他们在家里等我，我乘明天上午的飞机回去与他们团聚。你知道我的假期已过了，不能再向领导申请延长了。"

"没别的打算了吗？"

"没有了。"她说完平静地将床头柜上叠成心形的信纸递给秋燕，轻声说道：

"这是我昨晚用宾馆的信纸写的，麻烦你帮我转交给俊豪，顺便再帮我说声对不起。"

"不见他了。"

"还是不见的好。"

"你怎么突然之间转变得如此彻底，因为童童吗？"

"嗯，是因为童童，也不是因为童童。昨天我说服了庙里的僧人，在菩萨面前跪了差不多十个小时，当时整个大殿静悄悄的，我想了很多，也想明白了很多事情。我明白了我与俊豪对彼此的爱是一种痴恋，但我与他对亲人的爱却是一种不容推卸的责任。如果我们忽略了责任，怎么可能收获幸福？我们终究会自食恶果！我的过失需要到菩萨面前忏悔，也为童童和身边人祈求福报。"

"哦，那你忏悔了什么？祈求到什么？"

"说来话长，秋燕，昨天我才发现信佛其实是信善，爱在心中，佛就在心中。祈福的本义，从古人造'福'这个象形字来解，它其实是指奉献，只是我们现代人将它单纯地曲解为烧香拜佛。没有奉献，那里会有福报？我之所以要去祈求福报，是因为我弄丢了奉献。作为母亲，我没有考虑过童童的需要；作为恋人，我没有考虑过俊豪的责任。我只考虑了我们自己的需要和爱情。

"这世上每一个生命都与我们一样渴望幸福，所以我们不应该破坏任何生命的幸福；这世上每一个生命都希望远离痛苦，所以我们不能给任何生命制造痛苦。这是佛的平等观之一。从这点上说，我是信佛的，我相信这世上真的有因果轮回，有善恶报应。我们每个人都应该在心中长存畏惧与害怕，才能为我们最亲爱的人祈求福报。我想我丢失了敬畏之心，所以我才这么快遭到报应了。"

"哎，小玉。"秋燕叹道。

"还好上天给了我和俊豪重活一次的机会！秋燕，你想想：如果俊豪的父母和亲人因为我们而痛不欲生，这辈子我们的良心还能安宁吗？如果我们的孩子因为我们而折断了快乐飞翔的翅膀，我和他还能幸福吗？假如我们的爱需要筑在亲人血淋淋的躯体上，而我最爱的人将因我而变成一位六亲不认、寡情绝义、不孝不仁的人，我还有什么脸面留在他的身边？所以我想明白了，我也放下了，我昨天虔诚地对着菩萨忏悔，我决心悔过自新，请求菩萨赐福给我身边的每一位有缘人。"

"小玉，我没想到你一下子冒出如此多的大道理。我承认你说的话也有一些道理，但是你真的就一点不考虑你自己的幸福吗？不考虑李俊豪的感受了吗？你这一走，他会有多难过？"秋燕忧虑地说。

"时间是治疗伤痛最好的良药，他会慢慢理解我的，也会明白我的一片苦心，他的生活也终将随着我的离去回归平静。其实我对他的爱说到底也是一种贪念，在我没有回来前，他不是一直和家人过着很安宁的生活吗？我回来了，我们俩都对生活有了欲望，而忽视了我们已经拥有的简单的幸福。秋燕，我想和你探讨一个问题：世间什么才是最珍贵的？"

"小玉，你跪了一晚回来，好像真是大彻大悟了。你说的话那么深奥，世间什么才是最珍贵的？这难道不应该是哲学家思考的问题吗？"

"我从前也没有思考过这个问题，是昨晚庙里的僧人讲给我听的。我刚进去的时候，他们问我为什么要拜菩萨？我说我丢失了最珍贵的人。大师就用一个故事和我探讨了什么是最珍贵的。

* * *

从前，有一座圆音寺，每天都有许多人上香拜佛，香火很旺。在圆音寺庙前的横梁上有只蜘蛛结了张网，由于每天都受到香火的熏托，这只蜘蛛便有了佛性。经过了一千多年的修炼，蜘蛛佛性增加了不少。

有一天，佛祖光临了圆音寺，见到栋梁上的蜘蛛。佛祖问这只蜘蛛："你我相见总算是有缘；我来问你一个问题，看你修炼了这一千多年来，有什么真知灼见？"

蜘蛛遇见佛祖非常高兴，连忙答应了。佛祖问到："世间什么才是珍贵的？"蜘蛛想了想，回答到："世间最珍贵的是'得不到'和'已失去'。"佛祖点了点头，离开了。

就这样又过了一千年的光景，蜘蛛依旧在圆音寺的栋梁上修炼，一日，佛祖又来到寺前，对蜘蛛说道："你可还好，一千年前的那个问题，你可有什么更深的认识吗？"蜘蛛说："我觉得世间最珍贵的是'得不到'和'已失去'。"佛祖说："你再好好想想，我会再来找你的。"

又过了一千年，有一天，刮起了大风，风将一滴甘露吹到了蜘蛛网上。蜘蛛望着甘露，见它晶莹透亮，很漂亮，顿生喜爱之意。蜘蛛每天看着甘露很开心，它觉得这是三千年来最开心的几天。突然，又刮起了一阵大风，将甘露吹走了。蜘蛛一下子觉得失去了什么，感到很寂寞和难过。这时佛祖又来了，问蜘蛛："蜘蛛，这一千年，你可好好想过这个问题：世间什么才是最珍贵的？"蜘蛛想到了甘露，更加肯定地对佛祖说："世间最珍贵的是'得不到'和'已失去'。"佛祖说："好，既然你有这样的认识，我让你到人间走一遭吧。"

就这样，蜘蛛投胎到了一个官宦家庭，成了一个富家小姐，父母为她取了个名字叫蛛儿。一晃，蛛儿到了十六岁了，长得十分漂亮，楚楚动人。

这一日，甘鹿（甘露）中新科状元，皇帝决定在后花园为他举行庆功宴席。来了许多妙龄少女，包括蛛儿，还有皇帝的小公主长风公主。状元郎在席间表演诗词歌赋，在场的少女无一不被他折倒。但蛛儿一点也不紧张和吃醋，因为她知道，这是佛祖赐予她的姻缘。

过了些日子，说来很巧，蛛儿陪同母亲上香拜佛的时候，正好甘鹿也陪同母亲而来。上完香拜过佛，二位长者在一边说上了话。蛛儿和甘鹿便来到走廊上聊天，蛛儿很开心，终于可以和喜欢的人在一起了，但是甘鹿并没有表现出对她的喜爱。蛛儿对甘鹿说："你难道不曾记得十六年前，圆音寺的蜘蛛网上的事情了吗？"甘鹿很诧异，说："蛛儿姑娘，你漂亮，也很讨人喜欢，但你想象力未免丰富了一点吧。"说罢，便和母亲离开了。

蛛儿回到家，心想，佛祖既然安排了这场姻缘，为何不让他记得那件事，甘鹿为何对我没有一点的感觉？

几天后，皇帝下诏，命新科状元甘鹿和长风公主完婚；蛛儿和太子芝草完婚。这一消息对蛛儿来说如同晴空霹雳一样，她怎么也没有想到，佛祖竟然这样对她。

几日来，她不吃不喝，穷究急思，灵魂就将出壳，生命危在旦夕。太子芝草知道了，急忙赶来，扑倒在床边，对奄奄一息的蛛儿说道：

"那日，在后花园众姑娘中，我对你一见钟情，我苦求父皇，他才答应。如果你死了，那么我也就不活了。"说着就拿起了宝剑准备自刎。

就在这时，佛祖来了，他对快要出壳的蛛儿灵魂说："蜘蛛，你可曾想过，甘露（甘鹿）是由谁带到你这里来的呢？是风（长风公主）带来的，最后也是风将它带走的。甘鹿是属于长风公主的，他对你不过是生命的一段插曲。而太子芝草是当年圆音寺门前的一棵小草，他看了你三千年，爱慕你三千年，但你却从没有低下头看过它。蜘蛛，我再来问你，世间什么才是最珍贵的？"蜘蛛听了这些真相之后，好像一下子大彻大悟了，她对佛祖说："世间最珍贵的不是'得不到'和'已失去'，而是现在能把握的幸福。"刚说完，佛祖就离开了，蛛儿的灵魂也回位了，睁开眼睛，看到正要自刎的太子芝草，她马上打落宝剑，和太子深深地抱着，蛛儿自此找到了属于她的幸福……

故事讲完，罗玉紧握着秋燕的手说："我想我也如同那只执迷不悟的蜘蛛，以为世间最珍贵的是'得不到'和'已失去'。我和俊豪对彼此来说其实是多年前'已失去'和'得不到'的恋人，我们为此差点毁了'现在能把握的幸福。'"

"小玉，我一时无法反驳你，因为我找不到什么理由反驳你。你今日的选择，我不能判断正确与否。我，只有尊重你。关于你给我讲的故事，我承认我很感动，但我总觉得这个故事有哪里不对劲，尤其是你把它套用在你和李俊豪的身上。"

"没有什么不对，秋燕。"对方发出一声悠悠的叹息，"你觉得不对，是因为你同情我，同情俊豪，也同情我们的爱情。谢谢，我也不舍得放弃，但只能放弃。"

这句话却把秋燕的眼泪水惹了出来，她背过身去，站起来朝阳台走去，屋外的阳光是那么刺眼，晃得她哗哗地流下泪来。树梢上几只呼晴的鸟儿叽叽喳喳地叫着，雨后的锦城山像是被水洗过，清新宁静，明天她的挚友将再次离开这座熟悉的城市，明天对于罗玉又会是怎样的一天呢？她但愿她已经把伤痛留在了昨天！

* * *

清晨，随着一阵急促而厚重的轰鸣声，飞机载着罗玉飞离了地面，只几分钟时间，她就飞离了廊川，再一次远离了这座承载她太多喜悦与哀愁的城市。接着飞机穿过云层，带她进入到一个湛蓝而明丽的世界。舷窗之外，就是触手可及的蓝天，云朵在空灵的天际翻飞，如烟似雾、如棉似絮，她的耳边回想起自己写给俊豪的信。

俊豪：

当你看到这封信的时候，我已经离开了廊川，离开了你。原谅我再一次做了逃兵，我终究还是辜负了你。我说过我是孔夫子批判的那种人：难养的小女人！一直是你用博大而极致的爱包容着我所有的瑕疵。我是被你宠坏了的丫头，所以请不要问我为什么会突然离开，你就把它当成我的任性、我的偏执、我的淘气。请你姑且容忍我再一次失信于你。我希望：这是最后一次！因为你的小女人终究要走向成熟和独立，她要承担她肩上的责任，而不能永远依赖你的宠溺。

两日前，我去了十多年前我们一大群人去过的锦城山，我去那里拜佛，求得佛的宽恕和内心的宁静，祈求我和你等的福报。在长时间跪拜佛陀的时候，我的内心感受到了从未有过的宁静与洞明，我更加深刻地体会了你对我说过的一句话："爱吾爱，以及人之爱。"我爱童童，爱我的亲人，也爱你，爱让我的心在佛前慈悲，我突然就感受到了另一位女人苦苦的爱和她苦心经营家庭的不易。她的爱让我汗颜、让我瑟缩、让我遁形，我一下子就畏惧了，质疑自己凭什么理直气壮地占有你？打着爱的名义！

如果我爱你，我怎么忍心让你去做一位背信弃义、不孝不仁、自私狭隘的人？我怎么忍心让你抛弃年幼的孩子、贤淑的妻子、违逆年迈的双亲，回避该挑的担子？

我爱着的你——优秀、仁爱的你，那是一对含辛茹苦的父母用布满老茧的手打造出让我仰视的你；是另一位伟大隐忍的女人十多年来默默奉献成就了辉煌的你。我从明媚的远方浅笑而来，看到了你的世界漫天灿烂繁华的耀眼，我理所当然地享受着你的爱和关心，而忽略了这场盛大的际遇后面，落英缤纷春泥的牺牲。医者仁心，你对不相关的人都有比我更深的怜悯，你怎么会看不见妻子的痛苦？孩子的眷恋？双方父母的心愿？于是我明白了一直以来你的心里有多苦，你为了维系我们的这段爱恋内心的挣扎纠结与矛盾！

"世间安得两全法，不负如来不负卿？"

如果我们相爱需要你背负道德的十字架，需要我变成冷漠且一意孤行的人。试问，我们还会幸福吗？我们肯定不会幸福的。或许童童的突然丢失，以及伯父的重病等磨难都是上苍为了让我们警醒而做的善意提醒。所以思前想后，我决定放手，我亲爱的你，如果体恤我的爱，就请为了我善待你自己，也原谅我的离去！

"时间打马而过的瞬间，总有一种情感让人泪流满面。"我不再像年轻时候逃避爱过你。我爱你，三生石上刻着我对你的情意，孟婆汤里映照着我对你的记忆。我会永远记得，在我最美的时光里，有过三次轰轰烈烈的爱情，分别是与不同时候的你。因此我这一生都不会感觉孤单，因为我曾拥有过你给予我的无可比拟的爱情。我希望你也知道：我是如此深切地炽热地真挚地爱过你，并以此为念，让你面对我们的分离没有那么痛苦和遗憾。

那么就此别过吧，我的俊豪，我的俊哥哥。如果我们有缘再次相聚，请把我们对彼此的爱深深地埋藏在心里。你会发现：做我的蓝颜知己，比做我的爱人幸福多了，因为我们终于可以站在蓝天下，没有负担、没有愧疚、没有自责，自由地呼吸！

小玉即日

窗外的世界湛蓝明净，望着悠悠蓝天，望着寂寂苍穹，罗玉轻轻地叹息一声："俊哥哥，就此别过了！"

尾声 祝福，换一种方式拥抱彼此

> 明天，他们一群人还会续写怎样的故事呢？她不知道，她充满了信心！

2016年元旦，晓博爱心生态农场-思吾在国际教育实践园里，罗玉、子燕和三哥几家人聚在户外的一张石桌上庆祝元旦，大家相谈甚欢。男人们在高谈阔论，女人们在交头接耳，三个孩子已经长成了姑娘小伙，有自己独特的思想和见解，他们也有自己交流的语言。罗玉的母亲从厨房端出一道道菜，慈祥地对他们说："你们别光顾着聊天，也要多吃点东西。"

母亲的话将大家的视线拉回到餐桌，看着一桌子的酒菜，三哥感慨地说："新的一年又到来了，刚过去的一年对我们三家人真是意义非凡，是值得我们永远纪念的一年，来，我们大家为了这铭心刻骨的一年，干杯！"

每个人都举起杯子，开心地将面前的酒水一饮而尽。

然后三哥再次提议："今天是元旦节，送旧迎新，我们每个男人敬大家一杯酒，说几句话代表我们喜悦的心情，好吗？"

"好！"大家异口同声作出呼应。

梁峰首先站起来，一只手挽过罗玉的肩，同时他叫童童也举起面前的饮料，他说:"从我开始吧,我携全家人敬我最好的两位兄长一家。家和万事兴,谢谢小玉能一直陪在我身边。孩子是我们的未来,无论男孩还是女孩,让我们祝愿孩子们在新的一年:像花儿一样绽放,像树木一样茁壮,像鹰一样搏击长空,展翅翱翔!"

梁峰的话赢得大家一片喝彩。

梁峰说完,赖青站起来,他还未说话,晓博主动站起来说:"爸爸,我陪你!"

说完晓博给自己的杯子里面倒了一点红酒,子燕幸福地靠着赖青,他们俨然幸福的一家三口。

赖青说:"结交在相知,骨肉何必亲。只要有爱,就是最亲的父子,最好的兄弟。在过去的一年里,是无私的爱支持我们创造了事业的奇迹,我祝愿在新的一年里,我们三家人的友谊长存,携手再创新的辉煌。"

他的话说完,又引来大伙一阵掌声,晓博突然走到赖青的面前,说道:"爸爸,我想单独敬你一杯。"

赖青开心地回答:"好,儿子。"

然后晓博将一杯酒递给赖青,动情地说:"爸爸,感谢你这几年对我无私的照顾。在我的眼里,你才是真正的潮汕地区的男子汉,你用行动给我们诠释了新的血脉相连。我长大了一定学你做真正的男子汉,感谢你送给我的农场。你是我心目中唯一的父亲,我以你为荣……"

晓博的话未说完,子燕的眼里已经噙满了泪花,赖青满含热泪,朗声回答:"说得好,儿子,你长大了,也懂事了,爸爸也以你为荣!"

晓博的话感动了在场的每个人,梁峰也很受震动,他动容地说:"晓博,你说得对,你爸爸才是潮汕地区的脊梁,因为他敢于突破传统的陈规陋习,他是位有大爱的人,为大家树立了一个好的榜样,我也以他为荣。"

在现场的一片感怀中,三哥端着酒杯站起来开始他的祝酒词:"在过去的一年,我们追求了理想,成就了一番事业。我认为真正的事业既有益于社会又成就了我们梦想,这样的事业才是值得我们一辈子自豪的事业!感谢在最困难的时候,有你们大伙陪在我身边,我们一起度过了最艰难的日子。明天,我相信一切会更加美好。就像小玉鼓励我的一句话:天空虽有乌云,但乌云的上面,永远会有太阳在照耀。不管未来还会遇到多大的困难,但我们一定会坚持心中的梦想,因为我们已经度过了最难熬的冬天。"

是的，他们已经度过了最难捱的冬天！

* * *

看着一桌人觥筹交错的场景，罗玉忍不住回想起刚刚过去的这一年发生在他们身边的故事。这一年，赖青完成了对晓博的许诺，开办了晓博爱心生态农场。她自己辞去了公务员的铁饭碗，与三哥一起筹备他们理想中的新型学校。为了成功办学，他们要筹备有专长的师资、规划实施场地、向教育局申办资质、进行工商税务登记、组织招生和发布广告等，每天都忙得团团转。同时他们也遭遇很多始料未及的困难：诸如师资和生源问题、社会的信任问题、申办学校的烦琐手续、制度的缺少之类。但最大的阻力是当初投资2000万元的股东突然撤资，这让他们刚起步的事业一度因经济危机停摆。

为了坚守下去，罗玉在梁峰的支持下卖掉了他们住的那套160多平方米的大房子，搬到了另一套80平方米的房屋。三哥也转出了他以前的机构和铺面，两人筹集了1000多万元的资金。在最关键的时候，她在街头邂逅了她以前的学生王瑞。王瑞居然也在深圳创业，开了三家家具厂。得知罗玉他们公司面临的困境，他很豪爽地入股了1000万元，这才彻底解决了资金链断掉的问题。

2015年上半年，"思吾在国际教育学校"正式挂牌成立，选址在中心城区。这是一所专门针对学生素质、人格和实操培养方向的学校，而赖青的爱心生态农场则作为他们学校寒暑假的实践基地。他们的学校以一年为一个周期。学校会利用学生节假日的时间，组织学生到敬老院、孤儿院、残疾人托养中心等机构做义工，来弘扬爱心教育；组织学生参观监狱、博物馆、医院、贫困山区学校等地方了解社会百态，增加他们对人性的认知理解；聘请一些医院及消防、公安等部门的专家，教会学生一些生存技巧。寒暑假的时候，他们则组织学生去到"晓博爱心生态农场"进行封闭式训练。在这里，学生必须学习热爱劳动，进行种菜、挖土、培植等农活，也必须学习洗衣、做饭、爱惜土地等有别于传统教育的内容。他们所培训的主题完全打破了传统的教学模式，注重实践。三哥说，下一步，他们将尝试开办国学私塾学堂、问题儿童特招班以及家长学校等特色教育，未来朝着他们的理想正一步步付诸实践……

"罗老师，我来啰。"

一阵爽朗的声音，打断了罗玉的思维。看到来人，她和三哥等同时迎了上去。她责怪对方："王瑞，怎么不早点来呢？我们正在吃饭，就差你了，你坐下，我给你添双筷子。"

王瑞坐定后，三哥举起一杯酒，敬他："王瑞，哥刚才还在和大家分享我们成功的喜悦和2015年的故事。你来得正好，因为我们的事业和故事中你也是不可缺少的一员。正是因为有你注资的1000万元，我们的事业才可以顺利启动，来，哥敬你一杯！"

王瑞喝下三哥敬的酒，笑着说："其实投资入股，是我十多年前对罗老师的承诺！"

"是吗？"罗玉感兴趣地问。

"是啊，罗老师，你忘了2002年你带我们去学校后面的山坡上了一堂户外英语课吗？那天你问起我们的理想，我告诉你我的理想是经商，你说你的理想是想办一所理想的新型学校。我当时跟你开玩笑，说我如果赚钱了，一定给你的学校投资。结果我毕业后，真的按照自己的心愿做了商人，当年你眼里的调皮蛋也到了而立之年。"

"这样啊，王瑞，照这样说，莫非是老天故意安排你在深圳和我相遇，就是为了让你履行十多年前的誓言？"她笑着开玩笑。

王瑞也开心地回答："我想也是，否则世界那么大，我们师徒二人怎么就那么机缘巧合在深圳相遇呢？"

"哎，让你见笑了，岁月早把我们当年在山上聊的那些话语吹散在风里，我都一度不记得自己想办一所学校的宏愿了。好在我兜兜转转，迂回曲折，最终还是转回来做年轻时候梦过的事情。"

"罗老师，你不做教育，真是一种浪费。你知道当年，我们都好爱上你的课，我们还给你取了好多有趣的绰号。"

"有这回事？"

"呵呵，是啊，你还记得阙宏失踪的那个晚上吗？"

"记得啊,那个晚上印象真是太深刻了,现在想起来都想把阙宏揍一顿。"

"那晚我们去网吧给阙宏留言,你想跟进来看我留言,我却提议让你在网吧外面等我和杨老师,真实的原因是我取的网名跟你的名字有关。"

"你当时取什么有趣的名字呢?"

"我取的名字是'落雨'啦!"

她忍不住大笑起来,王瑞又接着说:"不仅是我,班里的好多同学都给你取绰号呢,大家的网名五花八门,例如落雪、落冰雹、落花生、箩筐、罗老大、落雨是爱哭的娃娃……"

"哈哈!"她笑得眼泪水都出来了,说:"你们真是一群天才儿童。"

"因为那些年,我们都很喜欢你呀!想想那是什么时候的事情了呢?那时候你在我们眼里是如此的年轻漂亮!"

是啊,这么多年了,那时候,她才二十出头。那些年,那些事,那些人哦!依稀仿佛,隔着岁月的长河,她看见了太多熟悉的人和事:她待过的学校、她爱过的学生、她关心的朋友,她牵挂的亲人,她的眼前浮现出一张张永不褪色的笑脸:走在最前面的自然是肖燕、秋燕、杨泽、罗文、黄莺、杨瑜、宋一波……这些面孔交织呈现,带给她温馨的记忆,但他们又逐渐在她的眼前模糊,到最后,只有一张脸、一个人那么清晰地、逼真地站在她的面前。她刚想喊出他的名字,突然她的手机响了,她将电话放在耳边,像做梦一样,她的耳朵里传来一个熟悉的关怀的声音:"小玉……"

* * *

同一时间,李俊豪在重庆开车回家,车里播放着淡淡的音乐。这几年,他事业稳定,评了教授;家庭和睦,孩子乖巧;买了车子,又买了房子。在别人眼里他也算得上成功人士。人生对于他还有什么遗憾吗?他不知道。思绪恍惚中,他听到电台里传来一首熟悉的歌曲:

……

在朋友那儿听说痴心的你曾找过我

我要他帮我对你隐瞒

只是怕见了面会更难过

我对以往的感触还那么多

曾给我幸福的你　我依然深爱着

有一种想见不敢见的伤痛

有一种爱还埋藏在我心中

我只能把你放在我的心中

这一种想见不能见的伤痛

让我对你的思念越来越浓

我却只能把你把你放在我心中……

　　这首老歌让他激动伤怀，让他想起了此生刻骨的爱情。抬起头，车子正好驶过他博士毕业租住的小院。那时他初到医院，一贫如洗，他永远的女孩在这里无私无畏爱过他。他忍不住将车停在这个熟悉的小院旁，燃起一支烟。看着车外来来去去的风景，仿似都与他无关。那个有关的人儿在烟雾中袅袅婷婷向他走来，走到他的眼前。在这个熟悉的地方，他仿佛看见她挽着他的手，日日望眼欲穿地送他出门再盼着他归来；仿佛看见她忙碌在那个饭香烟火的小屋炒菜做饭；看到她娇小的身躯不管不顾地冲进急诊室保护他；看到她将2000多元的衣服吊牌小心翼翼地剪掉，还狡黠地以为他永远不知道；看到2008年地震那年她望眼欲穿却万般心碎不敢走近他。那时他没有车，那个女孩告诉他世上最酷炫的交通工具就是三轮车了；那时他没有钱，那个女孩告诉他最幸福的事情就是陪着他讨价还价。只有她会因为他送的任何一件小礼物开心不已，会为他说的任何一句话铭记在心。他十六岁时候认识的傻丫头，他一辈子难以触及的遗憾，命中注定了只能永远地活在他的记忆中。

　　抹去滑落在脸颊的泪珠，他终于鼓起勇气给她电话，他终于可以做到平静地祝福她。他小心翼翼地再问一句："你在听吗，小玉？"

　　"恩，我在听。"

　　"小玉，我看到了你去年出版的新书《寻找生命的绿洲》，这本书写得真好，听说在社会上的反响也大。另外，我也看到了你们办的"思吾在国际教育学校"的招生宣传，我真为你自豪。作为你最好的朋友，我想我一定要给你打个电话表示祝贺。"

最好的朋友，这句话说得多么好啊！罗玉由衷地回答："谢谢，俊豪，你也不错啊！听秋燕上次电话里说，你现在已经被破格评上了教授，年轻有为，在医学界赫赫有名呢！我也为你自豪！"

"其实评不评上教授我并不在乎，关键是我们可以从事热爱的事业，并愿意为之奉献我们的青春和热血！"

"说得好，俊豪，我为当初反对你做医生汗颜。前不久有幸看到这样一段话：一个越文明的国家，越尊重教师和医生。教师和医生，临界于上帝、佛和普通职业之间的特殊行业，维系着人一生最重要的两个领域，精神健康和身体健康。而越靠近佛的地方越受尽委屈……"

"所以才需要我们在求佛的过程不断修行，提高我们战胜和超越苦难的能力。小玉，我相信在不久的一天，我们国家不管是教育还是医疗，都会比今天更加文明和进步。我们都是幸运的，因为我们也是时代的弄潮者，推动着历史的前进。小玉，我一直与你同行。"

"我感受到了，俊豪，与你同行。你现在过得好吗？"

"嗯，过得很平静，秀琳在2012年下半年调到了重庆，孩子和老人都跟随我们在重庆生活，你也过得好吗？"

"我的生活也很平静，或许平静的生活是最幸福的，所以俊豪，我们都要珍惜眼前的幸福。"

"你说的对，小玉，下次回廊川，也记得叫上我。你的朋友不止有肖燕、秋燕和杨泽他们，还有我。"

"是啊，俊豪，还有你，我怎么忘了呢？我们是一辈子的朋友！"

"我们一直如此！你去忙吧，你的丈夫和家人说不定在等你呢。"

"那好。"

挂了电话，罗玉走回到餐桌继续吃饭，梁峰问她："小玉，谁打的电话？"

"一个好朋友——李俊豪，跟肖燕和秋燕一起在渝北师专的同学。"她语气平静，并且她发现自己在说这句话的时候，心情也是如此平静。

三哥在旁边大声提议:"干杯!"

"干杯,为我们的合作干杯!"

"为我们的理想干杯!"

一群人开心地再次举起了酒杯。阳光从树梢投下星星点点的光芒,落在每个人的脸上、身上、饭桌上、酒杯上、盘子上,像一颗颗明亮的星星,又像一粒粒璀璨的宝石。今天的天气多么晴朗!天那么蓝,树那么绿,大地上的万物显出勃勃生机。明天,他们一群人还会续写怎样的故事呢?她不知道,但她充满了信心!

番外篇
拾锦

一再地蜕变
　　只为
最好的呈现

外一篇　回归家庭

那日从廊川飞到深圳，下了飞机，罗玉径直坐上了回家的地铁。快到小区门口的时候，看到有人在卖玩具风车，这情景隔着一大段岁月让她温暖和熟悉，她毫不犹豫地走过去，顺手买了一个风车。

她轻脚轻手地上楼、开门、进屋、脱鞋，才走到玄关处，她便听到童童咯咯的笑声从书房传出来，这笑声像天籁一样，将她的心填得满满的，也让她觉得暖暖的。她轻轻地推开书房的门，一眼看见童童正坐在飘窗上和梁峰玩扑克牌，阳光将她那张可爱的圆嘟嘟的笑脸映照得像朵绽放的向日葵，这画面是多么温馨，她瞬间被感动得热泪盈眶！而这一次，她发现自己可以堂而皇之地走进这幅画面。梁峰扭头看见她，欣喜地对女儿说："童童，你看谁回来了？"

童童看见她，立刻扔掉手中的扑克，朝她飞奔而来，嘴里喜悦地叫着："妈妈，你回来啦，童童好想妈妈。"

她蹲下来，一把将女儿拘在怀里，幸福得再次流下泪来。她在女儿那张小脸上不停地亲吻着，好半天才停住，捏着女儿的小脸，她责备道："小淘气，可把妈妈吓死了，你跑到哪里贪玩去了呢？"

"我没贪玩，我没看到外婆姨婆，就去找她们，我找了楼上，又去了商场的一楼，也没有找着，我就哭了。然后一个阿姨过来哄我，说送我回家。我以为我记得大姨婆的家，结果那个阿姨陪我找了好久，也没有找到姨婆的家，最后那位好心的阿姨将我送到了警察叔叔那里。"

"你这让妈妈不省心的孩子,为什么不给爸爸妈妈打电话呢?"

"我当时怕怕,忘记了。"

梁峰走过来,安慰孩子,也安慰她:"还好爸爸及时找到你了,不然妈妈得多担心你啊!"

"爸爸真棒!"

那天梁峰在电话里告诉她第二天再去派出所寻找童童。但到了昆明,他哪里等得了第二天?他的小女儿从小被他和妻子富养着,从来没离开过家人的视线。这次突然去到陌生的环境,又与外婆走丢,不知哭成了什么样子?他仿佛看见女儿那张挂满泪珠的脸,听到她上气不接下气的哭声,他的心如同悬在半空。他这才感受到:孩子都是父母的心头肉,只要她来到了父母身边,哪怕她是一只青蛙,做父母的都是那么疼她爱她。他也深深理解了妻子当时缘何对他想要儿子的执念如此愤怒。他到现在也搞不懂自己作为一个受过高等教育的人,当时是被魔鬼附体了,还是被巫术蛊惑了?上天又为何会在他诚心诚意悔过的时候责罚他?

当天晚上,梁峰未来得及吃饭,就和朋友,还有朋友的朋友一起,大家分成几路人马,连夜敲开了一家又一家派出所值班室的门。每到一家派出所,他先耐心地讲明情况,征得派出所同志的理解和同情。大部分派出所的同志都是好人,大家都有儿女,他们以博大的胸怀宽容了一位父亲千里迢迢的寻子心情以及他深夜的惊扰。于是在经过了大半夜的找寻,经过无数人无数次叩开紧闭的大门,经过地毯式地一处一处搜索,功夫不负有心人,梁峰终于在一家派出所找到了眼角还挂着泪珠、已经睡着的小女儿,时间在这时已经指向了凌晨四点。

这个坚强的大男人当即在派出所喜极而泣!没有片刻耽搁,他首先给妻子打了电话,妻子接到电话,和他一样唏嘘激动,她与他一样没有合眼,受尽心灵的煎熬,这个电话如同是开启地狱之门的钥匙,同时将他和妻子从心牢里解救出来。

然后他再给其他的亲人分别打了电话,估计这个晚上,对很多人来说都是不眠之夜,直到接到他的电话。打完电话,他才在万分感激中惜别他的朋友和朋友的朋友,他无法对他们说出任何一个字的感激,这份沉甸甸的恩情岂是他三言两语可以道尽?他将用一生的时间铭记这份恩情,铭记这个晚上无数好心人陪着他在一个陌生的城市找寻。他们每一个人和这座温暖的城市，一起永远地活在他的记忆里。

路上梁峰看着女儿熟睡的脸，万分爱怜和感动，情不自禁想起女儿小时候经常问妻子的一个问题："妈妈，我是怎么找到你和爸爸的呢？"

妻子总是用充满想象力和爱心的话语告诉女儿："宝贝，你在认识爸爸妈妈之前呢？是一个可爱的天使，你有一对美丽的翅膀，天空是你的家。可是你太顽皮了，你在天上飞来飞去，调皮捣蛋，不小心将你的翅膀折断了，没有翅膀，你就不能飞翔了，因此你就从天上掉下来，落在妈妈的怀里，于是你就做了爸爸妈妈的女儿。"

"那爸爸妈妈怎么知道我什么时候掉下来，而且刚好就接到了我？"

"因为爸爸妈妈是你的守护天使，我们也有一对翅膀，只是这对翅膀你看不见，一旦你遇到了危险，爸爸妈妈的翅膀就会自动张开，飞到你的身边保护你。"

这个晚上，他更加深刻地理解了妻子的话语，原来她不仅仅是在给孩子编造一个美丽的故事，她说的就是事实。他曾经赞赏妻子这些话说得很有水平，完全是一个作家的水准。但是妻子告诉说，只要是母亲，都可以表述这样的语言。他承认，他的妻子确实不是一位伟大的作家，她只是一位平凡的母亲，他在这个晚上深深地懂得了她那颗做母亲的心。或许这个晚上对于他来说，注定是不平凡的，就仿佛是上帝为了抽他一记耳光，而故意给他安排了如此深刻的、生动的一课。

此刻看到罗玉和孩子抱在一起，他百感交集，热泪盈眶。他感觉爱终于又回到了他身边，她也终于回到了他身边。这一别，就好像他们之间有过一次生离死别，就好像他第一次在那个简陋无比的集体宿舍见到熠熠生辉的她，他的整个世界都因为她的出现而有了不一样的颜色，生活又开始了新的起点。

时光是一条奔流不息的河流，时光也是治愈人伤痛最好的良药。在岁月的穿梭中，世界如常运转，日复一日，月复一月，年复一年。好似几世轮回又好似一眨眼，童童已经八岁多了，由一个幼儿园的小屁孩长成了一位白净秀气的小姑娘，举手投足间颇有母亲的影子和风采。而那些从罗玉灵魂深处划过的伤痛和阒阒往事，经过岁月的洗礼，经过时间的打磨，渐渐在她心中沉淀成一份美丽的、凝重的、隽永的回忆。这期间她们一家人的生活过得简单而平静，对她来说，简单而平静的生活，又何尝不是一种幸福？

外二篇　特别的经历

2014年五一节到来啦！

单位放三天假，晚上罗玉正在客厅跟梁峰商量去哪里游玩，结果子燕一个电话打过来，称好久都没有见到她，想死她了。她笑着回答："我怎么听起来觉得这话有点虚伪呢？你整天躲在你那温暖的爱情小屋大门不出，二门不迈，早把我忘到了九霄云外，我看啊，压根儿也没有想过我。"

子燕说："小玉，你也知道说风凉话了？你什么时候长脾气了？我是真挂念你呢。今天给你打电话还有另一件事情。上次不是告诉你赖青参加了珠三角这边的一个公益慈善组织吗？这个月他就可以毕业拿到证书了，但作为毕业前夕的过关功课，他们这个团队必须依靠募捐的方式为贫苦山区的孩子建一座希望小学。赖青和他的团队伙伴经过三个多月的募捐、选址、找承建商，终于在江西省赣州市赣县下面的一个小村庄建了一所希望小学。后天是这所希望小学的落成典礼，为了弘扬爱心、筹集善款，班里的每个学员需带领一定数量的爱心亲友团去见证这所学校的落成典礼……"

罗玉是明白人，听到这便打断子燕："得了吧，我还以为你是真想我了，原来是要我去充当你家慈善家的人墙，什么见证爱心？说得跟唱歌似的，不就是捐款嘛。"

子燕咯咯地笑起了："就是捐款，你不会不给面子逃跑吧？我实话给你说吧，吊死鬼都找熟人。我也知道你忙，本不想打扰你，但是我给以前的几个朋友打电话，那帮狗肉朋友，一听捐款就推三阻四，如果你再拒绝我，那我对这个世界就不抱任何希望了，我只有对着赖青撞墙。"

"你撞下墙给我看看也好。"

"小玉，你太没良心了，我可是把你当作最好的朋友，没有第二。"

罗玉笑起来："好了，别把我放在神坛上戴个高帽子，明天我大不了跟你去转一圈回来，权当是旅游。不过我可给你申明下，我捐款可不是为了行善积德，你是为了赖青，我是为了给你面子，免得赖青认为你的朋友全是狗肉朋友。对了，下不为例哈！"

得到承诺，子燕满意地呼出一口气："不愧是我的好姐妹，明早见哈。"

第二天一大早，罗玉便被子燕的电话吵醒，她简单梳洗一番，便匆匆忙忙赶到目的地集合。一出地铁就看见几辆大巴车，车身贴着大大的横幅："情系赣县，把爱传出去"。子燕在车上朝她招手，她坐定后打趣："子燕，你今天要带我去的地方，不会是先坐一天大巴，到了城里再转面包车，面包车后再乘摩托车，然后再在羊肠小道上步行N公里到达学校吧。"

子燕诧异地回答她："你怎么知道得这么清楚呢？哎呀，小玉，你真可以去算命，情况就跟你说的差不多。我听赖青说，他们的学校主要是为山里的孩子修建的。在他们建这所学校前，孩子们的学校全是危房，桌子缺脚少腿，最要命的是五面通风。你见过五面通风的房子吗？就是除了东南西北四个方向，还得加上房顶通风。其实压根儿就没有房顶，只是一块油毡布搭在屋顶。所以下雨天孩子们根本没有办法上课，他们忙着用中饭吃饭的碗盆接雨水。赖青说他第一次和同伴看到这些孩子的上学环境时，很多大男人都忍不住哭了。这些孩子大多是山里的留守儿童，他们上学要翻过几座山，还要趟过一座桥，那所谓的桥其实就是几根木头简单地横在湍急的河床上，可想而知是多么危险！每年都会有小孩掉进河里面被水淹死，所以这次赖青他们去到那里，他们不仅建了一所学校，还建了一座桥……"

子燕说这些话的时候，刚开始罗玉觉得很好笑，听到后面，子燕的语气开始变得缓慢，罗玉那颗易感的心也跟着沉重起来。她在心里模糊地想：现在是什么年代了呢？有人吃一顿饭就可能浪费几千元，去一次旅游就轻松消费过万元，真还有子燕描述的那种学校吗？带着这个疑问，在大巴上颠簸了大半天后，深夜他们抵达了江西省赣州市。罗玉问："子燕，我们什么时候去学校呢？"

"学校离这里还比较远，今晚肯定去不了啦，明天一早先乘车去到镇上，再步行去到村里。"

清晨，罗玉懵懵懂懂被子燕叫起来出发，天还没亮，她一上小面包车就睡着了，然后再次被子燕叫醒下车。这次天终于蒙蒙亮了，一股冷空气夹着丝丝寒意向他们袭来，罗玉不禁打了个寒战，她也瞬间被冻得清醒了许多。抬起头一看，居然很多人在与他们一起前行，前后左右都是人，人群在狭窄的乡村公路上蜿蜒而行，在安静的晨雾中形成一道独特的风景。子燕走上来紧紧挽着她的手，告诉她凌晨两点多钟，赖青就起床与他的同伴一起去学校布置今天的舞台和排练节目，现在正等在现场准备迎接有他们参与的大部队到来。她微微吃了一惊，两点多钟，是什么力量支持着赖青他们来做这场纯公益的活动呢？

在公路上走了半个小时，宛如长龙的人群转入了一条弯弯曲曲的小道，在路的两旁，整齐地站着很多孩子。他们的手里都举着一面小旗子，小脸被寒风冻得红扑扑的，穿着大大的赖青他们募捐来的校服，正朝着路过的人们热情呼喊："欢迎欢迎，热烈欢迎！"这些童稚的声音那么清亮、像早春的号角，吹走了罗玉的疲劳，激励着她和一群人朝前行走。这是一种很奇异的感觉，罗玉多少有点汗颜，她并不是带着一颗高尚的心而来，她想这里很多人都与她一样，纯粹是为了给朋友面子到此打酱油，但却接受了走红地毯一样尊贵的礼遇。天气如此严寒，罗玉同时留意到好些孩子都没有穿袜子，他们光脚穿在大大的不合脚的鞋子里。这让她想起自己小时候，因为穷，也经常没袜子穿，因此她的脚一到冬天就生冻疮。社会在进步，人们的生活水平在提高，如果不是赖青他们，她压根儿想不到在这个物质文明飞速发展的时代，我们的国家还有那么多孩子在挨饿受冻！在这一刻，她突然就理解了赖青他们为什么凌晨两点起来排练了，他们是想通过自己的一点努力，感动社会，感动人们，为这些祖国的花朵奉献一点爱心和力量。

在小路的尽头，罗玉看见了赖青和他的同伴们，他们也拿着旗子，对他们到来的每一个人谦卑地弯着腰，说着感谢，就好像这些山里的孩子是他们自己的子女和亲人。在赖青他们的一路带领下，罗玉和子燕随人群走进了校园，看到了被布置得井然有序的校园和窗明几净的教室。每间教室里整整齐齐地摆满了桌椅，操场不大，四周种满了小树，现在新插了一圈彩色的旗子。整个校园看起来小巧精致，完全看不出几个月前这里还是破破烂烂的危房。

罗玉仍不住感叹："子燕，建一所这样的学校得花费多少钱多少时间呢？"

"你肯定想不到。"

"很多吗？"

"很少，这所学校现金只用了不到三百万元，从开始踩点到学校建成前后时间不超过四个月，这肯定大大超出你的意料吧。"

"你不是讲笑话吧？"

"我说的都是实话，你相不相信：爱心能够创造奇迹！当然这三个多月的时间，赖青和他的59位团队伙伴每天都夜以继日地工作、募捐。他们都是社会的精英，是肯做事会做事的人，所以他们能让我们赞叹又敬佩。为了省钱，很多活都是他们亲自干，也发动周围的群众干。课桌椅子等基本上都是发动企业捐赠，而建这所学校的建筑商，在这里忙活三个月甚至连成本钱都没有收够。所以这所学校才会如此便宜，因为它是靠爱的力量建成。"

谈起募捐钱的过程，子燕眼圈都红了，她说："小玉，知不知道这两三百万是怎么得来的？是赖青他们一元两元募捐来的。我当时陪赖青去过一次募捐现场。在珠三角城市最繁华的街头，看赖青他们一群人分成好几个点，拿着一个募捐箱，一个行人一个行人的请求。有人骂他们是疯子，有人骂他们骗子，但更多的爱心人士伸出援助的双手，有时候遇见一些人朝他们的箱子里放一百、两百元，连我都忍不住哗哗地流眼泪。小玉，你说这些孩子长大了，会不会知道有一群叔叔阿姨为了他们能坐在窗明几净的环境中读书，付出了100多个日日夜夜的努力呢？"

"哦，我想他们肯定知道，你没有看见我们来的路上，孩子们赤脚穿鞋欢迎我们嘛？从小在爱的环境长大的孩子，最懂得感恩和回报社会。所以赖青他们的努力是值得的，他们都是社会精英，是了不起的人！"

当天的新校落成典礼就在操场举行，赖青他们在操场的主席台临时搭建了一个舞台，所有远道而来的嘉宾都坐在操场上。太阳出来后，阳光照得整个操场都很温暖。他们的节目也很精彩，以传统的爱和感恩为主题，表演者主要是赖青和他的团队队友，也有一些是这所学校的老师和学生。这些临时演员都未化妆，也未统一服装，本色出演，却达到了惊人而震撼的效果，几乎所有到来的嘉宾都被他们的精彩演出和真情实感所撼动。上台讲话的领导也很朴实，连平时爱打官腔和说话滴水不漏的政府官员讲话都简单明了。

大家的演讲颠覆了罗玉对慈善的理解。原来做慈善不需要那么多条条框框，一个人只要把自己闲得无聊的时间贡献出来，只要把衣柜里多得没处存放的衣物整理出来，把自家孩子看过的书籍细心地集中起来，也是对别人的一种关爱。而且这些微不足道的细流一旦聚集起来会产生如此巨大的力量！

听子燕说，赖青参加的公益慈善组织是一个纯公益的非营利性培训组织，这个公益机构通过组织大家到广东、广西、湖南、江西贫困山区小学等地举行大型义捐及社会公益贡献活动的成功经验，引导学员孝顺父母、尊敬师长、珍惜生命、爱护朋友以及如何在学业、就业、创业等方面树立自己正确的人生价值观。自创建以来，到目前接受学习的人数数万人，目前他们的学员到各震灾区捐款捐物和在全国各贫困山区捐建希望小学几十处，他们也经常到敬老院及孤儿、残疾儿童中心进行慰问。所有活动的资金来源都是由学员们自发向社会各界爱心人士筹集募捐而得。

子燕正在滔滔不绝地介绍中，从台前走过一位慈目清瘦的老人，子燕立刻打住话头，小声告诉罗玉："小玉，看见你前面的那位老人嘛？他就是赖青参加的公益组织的创办人。"

罗玉没有想到这位普普通通的老人身上竟然有着如此高尚的人格，原来真正的巨人并不一定具备雄伟高大的身材，而是他们的灵魂与生俱来一种雍容华贵，让人顶礼膜拜。再看前面的老人，她觉得他整个人身上都散发着一圈圣洁动人的光辉。

回城的路上，很多人都还深陷在感动中不能自拔。领队为了活跃气氛，带动大家唱歌、猜谜、讲故事以及谈今天参加落成典礼的感想。子燕对罗玉央求道："小玉，你是做老师的，你起来发几句言，唱几句赞美诗，鼓励下我们家赖青这段时间的辛勤劳动，好吗？"

她还未点头，子燕就扯着嗓子说："领队，这里有位女士要发言，请大家鼓掌。"车里随即响起一片哗哗的掌声。

罗玉站起来，她心里确实有很多感怀，她说道："很感谢我的好朋友子燕带我来参加这场爱心落成大典。说实话：来之前她是为了赖青，我是为了她。这之前我从来不知道一个人的灵魂可以如此高贵，慈善可以这样快乐而低调地开展！我由衷地觉得：今天我看到的公益团队的成员，是我见过的最帅气的男人和最美丽的女人，他们用最朴实无华的表演带给了我们一场精神的盛宴和一场对灵魂的洗礼。他们是我们这个社会的精英，是我们这个社会的弄潮儿，他们让我惭愧。因为我一直在用嘴表述历史需要一批仁人志士去推动，但他们却用行动告诉我们历史应该怎样去推动。子燕曾经问过我：赖青可靠吗？今天我终于可以大声地回答她：赖青是负责任的男人，因为他有勇于担当的肩膀，我为我的好友找到赖青高兴，为他们的爱情祝福，也为我有他们这样的朋友感到自豪！最后感谢子燕带我参加这次爱心活动，我更正下：我能来参加这次活动不是给她面子，而是我的福气和荣幸！"

她坐下来，车里再次响起一片掌声，子燕紧紧地握住了她的手。确实，人都是在成全别人的时候不知不觉成就了自己！

她想起了那场久远刻骨的爱情，表面上她是成全了另一个女人，而她又何尝不是成全了自己？她并没有真的失去俊豪，自私的拥有才会让他们失去彼此。有一天他们会发现：那一场为了慈悲的放手实际上是成全了一份比婚姻更长久更高贵的友情！

外三篇　辞职

每次外出归来，罗玉都觉得自家的床特别舒适。李俊豪曾说她人生有两大嗜好：其一为读书，其次为逛街。其实她还有另一大癖好：那就是睡觉！作为一个嗜睡如归的人，她自然把床布置得死里舒服。从江西回来的这天晚上，她又累又困，早早爬上床，没过多久便枕入了梦乡。因此当三哥的电话打过来时，她特郁闷，她打着哈欠问："哥，你有什么急事这么晚还打电话呢？"

"哎呀，小玉，现在还早啊，深圳这个忙碌的城市，有几个人像你这么早就贪睡的？"

给三哥这么一说，她不好意思地回答："哥，我这不是早睡早起身体好嘛！你找我什么事情？"

"也没有什么事情，想找你聊聊天。"

"哦，今天吹的什么风，你还有时间找我聊天？你不是一向忙得连吃饭的时间都没有吗？你的那个培训学校有很多事情需要你亲力亲为呢！"在她的记忆中，三哥就是一个工作狂，关于嘴巴的吃饭说话两大功能，他基本上没用到正常人一半。

"我就是想跟你谈一下培训学校的事情，毕竟你也做过教育，办过培训机构，想听听你的意见。"

一席话说得她颇有点受宠若惊，她表面上还是谦虚地说："哥，我的那个培训机构主要就教几堂英语，哪能跟你的大规模办学相提并论？而且我也好多年没做了，不知道近两年市场怎样？"

"妹，幸好你急流勇退了。这两年教育培训不好做，尤其是我们这种做中学应试培训的机构更难生存。去年我扩大了规模，每月的房租好几万元，加上老师的工资，一个月的开支至少十多万元，现在竞争越来越大，学生越来越难招，所以这几月我们的运作都很困难。"

"这样啊，"罗玉的瞌睡一下醒了大半，在她眼里，三哥就是她的亲人，同时也是一个超人。她从不知超人也会遇到困难，这让她不安和担心。

她快速地转动脑筋，开始找原因，想了想说："哥，我觉得中学教育这块比较难做的主要原因应该是中国现在根本不缺少教书本知识教得好的人，或者说这方面的人才太多了。你随便到一所中学去转转，高学历的人才一大把，我都是被这个行业挤出来的人。而且每一所学校你都可以见到大批的高级特级教师，教师队伍的发展壮大，势必让做培训的人增多。况且做中学培训的门槛太低了，随便一个中学教师都是专家，都可以在自家门口挂个牌自立门户，所以你觉得竞争越来越难是正常的。"

"你说得有道理，可是哥做了几十年中学教育，只对教育这块比较熟悉，我如果贸然改行也难找到合适的工作。"

"那也是，"她突然想到自己陪子燕在江西的感触，说："哥，我倒是有个大胆的建议，你不用改行，只需要转变一下培训方向。我这次去江西，听到一个爱心人士讲他孩子的成长。他的儿子原本是一个性格乖张自私叛逆的小孩，他通过带领他的孩子参加义工组织和慈善活动，使他的儿子成为一位孝顺懂事、勤奋上进的人。所以你能不能从专做知识教育转为做思想教育呢？现在的小孩，多数独生子女，很多让学校和家长都头疼的问题儿童。你如果能办一所机构专门针对学生的思想教育培训，带领这些孩子参加爱心义工等实践活动，方法以户外实地体验为为主，打破以书本教学和教室教学的传统模式，说不定还能独辟蹊径，打开一个新的市场。毕竟现在我国的思想教育主要是以专家讲座的方式进行，这些讲座很枯燥，多听几次就让人打瞌睡，所以真要起到触动孩子灵魂的作用，还需要带领孩子们实实在在去做一些有意义的事情，你觉得呢？"

"确实如此，妹，你的话让我豁然开朗。不仅如此，我们还可以拓宽实践活动的内容：比如带学生从事一些农业生产活动，教会学生热爱劳动；聘请一些医院、消防、公安等部门的专家，教会学生一些生存技巧；组织学生去福利院做义工，去监狱参观服刑人员的生活，来净化他们的心灵，让他们树立正确的人生观和世界观……"

"是啊，我跟你的想法一致。做事业就不能人云亦云，必须独树一帜，曲径通幽。对了，前不久，我看过一则关于日本的教育报道，你看过日本的教学吗？日本要求准父母必须拿父母上岗证才有权利生孩子。其实我们国家很多孩子存在的问题，根源在于父母根本不懂得教育孩子，或者直接将孩子扔给爷爷奶奶，所以办一所专门针对家长的培训学校既有利于社会也有利于我们创业。"

"办私人学堂也不错，弘扬传统的国学文化，我国的国学在国外都很著名，外国有很多专门的传统汉学机构，做得比我们还专业，对孩子的心灵培养都有不错的效果……"

两人越聊越投机，很多观点不谋而合，大有相谈恨晚之意。谈话内容围绕教育纵横古今，畅聊中外，谈得又愉快又感慨。之前困扰在罗玉心中的很多教育难题在这次与三哥的思想大碰撞中擦出了认同的火花，他们完全忽略了时间的流逝。梁峰在床上左翻右翻，哈欠打了一个又一个，看他们聊天架势大有古人"可怜夜半虚前席"的痴迷，终于忍不住小声提醒道："小玉，已经深夜一点半了，你们的谈话可不可以长话短说，废话不说呢？不是还有明天吗？留点话余音绕梁、余音袅袅，不好吗？"

"一点半了？"她在电话里惊呼一声："三哥不是说还早吗？"

梁峰再次小声补充："三哥说早的时候差不多是晚上十二点。"

电话的那一头，三哥听到他们夫妻俩的只言片语，也笑起来，主动结束谈话："小玉，那今天我们就暂聊到此，你们早点休息。"

"好，你也早点休息。"

"还早点休息呢？再聊一会儿说早点起床差不多。"梁峰嘟噜一句，再次打了个哈欠。她突然笑了，想起三嫂对她的抱怨："小玉，你和肖燕都得说说你哥，天天脑子里只想着工作，他每天恨不得不吃饭不睡觉，这还不算，还吵得身边的人也不要睡觉。女人啊，千万不能嫁给一个工作狂，嫁给一个工作狂，就像嫁给一张奖章，贴在墙上，看着荣耀，屁用没有。"

梁峰问她："笑什么？"

"没什么，一个笑话。"她一边回答一边关灯，一阵倦意袭来，让她也禁不住沉沉地合上了眼皮。

第二天又是一大早，她再次被一阵电话铃声叫醒。她一个翻身故意滚到床里面，没好气地对梁峰说："我坚决不接啦，阿峰，你帮我看看是哪个周扒皮又在学鸡叫？我们过一个五一节容易吗？睡个觉早晚都给人吵。"

梁峰看一眼电话，笑着说："你三哥，接还是不接？"

她一听三哥，嘴里嚷着："这下完了，三哥准是有新的想法瞄上了我，我不接的话他会继续打。你知道吗？我哥是雷厉风行、起早贪黑的人，他是不吃饭不睡觉也要干革命，我高三有段时间和肖燕住在他那里，同一个屋檐下，我们几乎十天半月见不到面。"

"为什么见不到面？"

"因为他晚上回家的时候，我们在睡觉，他早上离开的时候，我们也在睡觉，我和肖燕起居都很正常，原因你就猜到了。"

这句话说完，电话还在执着地尖叫，她无奈地对梁峰说："把电话递给我吧，谁叫他是哥呢，还得尊重一点，免得被他批判。"

果然电话拨通后，三哥在电话里兴致盎然地说："小玉，昨晚我仔细想过了，我们要打破传统的教育模式，首先得有一个不同于传统教学的场所。比如你提到我们是对文化教育的补充，也就是通过寒暑假和周末等假期带孩子们体验一些书本以外的东西。去那里体验呢？我想好了，你几年前带我看过的农场极好，风景优美，山环水绕，所有鸡场猪场鹅场一应尽有，我们可以把它打理下，农田还是农田，土地还是土地，树也还是种上树。我们组织学生去那里实践。就像你所说，中国不缺少教书本知识的人才。我们除教昨晚与你提及的那些技能外，还可以教学生洗衣做饭打鱼种菜，让他们褪掉大城市的娇气和洁癖，学着跟大自然亲近，学着爱土地。我们还可以告诉他们环境与生态的发展，告诉他们应该种什么样的菜，种什么样的树，吃什么样的食物，让更多的人关注生态农业和林业等。你觉得怎么样？"

"我觉得很好啊！"

"那就不要睡觉了，快起床，一个小时后我到你住的小区接你，今天不是放假吗？你和梁峰再陪我去趟几年前我们去的农场，今早我给赖青去过电话，那个农场居然还没有转出去，真是天助我也。上次我也和赖青说过想在农场里面搞个教育实践基地，所以我想再去实地考察下，回头跟赖青商量把那农场搞起来。事不宜迟，你动作麻利点。"

童童和母亲还在睡觉，她不得不起床，穿衣、弄饭、梳妆打扮，搞得跟军事化一样利索。她一边做一边抱怨："好好的一个五一节，就这样毁在了子燕和三哥手上。阿峰，你说说：人们发明电话，是用来干什么的？天天一大早都给人电话吵醒，难道电话是用来当闹钟使用的吗？"

她还在喋喋不休地抱怨，电话再次闹铃一样尖叫起来，梁峰笑着回答她："看吧，闹钟催你时间到，赶紧下楼。"

他们去到楼下，一眼看见三哥那辆黑色的福特越野车停在小区门口。上了车，三哥便载着他们朝着目的地疾驰而去。在这点上她特别佩服三哥：思路清晰，记忆特好。他走过一次的地方哪怕隔几年再去，也绝对不会拐错一个弯儿。不像梁峰，路痴一个，经常带着她声东击西，走南去北。由于赖青不在，三哥说我们今天就自己去看看吧，不要打扰王哥了。

一个多小时候后，他们轻车熟路地到达了几年前来过的农场，农场的周围依然郁郁葱葱，草色青青，只是铁将军把门，一把大锁隔开了场里场外的风景。三哥果断地说："我们从门上翻进去，小玉，你行吗？"

罗玉愣了愣，看着这尖尖的铁门，她的耳边响起一个有力而温暖的声音："小玉，踩上我的手臂，相信我，你一定可以翻过去的……玉儿，遇到苦难，记得你可以踩着我翻过生活的坎，我能够为你撑起一片蓝天……"

梁峰见她发愣，关心地说："小玉，你是怕翻不过去吗？要不我拉你上去？"

"不用！"她急忙回答，声音果断连她自己都吓了一跳。这辈子，她只踩在一个男人的手臂翻墙越门，那是她藏在心底最温柔也最心酸的痛，所以她绝不敢再踩第二个男人的手臂翻越门墙。

说完这两个字，她果断地抓着铁门的栏杆，将脚搭在横着的一根钢筋上，给自己鼓足气，一下子从铁门上翻越过去。三哥忍不住赞叹："小玉，你跟肖燕在一起久了，也在她那里学得一身武艺，哥就喜欢你们做事的这种女汉子风格。"

她笑笑没有回答。

上次他们一群人来到农场，罗玉当时的心思还在花花草草，种瓜点豆。这次显然不一样了，有了更明确的目标。她们围着这农场仔细地走了一遍，越走越发现这个地方是一处理想的教育实践基地。首先这个位置离城市的距离不远不近，熟悉地形的话距离广州一个小时，距离深圳两个小时；整个农场的私密性很好，四周环山，群山下面是大大的平地，便于建设一些教学场所和临时宿舍；紧靠农场边的一个碧绿的大水库和被水环绕的一个玲珑小岛，为整个农场增添了活力和秀美。整个地形跟渝北师专颇有几分相似，不同的是渝北师专的山更高湖更大，这里的地势更开阔，土壤更肥沃，更适合种植植物，也更方便种钢筋水泥。

参观完农场后，三哥的底气更足了，他告诉罗玉，他计划去找个企业拉点赞助，与赖青在这里将农场做起来。赖青搞他的生态农业，他建设他的教育实践基地，大家相辅相成，互惠互利。分手的时候三哥跟她和梁峰商量："小玉，哥觉得你是很适合做教育，做公务员有点浪费你的才能，你考虑下能否辞职，如果你愿意辞职的话，哥给你分一半的股份。"

她赶紧表态："三哥，辞职的事情倒是可以从长计议，但是与你等量齐观、平分秋色则万万不可，因为我永远不可能有你对事业的那份狂热，你把我当做一个打酱油的我才没有心理压力。如果我像你一样昼夜操劳，估计都会被累得花容失色，还能套住梁峰不？你就别用金钱把我套牢了。"

三哥和梁峰都笑了，这次农场之行，算是为他们实施辉煌的教学梦打下了基础。

看过农场后，三哥及时在电话里跟赖青作了一番切磋，赖青同意在年底的时候接手从化的农场。而三哥由于对事业力求完美，对工作精益求精，所以他要将他的实践基地搞得规模宏大，这涉及很大一笔开销的资金，所以这几个月，他一直忙着在拉人入股。

九月的一天晚上，三哥一阵旋风一样卷进她家，才到玄关处，就听到三哥按捺不住的兴奋："小玉，哥这次钓了条大鱼，我在清华研修班里的一个同学，决定给我们的教育实践园投资2000万元，我再把我自己这些年的积蓄全部拿出来，我们要做就要做到最好，你跟哥一起好好揣摩和借鉴下国内外有名的新型学校，以便高屋建瓴、高瞻远瞩，争取让我们的新型教育一炮而红。"

三哥的情绪感染了她,她又有点不相信地问:"哥,真有人对我们这么有信心吗?一下子就投资2000万元?你得多留个心眼,搞清楚这到底是天上的馅饼呢还是地上的陷阱?"

"你拿2000万元给我做口陷阱或者做个馅饼试试?我就怕你不敢做。"

她笑了,那也是,有谁会跟钱开玩笑呢?肯如此大出血的人肯定都是诚心诚意的人,有时候,钱才能看出一个人的想法,其他都是没用的。所以她又问:"你把所有的积蓄都投进来,万一失败了怎么办?"

"你对你哥就这么没有信心吗?我什么时候让你失望过?破釜沉舟才是做大事的气势,你以为我只是小打小闹就算了?哥这次是要孤注一掷,一鸣惊人。你又不负责担风险,操什么空心呢?你仅仅是进行一点技术投资。技术投资懂吗?这世上最保险最实惠的投资就是它了,成功后你就跟着哥鸡犬升天。"

她被三哥的描述再次逗得笑起来:"那我嫂子同意吗?你有没有征求她的意见?"

"你嫂子是最贤惠的,嘴里不说支持,但其实她就是我的特粉,我做什么事情,她都是支持的,这点你放心。哥现在就问你考虑好辞职没有?"

"哦,"她把头扭向梁峰,问,"阿峰,你听到了吗?你是准备做我的后盾呢还是拉我的后腿?要不你表个态,我保证,无论你持什么态度,都恕你无罪。"

梁峰回答:"你不是给我讲过一个关于亚瑟王的神话故事吗?这个故事告诉人们:女人最想要的就是自己掌握自己的命运。所以我尊重你的选择,由你自己决定辞职与否。"

得到梁峰的答案,她说:"哥,你放心准备公司的事情吧,等你的公司筹备得初见端倪,需要人帮忙的时候,我就辞职跟你混吧,反正我的工作也是一块鸡肋,不用考虑太多。"

三哥很满意,说:"妹,我一直很欣赏你。其实我身边也不是没有人才,只是做大事嘛,身边多个自家人,我会觉得踏实很多。总之哥先谢谢你的支持。"

这天晚上,她、三哥和梁峰三人不知不觉又聊到深夜。等三哥走后,她的心里有点兴奋,又有点忐忑,有点期待,又有点犹豫。她问梁峰:"阿峰,我就这样辞职,会不会太草率了呢?毕竟我现在这份工作也是很稳定的啊?会不会给我们家造成什么困扰呢?"

梁峰很坚定地告诉她："小玉，你不是一直对做教育情有独钟吗？而且也有你自己独特的见解和想法，现在有这么好的机会摆在你面前，为什么不大胆尝试呢？就算你失败了，你还有我，我供你和童童喝稀饭还是没问题的。"

梁峰的话让她很感动，她走到梁峰的后面，双手环绕着他的腰，将头幸福地靠在他背上。家是一个温馨的港湾，有家的感觉真好！

星期六早上，罗玉计划和梁峰一起带童童逛公园。这几年来，她的生活一直很规律，平时上班，下班回家，周末必定有一天带童童去图书馆或公园。正准备出门的时候，突然接到一个电话，她一看，居然是卢文樵打来的。卢文樵是她在党办工作的直接领导，也是她在街道工作的第一任上司，现在已经升为街道的二把手。对罗玉来说，卢文樵就如同是她的师傅，带领她由一个懵懂无知的局外人逐渐融入公务员这个队伍，私下里他们相处得更像是情投意合的朋友，因此她在电话里很客气地问："卢主任，你找我有什么事情呢？"

"小玉，我现在分管街道的信访。刚才接到区委领导的电话，说明粤阁的业委会今天一大早去了市政府门前拉横幅控诉开发商和政府部门不作为，据说现场还引来了很多媒体。区委领导把他们劝了回来，按照属地管理的原则，要求街道马上召集明粤阁业委会、开发商、物业公司和相关职能部门开会，研究出解决明粤阁的方案来。刘志远出差去了，他说这个小区的纠纷持续几个月了，一直是你在跟进，所以要麻烦你马上回办公室，准备上午十点半的会议。"

"好，我马上回来。"

挂了卢文樵的电话，她就匆忙地赶回办公室加班。一路上她不自觉地想着明粤阁的事情以及今天会议上该表述的话语。明粤阁的纠纷由业委会与开发商之间的矛盾引发，住在这小区的业主大多是社会的底层人民，十多年前含辛茹苦买了明粤阁的房子，这地段因为偏僻而便宜。谁知房子修到一半，开发商破产了，整栋楼宇停工一年，后来另一个开发商接手，总算把楼宇建成，但是在办房产证的时候，查出这家公司手续不完备，再一细查，这家公司居然存在很多问题，于是第二家公司的执照也被吊销了。

这一来二去，加上明粤阁楼盘小，事情也没有引起各部门重视，导致当年买房的业主在十多年后还未办到房产证。而为了拿房产证，很多业主十多年来不断奔波，在一个地方碰了壁再倒回到另一个地方碰运气。罗玉很同情他们，如果说自己辞职前有什么放不下的事情，她放不下的事情就是明粤阁。她希望能在自己离开街道前有幸看到明粤阁的房产证办下来了，那么她作为政府部门曾经的一员，才有脸面说："我们是为老百姓办事的人民公仆。"

回到办公室，打电话、准备材料，布置会议室，给到会人员冲茶，经过半个多小时的忙活，一切准备得井然有序。卢文樵在十点二十分走进会议室，满意地赞许："不错，小玉，你现在跟我第一次在党办见你时相比，简直有天壤之别。今天的会议轮到街道发言时候，由你来介绍明粤阁的情况吧，我刚接手，对这个小区的情况不太了解。"

"好，说错的地方你及时指正。"

会议在十点半的时候准时召开，由卢文樵主持。这天到场的职能部门有建设局、房管局、规划局、区信访室、业委会、物业公司以及两拨开发商当年的领导人。各路人马将整个会议室挤得满满的。会议先由区建设局介绍了明粤阁当年的开发情况，又由房管局介绍了目前正在协助明粤阁办房产证的情况，再由信访局谈了今天纠纷的起因。由于业委会情绪激动，在各部门发言的时候他们不断插话，会场的纪律一度失控和闹闹嚷嚷。一位信访局的领导为了控制现场的纪律，不禁提高了声音，语气严厉地说："请明粤阁的业委员也理解下政府部门的难处，不要催之过急。刚才各部门不是说了吗，已经在研究你们小区的问题了，我就搞不懂你们有什么必要非得跑到市政府去拉横幅，难道一定要用过激的行为才能解决矛盾吗？"

他的话无异于一根导火线，点燃了业委会的怒火，一些业委会成员跳起来，指着信访局的同志七嘴八舌地大骂："你凭什么说我们操之过急，你有到明粤阁现场来调研和了解过情况吗……"

"你知不知道我们为了拿到一个应该拿到的房产证，跑了十多年？什么叫过激的行为？难道我们没有采取温和的措施吗？我们200来户业主，来来回回在政府部门兜了多少个圈子？像皮球一样被踢来踢去，我们脾气大，你来跑一年试试？我敢肯定你跑不了一年，就会变得和我们一样……"

"你别站着说话不腰疼，如果你家的房子十多年了还办不到房产证你心里安宁吗？房子对普通的老百姓意味着什么？它意味着我们几代人省吃俭用的接力，你还说我们不够冷静……"

最后，业委会成员中的两位女士哭了起来，边哭边数落，会场的情况再度失控。

卢文樵望着罗玉，示意她说两句。为了在这混乱的场面中吸引大伙的注意，罗玉只得站起来。她先鞠了一躬，才用抱歉地口吻说："首先，请让我对明粤阁的业主们说一声对不起，我跟进你们小区半年多来，看到了你们一路的奔波和努力，感受了你们的辛苦和不易，可我也只能陪着你们叹息，没有实质性地为你们解决问题。我说句实在话：你们的心情我完全可以理解，十多年了，如果是我家的房子办不了产权证，我不会做得比你们更理智。所以你们是遵纪守法的公民，你们给过政府很大的理解。是我们做得不够好，辜负了你们的信任，至少我自己愧对你们一次次来综治办找我解决问题。但是我还是请你们相信：我有做过努力，其他的同志也有过努力，只是我们做得不够好，还需要改进。我也把你们小区的情况给区委各相关的部门都打过好几次报告，我相信大家也在努力解决。这半年来，虽然我没有能力亲自参与为你们办房产证，但是明粤阁的事情一直放在我心里面，你们的事情一天不解决，就像一根刺深深地刺进我的心里，这根刺拔出来很痛，留在心里也很痛。可是来日方长，无论是我还是在座的各位领导都要有勇气将明粤阁这根刺拔出来，我们一起努力尽早解决明粤阁的历史遗留问题。"

她说到动情处，旁边业委会的女士用哽咽的声音回答她："罗小姐，你是好人，这半年多，你来过我们小区无数次，我们知道，你为我们努力了，我们谢谢你。我们也理解你们的不容易。"

听到这些话，罗玉突然很想哭，眼泪在眼眶打转，现场的气氛由喧闹变得安静，她继续说："请明粤阁的业主今天将你们在办房产证途中遇到的困难和无法提供的资料在这里一一列举出来，各职能部门都在这里，大家会根据你们的情况商议一个行之有效的办法。比如房管局可否请示上级为明粤阁特事特办，开一个绿色通道。当然，"她话锋一转，"也请业委会的成员体谅我们，我们可能还需要一点时间，还需要你们继续给予理解和信任。我想语言是有温度和有力量的，在这个过程中，希望我们能用语言互相温暖，能用语言给予彼此力量，因为每个人都很不容易，都需要鼓励。我说错的地方，请大家批评。"

她说完后，现场响起一片热烈的掌声，卢文樵和身边的几位领导小声商议了一会，对大家说："今天上午时间也不早了，大家聚在一起也不容易，这样吧，大家先各自吃午饭，下午三点我们继续开会。中午这段时间各部门商议下解决办法，该请示上级的抓紧时间请示，下午开会时候给明粤阁一个明确的解决方案。"

这天下午的会议一致持续到晚上七点，最终房管局承诺将在一个月内为持有购房发票的业主优先办理房产证，对于因时间太久发票遗失的业主在两个月内提出解决方案。这个答复让业委会的人都很满意，得到承诺后，业委会感激地离开了，其他部门的人员也纷纷离开，办公室最后只剩下卢文樵和罗玉两人。卢文樵说："小玉，周六叫你加班，实在很抱歉，现在也晚了，要不我们在附近吃了饭再回去？"

罗玉这才发觉很饿了，于是回答："好。"

两人就近去了街道办事处旁边的一家家常菜馆，周六吃饭的人多，好不容易才找到一个位置坐下。

卢文樵问她："小玉，想吃点什么？"

"随便。"

"那我们就点两个随便吧。"卢文樵笑着说，这一笑拉近了两人的距离。时间过得好快，罗玉2005年进入Z街道上班，一晃快十年了。她看着面前这位带领自己走进公务员队伍的第一任领导，一时间充满了感慨。再过一个月自己就离开这个单位了，对于她多年来留在这个单位的点点滴滴很快将伴随她的离开而烟消云散。她突然觉得平日里大家为一点小利斤斤计较，为了得到领导的重视而互相挤兑，有多少意义呢？一旦你离开这个岗位，你的位置很快就会有人代替，不会有人记得你的辉煌，也不会有人记得你的落魄，这是一个忙碌的城市，大家都很忙。如果说自己对这个单位还有一丝留念，也是因为那些温暖的记忆和牵挂的朋友，比如眼前的这位领导，这位在她最低谷最落魄的时候像阳光一样照耀着她的兄长。明天，这位关心她的领导还记得她吗？她正在出神的时候，卢文樵突然对她说："小玉，你今天的那番话说得真好，感动了所有人，也感动了我。"

卢文樵的话打断了她的思维，她猛然一惊，不自觉地红了脸，不好意思地回答："是吗？谢谢。"

她这个熟悉地举动，带着一份自然的纯净和挚肯，带着些许的受惊和慌张，这让卢文樵不禁想起了10年前第一天见到她的情景：很娇小很瘦弱，还有一张同样小巧的脸，整张脸上最生动的地方是一双大而清亮的眼睛，但是这双眼睛里面却盛满了惊恐和无助，仿佛在揭示这双眼睛的主人受过很多的挫折和变故。

现在再次看到她那久违了的表情，卢文樵不禁在嘴角露出了微笑，10年的打磨让罗玉变得干练而利索。卢文樵很满意，毕竟罗玉是他亲自培养的干部，就如同是他的徒弟，所以她今天的表现也让他颇感自豪。他由衷说道："小玉，我一直很欣赏你的才华和能力，你身上有难得的优点：真诚。这是你来党办第一天给我的感觉。大多数在公务员队伍中滚爬过的人，包括新进来一年不到的新人，都会被训练得说话滴水不漏，对谁都打着一副官腔。你从他们的谈话里绝对抓不到任何把柄，但是你也休想得到想要的答案，这就是群众对我们反感的原因。当然群众千姿百态，很多公务员这样做也是为了保护自己，但是你不一样，你一直保持着你的真诚，从你嘴里说出来的话是有温度和有感情的，所以你能打动人。我想这也是我们当时搭档合拍的原因，因为我们是同一类人。如果有机会，我会提拔你，你也好好干！"

卢文樵的话让她很感动，她想如果有一天，她辞职了再次路过Z街道办事处，能够促使她停下脚步的一定是眼前这位给过她关怀和信任的领导，还有像子燕一样知心的朋友。她再次说了声"谢谢"。同时轻轻地补充："卢主任，我下周就准备递辞职信了，你多保重，今天就当作你给我践行了。你知道我不是一位海纳百川的人，我这颗小小的心脏，每天只装着稀少的人和事。虽然我很少和你说话，但是人与人之间是靠缘分的，对吗？维持一段缘分并不是靠华丽的语言和密切的交往，而是靠心灵的契合。我会永远记得你。有机会，我还会回来看望你的。"

明粤阁事件后一个多月，她的辞职报告书才批下来，但是她一直觉得她是在明粤阁会议当天就与这个单位正式告别了。因为那一天，她放下了明粤阁这块大石头，同时她也郑重地正式地对她在街道的第一任领导卢文樵做了告别，剩下的所有事情对她来说都只是一些例行公事的程序，没有任何的实际意义。

十年了，她最尊敬的领导，见证了她在公务员队伍中由毛毛虫到蝴蝶的蜕变，而她人生的下一段征程已经扬帆起航！

结 《玉》

我是一块未经打磨的玉

卿是我轮奂的魅力

我是名字带玉的女子

卿是我美丽的动力

卿赠我的玉，小心翼翼的秘密

怎样让爱保护手无寸铁的你

那碎了一地的玉，终成落泪的因

怎样破镜重圆映出梦中的你

玉情缘，玉结缘

名中带玉的你，是我命中带伤的忆

如果有来生，我会在最美的韶华里

为卿凝结成玉，与君不离不弃

卿将泣血成凰，与我双飞双栖

我不想失去你，亲爱的

我终究失去了你，我最心爱的

我是一块未经打磨的玉

卿是我不老的传奇

我是命中带玉的女子

卿是我驻颜的秘密

腕间佩戴的玉，一生爱你的秘密

如何用爱为你筑道安全的藩篱

那散落一地的回忆 惊落一地的爱情鸿羽

如何故地重游找回年少的你

玉情缘，玉结缘

名中带玉的你，是我命中带伤的忆

如果有来生，我会在时光的长河里

为卿破茧成蝶，与君生死相依

卿将化身为豆，与我诉尽相思

我不想失去你，亲爱的

我终究失去了你，我最心爱的